Życie,
a zwłaszcza śmierć
Angeliki
de Sancé

Jacek Podsiadło

Życie,
a zwłaszcza śmierć
Angeliki
de Sancé

Wydawnictwo Znak
Kraków
2008

Projekt okładki i opracowanie typograficzne
Witold Siemaszkiewicz

Fotografia na 1. stronie okładki oraz fotografie
wewnątrz książki
Alvaro Puestero

Opieka redakcyjna
Dariusz Żukowski

Adiustacja
Agnieszka Pokojska

Korekta
Barbara Gąsiorowska
Anastazja Oleśkiewicz

Łamanie
Agnieszka Szatkowska-Malak
Irena Jagocha

Zgodnie z życzeniem autora zachowano interpunkcję
i ortografię oryginału.

ISBN 978-83-240-1016-5

Książki z dobrej strony: www.znak.com.pl
Społeczny Instytut Wydawniczy Znak, 30-105 Kraków, ul. Kościuszki 37
Bezpłatna infolinia: 0800-130-082, e-mail: czytelnicy@znak.com.pl
☼ Gadu-Gadu: 8182

Spis treści

*W językach pierwotnych mężczyzna, który przycho-
dzi, jest innym mężczyzną niż ten, który odchodzi.
W pierwotnych religiach bóg, który przychodzi, jest
innym bogiem niż ten, który odchodzi. Przeżycie
ma jeszcze za każdym razem swój pierwotny chwi-
lowy charakter.*

Gerardus van der Leeuw,
„Fenomenologia religii"

Siódma granica, ósma granica, dziewiąta granica, dziesiąta granica, jedenasta granica...

Nie mogę dojść do siebie. Trudno mi wrócić do równowagi. Z tego wszystkiego zamiast pojechać do pracy, gapię się w telewizor. Oglądam, jak leci: historię zoroastriańskich Parsów z Bombaju, „Siedem dni polskiego sportu" i pierwszy odcinek serialu sprzed lat. Serial nosi tytuł „Trzecia granica", oglądałem go już, ale z piętnaście lat temu. Opowiada przygody bohaterskiego kuriera tatrzańskiego, który będzie przeprowadzał przez zieloną granicę do Czech i na Węgry różnych ważnych gości i Niemcy nie będą mogli go złapać.

Jak się to wszystko skończy, nie pamiętam. Na razie on zgubił się na Węgrzech, topił się w gulaszu, ugryzł go skurwiel tatrzański, ale nosi polski mundur i przygarnia go szwarna Madziarka. Z dworca kolejowego zabiera go do domu, żeby go Niemcy nie capnęli na samym początku, bo wtedy chuj z całego serialu. Oczywiście nie ma mowy, żeby ją dmuchnął i żeby to pokazali, ale oglądam.

Skombinowała mu cywilne łachy, przebrał się i, co tu dużo gadać, wybiła godzina rozstania. Żegnają się, a nie muszę chyba wyjaśniać, że są już zakochani jak Romeo i Łucja. Poznaję to po muzyce, bo na razie nawet się nie migdalą. I on wciska jej coś do ręki na pamiątkę. Nie widać co, a takich szczegółów po piętnastu latach nie pamiętam, ale ponieważ znam całą tę kulturę jak woźnica końską dupę, domyślam się, że to orzełek od czapki wojaka. Rozstają się, już nawet ślad po jego bucie nie pozostał na obrusie, cały świat ją opuścił, zniknął za górami, za lasami, za dolinami, i tylko kamera nie odjeżdża, a ona ciągle ściska to w garści, jakby nasmarkała sobie w dłoń i teraz wstydziła się ją otworzyć. Na pewno orzełek, myślę sobie, znam te chwyty, nie ma mowy, żeby chłopak był dowcipny i wcisnął jej do ręki oko konia albo plastikową kusieczkę na sprężynce. No i kiedy ona prostuje wreszcie swoje węgierskie paluchy, leży tam rzeczywiście mały, zasrany orzełek od wojskowej czapki. Znam na wylot cały ten pierdolony paradygmat.

Też mam czapkę z podobnym orzełkiem, podprowadziłem ją oddziałowi straży przemysłowej. Trzymam ją w szafie, w tej zakazanej strefie, gdzie nieużywane teraz kalesony, szaliki i zimowe skarpety. Ale nie ma mowy, żebym dał kiedyś tego orzełka jakiejkolwiek dziewczynie zamiast tego, co każdy mężczyzna itd.

Stary nawyk uczenia się mapy na pamięć znów przyniósł mi pożytek. Kiedy zbudziło mnie szarpnięcie pociągu i zobaczyłem przechodzący tuż za oknem w świetle jarzeniówek napis JASTROWIE, od razu wiedziałem, o co chodzi. A rozkraczyło nóżki, R pokazało różki, a J oblał pot. Być może nie pamiętałbym, obudzony w tym stanie, imion swoich dzieci, ale świetnie pamiętałem, że Jastrowie, owszem, leży na wysokości Wałcza, ale już na zupełnie innym szlaku kolejowym. A moją Mekką, Itaką, Eldorado i Charybdą był tej nocy właśnie Wałcz. Najszybciej jak mogłem – a trwając jeszcze w półśnie za szybko nie mogłem – ściągnąłem z półki wór podróżny i łamiąc golenie drzemiących w przedziale łotrów rzuciłem się do wyjścia. Pociąg rozpędzał się ruchem jednoznacznie przyskrzynionym. Wbrew powszechnie znanemu napisowi drzwi nie były zablokowane. Wprawdzie w półśnie nie jest łatwo wykonać tę ewolucję polegającą na przekręceniu korbkowatej klamki i jednoczesnym kopniaku w drzwi, ale udało się. Stanąłem na najniższym z trzech stopni. Na szczęście jeszcze nie skończył się peron, więc nie próbując nawet oceniać prędkości, kicnąłem w imię Ojca i Syna i Jacka Londona i obudziłem się na dobre.

Hans Georg Aschenbach też nie utrzymałby się na nogach, gdyby miał skakać w środku snu z rozpędzonego pociągu na peron w Jastrowiu. Wyciągnąłem tylko przed siebie ręce z workiem mającym zamortyzować upadek. Szorując dłońmi po drobnej kostce bruku, próbowałem sobie wyobrazić, co o mnie napiszą jutro „Nowiny Jastrowia", jeśli utnie mi nogę. I czy będzie zdjęcie. Kiedy już moje ciało łaskawie się zatrzymało, mimo huku pociągu usłyszałem i swoje zdziwione przekleństwo, i kobiecy okrzyk „O Boże!" gdzieś z tyłu. Jakaś para wysiadła wcześniej i niewieście wyrwał się ten przemożny krzyk. Ciesz się, babo, że nie obudziłem się pięć sekund wcześniej i nie wskoczyłem ci na plecy. Głupio mi było leżeć tak przed nimi, więc niezdarnie wstałem i zacząłem się otrzepywać z resztek snu. Ominęli mnie, jakbym był Niemcem, który w każdej chwili może bez żadnego powodu strzelić jakąś głupotę. Ostatni wagon przeleciał obok z wychylonym z okna, wrzeszczącym coś konduktorem. Pokazałem mu kciuk, żeby wiedział, że nie złamałem sobie nawet kciuka, i zrobiłem kilka ostrożnych kroków. Nic mnie nie bolało. Najbardziej ucieszyło mnie, że nie mam wstrząśnienia mózgu. Jestem przywiązany do swojego mózgu w obecnej postaci. To dobry początek dnia: mieć w porządku mózg.

Ziewnąłem i poszedłem tunelem w stronę budynku dworca, śladem tamtych dwojga, którzy z podnieceniem dzielili się wrażeniami, jak to zobaczyli faceta wyskakującego z pociągu („O mało mi na plecy nie wskoczył!"), po czym znikli sobie w spowijającej miasto ciemności. Obejrzałem z zainteresowaniem pustą poczekalnię, wstąpiłem do piekieł kibla, nigdzie żywego ducha. Tylko kasjerka drzemała w kratkę za okratowaną szybą. Za inną szybą ujrzałem niebo upstrzone cekinami. Najlepsze wrażenie zrobiła na mnie klitka poczekalni dla Matki z dzieckiem, nieoświetlone, zaciszne wnętrze z kilkoma rzędami ławek. Na jednej z nich spał jak dziecko samotny jak dziecko, bezdomny mąż. Nie namyślając się długo, podłożyłem sobie pod głowę worek, a pod buty, na wypadek patrolu milicji w sprawie porządku na kolejach, gustowną płachtę „Głosu Robotniczego". I wyciągnąłem się jak długi na drewnianych piernatach. Osiągnąłem stan nieważności.

John Ascuaga's Nugget is conveniently located on Interstate 80 within minutes of downtown Reno, the Reno International Airport with new high frequency air service, and bus and rail lines. W hotelu „Nugget" możesz wybrać z szerokiej gamy pokoi noclegowych, od wygodnych pokoi wyposażonych w video i natryski do luksusowych apartamentów z klimatyzacją i basenem. Sześć najlepszych i najwytworniejszych restauracji pozostaje zawsze do twojej dyspozycji, we wszystkich wyszukane i zróżnicowane menu: kuchnia polinezyjska w Trader Dick's, obfity wybór potraw włoskich w Golden Rooster Room, kuchnia chińska w The Steak House, obiady jarskie w John's Oyster Bar, francuskie naleśniki w Pancake Parlor, najsmaczniejsza kawa w Coffee Shop. Wspaniałą rozrywkę gwarantują kasyno i kabaret. Największą zaletą hotelu „Nugget" jest spokój – tylko tu wypoczniesz z dala od zgiełku i hałasu. Do dyspozycji gości korty tenisowe i pola golfowe. Hotel „Nugget" czeka na ciebie! For information or reservations contact your local travel agent or call the Nugget toll-free 1-800-648-1177.

Oczywiście obudziło mnie zimno. Budzenie jak na zamówienie. PKP powinny bardziej dbać o ścisłość tych swoich napisów. „Chłodnia biletowo-bagażowa". „Poczekalnia dla Eskimoski z dzieckiem". Było już jasno i wszystko było jasne, zamiast tamtego mężczyzny przy drzwiach siedziała jakaś nędzarka. Uśmiechnąłem się do niej, niech ma. Spojrzałem na zegar, dokładnie szósta. Zmięty „Głos Robotniczy" cisnąłem do kosza. Zimno to najlepsza z pobudek, stawia na nogi od razu i całkowicie, jak trwoga. Zdaje się, że kuchnia, na jaką postawiłem tego ranka, była polinezyjska. Zagłodzone małże w moim żołądku śpiewały unisono pieśń śmierci. Ogryzek pod ławką świecił jak samorodek złota.

Zaraz za Jastrowiem, w miejscu, gdzie od trasy T83 odchodzi w stronę Piły ramię Drogi nr 155, zatrzymałem się u stóp niewielkiego pomniczka ku czci poległych w walce o Wał Pomorski. Spróbowałem uszczknąć odrobinę z ich chwały, lecz obelisk nie był z pierniczka. Sprawdziłem, czy litery nie są czekoladowe. Nie były, więc oddawszy poległym hołd za pomocą westchnienia, poczłapałem dalej. Ranek był piękny i postanowiłem dojść pieszo do Szwecji.

Droga wiodła przez las. Grzybów było w bród. W bród było aut i motocykli zaparkowanych na poboczu. Ich właściciele uwijali się wśród drzew, pochyleni nad poszyciem jak kapłani doszukujący się grzechu w tym, co niskie, śliskie i bliskie ziemi. Nawet nie schodząc z szosy widziałem piękne okazy między pierwszymi drzewami. Niektóre grzyby grzecznie uchylały kapeluszy na mój widok. Co działo się głębiej, mogłem sobie tylko wyobrażać. Niestety, nie mogłem nazbierać grzybów dla siebie. Wstyd przyznać, ale nie odróżniam jadalnych od trujących. Rozpoznaję tylko muchomora i hubę, ale akurat oba są niejadalne. Choć wikińscy berserkowie jedli.

Ranek był piękny i Droga wiodła przez las. W Szwecji nic ciekawego. Sklep przemysłowo-spożywczy i kiosk nieczynny z powodu remanentu. Dwie ulice na krzyż i dwa miecze grunwaldzkie na krzyż, przypomnienie, że wciąż znajduję się na szlaku walk. Miecze zrobiono z betonu, nie z ptasiego mleczka. Zajrzałem do sklepu, kupiłem papierosy i trzy bułeczki bez szynki. Zostało jeszcze na bilet na pekaes do Wałcza. Usiadłem na przystanku, a ponieważ bułki nie były z betonu, zjadłem je, oblizałem się i zapaliłem. Paliło mi się źle, bo dostałem czkawki po tych bułkach. Na czkawkę mam jednak sposób, na który sam kiedyś wpadłem. Trzeba nabrać pełne płuca powietrza i zamknąć oczy. Następnie należy sobie wyobrazić wiadro w dwóch trzecich wypełnione domowym winem porzeczkowym, takim swojskim, w którym pływają jeszcze pojedyncze owoce. Następnie, nie tracąc z oczu wiadra, wyobrazić sobie młodą kobietę, jak to się mówi atrakcyjną, najlepiej pijaną i mającą na sobie tylko majtki i męską koszulę, twoją koszulę. Kobieta powinna być szczęśliwa i powinna tańczyć, a przynajmniej próbować. Oczywiście ktoś, komu myślenie o lekko narąbanych kobietach wydaje się sprośne, może zamiast tego myśleć o koparce „Cyklop", powodzenia. Powoli, łyczek po łyczku, należy wypić wino z wiadra. Oczywiście w wyobraźni. Potem można spróbować zbliżyć się w myśli do tej kobiety. Lub koparki. I wypuścić powietrze.

Stary, sprawdzony sposób poskutkował i tym razem. Na szczęście, bo przysiadła się do mnie kobieta oblepiona koszami grzybów, a ostatnią moją wypowiedzią wciąż było tamto „Kurwa mać", kciuka nie liczę, bo to był język gestów. Ciężko żyć, kiedy człowiek powiedział „Kurwa mać", a potem przez kilka godzin milczał. Kobieta była gruba, wdaliśmy się więc w pogawędkę, którą czkawka by utrudniła. Dlatego dobrze, że wcześniej tę czkawkę zwalczyłem. Uważam, że na przystanku powinny szybko stanąć dwa małe, dosłownie dwudziestocentymetrowe mieczyki z betonu.

– Widzę, że uzbierało się trochę, będzie czym zagryzać bimberek, jak przyjdzie zima, co?

– Ee tam, bimberek. Bimberek to wy, młodzi. Ja już nie. A grzyby to i owszem. Dam trochę synowej, resztę se ususzę i będę gryzła od Bożego Narodzenia do samej Wielkiej Nocy!

– A tak w ocet to nic? – uśmiechnąłem się lubieżnie.

– Ee tam, panie. La mnie ocet to trucizna. Wątroba – wyjaśniła i poklepała się po miejscu, gdzie miała domniemanie wątroby.

– A, to co innego. Z wątrobą nie ma żartów – zatroskałem się jak syn lekarza. Tymczasem wątroba aseksu-

alnego bóstwa podsłuchiwała naszą rozmowę i myślała ze złością: „Dam ja wam ocet. Dam ja wam klepanie".
Tak myślała wątroba.
– A pan co, tyż pełny worek grzybów uzbirał?
– Ee tam, grzybów. Ja się nie znam na grzybach, tylko hubę rozpoznam, bo na drzewie rośnie – tu się roześmialiśmy.
– Nie mogę się śmiać, bo mnie od razu wątroba boli – zastrzegło bóstwo i zaśmiewało się dalej, jakbym powiedział coś naprawdę bardzo śmiesznego.
– Turysta jestem i z takim workiem sobie wędruję. A w Szwecji to jestem pierwszy raz.
– Tak, tak, wakacje… – westchnęła baba i przypomniały jej się odległe czasy, kiedy w ogóle nie wiedziała, że ma wątrobę. Przypomniało jej się, jak mogła pić wino wiadrami, a potem jeszcze była w stanie oddać się komuś w lesie, nie zwracając najmniejszej uwagi na grzyby rozgniatane przez turlające się ciała. I przypomniało jej się, jak wróciła do domu z igłami we włosach i igły ją zdradziły, igły i rumieniec, i zebrała lanie, jakich mało. Ale mimo lania nie żałowała przecież, ani przez chwilę, a we wspomnieniu to nawet i to lanie wydawało się dosyć przyjemne, bo, jak wiadomo, we wspomnieniach wszystko widzi się w innym, lepszym świetle. We wspomnieniach zawsze jesteśmy niewinni. Z powodu tych wspomnień dłuższą chwilę milczeliśmy, potem ponarzekaliśmy na niepunktualne autobusy, a potem przyjechał pekaes. I w pekaesie już nie rozmawialiśmy, bo w pekaesie jest zupełnie, ale to zupełnie inny nastrój.
Za Szwecją leży Ostrowiec, a potem to już Mekka, Itaka, Eldorado – wszystkiego dziesięć minut jazdy. Powłóczyłem się trochę po mieście. Wysłuchałem śpiewnej modlitwy muezzina. Zobaczyłem Odysa stojącego przed Cyklopem i pytającego: „Dlaczego masz

takie wielkie oko jak koń?". Zszedłem nad rzekę i bezskutecznie usiłowałem wypłukać trochę złotego piasku.
Po dwóch godzinach znalazłem się przed budynkiem
Wojewódzkiego Domu Kultury. Trwało jeszcze trochę,
zanim w pokaźnym gmachu trafiłem do odpowiednie-
go sekretariatu. Stamtąd odpowiednia pani Zosia, opa-
lona jakby właśnie wróciła ze Złotych Piasków, zaprowadziła mnie we właściwe miejsce.

– Dzień dobry – przywitałem urzędujących tu
dwóch mesjaszy – ja w sprawie tegorocznego Konkursu
Prozy o Tematyce Morskiej imienia Łaptiewów. Jestem
młodym pisarzem z prowincji i w tak dużym gmachu
czuję się dość zagubiony...

– Witamy, witamy – przystojniak w moim wieku
rozpromienił się jak zimny ogień we Wigilię i przed-
stawił: – Jerzy Scylla, jeden z organizatorów konkursu,
bardzo mi miło.

Przedstawiłem się też i dodałem, żeby od razu wiadomo było, o co chodzi:

– Jeden, że się tak wyrażę, z laureatów.

Żeby nie myśleli, że przyszedłem rozmawiać o kuchni polinezyjskiej. Podałem rękę również drabowi za sąsiednim biurkiem, a on mruknął pod nosem:

– Ryszard Jakiśtam, bzobzybzyło...

– Proszę, niech pan spocznie – Scylla wskazał krzesło – nareszcie się pan zjawił! Bo już się niepokoili-
śmy. Wysłaliśmy nagrodę, ale chyba zmienił pan adres,
bo poczta odesłała... Naprawdę świetnie, że pan jest,
może herbatki?

– Nie, dziękuję – zatrząsłem się. I przypomniało mi
się, jak czytałem o berserku tak wściekłym, że idąc do
pojedynku, gryzł ze złości własną tarczę.

– Może jednak? – wetknął do gniazdka końcówkę
elektrycznej grzałki.

– Nie, naprawdę dziękuję. Gorące napoje tylko zimą.

– Rozumiem. Ale my się napijemy, nie, Rysiu?

– No pewnie. Nic innego nie mamy do roboty – odparł Jakiśtam basem i uśmiechnął się szeroko. – Ani do picia, niestety.

– W każdym razie może się pan jeszcze zdecydować – zachęcił jeszcze raz Scylla i na tym kwestia herbatki została szczęśliwie zakończona. – Więc co pana interesuje w związku z naszym konkursem?

– Nagroda – na szczęście ugryzłem się w język nie wcześniej, niż należało. – A najbardziej, to wie pan: skąd wzięła się, to znaczy jak powstała idea tego konkursu, lista nagrodzonych, skład jury, jak to w ogóle wyglądało, kim byli Łaptiewowie i tak dalej...

– Bardzo się cieszę, że sprawy kultury budzą w panu żywy rezonans zainteresowania. No więc tak. Pieniążki, oczywiście, dostanie pan za momencik – zerwał się z uśmiechem. Miły facet był z niego. – A potem pogadamy sobie chwilę, nie śpieszy się pan, mam nadzieję?

– Sam nie wiem – spojrzeli po sobie ze zdziwieniem. – Jadę do Szczecina, a na razie nie wiem, o której mam pociąg. Bo ja tu tak przy okazji wstąpiłem, po Drodze, pomyślałem sobie, że skoro już jestem w tej okolicy... ·

– Aha. No, wszystko jedno, idę po tę nagrodę – Scylla znowu się uśmiechnął. W gruncie rzeczy uśmiech ani na chwilę nie schodził z jego twarzy, raz się tylko rozszerzał, raz zwężał. – Proszę mi tylko przypomnieć, jaki tytuł nosiła pańska praca?

– „Morski, morski jeździec".

– „Morski jeździec"?

– „Morski, m o r s k i jeździec".

– A, przepraszam. Myślałem, że jąka się pan – uśmiechnął się od ucha do ucha.

Zamknął drzwi za sobą.

– Mogę zapalić? – spytałem Jakiśtama, gdy zostaliśmy sami.

– Oczywiście, oczywiście – podsunął mi popielniczkę.

– Dziękuję – wyciągnąłem w jego stronę paczkę popularnych. Nie odmówił. Zapaliliśmy, po czym zaległa dłuższa cisza i zacząłem się głowić, jak by tu uskutecznić dalsze rozmawianie.

– Może jednak herbatki? – spytał Jakiśtam.

– Naprawdę dziękuję.

W radiu leciała jakaś piosenka.

– Będzie pan miał bezpośredni pociąg do Szczecina?

Zawsze szokuje mnie łatwość, z jaką ludzie to znajdują: temat do rozmowy.

– Nie wiem – odpowiedziałem. – Rozejrzę się, jak już będę na dworcu. Ale prawdopodobnie będę się musiał cofnąć do Piły.

– A po co? – obruszył się. – Przecież zamiast się cofać, można pojechać do Stargardu, a stamtąd pociągi do Szczecina chodzą co pięć minut! Chyba, że ma pan jakąś sprawę do załatwienia w Pile...

– Nie, nie! Po prostu nie orientuję się w połączeniach, pierwszy raz w życiu jestem w Wałczu i sam pan rozumie: muezzin, Odys, kwestia wałecka, nuggety...

– To radzę panu do Stargardu. Zresztą zaraz zadzwonimy i wszystkiego się dowiemy – na sąsiednim biurku stał aparat.

– Ależ niech się pan nie kłopocze... – zacząłem.

– Żaden kłopot. Od tego są telefony, żeby się informować. Ma pan wyjątkową okazję zasięgnąć informacji na koszt domu kultury – naprawdę dowcipny był z niego gość. Już wykręcał numer i witał się z gąską. – O której odchodzi najbliższy pociąg do Szczecina lub Stargardu?

Naprawdę przyjemny chłop. To znaczy, może bez przesady, ale dawno już minęła trzynasta i chyba nie byłoby źle wypić za tych Łaptiewów, co na morzu i w ogóle. Tylko wciąż nie wiadomo, ile tej nagrody. Monolog wewnętrzny przerwał mi Jakiśtam.

– Rozumiem. Do Stargardu, tak? Gęguję – odłożył słuchawkę i ogłosił: – Piętnasta trzydzieści pięć. Do Stargardu, a stamtąd dosłownie co chwilę elektryczne do Szczecina.

– A która jest teraz?

– Czternasta osiemnaście – jeszcze niedawno Jakiśtam powiedziałby: dwadzieścia po drugiej. Ale teraz ludzie mają zegarki elektroniczne, z cyferkami zamiast cyferblatu.

Zatem propozycja upadła, zanim padła. Woda na herbatę jeszcze się nie zagotowała. Wracając od telefonu, Jakiśtam zatrzymał się nade mną i zapytał znienacka:

– A gdzie to pan się włóczył?

Zatkało mnie.

– A co? – odetkało mnie.

– Pełno igieł pan ma we włosach.

– Igieł?

– Igieł – niczym filipiński uzdrowiciel wyjął mi z głowy kilka egzemplarzy i pokazał. Rzeczywiście, sosnowe igły.

– O, cholera. A, już wiem. Jak już wspominałem, jestem pisarzem w gruncie rzeczy z prowincji i przy każdej okazji turlam się z leszczynowej górki. Więc przez dwie godziny chodziłem po mieście wojewódzkim jak głupi z igłami we włosach? Dobrze, że mi pan powiedział. Jest tu jakaś toaleta z lustrem?

– Jest, ale bez lustra. Drugie drzwi na lewo w korytarzu.

– Dziękuję – złapałem grzebień, który miałem w worku na wierzchu, i wybiegłem. W łazience pochyliłem się nad zlewem i zacząłem rozczesywać kudły. Spadło parenaście igieł, trafiła się nawet jedna maleńka szyszeczka. Zapachniało lasem. Zarodniki grzybów rozsypały się wokół po posadzce. Spłoszona wiewiórka odbiła się od zlewu i, ślizgając się, czmychnęła na korytarz. Pod sufitem tłukł się skowronek. Bóbr dał drapaka do WC i, klapiąc nerwowo ogonem, spuścił się z falą wody z rezerwuaru w otchłań rury kanalizacyjnej. Na koniec z mojej głowy wylało się do zlewu wiadro porzeczkowego wina. Zadowolony, przejrzałem się w białych kafelkach, jakimi wyłożone były ściany. Byłem bardzo zniekształcony i lekko rozmazany, nierealny jak jeździec, który przyjechał znikąd na zdechłym z głodu koniu.

Kiedy wróciłem, w pokoju nie było nikogo. Usiadłem więc na swoim krześle, znów zapaliłem i zacząłem się zastanawiać, co by tu zajebać z dóbr biurowych i wspólnych. Znajdowałem się wszak w domu kultury, a kultura to ja. Na biurku rzucił mi się w oczy plik dużych szarych kopert, od dłuższego czasu nie można takich nigdzie dostać, a są to koperty idealne do wysyłania przez ludzi kultury twórczości na różne konkursy literackie: O Kromkę Chleba, O Sprzączkę Wojewody, O Kubeczek Z Którego Pił Wojciech Żukrowski itp. Obejrzałem się, nadstawiłem uszu. Nikt nie nadchodził, więc chyłkiem ściągnąłem z pięć. Ledwie je upchnąłem, wrócił Scylla.

– Proszę, oto pieniążki – wręczył mi skromną talię trzech tysięcy. – Gratuluję i życzę dalszych, kolejnych sukcesów na niełatwej niwie pisarstwa. Nie za dużo tego, ale cóż, my też skazani jesteśmy na samofinansowanie – uśmiechnął się przepraszająco.

– Dzięki. Pozwoli pan, że włożę do koperty?

– Jasne, prosz: – podał mi kopertę z tamtego pliku. – Koperta duża, pieniędzy mało, jak w życiu. I jeszcze trochę biurokracji – podsunął mi papier i długopis. Pokwitowałem.

– Przepraszam, a może mi pan sprezentować kilka tych kopert? – spytałem potem. – Od dłuższego czasu nie można takich nigdzie dostać...

– Oczywiście, niech pan bierze! Śmiało!

Wziąłem ostrożnie trzy, a potem jeszcze jedną.

– Może jeszcze jedną? – zachęcił.

– Nie, wystarczy. Zresztą... niech będzie jeszcze jedna. O, woda się gotuje – korzystając z okazji, wziąłem chyba pięć kolejnych.

– Właściwie my z tych kopert prawie w ogóle nie korzystamy. Może jednak herbaty? – rozlewał wrzątek do szklanek. Zaprzeczyłem tylko ruchem głowy. – Więc może pan sobie wziąć nawet połowę, jeśli się panu przydadzą.

– Naprawdę? – na biurku zostało już mniej niż połowa kopert. – Skoro pan taki miły, to będę bezczelny i przyjmę jeszcze kilka.

Teraz na biurku zostało może siedem sztuk. Naprawdę byłem bezczelny. I niewdzięczny. Byli mili. Dali mi nagrodę. A ja pozbawiłem ich kopert. Kiedy po chwili wrócił Jakiśtam, Scylla podstawił mu pod nos parującą herbatę i spytał:

– Rysiek, te koperty będą nam potrzebne? Korzystasz z nich?

– Które?

– O, te – wziął do ręki ocalałą resztkę. – Bo panu by się przydały, więc możemy mu je chyba sprezentować?

– No pewnie. Głupio się pytasz.

– Jeszcze raz gratuluję – Scylla wręczył mi ostatnie koperty, wymruczałem kolejne podziękowanie. Grzecznościom nie było końca. Popijając herbatę, zrelacjonowali, jak wyglądało oficjalne wręczenie nagród, przedstawili listę nagrodzonych i skład jury. Opowiedzieli mi, kim byli Łaptiewowie. Potem rozmawialiśmy o Tadeuszu Nowaku. Potem opowiedzieli mi o spotkaniu autorskim Jana Rybowicza, który przyszedł na nie pijany i spadł pod stół. Siedzieli w klimatach i czuli bluesa, a opowiadać lubili ze szczegółami, co dodawało naszej rozmowie pikanterii. W chwili kiedy Rybowicz w zwolnionym tempie spadał pod stół, z mówionej kontemplacji wyrwała nas pani Zosia wpadając tylko na chwilę.

– Wpadłam tylko na chwilę, wezmę sobie grzałkę. I trochę cukru, bo nam się skończył.

Wzięła. Grzałkę w lewą, trochę cukru w prawą rękę. Czułem, że zbliża się pointa tej niewydumanej historii, bo pojawienie się kobiety na scenie wydarzeń zwiastuje przyśpieszenie tempa tych wydarzeń, zawalenie się sceny i tym podobne atrakcje. A zresztą miałem coraz mniej czasu do odjazdu pociągu. Była już przy drzwiach, kiedy Jakiśtam odezwał się:

– Pani Zosiu, a gdzież pani się tak ślicznie opaliła?

– W Złotych Piaskach, panie Rysiu. Przecież pan wie.

– W t y c h s ł y n n y c h Złotych Piaskach?

– Tak, w tych słynnych.

– Jak one to robią, że pracując w wudeku mogą sobie pozwolić na wczasy w Bułgarii? – spytał Jakiśtam trochę nas, a trochę siebie. – I co, pani Zosiu, tylko ręce i nogi pani tak ładnie opaliła, czy całe ciało?

Pani Zosia zastrzygła uszami i zachichotała.

– Całe ciało, panie Rysiu. Od stóp do głów.

– No, no. Rad bym to zobaczyć – cmoknął Jakiśtam.

Pani Zosia wyszła cała w skowronkach i cukrze. Między jej stopami plątała się wiewiórka.

– Zauważyłeś, Jerzy, że pani Zosia dzisiaj w wyjątkowo dobrym humorze? – spytał pan Rysio.

– Właśnie – zdziwił się Scylla. – Przez parę dni chodziła taka nie w sosie…

Jakiśtam napuszył się.

– Ja wiem, dlaczego. Rano – zniżył głos – odsunąłem jej krzesło, kiedy siadała, i żeby nie upadła, złapałem ją za cyc. I widzisz, jak to jej poprawiło samopo-
czucie... I jej, i mnie!

– No, proszę! Niby mała rzecz, a cieszy! – zaśmiał
się Scylla.

– Nie taka mała, nie taka mała – sprzeciwił się
Jakiśtam.

Nie sposób przecenić rangi, jaką w ludzkim życiu mają bumerangi

Po wystartowaniu narciarz musi się oswoić z nowym elementem, jakim jest dla niego woda.

René Moyset, „Narty wodne"

Autobus do Ostrowca przez Tarnobrzeg odjeżdża o 16.15 ze stanowiska 10. Zauważyłem to kątem oka na planszy rozkładu jazdy. Autobus do Patistanu odjeżdża o 6.35 ze stanowiska 4, tym pojechaliśmy. Wcześniej odjechał z sąsiedniego stanowiska autobus do Pstrągowej prowadzony przez Richarda Brautigana z dwoma tubusami od mikroskopu zamiast oczu. To tyle, jeśli chodzi o rozkład jazdy i obsadę kursów w Krośnie.

Od wielu już dni nikt nie pokazywał się w Patistanie i w posiadanie wzięły go w tym czasie pająki. Już w Drodze na górę widzieliśmy mnóstwo pajęczyn. Rosa skraplała się na nich i skupiała na sobie światło słoneczne. Między gałązkami krzaków i na drewnianej konstrukcji mostu pająki przędą swoje świetliste gobeliny wertykalnie, wśród źdźbeł bujnej trawy horyzontalnie. Tym sposobem ani owady latające poziomo, ani owady latające pionowo nie mogą czuć się bezpieczne.

Wszędzie pajęczyny. Otwierasz drzwi wychodka i kilkanaście delikatnych sieci napręża się, rozciąga, a potem pękają i ich resztki zwisają smętnie przyklejone do desek. Wchodzisz pod drzewo nazbierać orzechów i tiulowe strzępy zostają na twoim ubraniu. Drzemiesz po podróży kilka godzin na murawie, a potem wstajesz, idziesz się umyć i pod pachami masz tyle pajęczyny, że mógłbyś latać jak latający wąż. W kuchni nad stołem zastaliśmy nieruchomego pająka z krzyżem na ornacie, znieruchomiałego w centrum pajęczyny rozpiętej między stołem, ścianą i belką sufitową. Obiecaliśmy sobie uważać na to misterne dzieło przez dwa dni pobytu tutaj, ale jak tylko Patison znalazł w wyłączonej lodówce butelkę z resztką bimbru, Śliwa tak zadrżał, że zerwał którąś z mocujących nici i jedno skrzydło pajęczyny zwiędło i opadło. Pająk ani drgnął, grzecznie udał, że nic się nie stało. Zdaje się, że savoir-vivre i kontemplacja znaczą dla niego więcej niż cała reszta świata. Mimo uporczywej nieruchomości gada zaprzyjaźniliśmy się z nim. Śliwa postawił w prostej linii pod ośmionogim joginem talerzyk, na którym położył kawałek ziemniaka i ustawił kieliszek pachnący jeszcze bimbrem. Dużo rozmawiamy o naszym pająku, a on wcale się nie rusza, to chyba znak, że słucha. Chciałem nadać mu imię Kodak, ale Patison kazał mi wymyślić jakieś inne imię, powiedział, że ma być misterne, gotyckie i żaroodporne. Myślałem nad tym przez kwadrans. Olgierd? Ulrich? Torsten? Nic nie wymyśliłem i pająk pozostaje bezimienny.

Patison pokazał nam zakrzywiony korzeń znaleziony w ogrodzie. „To nie korzeń, to bumerang", stwierdził Śliwa, ponieważ korzeń jest zakrzywiony. Doradzam Patisonowi opanowanie takiej techniki rzutu korzeniem, aby ciśnięty w stronę wsi w dole wracał z wódką ze znajdującego się tam sklepu, zakupy błyskawiczne. Patison myśli jednak raczej o rzucaniu bumerangiem w kuchni. Ocenia jej parametry, skrzywienie korzenia, i rozważa możliwości takiego rzutu, żeby bumerang umył w locie naczynia.

Siedząc w ogrodzie na Drzewie, Na Którym Zawsze Zdarza Się Coś Ciekawego, znowu znalazłem na swetrze włos Magdy. Nudny już jestem z tymi włosami, wiem, ale tym razem był to włos wyjątkowy. Swego czasu

ciągle znajdowałem gdzieś jej pojedyncze włosy, najbardziej cieszyły mnie te zaplątane w najmniej spodzie-
wanych miejscach, na przykład w slipach albo w bucie.
Potem znajdowałem je coraz rzadziej, a potem jeszcze
rzadziej, łatwo się domyślić, co to oznaczało. Ten dlatego był wyjątkowy, że to już ostatni włos. Nie widziałem Magdy od wiosny, a teraz zaczyna się jesień. Przez
całe lato nie używałem swojego romantycznego, czarnego swetra z golfem, bo było lato. Jej włos uwikłany
w sploty wełny przetrwał jakoś wiosenne pranie, a potem przeleżał kilka miesięcy w szafie, żebym mógł teraz
go znaleźć. Przesunąłem go kilka razy między palcami,
a kiedy wyczułem najlżejszy powiew wiatru, pozwoli-
łem mu odpłynąć. Oddalał się niczym nić babiego lata.
Zniknął mi z oczu i nie znam dalszych jego losów, być
może został nostalgicznym bohaterem elegijnego westernu „Ostatni włos". Wiatr, który go zabrał, równie
dobrze może kiedyś przynieść mi go z powrotem.

Wieczorem przygotowaliśmy ognisko i postanowiliśmy przepić pieniądze odłożone wcześniej na powrotną podróż. Radzi, że udało nam się podjąć tak mą-
drą decyzję, maszerowaliśmy do wsi w wesołej ciemności i głowiliśmy się, czy nie byłoby dobrze nazwać
naszego pająka Pająkiem Jelitko. Uznaliśmy, że jednak
nie. Jelitko to dobre imię, ale dla sędziego sportowe-
go. A zostawiony nad stołem pająk dźwigał tymczasem
swój krzyż, rachował godziny pozostające do naszego
wyjazdu i zapewne zaznaczał je jakoś na wykresie swojej godnej podziwu pajęczyny.

Przy ognisku rozmawialiśmy o wszystkich tych sprawach, jakie mogą zajmować trzech mężczyzn popijających nocą przy ognisku. Patison poruszył również kwestię Manueli Gretkowskiej, która jego zdaniem jest oso-
bą trochę schizofreniczną. Ponieważ Śliwa nie chciał
zabrać głosu w tej sprawie, wypowiedziałem się ja. „A ty

jesteś górnikiem", zakończyłem swoją wypowiedź, gdyż Patison jest górnikiem. Przed snem położyliśmy pająkowi na jego talerzyku kulkę winogron. Żadna mucha nie złapała się w uszkodzoną sieć. Oczywiście przedłożonego mu ziemniaka nie ubyło ani na jotę, a jeśli znikły resztki bimbru, to dlatego, że wyparowały. Jednak nie wątpimy, że pająk żywi się widokiem, a może nawet zapachem odkładanych dla niego specjałów.

Rano obudziło mnie niedzielne bicie dzwonów we wsi i turkot samochodów niosący się od drewnianego mostu. Nastawiając kawę dostrzegłem, że kulka winogron znikła z talerzyka, a sieć pająka została odbudowana i umocniona. Wyglądała teraz na sieć ze złotego drutu, który trzeba by ciąć nożyczkami, żeby naruszyć jej doskonałość. A więc to tak. W ciągu dnia w ogóle się nie rusza i pewnie drzemie w miarę możliwości, a nocą odprawia swoje misteria i haruje. Wybiegłem na dwór i przez szparę między deskami zajrzałem do mrocznego wychodka. Wszystkie zerwane wczoraj pajęczyny wisiały od nowa na swoich miejscach. A więc to tak.

Wracałem wydeptaną w trawie trasą w zamyśleniu. Dzięki pajęczynie neuronów w mózgu mogę myśleć nawet o kilku sprawach naraz. Myślałem o Brautiganie, roli bumerangu w życiu współczesnego człowieka i włosie Magdy. Rozglądałem się i rozpoznawałem ścieżki, którymi chodziła, miejsce, gdzie było ognisko i ławeczkę, na której siadywała z rozpuszczonymi włosami nad rozpuszczalną kawą. I myślałem, jakie to sprawiedliwe, że najdrobniejszy epizod i największy wyczyn wracają do nas kiedyś odwrócone na lewą stronę. Odbite od nowiutkiego lustra i wyczyszczone ze znaczeń. I albo coś z nimi zrobisz od nowa, albo ugotujesz się we własnej jaźni. Rzucasz bumerangiem, a po chwili wraca i spada ci pod stopy widelec. Widelec uśmiecha się i mówi: chybiłeś o włos. I jeśli hałasujemy w starym drewnianym domu okolonym kwiatami, to sprawiedliwe, że już jutro królować w nim będzie cisza. A jeśli ma się czegoś więcej niż idealne jeden, zostanie się kiedyś sam na sam z absolutnym zerem. „Zjadłem w nocy ten winogronek. Miałem kaca i nie mogłem się powstrzymać", mówi górnik Patison.

Kiedy przyszła pora wyjazdu, nie mogliśmy zwlekać dłużej z ochrzczeniem pająka. Z braku lepszych pomysłów został Olgierdem Jelitko. Patison umieścił przed nim napis informacyjny: „To jest Olgierd Jelitko, władca much, karmić spirytusem i ziemniakami". Wystawiliśmy mu tymczasowy dowód tożsamości na takie właśnie nazwisko. W rubryce „zawód" wpisaliśmy: pająk, w żadnym razie sędzia sportowy. W rubryce „znaki szczególne" wpisaliśmy: jego nazwisko, wbrew pozorom, nie odmienia się.

**Anna Maria wyjaśnia mi, że „jemný"
znaczy po słowacku delikatny, ale tak jak papier**

Siedemnastego dnia Bóg zamyślił się, ale niezbyt głęboko, po czym wezwał Pomocników i powiedział im:
– Ulepcie mi jeszcze coś.
– Ale my już wiechę postawilim – zaprotestował któryś nieśmiało. – I do gorzały mieli my się brać.
– Gorzała to grzech, a grzech zawsze może poczekać. Lepiej lepcie. Lepcie, lepcie.
– Ale co? – zdziwili się.
– Cokolwiek. Może jeszcze jakiegoś człowieka? Im więcej ludzi, tym ciekawiej. Ulepcie mi na przykład Winneratu.
– Winneratu?
– Tak, jego. Chciałbym mieć Winneratu. Ulepcie mi go z papieru.
I Pomocnicy wzięli ze składnicy papier, dobre czterysta arkuszy pierwszorzędnego gatunku, plus trochę makulatury, i zaczęli lepić, kogo im nakazał. Z początku próbowali go uczynić tak, jak się robi samoloty lub cudeńka origami. Ale nie trzymał się kupy. Ręce wisiały mu jak dwa makarony świderki. Opadała mu szczęka i przecierał się pod pachami. A jego fiucik! Wyglądał jak biełomor, z którego wykruszono tytoń, aż Pomocnikom zachciało się śmiać na widok swojego dzieła. Ale śmiech śmiechem, a robota robotą. Przysiedli na chwilkę na palecie z celulozą, zakurzyli, naradzili się i wymyślili, że trzeba papier uplastycznić. Popluli w ręce, dosypali gipsu, mydła, morelowego dżemu z dyni, jakiegoś klajstru... I wymieszali wszystko w małej ilości wody. O, teraz lepił się lepiej. Poszło im łatwo jak z byle bałwanem. Szczęka już mu nie opadała, ręce miał kształtne i umięś-

nione. Cały był niczego sobie. Nadali mu byle jakie rysy twarzy, popaćkali jadem węża, wytarzali w pierzu rajskich ptaków, na koniec uczesali go siekierą i był gotów. Tak powstało papier-mâché. Najstarszy Pomocnik wziął ulepieńca pod pachę i stanął przed Bożym obliczem z jednym jeszcze zapytaniem.

– A jego Miłość? Z czego mamy zrobić jego Miłość? Uczyłeś nas, że Miłość jest ważna.

– Z gliny. Niech jego Miłość będzie kolosem na glinianych nogach.

– Kolosem nie będzie. Zostało nam bardzo mało gliny. Możemy mu zrobić taką małą Miłość, nie wiem, może niech to będzie pudełek? Czy pudełek na glinianych nogach będzie dobry, o Panie?

– Nie. Jego Miłość musi być wielka. A co tam jeszcze macie w wystarczających ilościach?

– Papier. Mamy bardzo dużo papieru.

Pan Bóg zacukał się, ale zaraz się odcmoktał.

– Dobrze – rzekł. – Niech jego Miłość także będzie papierowa.

Wzięli więc stare gazety z przyszłości, bardzo dużo gazet, a także jakieś rękopiśmienne bazgroły, i uczynili, jak im powiedział.

Kiedy przychodzi śmierć, trzeba być na miejscu, do którego przychodzi, bo inaczej wszystko na nic

Dorocie Różyckiej

Z początkiem nowego roku postanowiłem zacząć nowe życie. Nigdy więcej spóźnień. Nigdy więcej bezeceństw. Nigdy więcej martini w ekspresie do Krakowa, kiedy nudę podróży umila się piękną lekturą literatury pięknej na lekkim, kunsztownym rauszu. Żadnych lektur, to najważniejsze. Usiadłem, żeby napisać pożegnalny poemat pt. „Marzenie".

Marzenie

Marzenie

Marzyłem, że kiedyś znowu

Dalszego ciągu nie napisałem, bo nie mogłem znaleźć żadnego rymu do „znowu" z wyjątkiem „rowu", który wyjątkowo mi nie pasował. Marzyłem, że kiedyś znowu stoczymy się do rowu? Nigdy nie tarzałem się z Marzeną po rowach. Namoczyłem papier przygotowany pod pożegnalny poemat i uszczelniłem powstałą paciają okna. Tak powstało papier-mâché II. Wyjąłem z ust gumę do żucia i zakleiłem nią judasza. Otwory wentylacyjne w kuchni i łazience zasłoniłem pierwszymi z brzegu obrazkami. Przypomniało mi się przy tym, jak Letycja, kiedy jeszcze była malutka, powiedziała na widok dwóch swoich bab naraz: „Okropne stare otwory". Za oknem słychać już

było pierwsze korki od szampana i petardy. Pogasiłem
światła. Odkręciłem wszystkie kurki gazu, położyłem
się na kuchennym stole i włożyłem sobie w ręce kaganiec, bo różańca nie miałem. Miałem za to psa, ślepą
sukę Marzenę. Nigdy więcej ślepych suk. Syk palni-
ków uspokajał i coraz przyjemniej mieszał się z docho-
dzącymi zewsząd echami wystrzałów i wiwatów. Kiedy
kanonada i wrzaski osiągnęły apogeum, stało się coś
dziwnego. Syk znikł.
    Chrząknąłem. W zamyśleniu potarłem brodę piętą.
Wstałem, zapaliłem światło i sięgnąłem po świąteczną
gazetę. W ramce z telefonami alarmowymi znalazłem
numer pogotowia gazowego. Mimo kagańca na rękach
udało mi się go wybrać.
    – Pogotowie gazowe?
    – Gazowe, gazowe.
    – Szczęśliwego nowego roku.
    – Gazownicy zawsze na posterunku.
    – I chwała Panu. A u mnie właśnie zabrakło gazu,
panie gazowniku.
    – Kiedy?
    – Przed chwilą, chyba dokładnie o północy.
    – No tak, tego się spodziewaliśmy.
    – Nie rozumiem.
    – Problem roku dwutysięcznego.
    – J a k i problem?
    – Roku dwutysięcznego. Zapowiedź końca. Ma pan
komputer?
    – Nie, piszę na maszynie.
    – To proszę podejść do maszyny i spróbować
coś napisać. Przepraszam, dzwoni drugi telefon.
Najlepszego.
    Podszedłem do maszyny i spróbowałem napisać ty-
tuł „ŻYCIE, A ZWŁASZCZA ŚMIERĆ ANGELIKI DE
SANCÉ". Moja maszyna do pisania nie pisała, litery,

zamiast zostawać na papierze, ulatywały w powietrze jak rój wyzwolonych, feministycznych much.

Włączyłem płytę Marcela Ponseele wymiatającego sonaty na obój i bazookę, i zamiast niego usłyszałem Roberta Wyatta śpiewającego w kółko „Yolandę". Żadnym sposobem nie mogłem zatrzymać płyty. Od tej chwili wydarzenia potoczyły się, jak to się mówi, lawinowo.

W lodówce wyrosły przebiśniegi. Prysznic urywał się od telefonów znajomych pytających, jak się czuję w nowym roku. Odkurzacz wydmuchnął z siebie wszystkie śmieci i postanowił mieć dzieci z suszarką do włosów. Po uruchomieniu spłuczki woda z sedesu płynęła do góry i znikała w rurach prowadzących gdzieś ku niebu. Książki historyczne poświęcone trzeciemu tysiącleciu będą kończyły się słowami: „A srało się do rezerwuaru".

Moja ślepa suka Marzena, którą po kilku dniach odebrałem ze schroniska, odzyskała wzrok. Teraz widziała nawet przyszłość. Zaczytywała się książkami historycznymi o naszej przedziwnej epoce. Narciarze w Konkursie Czterech Skoczni skakali tyłem. Stropiony sąsiad pożalił mi się na schodach, że jego żona, dotychczas prawa i przeciwna wszelkim wynaturzeniom, życzy sobie być braną wyłącznie od tyłu.

– To się nazywa: świat na opak, czytałem w pewnej książce. A mnie się urwał prysznic.

– Co tam prysznic, kiedy własna żona życzy sobie być braną wyłącznie od tyłu.

– To bierz – wzruszyłem ramionami.

– Kiedy mi nie staje.

– Wyrażaj się. Mam zamiar poświęcić niezwykłości tych dni dokumentalne opowiadanie dla przyszłych pokoleń, ku przestrodze.

– No to jak, nie mogę otrzymać wzwodu, tak?

`Może za bardzo jesteś przepity po tych wszyst-
kich świętach?

– Nie. Wracam właśnie od seksuologa, z Warszawy. Problem, który mam, to problem roku dwutysięcznego, tak powiedział. A u ciebie w porządku z tymi sprawami?

Wszystko przez te zera, którymi nagle zaczęły kończyć się daty. Na końcu wszystkich myśli i czynności stoi teraz nieuniknione, nadęte zero. Buty, na podeszwach których topnieje śnieg, zostawiają przy każdym kroku nowe zero na posadzce. Zero zajmuje całe łóżko, kiedy chcę iść spać, podługowate zero patrzy rano z lustra przy goleniu. Mam kłopoty z zasypianiem, a golić mi się nie chce, szczerze mówiąc, golę się przeciwko sobie. Próbuję odczytać przyszłość z nowych oczu mojej starej suki, okrągłych jak dwa zera.

Angelika i małże

> Miał konia, który był garbaty i wyglądał jak
> księżyc w październikowej kwadrze. Nazywał go
> Kair. „To jest egipski koń", mówił wszystkim.
> Miał też innego konia, który nie miał uszu.
> Odgryzł mu je kiedyś jakiś pijany kowboj
> w ramach zakładu o pięćdziesiąt centów.
> – Założę się o pięćdziesiąt centów, że jestem
> taki spity, że odgryzę koniowi uszy!
>
> **Richard Brautigan,**
> **„Potwór Profesora Hawkline'a"**

Après des aventures dramatiques et cruelles, Angélique avait enfin retrouvé son mari devant Dieu: Joffrey de Peyrac devent „le Rescator", l'homme le plus redouté en Méditerranée.

Un bonheur tant espéré semblait possible, mais... Kiedy Olgierd Jelitko, pająk, nie żaden sędzia sportowy, po raz pierwszy ujrzał piękną od Miłości Angelikę, serce zabiło mu szybciej. Ta chwila odmieniła całe życie Olgierda. Muchy wiele straciły w jego oczach. W połowie pracy porzucił niedokończone pajęczyny. Przez resztę dnia myślał jedynie o niej, snuł jedynie plany. Wyobrażał sobie wyrafinowane pocałunki, podczas których ślina Angeliki będzie mieszała się z jego śliną. Marzył o ślubie z nią, o garniturze z czterema parami spodni, który wtedy włoży. Śnił o uprowadzeniu jej do pająków kosarzy, gdzie bezpiecznie i w przepychu żyliby długo, szczęśliwie odgrodzeni od ludzkiego świata. Jedno tylko nie podobało się pająkowi Jelitko: Rescator ciągle obecny u boku anielskiej piękności, jego zuchwała pewność widoczna w każdym geście i, co najgorsze, względy, jakie i ona okazywała temu niezgrabiaszowi, nic nie wiedzącemu o sile, którą daje rezygnacja, ani o tkaniu pajęczyn.

Wieczorem wypolerował krzyż na swoim grzbiecie rubinową krwią utoczoną z ciał muszek owocówek. Umył odwłok w kropli rosy, wspiął się na tulipan i wypachnił się jego pyłkiem. Kiedy wrócił świeży i odmieniony, z gorejącym sercem, kochankowie spali we wzburzonej jeszcze pościeli. Ciało Angeliki okrywała błękitna nocna koszulka z czegoś w rodzaju atłasu. Na ramionach znać było jeszcze ślady batów od sułtana Maroka. Rany zabliźniły się jednak na tyle, że nie można było być całkowicie pewnym, czy nie był to biczyk króla Egiptu. Kiedy Olgierd przemierzał uśpione ciało kobiety, jego nogi zsuwały się ze śliskiej niebieskiej tkaniny. Chciał właśnie wejść delikatnie na jej policzek okryty cudownym meszkiem i wyrecytować do ucha: „Pragnę upleść pajęczynę na twym lunarnym dekolcie", kiedy Rescatora obudziły jego kroki pełne pośliźnięć i omsknięć. Wpatrzony w twarz Angeliki, owiewany już jej oddechem, pająk Jelitko zapomniał o ostrożności. Kiedy zobaczył nad sobą palec Rescatora gotów do pstryknięcia, było już, w najlepszym razie, za późno.

Dowlókł się do drewutni na pięciu ocalałych nogach i zaszył się w najciemniejszym kącie wśród wiórów, drzazg i połamanych sanek dzieci Patisona; tam, w zamknięciu, długo leczył rany. Kilka godzin leżał w gorączce, powtarzając jedynie „Angélique, Angélique". Lecz nic go tak nie bolało jak urażona duma. Zwiedziały się o nim muchy i korzystając z okazji włazíły mu na głowę, a kiedy pstrzyły mu czoło hańbiącym muszym gówienkiem, obmyślał już plany zemsty doskonałe jak uroda Francuzki. „Małże fik, małże fik", przedrzeźniały go muchy nie wiedzące już, jak jeszcze można by mu ubliżyć.

Dwa dni później zaczaił się na Angelikę w ogrodzie, na Drzewie, Na Którym Zawsze Wydarza Się Coś Ciekawego. Małże w jego jaźni śpiewały unisono pieśń śmierci. Znał już ścieżki, którymi chodziła. Z ukrycia obserwował ich oboje i dobrze poznał zwyczaje i upodobania pary, której pół kochał, a drugiego pół nienawidził. Widział także potęgę uczucia, jakie łączyło tamtych dwoje. Był tak słaby, że postanowił wziąć Angelikę siłą. Był zupełnie opętany pragnieniem posiadania jej. Wyczekał momentu, kiedy nadchodziła bez towarzystwa tego obrzydliwca Rescatora, i zniżył się na nici z gałęzi do jej poziomu. Wiatr kołysał go łagodnie i doprowadzał do ekstazy, która przerodziła się w szał, kiedy zobaczył po twarzy Angeliki, jak bardzo jest zakochana. Teraz!!! Rzucił się na nią, schwycił za szyję i dusił ośmiorgiem swych kończyn, z których trzy były w gipsie. „Muszę cię mieć, wpadłaś w mą sieć, muszę cię mieć!", recytował mocując się z pasemkiem włosów, które podmuch wiatru przesuwał po jej szyi. Kiedy cicho pisnęła, starał się dopaść jej ust, a potem spróbował obalić ją na ziemię, w kwietno-trawiasty dywan natury. „Jesteś moja! Jesteś moja!" Spadł z szyi na dekolt i omal nie urwał sobie lewej nogoręki, usiłując rozedrzeć jej suknię. Mimo dreszczyku obrzydzenia wzięła go ostrożnie w dłoń i strzepnęła na trawę. Nim się wyprostowała, powiedziała po prostu: „Kocham Rescatora".

Tak mu się przynajmniej zdawało.

O, pogrzeby najszlachetniejszych zamiarów, potęgo przemijania i zła, nieuleczalne rany, odchody much i nędzo odtrącenia, teraz pająk zrozumiał. Oto osiągnął dno. „Drżysz", rzekł Rescator, zamykając w objęciach ciało Angeliki i całując jej włosy. „Pająk spadł mi na szyję", odpowiedziała. „Brrr".

Sposobili się do podróży. Olgierd Jelitko też. Kiedy oni pakowali swój dobytek, broń, stroje pamiętające Wersal i błękitem pachnące perfumy, urządził krwawą jatkę i wymordował wszystkie muchy w okolicy. Nie odpuścił też pszczołom, ćmom ani ważkom. Złowił nawet dwie jaskółki i tak opił się krwi, że jego ornat ze znakiem krzyża mało nie pękł. Ukrył na piersiach tymczasowe zaświadczenie tożsamości. Ostatniej nocy, kiedy oni kochali się przy głośnej muzyce, wpełznął do jej kosmetyczki i ukrył się w pojemniczku z tamponami, jakie kobiety jej pozycji i pochodzenia stale mają przy sobie.

Wędrowali przez mongolskie stepy. Dotarli do Państwa Środka. Zesłano ich na Syberię, do Państwa Ubocza, gdzie Rescator, broniąc jej czci, własnoręcznie zabił trzech Ostiaków i ośmiu Jakutów. Wzniecili powstanie w Kurdystanie. Ścigani przez chamskie armie chana schronili się w Damaszku. Tam ich uczucie dojrzało i umocniło się jak damasceńska stal. „Nigdy cię nie opuszczę. Zrobię wszystko, żeby zawsze tlił się we mnie choć ognik tej Miłości", wyznała Angelika Rescatorowi zajętemu sklepywaniem garbu wielbłąda, którego zwędzili władcy Egiptu. „Czy nie wydaje ci się, że lepiej używać podpasek niż tamponów?", zapytał. Garb zniwelowany uderzeniami młotka w jednym miejscu natychmiast odrastał tuż obok. Wielbłąd wyrywał się i żalił rozdzierającym rykiem. „Nie", odpowiedziała.

Kiedy ją porywano i poddawano najgorszym upokorzeniom, nawet torturom, znosiła mężnie wszystko, co los zesłał. Ale w bezpiecznym towarzystwie Rescatora Angelika stawała się księżniczką na ziarnku grochu. Z powodu garbu, na którym nie byłoby jej dość wygodnie, postanowili podróżować oddzielnie. Przywykli już do rozstań i odległość nie zagrażała jedności ich serc. Długi, filmowy pocałunek zwieńczył ich kolejną przygodę.

I znowu dzieliły ich morza i pustynie. Aby rozdzielenie było doskonalsze, morza piętrzyły fale, a pustynie stroszyły zasieki z kaktusów. Kiedy on stawiał czoło jedenastu beduinom (czy nie było to siedmiu samurajów?), ona rozprawiała z angielską królową o zaletach menopauzy. Kiedy on słodko jak kosztela gnił w lochu w przedsionku piekła, ona zbierała liście w ogrodzie, albowiem nadeszła jesień. Kiedy on łykał brom, ona wrzucała do morza butelkę z listem. List kończył się słowami: „Najdroższy, boję się, że mogę być w ciąży".

Mijały tygodnie. Pająk cierpliwie oplatał ją od wewnątrz pajęczyną. Jej wątroba była teraz podobna do gniazda os. Jej żołądek oprzędziony nićmi Olgierda Jelitko trawił nawet trucizny. Jej serce w dziwnym jedwabiu wyglądało jak poduszka na igły.

Jak zginął Rescator?

Udławił się wyznaniem miłosnym.

Dręczony przez majaki, chory z tęsknoty (czy nie była to choroba francuska?), leżał na sianie, a właściwie we gnoju, okryty przez litościwego stajennego czaprakiem. Sięgnął po omacku po karafkę z roztworem rtęci. Dwie butelki obok jednego chorego mężczyzny to przynajmniej o te dwie za dużo. Zanim zdał sobie sprawę, że się pomylił, było już za późno. Kartka papieru uwięzła mu w krtani w taki sposób, że trzy czwarte znajdowało się po tamtej, a ćwiartka wciąż po tej stronie krtani. Rozdziawił usta próbując złapać dech i miotał się w konwulsjach. Koń, który zajrzał mu w zęby na koniec, mógł ujrzeć tylko post scriptum. Teraz mój garb odrośnie, pomyślał koń i przeczytał: „Najdroższy, boję się, że mogę być w ciąży". Droga do Egiptu stała przed nim otworem.

Dochodziła jedenasta i telefon miał psie prawo mnie obudzić. Wydzierał się, jakby go kastrowali. Był to telefon z Krakowa. Skąd mają wiedzieć w Krakowie, że sypiam do południa? Słuchajcie, wy tam, w Krakowie. Sypiam do południa i nie dzwońcie do mnie.

Niewiele miałem światu do powiedzenia w wiadomym stanie ciała i rozumu, powtarzałem tylko „tak", „w porządku" i „jasne", a na koniec wydukałem: „Skoro tak, to już wstaję, oczywiście". Odłożyłem słuchawkę i zacząłem się wyplątywać z ciemności i z cierniowej pidżamki. „Nie wracasz już w moje objęcia?" – spytał sennie Morfeusz rozwalony w moim łóżku jak we własnym. Nie wiedziałem, co odpowiedzieć, więc kazałem mu wypierdalać, zwyczajnie.

Nie zdążyłem jeszcze schować pościeli, a już zabrzęczał domofon. „Tak?" „Powszechny spis inwentarza martwego" – dobiegł z dołu chropawy głos. „Proszę otworzyć".

Cóż było robić, wpuściłem gości. Zanim weszli na górę, zdążyłem przynajmniej uprzątnąć pościel. I nastawiłem wodę na kawę dla intruzów. Było ich, jak się okazało, czterech: baran, karp, szczur i kruk. Baran był miękką górą przymilności, z której wystawały kręcone rogi, takie jak przy kolarzówkach starego typu. Karp miał kaprawe oczka, czerwone jakby od tygodnia nie spał, tylko bez przerwy czynił donosy; w ogóle sprawiał wrażenie śliskiego typa. Szczur już od progu węszył. Kruk był stary i liniał. Przedstawiali się kolejno, a ja bez trudu zapamiętałem ich imiona: Marcin, Jerzy, Hieronim i Erwin. „Pana to ja znam" – uśmiechnąłem się do kruka ściskając mu skrzydło, z którego przy każdym poruszeniu sypał się na podłogę cenny puch. „Siadajcie, proszę".

Kruk uśmiechnął się przepraszająco. „Linieję" – wyjaśnił z zakłopotaniem. Rozsiedli się na meblach, wydobyli z aktówek przerażające ilości formularzy i przystąpili do rzeczy.

„I co?" – spytał baran Marcin tonem nie znoszącym przypisów.

„Nic" – odpowiedziałem krótko, a głos i tak prawie zdążył mi się załamać na tej jednej sylabie. Szkoda, że nie jestem piosenkarzem. Leonard Cohen, kiedy zaczyna śpiewać o ptaku na drucie, zaczyna od słów „Like a bird" w taki sposób, że już przy trzeciej sylabie wszyscy słuchacze są w depresji i rozglądają się, na czym by się tu powiesić, żeby nie było zanadto niewygodnie. Moje piosenki zaczynałyby się od słówka „Nic", wszystkie. I już przy tym pierwszym słówku osiągałbym efekt trzeciej sylaby cohenowskiej. Wszystkie panny płakałyby, a mężatki wylewałyby sobie na głowy gorące mleko, zanim doszedłbym do „c" w tym swoim „Nic". „Nic nie widzę". „Nic z tych rzeczy". „Nici". Takie tytuły nosiłyby moje przeboje.

„To widzimy, że nic" – skonstatował złowrogo szczur Hieronim.

Od chwili obudzenia mnie przez telefon z Krakowa pałętała mi się po głowie powrotna myśl, którą roztrząsałem już wczoraj. Zastanawiałem się mianowicie nad sensem występujących czasem w piosenkach takich słów, jak „Hopszarga" albo „Hosadyna". Ich tajemnicze funkcje bardzo mnie pociągały i przed zaśnięciem rozważałem nawet przez jakiś czas możliwość strawienia reszty życia na dociekaniu ich znaczenia. Nad wyraz zastanawiające było to, jak świetnie – oczywiście tylko z pozoru – radzimy sobie w codziennym życiu bez tych słów, które w świecie ballady ludowej są absolutnie niezbędne i niezastąpione. Teraz jednak, w obliczu zagrożenia, zacząłem zapominać o tych apetycznych, piosennych wtrętach, i odłożyłem rozwiązanie zagadki glosolalii na kiedy indziej, może nigdy.

„No, to może szalik? Mam szalik jej Ojca. Spędziłem u niej dzień czy dwa którejś późnej jesieni, było zimno jak teraz" – zacząłem opowiadać, a szczur poślinił kopiowy ołówek i wziął się do notowania. Ręce wcale mu się nie trzęsły. „Było tak zimno, że całe przedpołudnie spędziliśmy w jej mieszkaniu, a potem włóczyliśmy się po kawiarniach, próbując nie upić się za bardzo. Czasem spotykaliśmy tam jej znajomych. Albo wpadaliśmy na nich na ulicy. Miała dwie przyjaciółki, które szalały po ulicach zaawansowanym maluchem i ciągle je widywaliśmy, jak nam machały z tej zabawki w ręku Boga i prawie-prawie wpadały pod koła wielkich, transseksualnych furgonów. Dwupłatowe szpaki sroczyły się na trawnikach całymi gromadami... Nie pamiętam już, co piliśmy, ale na początku musiało być grzane piwo. Raczej z sokiem niż z goździkami. Tak. A siadaliśmy tak, żeby móc obejmować się albo stykać udami pod stolikiem, prawie nigdy naprzeciw siebie. No wiecie, może widzieliście coś podobnego na starych filmach. Było to dawno. I było naprawdę zimno, dlatego lubiliśmy..."

„Wróćmy do szalika" – przerwał mi karp Jerzy, bo się rozgadałem. „Czy możemy go zobaczyć?"

„Ukatrupię każdego, kto spróbuje mi go zabrać" – ostrzegłem słabo. „Minęły ze dwa lata i coraz częściej ona siadała w kawiarniach nie obok, ale naprzeciw mnie. Tyle, że wtedy nie przywiązywałem do tego wagi. Byłem ślepy jak szpak".

„Szalik, szalik. Nasze godziny są policzone".

„Byłem ślepy".

Na chwilę zapadła niezręczna cisza. Kruk Erwin sięgnął do aktóweczki i podsunął sobie pod nos broszurę „Z poradnika urzędnika. Gdy cisza staje się niezręczna".

„Proszę za mną. Im późniejsza była pora, tym bardziej marzliśmy. W tamtych czasach mój pociąg odchodził koło północy. A ja nie miałem szalika. Żebym się nie przeziębił, hopszarga, wykradła z szafy szalik Ojca i owinęła mi go wokół szyi. Często zawijała mi szalik jak dziecku, bo mam trzy lewe ręce i rzadko udaje mi się tak owinąć szalikiem, żeby szyja naprawdę była osłonięta od wiatru. Wiecie, jak to jest. Opowiadała mi później, że papa szukał tego szalika, ale na szczęście miał drugi. Przy kolejnych spotkaniach żartowaliśmy sobie, snując wizje najzabawniejszych okoliczności, w jakich jej Ojciec mógłby mnie nagle zobaczyć w dziwnie znajomym szaliku. Proszę bardzo" – otworzyłem szafę, a podniecona komisja jak smok wyciągnęła ku niej swoje cztery głowy.

„O, szafa bez dna" – ożywił się baran Marcin i zwrócił się do szczura Hieronima: „Niech pan zanotuje: przepaść o charakterze czeluści, głębokość nieokreślona".

„Jest bezdenna", powiedziałem oglądając sobie paznokcie, w których prócz odrobiny żałoby doprawdy nie było nic ciekawego.

„Jeszcze coś z odzieży, czy kwestię szafy możemy zamknąć?"

„Miałem taką kurtkę, przepraszam za wyrażenie, kangurówkę, którą zgubiłem później gdzieś na Ukrainie. Kurtka była moja, ale związana jest z nią pewna miłosna historia, którą może warto zanotować. Boję się, że z najpiękniejszych historii i przygód, jakie człowieka spotykają, może nic nie zostać. Ale boję się też, że mogą one ocaleć tylko na papierze. Jestem jak windziarz, który ma i lęk wysokości, i klaustrofobię.

Jestem jak tucznik, który ma do wyboru konia albo morskie oko... No więc naszła nas pewnego razu ochota na kochanie się nad rzeką" – karp nadstawił uszu i dał szczurowi Hieronimowi znak. Wyglądało to, jakby błogosławił płetwą akt pisania. „Wcześniej padało i wszędzie było mokro po deszczu. Ale rzeka płynęła i jej odwieczny nurt do tego stopnia kojarzył mi się z odwiecznym nurtem Miłości, że rozłożyłem w kępie krzaków, na trawie, tę kurtkę. Ale kiedy się kochaliśmy, nasze ciała zapadały się coraz głębiej i głębiej, w błoto. Gdybyśmy kochali się wieki, bylibyśmy dziś podziemną skamieliną, breloczkiem z plejstocenu, pompejańskim suwenirem... Ale ona nie miała tyle czasu i skończyło się na tym, że tylko kangurówka strasznie się utytłała w tym wiecznym błocie. Więc ona zabrała ją do domu i uprała, żebym nie obnosił się po ulicach ze śladami szlamu, które tak naprawdę byłyby śladami Miłości. A wieczorem jej Matka zauważyła moją kurtkę suszącą się w łazience i trochę kręciła nosem. Przed laty zdobyła na spartakiadzie srebrny medal w kręceniu nosem, potem jednak porzuciła sport, poświęciła się rodzinie i odtąd kręciła nosem tylko czasem, żeby nie wyjść z wprawy. Lubiłem jej rodziców i oni też bardzo uważali, żeby nie okazać mi niechęci. Oto puste miejsce po mojej kurtce. Może kawy?"

Baran, karp i szczur pokręcili grzecznie głowami, jedynie kruk Erwin przyzwalająco skinął głową. I kilka kępek puchu spadło na podłogę. „Przepraszam, linieję" – wyjaśnił z nieśmiałą bezczelnością.

Kiedy po turecku zalewałem kawę wrzątkiem, karpicho wyraźnie się ożywił. „Też kochałem się kiedyś nad rzeką z jedną flądrą" – powiedział. Może chciał udowodnić, że nie ma na świecie nic jedynego, niepowtarzalnego. „Cóż to była za kobieta! Uprawialiśmy seks na brzegu, aż w końcu zupełnie nie mogliśmy złapać tchu! A potem cały wieczór słuchaliśmy »The Carpenters«" – wzdrygnął się lubieżnie na to wspomnienie, aż jego łuski ni to zaszeleściły, ni to zadzwoniły. „J e r z y" – zestrofował go baran. Zrobił to bardzo umiejętnie, wypowiedzenie imienia karpia wystarczyło za całe strofowanie.

Podstawiłem krukowi pod dziób parującą filiżankę, na co wdzięcznie dygnął i puchowi spadochroniarze wylądowali w kawie, która wyglądała dzięki temu jak swego rodzaju cappuccino.

„Mam też dwa jej swetry. Ponieważ jesteście uprzejmi, pokażę je wam" – ruszyłem znów ku szafie i zawieruszyłem się na chwilę w jej interiorze. Bacząc, czy nikt nie widzi, odsunąłem na bok bezdenną czeluść, która miała za zadanie jedynie ukryć przed oczami niepowołanych panujący w szafie bałagan. „Ten zielony jest szczególnie interesujący. Widzicie, jaki jest rozciągnięty? To dlatego, że chodziła w nim wiele lat. Nosiła go już jako dziecko".

„Jak duże dziecko?" – zainteresował się baran.

„Jako dorastające dziecko. Nie wiem dokładnie. Ale widziałem ją w tym sweterku na zdjęciach, na których wyglądała na trzynaście, czternaście lat".

Baran, karp i szczur podeszli całkiem blisko i przyglądali się swetrowi. „Można powąchać? Kafkowskim targiem…" – mój gest sprzeciwu najwyraźniej rozzuchwalał barana, zamiast go powstrzymać. „Nie" – powiedziałem z mocą, a baran uśmiechnął się pobłażliwie zajęczymi wargami. Szczur Hieronim zapisywał w odpowiednich rubrykach formularza charakteryzujące sweter detale. Opisał dziurkę na plecach umiejscowioną na wysokości nerki. Spisał napisy z metki na obwodzie szyi: „ETERNITY. 80% shetland wool. 20% acrylic".

„Nie ETERNITY, tylko ERENITY" – wskazałem mu błąd, który nieśpiesznie naprawił. Odrysował też literkę M oznaczającą rozmiar i znaki dotyczące odpowiedzialnego obchodzenia się ze swetrem: przekreślony zielony trójkąt, żelazko z cyngwajsem w środku i niebieskie P w kółeczku. Tymczasem baran Marcin, jako kulturalny baran, uśmiechnął się przepraszająco i wyciągnął z kieszeni kalesonów telefon komórkowy. Wybrał jakiś numer i powiedział baranim głosem: „Józef? Mamy tu jej dwa swetry. Zielony i brązowy... Ta-ak... Chyba muzeum w Ploeszti było zainteresowane". Odczekał chwilę, słuchał kiwając głową, po czym uspokoił rozmówcę: „Jasne, że katalogujemy. Wszystko będzie na cacy". Rozłożony zielony sweter leżał na moich udach ogrzewając je.

Następnie przyszła kolej na sweter numer dwa. Szczególne ich zainteresowanie wzbudziła ozdobna łata naszyta z boku na dole, abstrakcyjne, czarno-żółto-niebiesko-brązowe nie wiadomo co, hosadyna geometrii. Oglądali, drapali się po głowach i nic jakoś nie mogli z nich wyskrobać. Długo nie udawało im się znaleźć metki, wreszcie okazało się, że jest wszyta od wewnątrz w szew. Napis głosił: „s. Oliver". R w kółeczku potwierdzało oryginalność odzieży. Rozmiar: L. „100% COTTON". Wanienka z wartością 40°, przekreślona pralka automatyczna, dwie kropki na żelazku, przekreślony trójkąt, P w kółeczku. „Wendesweater. Feinwaschmittel. Intensive Farben. Separat waschen. Nicht im Trockner trocknen. Reversiblesweat. Label pull out. Use mild detergent. Intensive colours. Wash separately. Do not tumble dry". Było to bardzo smutne i pierwszy raz w tej książce płakałem. Opłakiwałem obwód szyi i bawełnę, wylewałem łzy nad przekreślonym trójkątem, płakałem z powodu separacji, jakiej wymaga pranie.

Kruk Erwin odkorkował butelkę z amoniakiem i podsunął mi ją w geście miłosierdzia. „Rozumiemy twój ból" – rzekł dziarsko baran Marcin.

„Ja nie rozumiem" – zastrzegł karp.

Sztachnąłem się amoniakiem, który wwiercił się we mnie widiową glistą, i zasuwałem dalej ze swoją ludową balladą.

„Ten zielony wziąłem sobie tak po prostu, jej nie był już potrzebny. Miło mieć sweter, który tak długo nosiła. A brązowy znowu dostałem z powodu zimna. To było wtedy, kiedy już było widać, że nie wyrośnie koń z tego kreta, wiedziała, że nie będzie okazji zwrócić tego swetra, ale zawsze chętnie oddawała mi ubrania, jeżeli marzłem. To dobra dziewczyna. Koniecznie zapiszcie, że to dobra dziewczyna. No, piszcie: de... o... be..."

Kruk Erwin trząsł się w kącie pokoju. Trząsł się tak, że z jego upierzenia sypał się już nie tylko czarny puch, ale wylatywały całe pióra.

Mnóstwo takich i innych piór znajduję w kieszeniach ubrań oraz w zakamarkach swoich toreb. Ilekroć idę z Siedmioma Szybkimi Żyrafami przez miasto, zbiera z chodnika wszystkie ptasie pióra, jakie wypatrzy, i robi mi z nich prezenty. Odkąd przyłapał mnie na dyskretnym upuszczaniu ich do pierwszego napotkanego kosza na śmieci, pilnuje mnie. Muszę na jego oczach schować pióro do kieszeni albo torby. Chcę zapłacić w sklepie za szpinak, sięgam do kieszeni i kładę na ladzie pióro kruka. Zaglądam do torby w poszukiwaniu papierosa i zatykam sobie w ustach pióro gołębia. Lecz grzechem jest wyrzucać do koszy na śmieci piórka, które zbierają dla nas dzieci.

Baran Marcin spojrzał na zegarek. Wziął oddech, ale karp Jerzy go uprzedził: „Kochałem się też kiedyś z bocianem. Niezapomniane przeżycie. Był hermafrodytą i nosił imię Marianna".

„To kuriozalne. Jakieś utrwalenia audiowizualne?" –
spytał baran i lubieżnie obracając językiem wokół warg
nakazał szczurowi Hieronimowi poślinienie ołówka.

„Niestety, nie dysponuję żadnym nagraniem video.
To źle. Na razie wciąż pamiętam sposób w jaki chodziła.
Zamykam oczy i widzę, jak się poruszała. Albo jak mar-
szczyła nos robiąc taką śmieszną minę. Albo jak prycha-
ła udając kotkę. Ale przyjdzie kiedyś dzień, że zamknę
oczy i nie zobaczę nic. I to jest najgorsze. Chciałbym
opowiedzieć wam sposób, w jaki chodziła, żebyście to
raz na zawsze zapisali, ale nie potrafię. Mam za to jej
głos nagrany na taśmie magnetofonowej. Chcecie usłyszeć, jak mówi?"

Oczywiście chcieli. „A o czym będzie ta rozmowa?" –
zaciekawił się szczur.

„Ona powie:»Raz dwa trzy«. Przez pewien czas grała
na flecie w zespole muzyki dawnej Santa Lucia Consort.
Mam jeden ich koncert na taśmie. Więc możecie posłuchać, jak gra na flecie, ale przedtem usłyszycie próbę mikrofonów i wszyscy muzycy po kolei będą mówić
»Raz dwa trzy«. Ona też".

Baran Marcin nerwowo podkręcił wąs.

„Wystarczy nam, jeśli usłyszymy jej głos. Nie musisz puszczać całego koncertu. Przed nami jeszcze trzy
czwarte świata do zinwentaryzowania, a czas nie jest
z gumy. Jeśli będziemy głęboko przeżywać wszystko,
co inwentaryzujemy, to sam rozumiesz. Ludzie to barany, a serce barana nie jest z kauczuku". Dobył z aktówki specjalne urządzenie rozkładające głos na części
pierwsze, wyposażone w okrągły monitorek, na którym widmo głosu pojawiało się w postaci drgających
owali. Kiedy powiedziała szybko „Raz dwa trzy", na
ekraniku rozbłysły trzy nadgryzione rozety, aby zaraz
zgasnąć. Ale wystarczyło mi tego błysku, żeby je rozpoznać. To były trzy róże z „Pas el agoa", trzy róże

drżące w trawie dla damy Julioletty. Dla każdej damy, dla której gotowiśmy przejść przez zimną, mrożącą serce wodę.

„Bardzo pięknie śpiewała" – nie mogłem przestać mówić. „Śpiewała jak Deanna Durbin. Akurat ja coś o tym wiem. Kiedy włóczyliśmy się po górach, śpiewaliśmy sobie czasem. W zespole, dla publiczności, grała na flecie. A dla mnie śpiewała. I powiem wam jeszcze, że mam fotografię, na której gra na flecie. Układa usta w ten specyficzny sposób, który jest konieczny do wydobycia dźwięku z fletu poprzecznego. Mam siedem jej fotografii. Ale nie pokażę wam ich, chociaż jesteście nadzwyczaj uprzejmi i inwentaryzujecie cały świat".

Byłem zły, zaś Erwin trząsł się w kącie i podłogę wokół zaścielała coraz grubsza warstwa ciemnego pierza.

„Mam zdjęcie, na którym ona stoi w otoczeniu rodziny" – mówiłem oskarżycielskim tonem, jak Hitler, którego skrzywdzili Żydzi. „Mam zdjęcie zrobione, kiedy spała. Mam zdjęcie, na którym się całujemy, ha ha ha. Mam zdjęcie, na którym ona tańczy. Mam też dwa zdjęcia zrobione na cmentarzu, jak czyta napisy nagrobne i jak poprawia kwiatki w słoiku".

„Jakaś korespondencja?" – baran był rzeczowy. Wiedział, po co tu przyszedł.

„Tak, mam setki jej listów. Setki tysięcy. Tuż przed waszym przyjściem schowałem siennik, ale wierzcie mi, że jest wypchany jej listami. Widzicie ten telewizor? Jest ulepiony z jej listów. Zauważyliście, jak ciepło jest tu u mnie? To dlatego, że system centralnego ogrzewania wykorzystuje jej listy. Żywię się jej listami, kąpię się w jej listach i rozdaję jej listy żebrakom. Zaraz wam przedyktuję, chcecie?"

„Wystarczy kawałeczek pierwszego z brzegu".

„Dostałem kiedyś list miłosny od stułbi" – pochwalił się karp. „Wcześniej spławiłem ją i list napisany niezmywalnym flamastrem na meduzie zawierał tylko trzy słowa. Zabazgrała nimi całą meduzę".

„Jakie to były słowa?" – spytał z kąta kruk.

„Wróć do mnie" – wyjaśnił karp.

Machnąłem ręką w powietrzu jak iluzjonista i w moim ręku pojawił się znikąd list, który w porządku kosmosu zajmował miejsce pierwsze z brzegu. Znaczki na kopercie przedstawiały znaki zodiaku. W związku z tym było tam sześciu wodników i jeden strzelec. Zapaliłem papierosa i zacząłem czytać, powoli, żeby wszyscy dokładnie słyszeli i żeby szczur Hieronim nadążał z notowaniem.

„Siedzę teraz po kąpieli…"

„Ołówek!" – wrzasnął szczur Hieronim. „Ołówek mi się skończył. Wymagają od człowieka, żeby cały świat zinwentaryzował, ale przeznaczają mu na ten cel jeden ołówek" – pokazał trudny do utrzymania w palcach ogryzek ze świeżo złamanym rysikiem, którego rzeczywiście nie było już sensu temperować.

„No to kończymy" – ucieszył się karp Jerzy. „Kiedyś użyłem ołówka…"

„Chwileczkę" – przerwałem mu. „Zaraz. Chcę jeszcze przeczytać kawałek listu. Krótki kawałeczek".

Kruk tkwił w kącie bez ruchu. Oczywiście jeśli nie liczyć drgawek. Opadło z niego całe upierzenie i stał nagi jak kurczak rozebrany do rosołu. Całym sobą przedstawiał żałosny widok.

„Nie przejmuj się Erwinem" – baran Marcin tryknął mnie w ramię. „On tak zawsze. Zaraz rzeczywiście musimy kończyć".

„Czekajcie. Nie byliśmy jeszcze w łazience. Pokazałbym wam żółty ręcznik i żółtą szczoteczkę do zębów. Chciałem po prostu, żeby miała u mnie własny ręcznik i własną szczoteczkę. Szczoteczki zdążyła użyć raptem raz. Ale kiedy niedawno jakaś kobieta umyła sobie zęby tą szczoteczką, myślałem, że ją zabiję. Byłoby to pierwsze morderstwo dokonane szczoteczką do zębów".

Nic ich to nie obchodziło. Może tylko kruka.

„Pokażę wam Kaczora Donalda, jakiego sprezentowała mojemu synowi".

„Znałem kiedyś jednego kaczora" – nachmurzył się karp Jerzy.

„Mam tutaj książkę od niej. O Kurdach, rzadka rzecz".

„Puszczę wam Dylana, słuchaliśmy go czasem kochając się. Wiecie, że ona nigdy wcześniej nie słuchała Dylana? Albo puszczę Cave'a, często słuchaliśmy go u niej. Albo Diamandę Gálas, byliśmy razem na jej koncercie".

„Oto czasopismo »Musica Antiqua«, na okładce jest jej nazwisko, zobaczcie".

„Może obejrzymy »Kradnąc piękno«, jej ulubiony film?"

„Zobaczcie ten widelec. Dziwny, co? Na wakacjach zabrakło nam kiedyś śledzia do namiotu i próbowaliśmy, hopszarga, zastąpić go jej widelcem. Było twardo i zęby widelca pogięły się tak, jak tu widzicie. Ale zanim wbiliśmy go w ziemię, ten widelec wiele razy był w jej ustach".

„Ten kamień też pochodzi od niej".

„Miałem kiedyś jej brew. Przechowywałem ją w tym właśnie pudełku, ale raz stanąłem w przeciągu podziwiając ją. Miałem też kiedyś jej włos".

„Jest tu gdzieś kartka z listą zakupów uczynioną jej ręką".

Byli już prawie gotowi do wyjścia. Dopinali aktówki, w których wcześniej starannie złożyli całą dokumentację. Ogarnęła ich niezrozumiała dla mnie wesołość, którą nieudolnie starali się ukryć. Ci trzej, bo kruk

Erwin dostał gęsiej skórki i omijając mnie wzrokiem
powtarzał: „Wybacz mi. Wybacz mi".

„To nic takiego. Moja suka Marzena też linieje na
potęgę" – uspokajałem go.

Podziękowali zdawkowo i wyszli. Zostałem sam
w rozbebeszonym mieszkaniu. Słyszałem jeszcze, jak
schodząc po schodach karp Jerzy peroruje: „Byłem
pewnego razu w sex shopie. Kupiłem sobie świnkę
morską i chyba z dziesięć takich gumowych kości do
gryzienia..." – jego głos kościelnie rozpłynął się w studni klatki schodowej. Zapanowała cisza.

Nie wiem dlaczego, ale ogarnął mnie wstyd. Może
to cisza powoduje, że wszelka gadatliwość wydaje się
wstydliwa. Może nie powinienem opowiadać im tego
wszystkiego. Zanadto zaufałem ich wstępnej uprzejmości. Może nigdy nie należy zdradzać się z tym,
co ma się głęboko w sobie schowane, może nie powinno się wyciągać na dzienne światło tego, co ma
swe mieszkanie w szafie, w studni, w ciemnych za-
kamarach świata. Czułem się, jakbym dokonał spowiedzi i jakby spowiednik zamiast zapukać w kratę
konfesjonału, popukał się w czoło. Człowiek nie powinien przychodzić do lekarza i mówić: „Boli mnie".
Człowiek powinien siedzieć w domu, zamknięty na
cztery wiolinowe klucze.

Już nazajutrz, o podobnej porze, ktoś nacisnął guzik domofonu. Byłem jeszcze w szlafroku, wypiłem zaledwie pół porannej kawy i moja inteligencja i czujność budziły się dopiero. „Tak?" W słuchawce usłyszałem grzeczne: „Dzień dobry. Pracownik sądowy, proszę
otworzyć".

Wpuściłem go oczywiście. Po chwili tak krótkiej, że
zacząłem podejrzewać, że nocą zainstalowali ruchome
schody, w progu stanął wilk.

„Dzień dobry" – powtórzył. „Jestem Mariusz".

„O, jakie pan ma wielkie oczy" – zdziwiłem się uprzejmie.

„To dlatego, żeby łatwiej wypatrzyć jej zgubioną brew" – przyznał bez ceregieli wilk Mariusz.

„I ma pan ogromne uszy".

„Tak. Żeby lepiej słyszeć Dylana i Nicka Cave'a".

„A dlaczego ma pan takie wielkie zęby?"

„Bo jestem komornikiem".

Zawsze, kiedy ktoś przez domofon lub drzwi przedstawia się jako pracownik sądowy, to jest to Komornik, to pewnik.

Kiedy mnisi modlą się i poszczą, rozpustnicy bawią się i jedzą.

Kiedy robaki wyjadały oczy i wątpia Rescatora, piękna Angelika u boku pająka Jelitko żeglowała ku wybrzeżom Szkocji. Nie Nowej Szkocji, ale tej starej: z wrzosowiskami, torfem, twardym „r", kiltami, owcami i haggisem. Ich trójmasztowiec, zręcznie prowadzony przez załogę pająków kosarzy, pod pełnymi żaglami pruł wodę na wysokości Orkadów. Wiatry sprzyjały im, a pogoda dopisywała nad wyraz. Zachodzące słońce malowało falom grzywki na złoto, gdy para bohaterów stała na rufie pełna zachwytu dla dwóch bezkresów: bezkresu morza i bezkresu szczęścia, jakie ich spotkało. Pająk Jelitko czule obejmował kostkę Angeliki, nie mógł dosięgnąć talii. Musiała bardzo uważać, żeby go nie rozdeptać.

„Masz długie, srebrne nogi", mówiła do niego Angelika. „Możesz prząść wykresy losu. Twoje wzory mogą rzucać blask na welon przystrojony nićmi wędrującego jedwabiu. Jeśli chodzi o mnie, może nie być ani sztuki, ani forsy, ani aerobiku, ani inżynierii... Żadnego mężczyzny ufającego kobiecie i vice versa. Za to wszyscy mężczyźni kochają wszystkie kobiety i vice versa. I wszyscy przyjaciele miłują się wzajemnie. A są też bałamuci, którzy flirtują ze śmiercią".

W uszach pająka Jelitko brzmiało to jak poezja.

„Spójrz, jak pięknie barwią się chmury", mówiła dalej Angelika. „Ten kolor to indygo".

„Zobacz, kilwater wygląda jak warkocz dziewczyny, która bez końca go rozplata", mówiła.

„Patrz, ryba piła przerzyna na pół karpia Jerzego".
„O, fontanna!"

I zaczęła niewinnie klaskać w dłonie na widok fontanny. Mimo licznych uprowadzeń i tortur, jakie znosiła w przeszłości, zachowała wrażliwość na cuda natury.

„Gdzie fontanna, gdzie?", dopytywał się uprzejmie Jelitko. „Nic nie widzę przez ten cholerny reling".

Angelika poszerzyła jego horyzonty, biorąc go delikatnie w dłonie i unosząc ku górze. Olgierd Jelitko zapuścił żurawia w dekolt Angeliki, po czym spojrzał na morze. Zamiast pogrążyć się w kontemplacji, zaczął się drzeć.

„Wieloryb, wieloryb!"

„Ależ...", chciała zaoponować Angelika, ale już ze wszystkich stron pająki kosarze podawały z ust do ust trwożny refren: „Wieloryb, wieloryb, wieloryb, wieloryb, wieloryb, wieloryb, wieloryb!"

I skakały w panice z rei i olinowania, odbijały się od pokładu i wpadały do morza, gdzie natychmiast zjadały ich ryby.

„Skacz!", popędzał Angelikę pająk Jelitko. „Skacz! Ja skaczę ostatni".

Odmówiła ruchem głowy.

„To zostań, skoroś głupia". I rzucił się z jej dłoni wprost w morską kipiel. Ryby były już tak syte, że nie chciało im się go zjadać, bawiły się tylko, grając nim w piłkę wodną. Klub waterpolo, jaki później założyły, nosił właśnie jego imię. Niestety, odmienione: „Waterpolistki Jelitki". Kiedy zdobywały medal na podmorskiej olimpiadzie w osiemdziesiątym ósmym, pamiętały, że wszystko zaczęło się od pająka Jelitko. Swój sukces dedykowały jego pamięci.

Wieloryb zbliżył się do statku i wynurzył. Wyglądało to tak, jakby z wody wynurzyła się wyspa.

„Huge", powiedziała tylko Angelika i zaniemówiła z podziwu.

„Tiny", zdziwił się Wieloryb i przez grzeczność również zaniemówił. Z uciechy chciał plasnąć się ręką w kolano, ale mógł tylko plasnąć ogonem o wodę.

„Ojej", powiedziała Angelika odzyskując mowę na widok fali, jaką spowodował.

„Zjem cię", powiedział Wieloryb, ponieważ nie znał słowa „kocham".

„I ja ciebie", wyznała Angelika.

Tak zaczął się ich związek, o którym do dziś opowiadają sobie przy popołudniowym planktonie ryby i ośmiornice szkockich wybrzeży. Godzinami spacerowała po jego grzbiecie, piła tran i myła włosy w jego fontannie. Uwielbiała go właśnie z powodu rozmiarów i tej fontanny. Jemu zaś podobało się, że jest taka drobna i nie ma fontanny w plecach. Przeciwieństwa przyciągają się. Bez trudu opanowali własną metodę pocałunków; gdy serc młodych dwoje prawdziwie się kocha, przychodzi to z łatwością. Siadała na jego języku i drapała tę przyjemną, sprężystą powierzchnię pod sobą. Kiedy się zapominała, tupała, skakała po jego języku i kopała go w fiszbiny. Tak wyglądały ich pocałunki.

Wpadli w miłosny amok. Teraz już prawie nie schodziła z języka Wieloryba. Ponieważ nie mógł jeść w tej sytuacji, schudł i osłabł. Przestał używać płetw, dryfował tylko leniwie tam, dokąd niosły go prądy. Ona żywiła się wyłącznie tranem. Byli szczęśliwi.

Imponował jej oczytaniem i umiejętnością wysławiania się. Pytał na przykład: „Znasz Daniiła Charmsa?". A ona odpowiadała: „Nie". Albo pytał: „Czytałaś Teofrasta z Efezu? Czytałaś »Autostopowicza z Galilei«?" Ona zaś odpowiadała: „Nie". „Nie".

„Czytałaś »Moby Dicka«?"

„Nie. A ty?"

„Nie chwaląc się, w jeden wieczór połknąłem całą bibliotekę".

Żeby sprawić mu więcej przyjemności, nauczyła się karate. Zdobyła czarny pas. Pewnego razu obijała jego fiszbiny z taką prędkością i pasją, że doprowadziła go do prawdziwej ekstazy. Cudowne dreszcze przenikały jego ciało, zdawało mu się, że woda staje się na przemian zimna i gorąca. Czuł ukłucia w grzbiecie, tak przyjemne, że chwilami aż bolesne. Jego oczy zaszły mgłą i zanucił z rozkoszy „Piękne życie spędzają kowboje". Nie mógł powstrzymać się od śpiewu, bo zdawało mu się, że sam jest muzyką. Kiedy doszli do siebie, poskarżył się:

„Strasznie mnie łupie w krzyżu".

„Pójdę cię rozmasować", zaofiarowała się czule i wgramoliła się na jego grzbiet. Był czerwony od krwi i sterczało z niego sześć harpunów.

Kiedy mu powiedziała, nie ucieszył się. Posmutnieli, gdyż nie wiedzieli, co zrobić z tym fantem. Uchodziło z niego coraz więcej krwi, więc powiedział wreszcie: „Muszę zanurkować". I westchnął.

„Najmilszy, nie rób tego. Nie mam akwalungu".

„Kochasz się z wielorybem, a nie masz akwalungu?", wytknął jej lekkomyślność i poddał się bez walki. Był tak osłabiony i tak krwawił, że zanim doholowano go do brzegu, skonał. Jego ostatnie słowa brzmiały: „For each man kills the thing he loves". Jego przedostatnie słowa brzmiały: „Czytałaś Oscara Wilde'a?", na co Angelika odparła: „Nie. A bo co?"

Mnisi z Dunfermline posiadali w owym czasie królewski przywilej, prawo do łba każdego wieloryba złowionego w zatoce Firth of Forth. Sami z kolei zobowiązani byli przesyłać królowi Malkolmowi IV jego największy smakołyk, wielorybi jęzor. Tym skomplikowanym sposobem piękna Angelika trafiła na królewski dwór. Po Drodze przeżyła moc przygód, podziwiała wrzosowiska, kilty, torf i stada owiec. Jadła haggis i była gwałcona, najpierw przez wielorybników, potem przez mnichów. Z dwojga złego wolała mnichów. Wielorybnicy cuchnęli i nie potrafili gwałcić bez podśpiewywania ohydnej wielorybniczej pieśni „Eight Bells". W kółko to samo, a monotonia była dla Angeliki zabójcza.

Król otrzymał ją w darze wraz z wielorybim jęzorem. Jęzor spoczywał na ogromnym półmisku, Angelika na niezrównanym łożu. Malkolm IV oderwał się na chwilę od spraw państwa, spojrzał i powiedział: „Zjem cię". Powiedział tak, mimo iż świetnie znał słowo „kocham", więcej, było to jego ulubione słowo. „Kocham Rescatora", odparła po prostu Angelika i szybko się poprawiła: „Kocham Pająka Jelitko". Nerwowo zachichotała i sprostowała: „Kocham Wieloryba". „Rozbierz się", polecił król.

Jej ciało nie było już takie, jak kiedyś. Dieta tranowo-haggisowa sprawiła, że przybyło jej sześć kilogramów. Plecy szpeciły blizny po batach od sułtana Maroka. Na nogach i rękach brzydko świeciły siniaki od ciosów zadanych fiszbinom Wieloryba. Pijani wielorybnicy i wyuzdani mnisi poznaczyli jej ciało głupimi napisami. Iż byli niepiśmienni, wielorybnicy poprzestawali najczęściej na wyrysowaniu znaku rodowego na mniej lub więcej intymnym tle, zaś szczycący się łaciną mnisi zostawiali napisy w rodzaju „hic fui". Mimo wszystko wciąż było to powabne ciało i król oglądał je z przyjemnością. Podobał mu się sposób, w jaki kończył się jej stan, a zaczynały biodra. Intrygowały go zakątki pod piersiami i dołki powstające w pachwinach, gdy rozkładała nogi. Ale gdy patrzył na nią, jego oczy pozostawały zimne. Pod oknem komnaty przechadzał się dudziarz, umilając władcy kontemplację muzyką. Nie mogąc znieść królewskiego wzroku, Angelika opuściła powieki i w myślach przywołała swego dawnego męża. „Rescatorze! Czy wszystko może być znowu jak dawniej?" Mniej więcej o to właśnie zapytała w myślach, pełna rozpaczy i wstydu.

„Wątpię", burknął zza grobu Rescator i przekręcił się na bok, by ułatwić czerwiom dostęp do swoich trzewi.

> *Dopiero po pewnym czasie wyszły na jaw związ-*
> *ki między używaniem tamponów a śmiertelną*
> *niekiedy chorobą zwaną Syndromem Szoku*
> *Toksycznego (TSS), która dotyka niemal wy-*
> *łącznie kobiety w czasie menstruacji.*
>
> **Alison Costello, Bernadette Vallely,**
> **Josa Young, „The Sanitary Protection Scandal"**

Spała nago. Księżyc rzucał na nią blask przesiany przez drobną siatkę firany, samo najcenniejsze kruszywo światła. Budził ją kaszel, ale nie na długo, zaraz zasypiała na powrót jak niemowlę.

Była kobietą wyzwoloną. Stała się nią całkiem niedawno, po sześćdziesiątce. I to wiek ją wyzwolił. Pozbawił ją złudzeń. Zabrał jej urodę. Wyzwolił ją z pragnień. Straciła wszystko, nawet zęby, a sztucznych jeszcze nie wymyślono. Miała już 88 lat i osiągnęła błogosławiony stan, kiedy kobiecie jest wszystko jedno. Gdyby napadł ją teraz król Egiptu, nie broniłaby się i nie ugryzłaby go, gdyby nawet miała zęby. Ale król Egiptu nie czaił się pod łóżkiem ani w szafie. Może miał na głowie inne sprawy, może miał na oku młodsze kobiety, a może przybrał postać ogryzionych przez sępy i rozwleczonych po obszarze hektara egipskiej półpustyni kostek.

Ponieważ była kobietą wyzwoloną, spała nago. Teraz to zdanie wygląda inaczej, co? Obudziła się wymęczona i sfatygowana jak szmaciana lalka, którą całą noc bawiły się psy. A to jej sny się nią bawiły. Wstała lewą nogą. Mogła wstać prawą, ale było jej wszystko jedno. Ziewnęła i poczłapała przez sypialnię, a potem przez zwichnięty przedpokój do końca i na prawo, do toalety. Pomyślała: wszystko jedno, jakich perfum dziś użyję. Umyła się powolnymi, niecelnymi ruchami staruszki, i sięgnęła po te w bladoniebieskim flakonie. Zajrzała do lustra i zobaczyła, że po ziewnięciu zapomniała zamknąć usta. Nawet się ucieszyła, że tak będzie jej łatwiej umyć zęby, ale zaraz sobie przypomniała, że nie ma zębów. Od trzydziestu z górą lat nie spotkało jej nic dobrego, i to również sobie przypomniała, stojąc przed lustrem z otwartą, pustą paszczą. Owszem, spadła kiedyś ze schodów i nie zabiła się, ale czy można to uznać za coś dobrego? Czasem przestraszył ją jakiś szmer w pustym mieszkaniu, ale nigdy nie był to dźwięk spowodowany przez skradającego się lubieżnie króla Egiptu. A nawet gdyby był, to jeszcze gorzej.

Ubrała się nie dbając o to, co właściwie wkłada na siebie. Gdyby w szafie wisiała skóra ściągnięta z antylopy gnu, przebrałaby się za antylopę. Pewnie nawet by tego nie zauważyła, dopóki oddział złożony z komandosów i dyżurnego biologa nie zawlókłby jej do zoo, przestrzeliwszy jej uprzednio plecy usypiającym nabojem. Śnił jej się Rescator. Udręki i zgubne uniesienia młodości stały się jej już obce, ale Rescator jeszcze jej się czasami śnił, z przyzwyczajenia. Dziś śniło jej się, że Rescator w dzikim, dalekim kraju litewskim uratował od niechybnej śmierci z rąk zbójców Ludwika Łopattę. Zaplątała się w pończochach, upadła, wstała i podreptała do kuchni. W całym mieszkaniu było cicho, jakby dopiero co diabeł zgwałcił śmierć i jakby świat nie wiedział, co dalej. Nastawiła wodę na kawę, strącając niechcący z haczyka rękawicę do chwytania gorących naczyń. Osiem lat temu tasiemka służąca do wieszania rękawicy przetarła się i od tej pory rękawica wciąż spadała Angelice na podłogę. Ze złości chciała zazgrzytać zębami, ale nie miała zębów. „Kiedyś mnie zabijesz", powiedziała Angelika do kuchennej rękawicy. „Schylę się, dostanę wylewu i będziesz mnie miała na sumieniu". Schyliła się z trudem i tak samo prowizorycznie, jak od ośmiu lat, zaczepiła rękawicę bez wieszaka o haczyk. Dobrze wytrenowanymi, ale co dzień odrobinę wolniejszymi ruchami nasypała kawy do filiżanki. Z szuflady pełnej łyżek, każda oczywiście z innej parafii, wyjęła srebrną łyżeczkę z inicjałami, których nie potrafiła już odczytać. K.M.? O.J.? J.P.? Czajnik zaczął wyć przez gwizdek, jakby śmierć nagle sobie przypomniała, że ją zgwałcili. Kiedyś Angelika dbała, żeby nie pić kawy na pusty żołądek, ale teraz było jej wszystko jedno.

Po kawie i śniadaniu złożonym z trocin z parmezanem wyszła z domu. Czuła się źle. Po tym, że wszystko było pozamykane, poznała niedzielę. Odkłoniła się sąsiadowi i coś strzeliło jej w szyi, ale sąsiad udał, że niczego nie słyszał. Zawsze był niezwykle uprzejmy dla Angeliki. Dawniej, ilekroć widział ją żującą gumę, oprócz „dzień dobry" mówił jej „smacznego". W owych czasach guma do żucia nie była jeszcze wynaleziona i miał prawo do pomyłki, a ją to bawiło. A teraz nie miała zębów i nie mogła już żuć. Przeszła obojętnie obok wypadku drogowego, jej własny wypadek zajmował ją o wiele bardziej. Kiedy była młoda, jej uroda jej samej zdawała się nieśmiertelna. Nawet kiedy osiągnęła wiek średni, musiała tłumaczyć się Rescatorowi z leciutkim zażenowaniem: „Ja się jakoś nie bardzo starzeję...". A jednak zestarzała się. I od trzydziestu lat nie spotkało jej nic dobrego, i o tym właśnie myślała. To był jej wypadek.

To nie musiało być trzydzieści lat, równie dobrze mogło chodzić o trzy straszliwie się dłużące dni. Czasami w ciągu trzech dni przez głowę przelatuje człowiekowi więcej myśli niż w innych okolicznościach przez trzydzieści lat. Oczywiście nie są to częste przypadki, ale zdarzają się. A w każdym razie można je sobie wyobrazić. Tak samo nie musiały to być czasy przed wynalezieniem sztucznych zębów i gumy do żucia. Może były już telefony i prąd, tylko Angeliki nie było stać już nie tylko na zęby z plastiku, ale nie miała nawet paru groszy na gumę do żucia? A telefon i prąd wyłączono z powodu niezapłaconych rachunków? A kiedy wyłączają kobiecie wszystko po kolei, to nie ma dla niej większej różnicy, czy telefon jest zablokowany, czy jeszcze nie wynaleziony. Po prostu nie można go użyć. Wyszła więc na spacer bez celu, bo co robić w niedzielę w mieszkaniu będącym jednym wielkim wyłączeniem. Na ulicy można przynajmniej odpowiedzieć na pozdrowienie sąsiada. Nie oceniajmy jej. Może była szlachetna i wszystkie oszczędności włożyła w marmur na grobie Rescatora?

Tu spoczywa
Joffrey de Peyrac zwany Rescatorem, mąż zacny
i sprawiedliwy.
Zmarł wskutek tragicznej pomyłki
zażywszy miłosny list zamiast rtęci.
CZEŚĆ JEGO PAMIĘCI.
Pomnik ten wzniesiono staraniem zbolałej żony.
„Miałeś rację, że lepsze podpaski niż tampony".

Z pobożną nostalgią Angelika wspomniała świętego Franciszka i świętą naiwność, która kazała mu próbować nawrócić sułtana Maroka samymi słowami. Samymi słowami! Nagle zerwał się wiatr, zmiótł resztki liści z osowiałych drzew i poniósł je hen, w pizdę jeża, a po chwili z nieba chlusnęło, jakby strażacy polegli w akcjach ratowniczych postanowili ochłodzić z nieba tych swoich kolegów, którym nie stało odwagi, aby rzucić się w ogień, i teraz smażyli się na piekiel-

nych nizinach. Nie minęło pół minuty i Angelika na-
siąkła wodą jak gąbka. Zawróciła i błyskawicznie po-
wlokła się w stronę domu. Chmury nie zdążyły przy-
słonić słońca i kiedy Angelika podniosła wzrok, ujrzała
tuż przed sobą przepiękną, podwójną tęczę. Właśnie
tak, tuż przed sobą. Zwykle widzi się tęczę gdzieś daleko, na niebie, czyli nigdzie. Teraz też, jeśli patrzyła
w górę, tęcza wydawała się lśnić hen, na niebiosach,
ale przecież mogła zobaczyć końce świetlistego, barw-
nego pałąka, miękko znikające w zieleni parku nad
rzeką, może sto metrów od niej. Zamrugała oczami
na tak niezwykły widok i podążyła ku temu podwój-
nemu łukowi triumfalnemu, upajając się jego barwami
i ulotnością. Niemal na wyciągnięcie ręki miała połowę
przezroczystej, opalizującej glorii, w jakiej nieoczeki-
wanie stanął świat. I szła, znowu i znowu. Wiatr zbijał
ją z nóg i szczęśliwa, bezbronna, miała wrażenie, że zaraz wzniesie się w górę i pofrunie na tęczę niczym ptak
na gałąź utkaną ze światła, z jego widm i rozszczepień.
Płynęła w ulewie miotana siłami, których nie rozumia-
ła, ale którym całkowicie ufała. Gdyby z tęczy zsunął się
teraz na tyłku jak ze zjeżdżalni archanioł, żeby jej zwia-
stować, uwierzyłaby mu i na wszystko by się zgodziła.
Sięgnęła do torebki po klucze i wymacawszy kostkę
breloczka z podobizną Rescatora, do której były przy-
pięte, mimowolnie zdała sobie sprawę, że już dzisiaj
dotykała podobnego kształtu. Bezwiednie uruchomi-
ła zdezelowaną maszynkę pamięci i uświadomiła sobie,
że to było wtedy, gdy schyliła się po rękawicę i nie dostała wylewu. Zmusiła mózg do pracy na najwyższych
obrotach, próbując sobie przypomnieć, czy nie zaszy-
ła kiedyś czegoś w owej rękawicy, kawałka złomu złot-
niczego na czarną godzinę lub czegoś w tym rodzaju,
ale doprowadziła tylko do przepalenia bezpieczników
w starej głowie, tak że przez długą chwilę nie wiedziała

nawet, jak się nazywa i po co człowiek ma palce u nóg. Jak tylko weszła do mieszkania, ociekając wodą skierowała się do kuchni i sięgnęła po rękawicę, nagle tajemniczą jak przybór wróżki lub indiański totem. Rękawica była rdzawoczerwona. Można sobie wyobrazić, że jakiś chirurg lub oficer śledczy nakładał ją sobie babrając się w cudzym sercu. Angelika bez trudu wyczuła przez warstwę płótna i azbestu nieduży kwadracik. Już miała sięgnąć po nóż, żeby rozpruć tkaninę, kiedy tknęło ją przeczucie, co to może być. Przyłożyła rękawicę do blaszanej ścianki kuchni gazowej. Tak. Rękawica nie spadła. Genialne rozwiązanie. W środku był magnesik. Aż sobie westchnęła, biedaczka. Przyłożyła rękawicę wyżej, do zadaszenia kuchenki, tam gdzie pochłaniacz pary i zapachów potraw. Rękawica trzymała się. Nie potrzebowała wcale wieszaka z tasiemki. I oto Angelika, której umarł mąż, i to w najgłupszy z możliwych sposobów, Angelika, której od dobrych trzech dni nie spotkało nic dobrego, miała swoją wielką chwilę. Napawała się nią, patrząc na rękawicę cudownie wiszącą nad palnikami gazu, godło jej triumfu, cud ludzkiej zmyślności, niespodziewane pocieszenie, może nawet znak od Boga.

Człowiek to jest jednak głupie stworzenie. Czasem aż brak na to słów. Ja na przykład, żeby nie obrazić nikogo innego, to chciałbym wszystko wiedzieć. Wszyściutko. Ale nie tak, żeby był z tej wiedzy jakiś pożytek, na przykład przy rozwiązywaniu krzyżówek. Nie tak, jak ciekawe świata dziecko, które naczyta się książek i może zastrzelić własną Matkę informacją, ile trwa ciąża słonia. Nie. Wstyd powiedzieć, ale w ogóle nie czuję potrzeby zastrzelenia Matki, za to chciałbym wiedzieć wszystko o sobie. O powodach, dla których jestem taki, a nie inny, i czy na pewno jestem właśnie taki. Skąd się wzięła moja leworęczność. Jak powstały luki w mojej pamięci, czy ma to związek z niedoborem magnezu, czy raczej zjadłem w życiu za dużo masła. Dlaczego w ogóle nie mam zarostu i dlaczego moje górne trójki są tak pokaźne. Czy jestem starym kawalerem dlatego, że zdarzało mi się siadać na rogu stołu, czy dlatego, że drugie palce u nóg mam dłuższe niż paluchy, czy też mam spierdolone coś innego i gdzie indziej. Jaką dokładnie pojemność mają moje płuca i tak dalej. Jakbym miał zasiąść do rozwiązywania wielkiej jolki z nagrodami, w której każde hasło dotyczyłoby mnie. „Największa z twoich obsesji", jedenaście liter, szósta A. „Cnota, której brakowało także Małemu Księciu", szesnaście liter.

Nie wiem nawet, czy żyję poziomo, czy pionowo. Toteż nie wiem, jak zastawić pułapkę na samego siebie. A jednak łatwość, z jaką rozwiązuje się niektóre zagadki, irytuje mnie. A jednak wolałbym, żeby pozostały mroczne. Albo żeby były choć trochę złożone. Żeby moja leworęczność, żyłka do wzlotów i smykałka do upadków nie wynikały z mechanizmów prostych jak konstrukcja cepa. Zaprzeczasz sam sobie? Za dużo daktyli w chili. Masz skłonności do ciemności? Poszukaj rozwiązania w genach rodziców, to najlepsza ściągawka. Tego nie lubię. Chociaż w gruncie rzeczy cieszy mnie moje podobieństwo do Ojca, wiem przynajmniej, że nie zostałem znaleziony w kapuście i nie jestem głąbem, ale czasem i ono mi zawadza. Ot, przyjeżdżam w rodzinne strony, napawam się widokiem zapomnianych okolic i chciałbym być incognito jak tajniak na obozie harcerek, a tu trrach, moja gęba mnie zdradza. „O, syn tego stolarza, jakże on się nazywa... A jaki podobny!" Twarz mam po Ojcu, księżycową. Czoło i broda do przodu, policzki przeciwnie, zapadnięte jak podmyty asfalt i sterczy z nich wielki nochal. Oto jak wyglądam: ---------------------➤

I Ojciec wygląda tak samo. Nos rośnie od kłamstewek, to wiadomo, ale dlaczego zapadają nam się policzki? Czy nie ma to przypadkiem związku z paleniem papierosów?

– Któregoś dnia – mówi mój stary – to aż policzyłem, ile wypaliłem. Trzy paczki tego świństwa. A ja kupuję te po dwadzieścia pięć sztuk. Czyli wypaliłem siedemdziesiąt pięć za dzień. I jakoś nie idzie tego ograniczyć ani nic.

– Są na to sposoby – mówię i mój nos wydłuża się o setną część milimetra. – Powinieneś palić z zegarem. Na przykład jednego na godzinę. Słyszysz, że zegar bije, to bierzesz papierosa. Nie bije, nie bierzesz. Czekasz.

– Kiedy ten zegar to już stanął na amen! Chodził dobrze, chodził, a potem nagle co go nakręciłem, to tak: pochodził dwanaście godzin i stanął. Dwanaście godzin i stanął. Dziesięć – i już stoi. Dziewięć – stoi. Osiem. Siedem. Machnąłem ręką i dałem sobie spokój, niech stoi. Już nie mam zdrowia do niego. To co, po jednym?

– Jasne. Nie będziemy siedzieć o suchym pysku.

– No to nalej, synu, bo mi się ręce trzęsą.

Nalałem, chociaż trzęsła mi się ręka.

– No to bach, żeby ci się przestały trząść.

– Zdrowie.

– „Chleb i Sól"? Dziwna wódka. Jeszcze nie piłem takiej. Ani nawet nie widziałem.

– Teraz to nawymyślali tego tyle, że nawet człowiek nie wie, którą kupić. Najtańszą się bierze i już.

– Nie zapijasz?

– Nie. Oduczyłem się. Ale ty się nie krępuj, bierz.

– No, ja to muszę.

– No i tak. Zapalisz tego?

– Nie nie, dziękuję, wolę te moje, słabe. A słuchaj, tato, muszę cię o coś spytać, bo już mnie to od dawna gryzie. To znaczy, nie żeby mnie jakoś strasznie gryzło, tylko jestem ciekawy po prostu. Nawet kiedyś pytałem mamę o to, ale się wyparła. Ale ona się wszystkiego wypiera, więc nie wiem. Bo mam jakieś takie wspomnienie, może mi się tylko ubzdurało, ale mam wrażenie, że to jednak może być prawdziwe wspomnienie, że jak byłem małym dzieckiem, to podsłuchałem waszą rozmowę. Może nawet się kłóciliście, nie pamiętam. Wtedy nic z tych spraw nie rozumiałem, ale dzisiaj to jakoś tak mi się wydaje, że chodziło o to, że mnie miało chyba nie być.

– Jak to, że miało cię nie być?

– No, wiesz. Kurczę, jak to powiedzieć. Że byłem niechcianym dzieckiem. To znaczy nie niechcianym, tylko, jak to się mówi, nieplanowanym. Bo przecież ja jestem najmłodszy, nie? To mogło tak być. Dlatego pytam.

– E, tam. Coś ci się musiało zwidzieć albo źle pamiętasz.

– Bardzo możliwe, bo ja to pamiętam zupełnie niewyraźnie. Mogło mi się nawet śnić. Przecież nie miałem wtedy zielonego pojęcia o tych sprawach, więc nawet jakby była mowa o czymś takim, to raczej bym nie zrozumiał. Jeszcze po jednym?

– Nalej, nalej. Dobrze tak posiedzieć i pogadać.

– No to cyk.

– Twoje zdrowie, synu.

– Chuuuch... Dobrze, że śniegu nasypało. Byłem dzisiaj z dziećmi na sankach, Angelika miała cały skafander mokry, a i tak nie chciała wracać.

– Oj, ta Angelika to jest pocieszna! A teraz to i taka wygadana się zrobiła, taka mała mądrala. No więc, jak już chcesz wiedzieć, to wszystko normalnie było, urodziłeś się i już. Jak to mówią, od przybytku głowa nie boli.

– No i chwała Bogu. Całkiem dobra ta wódka. Chyba jeszcze naleję.

Kiwnął tylko głową. Nalałem i wypiliśmy.

– To mówisz, że chciałbyś wiedzieć? Uuu... Właściwie nie ma tu nic do opowiadania, wiesz, dawniej to było inaczej, nas było w domu pięcioro, u mamy dziewięcioro, wtedy to było nie do pomyślenia, żeby gdzieś było jedno dziecko w domu albo dwoje, jakby tak było, to by znaczyło, że coś jest nie tak, rozumiesz.

– Rozumiem. Tych ciotek to do dzisiaj się nie mogę doliczyć.

– Więc wszystko normalnie było, nie ma nic specjalnego w tym, że się urodziłeś.

– No to jeszcze po jednym.

– Oj, żebym się tylko za bardzo nie upił, bo się będziesz śmiał ze starego dziada.

– To może tak po pół, o.

– To już lej po całym, i tak małe te kieliszki.

– Pod ten nowy rok.

– Gdzie tam jeszcze do nowego roku. Zdrowie.

– ...

– Widzisz, już jestem pijany. Nie mogę myśleć. Nie wiem, czy ci powiedzieć, czy nie mówić. Całkiem zgłupiałem. Całkiem. Zażyłeś mnie tym pytaniem, jak nie wiem co. Bo to było tak. Jak nam się urodziło trzecie dziecko, czyli Jurek...

– Teresa!

– A, tak tak, oczywiście. Jak Tereska się urodziła, no to ja wtedy pracowałem w pekaesie i za dużo nie zarabiałem, to znaczy jak na tamte czasy to nie było mało, bo wtedy nikt dużo nie zarabiał, o lepszej robocie i tak nie było co marzyć, to potem dopiero, bo ja przecież miałem oko na te sprawy, bo że się w domu nigdy nie przelewało, to przecież pamiętasz, to jak się potem trafiła okazja, że mogłem iść na inspektora drogowego, to od razu poszedłem, bo tam i robota trochę lżejsza, i płacili parę złotych więcej, a wtedy pieniądz miał zupełnie inną wartość, zupełnie inną, nie dlatego, że się później porobiły te wszystkie inflancje, kiedyś to człowiek nawet nie wiedział, że na świecie jest coś takiego jak inflancja, tyle że przed wymianą pieniędzy to zawsze był strach, bo wszyscy pamiętali tę wymianę w pięćdziesiątym, zaraz, w którym to było dokładnie roku... W pięćdziesiątym pierwszym? No patrz, już nie pamiętam, a tak dobrze się pamięta na przykład, że sporty to kosztowały wtedy... Sporty to, proszę ja ciebie, kosztowały wtedy, to na pewno pamiętam, bo przecież codziennie się to świństwo kosztowało, znaczy kupowało... Zaraz, zaraz, ile one kosztowały...

– Już za moich czasów to długo kosztowały trzy pięćdziesiąt. Pamiętam, bo czasem wysyłałeś mnie do kiosku.

– No, mniejsza o to; ile kosztowały, to kosztowały. W każdym razie my to się tej wymiany nie mieliśmy co bać, bo i tak nie było żadnych oszczędności, jak już co było, to prędzej długi. Ale niejeden człowiek, jak odłożył gdzieś parę złotych, to przy takiej wymianie wszystko tracił. Chyba wiesz, że dawniej nie trzymało się pieniędzy w banku, tylko gdzie kto mógł, chowało się gdzieś: w worku z kaszą albo pod podłogą dobrze zawinięte, żeby myszy nie zjadły. Polej. Mój dziadek na przykład, nie twój, tylko mój, dziadek Mazur znaczy się, miał w chałupie taką wielgachną skrzynię.

– To znaczy, Ojciec Mamy twojej, tak?

– Tak, taką skrzynię, taki kufer. Zawsze zamknięty na klucz. A dziadek pracował tam pod Jędrzejowem przy wydobywaniu rudy. Kopali tą rudę, ładowali na barki i płynęła sobie pięknie do huty, bo ta huta to zawsze tu była. I dobrze, że była, bo przynajmniej dawała ludziom pracę. Znaczy się, dawała, dawała, aż wzięła i przestała, bo teraz nie wiem, czy wiesz, ale tam trzy czwarte ludzi pozwalniali. Nie rozumiem, co to się dzieje na tym świecie, już mam za starą głowę do tego, może ty to jakoś potrafisz pojąć... Czy już ludziom nie są potrzebne narzędzia, nożyczki czy pompy? Przecież na wyroby stalowe zawsze był zbyt! A żeby kupić nóż czy widelec, to się okazuje, że w sklepie są niemieckie albo nie wiem jakie tam, może ruskie. Pod nosem huta, a widelce przyjeżdżają z Rosji. No, może nie musiałaby od razu produkować widelców, bo to drobnica, zresztą takie rzeczy jak noże to tu robili dobre w Drzewicy, o, bardzo dobre były noże, nie pamiętam, jak się ta firma nazywała, w każdym razie szanowana w całej Europie, ale czekaj, do czego ja właściwie zmierzam...

– „Gerlach". Mówiłeś, że dziadek Mazur miał skrzynię.

– A, właśnie. Taki kufer. Dawniej się trzymało w takich kufrach różne rzeczy, pościel, odświętne ubrania, różne takie. Ale u dziadka ta skrzynia zawsze była zamknięta, a on pilnował klucza jak oka w głowie. I pracował przy tej rudzie. I nawet sobie chwalił, bo to była robota ciężka, ale nawet chyba nieźle tym rudziarzom płacili. A potem nagle, nie wiadomo jak i kiedy, po prostu momentalnie dziadziuś zaczął ślepnąć. Zaczęło się od tej jaskry czy zaćmy, a wtedy to było zupełnie nieuleczalne, kto wtedy słyszał, żeby operacje na oczach robić i to jakiemuś dziadowi ze wsi. Tak że od słowa do słowa oślepł całkiem, na amen. I zaczął jakoś tak puchnąć, Boże, ja byłem wtedy chłopaczek, ale pamiętam, jak jemu strasznie opuchły te nogi! Takie banie mu się porobiły, grube jak nie wiem co, aż nie wiem, do czego to porównać, po prostu banie takie grube jak bele. No i tak, najpierw oślepł, potem nie mógł chodzić, a potem zaczęły mu te nogi gnić. A jeszcze najgorsze wyrzuty sumienia to mam z tego, że myśmy mu strasznie dokuczali. Jak człowiek był dzieckiem, to nie rozumiał, co to starość i choroba. I śmialiśmy się z niego, i różne głupie figle mu robiliśmy. Aż mi do dzisiaj wstyd, naprawdę. Jak dziadek Mazur szedł w krzaki, bo wiesz chyba, że wtedy nie było toalet, nawet ustępów nie było po wsiach, no to jak on szedł ślepy w te krzaki, to my na przykład kamykami tam w niego rzucaliśmy albo krzyczało się „Dziadek goła dupa" i uciekało. A on i tak już ledwie chodził. Może żeby dzieci miały wtedy więcej rozrywek, to by nie były takie podłe. Jak zamknę oczy, to go jeszcze wyraźnie widzę, jak idzie wzdłuż ściany i szura tymi zgniłymi nogami, i tak mi go szkoda! No i w końcu umarł. Nikt wtedy nie wiedział, że to od tej rudy wszystko. Dopiero potem ktoś skojarzył, że prawie wszyscy, co przy tej rudzie pracowali, to albo oślepli, albo jakieś inne mieli dziwne choroby. Bo to wydziela jakieś szkodliwe promieniowanie czy coś, to już ty powinieneś lepiej wiedzieć. No i jak umarł, to potem znaleźli klucz i ktoś w końcu otworzył tą skrzynię. A tam była kupa pieniędzy! Bo dziadek przez całe życie coś

tam odkładał z wypłaty za tą rudę, czy jak krowę sprze-
dał, no to się tego nazbierało. Chyba z pół skrzyni tego
papieru nazbierał. Bo to już był tylko papier, bo dziadek nawet nie wiedział, co to jest wymiana pieniędzy,
a jak już był stary, to i tak nikomu nie powiedział o tym
skarbie, tak że tymi oszczędnościami całego życia przez
jakiś czas się w piecu rozpalało, tam jeszcze były ruble,
i te marki polskie, i chyba trochę przedwojennych złotych. I tyle było z tej jego fortuny, o.

– Pamiętam, jak w pekaesie pracowałeś, jak już chyba tym inspektorem byłeś, to czasem chodziłem do ciebie do biura, żeby sobie popisać na maszynie. A jeszcze wcześniej to pamiętam, że zabierałeś nas co sobota
pod prysznic.

– A, właśnie, bo do czego zmierzam. Ja w tym pekaesie wtedy zarabiałem tak, jak każdy, nie za dużo.
Polej, synu.

– Ale ja to już chyba po pół.

– No, jak tam chcesz – Ojciec wziął papierosa i widziałem, że się wstydzi. – No i, proszę ja ciebie, jak się
urodził Jurek, to znaczy Teresa, to myśmy z mamą zaczęli się tak zastanawiać. W domu się nie przelewało, ciasnota była, no i rzeczywiście... Ja przecież wtedy
nie wiedziałem, że sobie potem znajdę dobrą robotę
w „Transbudzie". No, tak, to jest prawda, że myśmy
wtedy postanowili, że, jakby ci to powiedzieć... Wiesz,
nie chciałbym cię jakoś obrazić albo żebyś sobie pomyślał nie wiem co. Wypijmy.

– To teraz twoje zdrowie. Mnie się bardzo podoba,
tato, że miało mnie nie być.

– ...

– No to daj tego foxa, zobaczę, co ty tam palisz.

– Proszę cię bardzo, proszę. Więc postanowiliśmy,
że dzieci już wystarczy, rzeczywiście, tak było. Przyznaję
się. Ale ja potem miałem znowu taką robotę, że byłem

kierowcą i czasem wysyłali mnie w trasy, raz dalej, raz bliżej... Raz to pamiętam, jak pomidory wiozłem tam pod Sandomierz, bo tam duże zakłady były, no, to przetwórstwo owocowo-warzywne czy jak to się tam nazywa. Oj, to to będę pamiętał chyba do końca życia. To znaczy na pewno, bo ile mi tego życia zostało. Te pomidory trzeba było najpierw załadować, potem trochę się z nimi jechało, a potem jeszcze trzeba było odstać z nimi w kolejce. A przy przyjmowaniu ich w tym takim jakby punkcie skupu, no to była taka niby kontrola jakości. A ze mną wtedy jechał taki Janek, bo to zawsze po dwóch wysyłali, zaraz, ten Janek się nazywał... Już ci mówię. Jego córka się potem ożeniła tutaj na Siennieńskiej, z takim młodym mechanikiem samochodowym, bardzo fajny chłopak, obrotny... No, mniejsza o to. I tak jedziemy, a w połowie trasy na chwilę stanęliśmy i ten Janek właśnie, jak on się, kurczę, nazywał, poszedł za potrzebą. Wraca i mówi: „Ty, Mietek, z tych pomidorów się strasznie leje". No to wysiadam, patrzymy, a tam rzeczywiście. Te pomidory z wierzchu to jeszcze jakoś wyglądały, ale pod spodem to już się z nich taki dżem zrobił. A wtedy był, pamiętam, straszny upał, więc jeszcze trochę i te pomidory zaczną gnić. I co tu robić. Ten Janek mówi, żeby wracać, bo zanim dojedziemy, to już będzie taka breja, że będzie chryja, nie ma mowy, żeby nam to przyjęli. A takie parę ton pomidorów to są jednak pieniądze. A ja mówię, żeby jechać dalej, zobaczymy. Bo jak wrócimy, to też nie wiadomo, co oni z tymi pomidorami zrobią. Wyślą nas może jeszcze raz i potem uznają, że to wina kierowców, że pomidory skisły. A to przecież nie nasza wina, że upał. No i jedziemy, może jakoś się uda. Jedziemy, proszę ja ciebie, jedziemy, przyjeżdżamy, wjeżdżamy na wagę, a tam już wagowy bierze nas na krzyk, że co wyście tu przywieźli, cała waga upaćkana, zjeżdżać mi z tej wagi. Jakiś kontroler jakości przyszedł, popatrzył, pokiwał głową i mówi, że nie ma szans. No to wtedy... Polej.

– O, już dno widać. Drugie. Bo mówiłeś, że postanowiliście nie mieć już więcej dzieci.

– A, właśnie, tak. A ja sobie dorabiałem, jak mogłem, brałem wszystkie nadgodziny, jakie tylko były, i między innymi woziłem gdzieś czasem kierownictwo. I raz odbywało się jakieś zebranie, ważna narada dyrektorów oddziałów czy coś takiego, znaczy, po prostu mieli okazję, żeby się napić. I oni mieli taki ośrodek do takich spotkań, tutaj pod Starachowicami, w lesie. I mój dyrektor kazał mi tam podjechać, żebym go zabrał po naradzie. No bo wiedział, że będzie, jak to się mówi, dętka. A ja wiedziałem, że tam może mi długo zejść, bo wiadomo, jak to jest z pijakami, w dodatku z dyrektorami. No to spytałem Stefkę, znaczy się mamę twoją, czy by ze mną nie pojechała, bo nudno tak samemu w lesie. No i ona ze mną pojechała. A pogoda była taka śliczna! Słoneczko grzało! A w lesie ptaki jak śpiewały! To chyba środek lata był, jakiś lipiec albo...

– Maj. Pierwsza połowa maja.

– Może i maj... Ale skąd wiesz? A, no tak. No i ta narada się oczywiście przedłużała, a my tak ze Stefcią czekaliśmy. A tu taka piękna pogoda. Ziemia już suchutka. A ja na tylnym siedzeniu zawsze woziłem sobie koc. Na wszelki wypadek, wiesz, czasem kierowca musi się zdrzemnąć w długiej trasie, takie życie. No i to był, jak zauważyłeś, maj. I śpiewały te ptaki, pamiętam jak dziś, wszystko pachniało, ten las tam jest sosnowy... Możesz polać?

– Już nie ma co. Ale możemy zmienić temat. To ja może po drugą butelkę skoczę, a ty sobie przypomnij tymczasem, jak się skończyła tamta przygoda ze skisłymi pomidorami, dobra?

– O, tak, z tymi pomidorami to była bardzo ciekawa historia, do końca życia będę pamiętał.

Modliłem się do światła i do ciemności, do Boga i do słońca, aby mi pozwoliły żyć spokojnie z rodziną. Nie wiem, jaki był powód tego, że ludzie źle o mnie mówili.

Geronimo do gen. Crooka,

Canoins the Funerals, 25 III 1886

Jak to się stało, że 2 maja 1892 roku Beatrycze z rozpuszczonymi włosami, mając na sobie tylko koszulę nocną i peniuar, była wczesnym popołudniem u siebie w pokoju? To długa historia. Można ją zacząć od miejsca, w którym czas nie jest jeszcze bezduszną, gotową na wszystko otchłanią, ale swojskim i niemal posłusznym naszej woli uporządkowaniem zdarzeń i ich następstw. Angelika miała piętnaście lat, Rescator szesnaście. Czas był z gumy. Jakąż słodyczą promieniał Rescator, kiedy jego piękno nie wybujało jeszcze w krzepką, męską urodę! Rescator 16, można by tak nazwać jakiś pojazd bojowy, lecz musiałby to być lekki, nieopancerzony pojazd, tyle groźny, co delikatny. Zaś imię Angelika mogłoby posłużyć za markę wiecznego pióra lub nazwę bombonierki, w każdym razie ze swoją niewinnością na pewno byłaby świetną bombą-pułapką. Świat należał do nich więcej jeszcze niż do królów i cesarzy, i zdawało się, że będzie należał zawsze, choć niedługo miały przełamać się stulecia i mgliste czyny Kuby Rozpruwacza krwawo wróżyły nadchodzącemu wiekowi. Któż jednak myślał wówczas o wróżeniu z wnętrzności?

Angelika miała nieco wyłupiaste oczy, jak żaba. Miała
wąskie, lekko wydęte usta – kiedy robiła ryjek, upodab-
niało ją to do mrówkojada. W owym czasie nosiła się
na zielono. Stopy stawiała trochę do środka, jak to się
często zdarza dzieciom. Potrafiła być okrutna, ale nie
bardzo. Wszystko to składało się na urok, któremu
Rescator uległ z zapałem właściwym pierwszym uczu-
ciom. Wszystko, co jest „nieco", „lekko" i „trochę", robi
niebywałe wrażenie na chłopcach, którym zaczyna sy-
pać się wąs. Pierwszy raz pocałowali się 1 grudnia 1887
roku w Londynie. Ich kolejne pocałunki miały miejsce
7 lipca, 8 sierpnia, 30 września, któregoś października
i 9 listopada 1888 roku. Czasami, kiedy całowali się skry-
ci w parkowej mgle, zdawało im się, że słyszą gdzieś w pobliżu dźwięki ukulele. Ponieważ skrywali swe uczucie
przed światem, zdarzało im się całować na cmentarzach.
Tym samym to, co ukryli przed światem żywych, stawało
otworem przed światem umarłych. Kiedy kroczyli objęci
przez wieczorne ulice, ich Miłość szła parę kroków przed
nimi jak herold, zaś za nimi szła śmierć jak żeniec za po-
kosem, jak Herod. Tam, gdzie jest niewinność, łakomy
cień śmierci pojawia się szczególnie szybko.

Zażyłość z Rescatorem sprzyjała też Przyjaźni Angeliki
z Beatrycze. Jedno uczucie umacniało drugie. Beatrycze,
której dom otoczony był dziczejącym, kłującym ogro-
dem, ułatwiała kochankom schadzki, a Angelika od-
wdzięczała jej się sentymentalnymi opowieściami o po-
całunkach z Rescatorem, drżeniu duszy, porywach serca i tym podobnych naiwnostkach, które śmierci muszą
się wydawać śmieszne z jej punktu widzenia. Ponieważ
czas nie był jeszcze oderwany od swojego źródła, lata
mijały nie jak chciały, ale w należytym szyku, kolejno
rok 1888, 1889, 1890 i 1891. W 1892 roku Angelika
była już dojrzałą kobietą, swych zamiarów i celów była
pewna jak cyklu menstruacyjnego. Rescator zmężniał

i miał już za sobą czyny dowodzące, że jest godzien jej ręki; krótka kariera wojskowa i urzędnicze sukcesy pośrednika w handlu nieruchomościami utwierdziły ją w przekonaniu o jego wartości, z niezmienną życzliwością przyjmowała zatem jego awanse. Na pierwszy dzień maja naznaczono datę ich ślubu, po skromnej uroczystości zamierzyli sobie spędzić pierwszą noc w domu Beatrycze, tak szczęśliwym dla nich. Jak zwykle w takich razach wszystko było gotowe: kandelabry, suto zastawione stoły, biała suknia i czyściutkie prześcieradło. A jednak ślub się nie odbył i drugiego maja zaniepokojona Beatrycze, z rozpuszczonymi włosami i niewyspana, w samej tylko koszuli i peniuarze, daremnie czekała nadejścia młodej pary.

Winien był temu pewien ekscentryczny graf, który kilka dni wcześniej, jakby wiedział, przybył do Londynu z dalekiej Transylwanii. Nie był to już człowiek młody, lecz świetnie zakonserwowany, nienagannej prezencji i erudyta, tyle że chudeusz; wyglądał, jakby właśnie wyszedł z długiej choroby lub jakby latami nie dojadał. Ale trupia bladość ekscentrycznego grafa nienormalnie pasowała do cichego usposobienia i oględności, z jaką się wysławiał. Jednak dziw bierze, że nie tylko ją uwiódł, ale że poszło mu tak łatwo i bez większego oporu z jej strony. Wszak nie był to już młodzieniaszek, jego szlif dandysa wyblakł nieco i, co nie najmniej ważne, nic o nim nie wiedziano. Gdyby ktoś postronny był świadkiem, jak hrabia uwodził Angelikę, odniósłby pewnie wrażenie, że jest to tura awansów skazana na niepowodzenie. A jednak ją uwiódł.

Miała na długo zapamiętać pierwsze z nim spotkanie. Wymienili kilka zdawkowych uprzejmości przed sklepikiem aptekarza, a potem, niby dobrzy znajomi, długo spacerowali po mieście. Ona i nieznajomy z ulicy! Jego bliskość sprawiała, że Angelika czuła się dziw-

nie. Sceneria miasta stała się ruchoma, jakby to szli
nie oni, ale jakby ożywione budynki i dzielnice ruszyły w przeciwnym kierunku. Ciężkie od kwiecia drzewa
przesuwały się jak baletnice na ukrytych pod sięgającymi parkietu sukniami stopach drobiących kroczki, których się nie zauważa, tak jak nie zauważa się kwantów
czasu, w których ruch i bezruch nie są zróżnicowane.
Kościoły zdawały się odsuwać od nich, gdy zbliżali się
do którego. Gdy dochodzili do skrzyżowań ulic, graf
zwalniał kroku, węszył jak zwierzę i mocniej obejmował jej kibić, aby niemal biegiem przebyć skrzyżowanie, jakby obawiał się rozpędzonej dorożki. O dziwo,
Angelice było wszystko jedno. Nic o nim nie wiedziała
i o nic nie pytała. Zatrzymywali się, a wtedy ujmowała
w ręce dłoń grafa o wypielęgnowanych paznokciach.
„Twoja ręka jest taka zimna", mówiła przy tym. Gdybyż
miała wtedy głowę do onikomancji! Albo opuszkami
palców dotykała starannie przypudrowanej twarzy.
Pierwszy pocałunek graf złożył na jej szyi. Było to jedno z tych ucałowań, które zostawiają na skórze różowy
ślad, dowód namiętności, i Angelika resztką przytomności pomyślała, że jutro trzeba będzie ukryć szyję pod
stójką. Nim graf się odessał, dziewczyna zemdlała.

Ocknąwszy się w jego wychudłych ramionach, zaczęła prawić mu do ucha płoche dyrdymały. Było tego
dużo, między innymi: „Moje serce jest jak zegar nakręcany przez ciebie", osiem razy „Twoje piękno dosłownie rozrywa mi rajtuzy" oraz nieskoordynowany miszmasz Longfellowa i Goethego zakończony westchnieniem „Chwilo trwaj, jesteś piękna". „Krew", powiedział
graf, „opowiadaj mi o krwi". Lecz ona nie słuchała, nie
panując nad sobą snuła plany na jutro. „Wczesnym popołudniem pójdziemy na bulwar, będziemy pławić się
w słońcu i zieleni ogrodów, gdzie fontanny obsypią
nas wilgotnym srebrem światła". Ta jej paplanina stała

mu się niemiłą, lecz nie dał nic poznać po sobie, by jej przedwcześnie nie zrazić. Odzyskał trochę werwy po tamtym pocałunku i oszczędnie, lecz nie tak, aby odczuła niedosyt, odpowiadał pieszczotą na każdy z miłosnych zapędów. Wreszcie, gdy trochę zmęczeni usiedli na ławce z kamienia, odsunął się i powiedział: „Nie przywiązuję wagi do światła słonecznego ani skrzących się fontann, w których tak lubuje się młodość. Kocham ciemność i mrok, w których mogę przebywać sam na sam ze swoimi myślami". „Będę ciemnością i mrokiem", obiecała solennie. „Gotowam umrzeć dla ciebie", dodała na wszelki wypadek. „Ty już nie możesz umrzeć", ostudził nieco jej zapał. Umilkła na pięć sekund. Do chwili dotarło dopiero teraz, że ma trwać i być piękna, więc zaczęła trwać. Po godzinie milczenia Angelika odezwała się cicho: „Będę cię kochać na wieki". I oto co jej odrzekł z głębin czarnego płaszcza niemodnego kroju: „Jestem potomkiem bardzo starego rodu. Czas jest otchłanią głębszą niż tysiąc nocy. Wieki nastają i mijają". Tu zabełkotał coś niewyraźnie i kontynuował: „Śmierć wcale nie jest najstraszniejsza, są rzeczy straszniejsze. Czy możesz sobie wyobrazić, co znaczy trwać całe wieki, co dzień doświadczając tych samych marności?"

Spróbowała sobie wyobrazić. Zamknęła oczy i zacisnęła zęby, naprawdę się starała, na próżno. Skoro nic z tego nie wyszło, zmieniła temat: „Doświadczając. To słowo brzmi jak skrót dwóch słów, »doświadczalny zając«, zauważyłeś? Więc co z tymi fontannami? Gdzie są fontanny, tam mogą być i wieloryby". „Już świta. Pora się rozstać". „O Boże, rzeczywiście". „Przyjdę jutro wieczorem", zapowiedział i zniknął. Nawet jej nie odprowadził do domu, co zapisała na karb jego męskiej oschłości, tak pociągającej dla osób wylewnego serca. Wracając musiała przejść obok azylu dla obłąkanych. Zza murów dobiegał wrzask nieszczęsnego szaleńca.

„Krew darem życia!", wył szalony nieszczęśnik, wpijając twarz w kraty i ni to chichocząc, ni to łkając. „Krew darem życia!"

Zostawmy Beatrycze, która w końcu machnęła na wszystko ręką, wyrzuciła kandelabry i poszła spać. Zostawmy Rescatora, który wpierw odchorował zdradę, potem zaś szukał zapomnienia w tym intensywniejszym handlu nieruchomościami. Zostańmy na razie przy Angelice i grafie z egzotycznej Transylwanii.

Graf znalazł trochę ukojenia. Biel szyi Angeliki, zarys jej podbródka i niemrawość ruchów stępiały ostrze bólu, który go trawił od wieków. Żywił jej młodością swą niezmierzoną starość. Za dnia zaciągał zasłony, kładł się do łóżka, zakopywał się w kupie wyjałowionej ziemi służącej mu za pościel i trzęsąc się z zimna marzył o kolejnym spotkaniu, śnił o jej krwi i jej szyi. Gdy zachodziło słońce, budziły go szczury buszujące w jego ziemnej poduszce, a wtedy zjadał jednego, zagryzał asfodelem, brał kąpiel w czerwonym winie, czyścił zęby ręczną szlifierką, piłował paznokcie, pudrował policzki i gotów był do kolejnej nocy upojenia. Golić się nie musiał.

Romans z Angeliką ożywiał go na tyle, że był w stanie jakoś funkcjonować. Mógłby na przykład chodzić do pracy, o ile nie musiałby w pracy nic robić. Byłby w stanie czytać listy nie wymagające odpowiedzi. Angelika była dla niego jak filiżanka porannej kawy. Tyle że jego porankiem był późny wieczór, a krew Angeliki, trochę lurowata, nie dawała mu zaznać prawdziwej sytości. Ale wiedział, że na wiele nie powinien już liczyć. Nikt nie miał większego niż on prawa powiedzieć o sobie, że jedną nogą stoi w grobie. Lecz nie dana mu była pełnia śmierci, a pełni życia, jakiej kiedyś doświadczał, właściwie już nie pamiętał. Istniała pewna różnica między jego poprzednimi brankami serca a Angeliką, różnica, która może ostrzegłaby grafa, gdyby zachował dawną czujność. Różnica tkwiła w imieniu. Ani razu nie zwrócił się do niej po imieniu i nie wymawiał go nawet w myśli, gdyż było w nim coś anielskiego, zatem zabójczego dla jestestwa grafa, i tak już połowicznego. Jednak krew Angeliki, chociaż lurowata, tak go nęciła, że jej imię nie odstraszyło go w porę. Krew, z której bierze się młodość.

Nocne randewusy zupełnie rozregulowały zegar biologiczny Angeliki. Osłabła i pobladła, zaś wśród zacnych i pełnych dobrej woli lekarzy zgoda panowała tylko co do jednego: że to nic groźnego (ale płacić trzeba). Jeden podejrzewał anemię, drugi wbrew pierwszemu doradzał upuszczenie krwi. I to ten zginął pewnej nocy w okolicznościach tajemniczych i drastycznych, znalezione rano ciało wyglądało jakby pastwiły się nad nim wilki. Ale czy wilki wbiłyby w oczy i ciemię anatoma jego przyrządy chirurgiczne? Z drugiej strony, cyrulicze wnętrzności rozwleczone po korytarzach wskazywały jednak na wilki. Gdybyś ktoś ze zgromadzonych nad zewłokiem miał wtedy głowę do antropomancji, wiele by to uprościło. W mieście znów powtarzano z lękiem imię Kuby Rozpruwacza. Angelice powiedziano, że lekarz musiał wyjechać na kontynent do niezwykłego przypadku (pewna prosta kobieta urodziła Murzyna, i to z dwiema głowami, taką wersję zaplanowano na wypadek, gdyby się dopytywała) i zastąpiono go innym.

Trudno w to uwierzyć, ale był czas, gdy graf próbował modlitwy. Dawno, dawno temu, choć według kalendarzy byłyby lata dwudzieste XX wieku. W krainie śmierci kalendarzowe miary nie dają się naciągnąć do jej praw, czas nie postępuje tam za narzucaną mu przez potęgę rozumu kolejnością dni czy pór. Zresztą, jaka tam potęga. Wystarczy spojrzeć na rozum medycznego mędrka, obecnie przewiercony przyrządem do ćwiartowania zwłok, lekko zbełtany kogel-mogel z inteligencji i wykształcenia zdobywanego wieloletnią pracą. Graf żywił się w tamtych mających dopiero nadejść czasach krwią pewnej Włoszki z Sieny. By mieć łatwiejszy dostęp do kranika z jej krwią, złożył podanie o przyjęcie do pracy w perukarni jej wuja. Ponieważ widocznym było, że nosi się wobec siostrzenicy z jakimiś zamiarami, wujo zażyczył sobie, aby graf, o którym jak zwykle nie wiedziano nic pewnego, dołączył też życiorys. Wysuszony nieszczęśnik daremnie proponował, że zamiast życiorysu napisze coś związanego ze śmiercią, „O nietrwałości liczb" lub „Jak negocjować z pogrążonymi w rozpaczy członkami rodziny zmarłego sprzedaż jego włosów". Odtrącony przez wujcia, przybity i z sercem zmechaconym jak garnitur kloszarda, modlił się gorliwie trzy dni i cztery noce. Może i ocaliłby swą ekscentryczną duszę, lecz siła jego samotnej modlitwy niewiele znaczyła wobec modlitw przeciwko niemu, już zanoszonych do nieba przez rozgałęziony ród dziewczyny. W rodzinie było dwóch księży i odprawiono nawet trzy msze w tajemniczej „wiadomej intencji". Lucia, bo tak brzmiało jej imię, została wyrwana z rąk grafa, który w akcie furii pomieszanej z żalem namalował parę słoneczników, podpisał nazwiskiem van Gogha, wygrał tradycyjne wyścigi konne i wyniósł się ze Sieny do swego wiecznego gdzie indziej. Więcej się nie modlił.

Osobom o słabych nerwach odradzam dalsze czytanie. Teraz bowiem nastąpi powrót Rescatora na arenę wydarzeń. A starcie mocy światła z mocami ciemności to nie przejażdżka na latającym wężu ani nie gra w bierki.

Choroba chorobą, handel handlem, lecz serce Rescatora upomniało się przecież o jego ukochaną. Rescator zaprzągł do pracy rozum, choć ten wierzgał i wyrywał się niechętny mieszaniu się w sprawy Miłości, i dzięki wnikliwym lekturom popartym własną inwencją i czynnościami śledczymi znalazł słabe punkty osobowości rywala. Domyślił się jego przeszłości, która nie była przeszłością. Kosztowało to Rescatora, rzecz jasna, wiele cierpliwości i samozaparcia, cech znamionujących najprzedniejszą męskość. Czyż nie trzeba ogromnej cierpliwości i siły woli, aby czytać przy świecach „De betooverde wereld" Baltazara Bekkera, kiedy upiorny staruch posuwa nam ukochaną? Czy jest samozaparcie większe niż to, które każe nam studiować „Taumatologię" Giambattisty della Porty, gdy tymczasem wróg do woli spija krew z naszej narzeczonej? Są to decyzje heroiczne, ale możliwe; z takich właśnie wzięła swój początek choćby trudna sztuka polityki. W istocie na początku każdej liczącej się kariery politycznej stoi decyzja w rodzaju „Jedzcie ogórki z mojego ogródka, obracajcie moją starą na moim nowym grillu, a ja się tymczasem przygotuję do wyborów". Taką właśnie politykę obrał Rescator. Przeczytał sandomierski „Kalendarz Uniwersalny". Dotarł do „De spectris" Ludwiga Lavatera. Na wszelki wypadek przeczytał „Popol Vuh", choć nic nie rozumiał ani z języka Majów, ani z hiszpańskiego. Wykradł z Watykanu „Rękopis abisyński". Wyuczył się na pamięć „Szmaragdowej Tablicy" Hermesa Trismegistosa. W jedną noc zmógł, choć się nudził, obie staroislandzkie Eddy Snorriego Sturlusona. Gdy ziewając i czyniąc jednocześnie znak krzyża czytał chełpliwe wersy: „Szesnastą znam pieśń, gdy uczciwej dziewczyny Miłość chcę mieć, i rozkosz, Omamię jej zmysły – śnieżne ma ramiona – I przemienię wszystką jej wolę", Angelika oplatała dłońmi sterczącego jak drzewiec wrogiej chorągwi nieprzyjacielskiego fallusa. Gdy czytał: „Pieśń siedemnastą znam: wiem, że mi nie umknie Młodziutkie dziewczę", graf wdzierał się plugawie ze śmiertelnym nasieniem w uczynny odbyt Angeliki. Mówiłem, żeby nie czytać. Lecz im dalej sięgały zdobycze Transylwańczyka, tym więcej mocy gromadził przeciwko niemu Rescator. Dobrze się przygotował do spotkania z gachem, zaopatrzył się jak należy przed walką, którą miał stoczyć. Po usilnych zabiegach udało mu się spotkać z Robertem Jamesem Lee. Nie tylko dowiedział się, że świętej pamięci lekarz Angeliki był Kubą Rozpruwaczem, lecz w hipnotycznym śnie podłączył się do snu pewnego orangutana i ze snu małpy wyekstrahował betel wspomagający jasnowidzenie. Uzbrojony w betel, koniczynę, werbenę i hizop, ubrany na czerwono, z czosnkiem w woreczku na szyi oraz z poświęconą hostią i osikowym kijem za pazuchą, poczuł się gotów. Z takim ekwipunkiem mógłby poważyć się na Mount Everest. Zamiast tego zakradł się wczesnym wieczorem do sypialni Angeliki. Ulice zamiatał taki wicher, że wyrywał cygara z ust nawet tych przechodniów, którzy nie palili. Nie po raz pierwszy los obrał kobiecą sypialnię za teren zmagań dobra ze złem. Stalingrad wymyślono tylko w zastępstwie, bo w żadnej sypialni temperatura nie mogła spaść do −40°C. Wycieńczona miłosnym szałem i mimowiednym krwiodawstwem Angelika kisiła się w pościeli jak ogórek z ogródka tamtego polityka, potwierdzając słuszność naszych teorii, jej mizerna pierś ledwie się unosiła we śnie na granicy między życiem a śmiercią. Zgodnie z zaleceniami „Opération des Septs Esprits des Planétes" Joffrey de Peyrac stanął nad nią cichutko, wtarł w dłonie sok z werbeny, po czym ujął ostrożnie jej bladolicą twarz. Nim się ocknęła, wymówił uroczyście słowa zaklęcia: „Bestaberto corrumpit viscera ejus mulieria". Angelika powiodła wokół spojrzeniem kozy, która zjadła nie to zielsko, co trzeba, i spytała: „Co mówisz?". „Nic, nic", uspokoił ją

Rescator. Oprzytomniała, zamrugała pięknymi oczyma i zdziwiła się: „Znam cię i znowu kocham, mój miły. Gdzie byłeś tak długo? Zresztą nieważne, wskakuj" – uchyliła rąbka tajemnicy. Lecz Rescator przytrzymał jej dłoń: „Nie czas teraz na to. Rzucono na ciebie okrutny czar. O której przychodzi grafunio?" „Przychodzi, kiedy chce. Jest ci smutno? Zrób śmieszną minę", poprosiła. Smutek na twarzy Rescatora był aż nadto widoczny. Gdyby z takim wyrazem twarzy poszedł na komisję poborową, nie wzięliby go do wojska. Choćby kryły go barwy ochronne, gałązki powpinane za uszami i transzeja przywiązana do kości ogonowej, jego smutek od razu rzucałby się wrogowi w oczy. Pokiwał teraz głową i spróbował zrobić śmieszną minę, dzięki czemu jego twarz wyglądała przez chwilę jak bańka mydlana, którą zły Murzyn kopał przed sobą przez całą Saharę. „Nie mamy wiele czasu. Ten, który cię omamił, to żywy trup, nosferatu. Wymordował dziesiątki tysięcy niewinnych".

Ciągle mówiąc, aby przybliżyć Angelice jej sytuację, przystąpił do adaptacji sypialni. Odsunął nieco łoże od ściany. Zaciągnął zasłony. Pomachał gałązką hizopu, zażył betel. Pod łóżkiem położył naostrzony kij i poręczny młotek. Angelice wręczył poczwórną koniczynę, by stanowiła jej tarczę. Starał się jak najwięcej chodzić przy tym tyłem, odwrócił do góry nogami kilka nie rzucających się w oczy sprzętów i naczyń i kazał Angelice włożyć majciochy na lewą stronę. Jak mogła, starała się pomóc. „Mam w szufladzie rewolwer". „Rewolwer na nic nam się nie zda", odparł. Fachowo instruował, jak ukatrupić upiora. Wyznaczył porę ataku. Wyuczył Angelikę modlitwy zwiększającej krzepliwość krwi. Tylko o czarnej magii ani się zająknął. Narastający wicher i wycie psów za oknami dały im poznać, że pora się zbliża. Ucałowali się i Rescator czmychnął pod łóżko.

Wygłodzony graf, stanąwszy w progu, delektował się ciemnością, w której twarz Angeliki zdawała się świecić. Oczywiście udawała, że śpi. On udawał, że wszystko jest w porządku, choć poczuł, że coś jest nie tak. Zawsze nim zbliżył się do łóżka, węszył po swojemu jak zwierzę. Przeszedł mu przez myśl Stalingrad, lecz kiedy zwęszył jej krew, stracił wrażliwość na subtelniejsze wapory. Wszyscy mężczyźni jednacy. Rescator patrzył spod łóżka, jak rywal zuchwale rozzuwa buty długimi paznokciami. Jeśli dojdzie do walki na pazury, będzie bez szans, sam zdążył już ogryźć swoje paznokcie do krwi. W nerwach łatwo o błędy. „Ktoś był dzisiaj w twoim domu", zauważył potwór oskarżycielsko. „Ktoś pił z mojego kubeczka?" „To tylko Beatrycze. Wiesz, jak to z nią jest przy pełni. Chodź".

Kokieteryjnie wzbraniała się, kiedy graf ją rozbierał. Starała się też wciągnąć go w erotyczne pogaduszki. „Masz nogi jak jeden z braci Łaptiewów". „A ty masz majtki na lewą stronę". „Kobiety zakochane bywają roztargnione". Przedłużała grę wstępną. Wymykała mu się. „Nie musimy się śpieszyć. Cała noc przed nami". „Zakochani mężczyźni bywają..." Nie znalazł rymu, więc zajął się jej piersiami. Rescator powoli, niczym wskazówka zegara, obracał się pod łóżkiem rozsypując wokół pokruszony opłatek. Kiedy się z tym uporał i biała linia domknęła się wokół łożnicy, graf był już w ogródku i witał się z ogórkiem. Łóżko zaczęło rytmicznie trzeszczeć, Rescator omal nie zaczął wrzeszczeć. Podłoga była twarda (nie przypadkiem bretońskie przysłowie mówi „Na zachód od Calais nie spodziewaj się miękkich podłóg"), a osikowy kijek wpijał się w jego bok. „Chcę mieć dziś sto orgazmów", szepnęła Angelika prosto w ucho żywego trupa. Podejrzliwie sapnął, bo przecież wyczuwał jej niezwyczajną oziębłość. Spuśćmy zasłonę litości na stan ducha Rescatora.

By ustrzec się pornografii, nie patrzmy też na wyczyny nabierającego wigoru grafa. Zobaczmy, co stało się o świcie.

Pianie pierwszego koguta zmroziło piach w żyłach wampira. Graf oparł się na łokciu i wbił zęby w szyję dziewczyny. Przygotowana na to zaczęła recytować: „Sancta Maria hunc sanguinem firma. Sancta Maria hunc sanguinem firma". „Tak, jestem sangwinikiem i nie wstydzę się tego", zgodził się graf, lecz po chwili zrozumiał. On też był oczytany. Zacharczał jak pies chwycony za gardziel. Zatkał jej usta dłonią, lecz było już za późno, krew nie chciała wypłynąć. Wyjąc chwycił ją za włosy, rozdarł jej pierś pazurami, lecz i tam krwi nie znalazł. Rescator zrozumiał, że czas działać. Jak wąż wyśliznął się spod łóżka jednym gwałtownym ruchem, lecz że był cały zdrętwiały, źle obliczył odległość, wyrżnął głową o krawędź i momentalnie zemdlał.

Łomot spod łóżka stanowił dla grafa ostateczny sygnał, że pora dać drapaka. Odepchnął czepiającą się go Angelikę, zerwał się na równe nogi i nagle zatrzęsło nim, jakby poraził go prąd lub jakby był jabłonką, do której przyszedł złodziej jabłek. Wykonał dziwaczny piruet, aby stwierdzić, że w białej linii opasującej łóżko nie ma najmniejszej szczeliny. Dostał drgawek i piana wystąpiła mu na ustach. Był to udany występ, Angelika nie mogła powstrzymać się od oklasków. Twarz grafa zaczęła się zapadać, ślepia całkiem schowały się w oczodołach, a podbródek zwiotczał jak gardziel pelikana. Zdawało się, że zaraz rozsypie się niczym babka z piasku wystawiona na działanie słońca. A właśnie, słońce już wzeszło. Niedawny jebaka rzęził i jęczał, tymczasem na poły oprzytomniały Rescator dołączył się z drugim głosem, majacząc jak w gorączce: „Powiem, jak jest – znam prawdę z obu stron – Z obłudą zbliża się chłop do kobiety: Składamy słówka najpiękniej, gdy zamierzamy najpodlej, By zmylić jej rozsądek". „Znam te strofy", szepnął graf. I dodał: „Dusza tylko wie, co w sercu mieszka, człowiek smutny jest z swoją miłością; Cięższa choroba spotkać statecznego nie może, Niż, że nie ma dla niego radości".

„Rescatorze, zasłony", miauknęła będąca u kresu Angelika w obawie, że ci dwaj zaczną teraz przerzucać się cytatami jak niedowartościowane mole książkowe, gdy dać im ich głupie pięć minut. Wyglądali jak trójca obłąkanych w finale jakiejś mydlanej opery, wszyscy półprzytomni. Nic dziwnego, że dialog nie bardzo się już kleił. „Wypuść mnie, An... Światło jest... Ono mnie zabije. Pozwól mi odejść", biadolił graf. Był teraz tylko żałosnym, wyzutym z honoru obleśnym starcem trzęsącym się z przerażenia. „Chcę do domu, do Transylwanii. Chcę tylko w samotności i zapomnieniu hodować nietoperze. Jakże straszna jest otchłań czasu. Nie wiesz, co znaczy być wyklętym od Boga i od ludzi. Pozwól mi odejść. Wystarczy mi mała szparka, tyle co dla myszki lub pająka". Chciał się podnieść, lecz głowa opadła mu na pierś. Zwymiotował asfodelem i na pół strawionym szczurem. Znowu spróbował się podnieść.

„Tyle, co dla pajączka?", zaciekawiła się Angelika i pokazała palcami: „Taka szparka wystarczyłaby?" Tymczasem Rescator z krwawiącym guzem na czole, znacząc za sobą ślad jak ślimak, doczołgał się do okna. Chwycił za skraj zasłony. Jedno pociągnięcie i pokój utonął w słońcu.

I kometa z białych piór spada pod moje stopy

Dinozaury, choć gruboskórne, nie były nieczułe. Mogę sobie wyobrazić, co czuły, kiedy wymierały. Teraz mogę wyrobić sobie o tym jakieś pojęcie. Wszędzie góry gnijącego mięsa, które jeszcze niedawno było twoimi bliższymi i dalszymi znajomymi. Życie od pogrzebu do pogrzebu. I śmiertelna niechęć do jakichkolwiek działań, akcji ratunkowych, prób zaradzenia. Wszystko na nic.

Być może środowiska dinozaurze nie zadbały na czas o rozwój poradnictwa dotyczącego smutnych kwestii kopania w kalendarz i obracania się w proch. I masowe wyroki losu spadały na osobniki zupełnie nieprzygotowane. Być może, kiedy wymieranie dopiero się zaczęło i można jeszcze było je opanować jak każdą epidemię, kolejne dinozaury zaczęły umierać ze smutku. Tak, taka teza wydaje mi się całkiem prawdopodobna. Smutek zabijał je tak skutecznie, że trzęsienia ziemi, deszcze meteorytów i mocarstwowe dążenia pterozaurów okazały się całkowicie zbędne. Ktoś zapyta zaraz, dlaczego postępuję jak hiena pisarska i poddaję nieszlachetnej próbie opisu zdarzenie tak osobiste, jak śmierć i pogrzeb bliskiej osoby. A ja od razu się wyłgam, że to dla dobra ludzkości. Że to właśnie poradnik: jak poradzić sobie ze sobą i jak się zachować w sytuacji tyleż tragicznej, co i niezręcznej, jaką jest pochówek i jego okoliczności. Wiem skądinąd, że wielu ludzi z pewnym niepokojem czeka na dzień, kiedy ktoś im umrze. Bo nie wiedzą, jak to jest, czy prosić o nieskładanie kondolencji, czy będzie im się śnił Dracula itd. Dlatego podzielenie się doświadczeniem własnym uważam za swój prawie że obowiązek. Tym bardziej, że

ostatnio ledwie zdążam z pogrzebu na pogrzeb. A trupem Ojca, trzeba wam wiedzieć, zasłaniałem się już od
dawna. Ojciec ma obowiązek krwi względem swojego
syna: ma chronić go i osłaniać pośród wirów i porohów
tego Dniestru, który nazywamy życiem. Do pewnego
czasu polega to na sprawach oczywistych: dać komuś
w mordę, wynieść dziecko z pożaru, dać łapówkę gli-
niarzowi, który przyłapał je na kradzieży. Z czasem jednak syn mężnieje, a Ojciec niedołężnieje. I może mówić o szczęściu, jeżeli w ogóle jeszcze się synowi na coś
przydaje. Mnie od pewnego czasu przydawał się w tych
trudnych sytuacjach, kiedy nie stawiłem się w umówionym miejscu o umówionej godzinie, nie wykonałem
w terminie uzgodnionej pracy, zostałem przyłapany na
leżeniu tygodniami w barłogu i zapleśniałych naczy-
niach lub po prostu trwałem w ponurym stanie ducha,
kiedy należało się weselić. Wystarczyło wtedy sztucz-
nie obniżonym głosem szepnąć na ucho, komu trzeba:
„Zmarł mój Ojciec, właśnie otrzymałem wiadomość",
i już można było mieć pewność, że wszyscy momentalnie się ode mnie odpierdolą. Sztuki obniżania głosu
można się nauczyć od dziennikarzy radiowych, co drugi cielemok z RMF-u czy tam Radia Wawa uważa, że jak
ustawi sobie głos na wysokości tonu pierdnięcia goryla,
to już będzie didżejem, że panny będą mdlały przed
głośnikami. A panny, owszem, mdleją, ale dlatego, że
jeszcze dziś nie jadły. Zatem na wszelki wypadek trupa
Ojca zawsze miałem przy sobie i uważam taki układ za
sprawiedliwy. Choć akurat mój stary nic o nim nie wiedział, bo ze śmiercią nie ma żartów.

I teraz mój Ojciec umarł naprawdę. Dość korzyst-
nie umarł: w pogodę i babie lato to nie, ale w domu, na
trzeźwo i „nagle", to znaczy bez zbędnego zawracania
innym głowy swoim umieraniem. Proszę zatem o uwagę. Podstawową rzeczą jest znaleźć sobie w przeddzień

pogrzebu, bo w dniu pogrzebu z rana to już się raczej nie uda, jakieś przyjemne, absorbujące zajęcie, najlepiej na kilka godzin. Zauważyliście chyba, że jeśli człowiek robi coś przez parę godzin, to potem wspomnienie tej czynności długo w nim siedzi, śni mu się we śnie et cetera. Nie odkryję Ameryki, jeśli powiem, że kto pracuje przy taśmie, przy taśmie również śpi, a kto buraki cały dzień Boży plewił, śpi w burakach. Ja na przykład grałem poprzedniego dnia w badmintona z Betonem i było to bardzo mądre. Mogłem oczywiście zadzwonić do Betona i powiedzieć głosem pierdzącego goryla, że dzisiaj nici z meczu z powodu śmierci w rodzinie, ale nie byłem taki głupi. Zagraliśmy, wyhasaliśmy się i dzięki temu moje myśli, kiedy stałem w kaplicy nad otwartą trumną, miały dokąd uciekać. Takie stanie to nie jest nic przyjemnego, ale rozumiem jego sens. To jest prawdziwe pożegnanie się z tym kimś, nad kim zaraz zamknie się wieko i będzie on potem daleko. Kto chce, niech płacze, a kto nie chce, nie musi. Uwaga: zawsze jest parę osób, które gapią się na ciebie. I z natury rzeczy w takiej kaplicy jest zimno, więc z nosa leje ci się tak czy owak. Więc stoisz nad zwłokami Ojca, ale w ogóle nie myślisz o tym, że kiedyś zabierał cię na wycieczki do wszystkich tych pięknych miejsc: do Łańcuta, Kazimierza, Oblęgorka i Leska, tak, chyba Leska, w każdym razie miejscowości, gdzie stoi drewniany kościół zbudowany bez ani jednego gwoździa. Calutki, jakby budowniczowie i parafianie pragnęli się zemścić na gwoździach za Pana Jezusa. Nie wspominasz, jak dawał ci po dziesięć albo dwadzieścia złotych na wymyślone potrzeby ani jak cię przyłapał na wagarach. Ani jak ci się przyznał całkiem niedawno, że do końca go gryzło, że jeden jedyny raz huknął cię w dzieciństwie, bo coś tam przeskrobałeś. Nie. Nie myślisz o tym nic a nic. Tak samo nie myślisz o tym, że praw-

dopodobnie kiedyś twój syn będzie musiał tak stać nad
tobą. Myślisz o tym, że dali mu trochę niepoważną po-
duszkę, białą ze złotą nicią, odpowiednią dla dziecka,
a nie starego dziada. Zwracasz uwagę, jak sprytnie mu
spletli dłonie, w ogóle nie widać, że połowę palców
ma obciętych. I wtedy robi ci się jednak trochę zbyt
smutno. Przez te palce. Bo wiadomo, jak to było. Tak
to jest, że kiedy człowiek wraca do domu nie dość pijany, żeby zasnąć, próbuje imać się zwykłej swojej pracy, żeby coś jeszcze zdziałać na tej fałszywej energii. Ja
w takich razach siadam przed komputerem i coś tam
piszę. Coś, co nazajutrz pracowicie będę wyszukiwał
i usuwał. Albo wysyłam listy elektroniczne, których potem tygodniami się wstydzę. A on, ponieważ nie pracował przy komputerze, który najpierw nie istniał, a potem nie był jeszcze do końca wynaleziony, szedł do tych
swoich okropnych maszyn stolarskich, heblarek, toka-
rek i innych monstrów. A one obcinały mu palce. I tu
od razu przychodzi mi na myśl wczorajsza partia badmintona, a jak nie przychodzi, to sam ją przyciągam.
Przypominam sobie, że czasem trzeba się nawet rzucić
na glebę, żeby zdążyć podbić już-już witającą się z boiskiem lotkę.

Tymczasem przychodzi pora, kiedy zamykają trumnę i do widzenia. Jeśli o mnie chodzi, to tu cała cere-
monia mogłaby się zakończyć, ale z kaplicy przechodzi
się dopiero do kościoła. Tego chodzenia to najbardziej
nie lubię, zawsze istnieje obawa, że człowiek pójdzie za
szybko albo nie w tę stronę, co trzeba, lepiej już stanąć
w wyznaczonym miejscu i stać. A pamiętasz, tato, jak
tamto i siamto? Najlepszy sposób na Betona to grać
mu raz smecz, raz skrót, po którym on musi ratować
się lobem, a wtedy znów smecz, aż do zamęczenia go
na amen. W książce, którą właśnie przeczytałem, Trees
van Rijsewijk podaje tybetański sposób obrony przed

płaczem: trzeba się złapać za nos i ścisnąć. Ze śmiercią nie ma żartów, ale każdy żart na jej temat przedłuża życie o czas potrzebny do wypowiedzenia go. Takie jest moje zdanie, moja teoria. Teoria Winneratu. W kościele ujawniają się moje Kosmiczne Ciotki utytłane w śmierci jak dzieci w błocku. Któraś pokazuje mi oczami, gdzie mam stanąć, w takich sprawach to one są niezastąpione, znają na pamięć rytuały i kolejność rzeczy. Dziwię się, że jest ich tak dużo. Owszem, kiedyś rodziny były naprawdę wielodzietne, ale to nie tylko to. Moje Kosmiczne Ciotki są tworami niezniszczalnymi. Starzeją się w nieskończoność. Mnożą się same przez siebie, jak 2 razy 2. Jak 8 razy 8. Nie widzi się ich przez całe dziesięciolecia, co jakiś czas docierają tylko wiadomości, że ta albo tamta zeszła z tego świata i powinny z nich zostać tylko pojedyncze niedobitki, a tu masz: zamiast ich ubywać, jest ich wciąż więcej. Tylko te, co były grubymi babami, stały się chude jak szczapy, a te szczuplejsze roztyły się. W meczu badmintona mamy przerwę na zmianę stron boiska i przypominam sobie ich imiona. Oto ciotka Asymptota wsławiona tym, iż wydawszy córkę za mąż, w noc poślubną położyła się między nią a młoduchem, żeby do grzechu za wcześnie nie doszło. A oto ciotka Waleriana, która kiedyś na uwagę wuja Szampiniona „Pies znowu głodny!" odpowiedziała, sam słyszałem: „Przecie zjod papir z ryb, dopiro-m mu dała!". Spójrzmy też na ciocię Mirakulę. Żyje ona w świecie nadprzyrodzonym, od młodości coś jej się pokazuje, i to z biegiem lat coraz częściej. Na przykład o zmroku pokazuje jej się sam Pan nasz Chrystus na skrzyżowaniu polnych Dróg, pod samotnym drzewem symbolizującym drzewo krzyża. A kiedy ciotunia nabożnie się zbliży, On znika, żeby nie pozostawić żadnych wątpliwości, że był Chrystusem, i zniknąć to dla Niego żaden kłopot.

I nawet jeśli nazajutrz stary Szymon Góra przyzna się, że wracał z piwiarni i przycisnął go pęcherz, a na widok ciotki Mirakuli skrył się dla przyzwoitości w krzakach, to już jej nie przetłumaczysz: Chrystus pokazał jej się po raz dwunasty i już. A tu przypadek szczególnie ciekawy, ciotka Karencja, ledwie ją poznałem, tak schudła. Ciotka Karencja słynie z tego, że wyjątkowo, ale to naprawdę wyjątkowo nie znosi grzechu pijaństwa. I ilekroć wuj Kaziek przychodzi do domu napity, ona wstaje cichutko z łóżka i myk-myk-myk, a to krzesła na podłodze poukłada do góry nogami, a to załatwi drugą potrzebę i wody nie spuści, a to pomaźga zawczasu przygotowaną mazią spodnie wuja Kazieka. Rano wstaje pierwsza, tak jej śpieszno, że budzi koguty i zaczyna lament: „Wstawajta, dziecka, wstawajta wszystkie i zobaczta, co ten wieprzek pijany nawyprawiał! Krzesła wszystkie powywracał, taki był nieprzytomny! Nasrał i nie spłuknął po sobie! A spodnie jakie łufajdane, gdzie się toto musiało szlajać!". Taką ma pasję ciocia Karcia. Raz tylko przesadziła, kiedy w lutym wyrzuciła wujowi Kaziekowi przez okno buty, a potem wyrwała z łóżek ósemkę swych dzieci i zaprowadziła do tego okna: „No i patrzta! Patrzta i zapamiętajta se, co wóda z waszego łojca zrobiła! Widzita te buty? Tak sie łuchloł, że nawet buty zgubił i boso do chałupy przyloz!" I pokazuje. A najstarszy Pietrek, bo najstarsze dzieci są najrezolutniejsze, mówi: „No... Taki był pijany, że aż śladów na śniegu nie zostawił". A jakie nazwiska wzięły od swoich mężów! Pikus. Kidoń. Kucwał. Susfał. Walas. Macias. Tymczasem ksiądz mówi kazanie, jakby te nazwiska, podobnie jak wyczyny, które nie są jego wyczynami, nie robiły na nim żadnego wrażenia. Mówi mniej więcej tak: „Pan powołał go do siebie. Wszyscy wiemy, że zmarły miał swoje słabości, ale miłosierdzie Boże nie ma początku ani końca.

Dlatego pokładajmy w Panu ufność, że nasz zmarły brat trafi przed Jego oblicze w glorii chwały. Prawda, miał swoje słabości, ale któż z nas jest na tyle doskonały, żeby pierwszy rzucił kamieniem? Dlatego łączmy się we współczuciu z rodziną naszego zmarłego brata, bo choć miał on, czego nie ukrywamy, swoje słabości, to zawsze szkoda, kiedy człowiek umrze". Tu nie wytrzymuję i mówię głośno: „Może byśmy już zmienili płytę, co? O słabościach było już trzy razy, teraz omówmy lepiej to miłosierdzie Boże, bo ja tam nie zrozumiałem. Ono naprawdę ma tylko środek?" To też jest ze wszech miar godne polecenia. Odrzućmy skrępowanie i wywołajmy mały skandal, pogrążonemu w żałobie wszystko zapisuje się na karb rozpaczy i wszystko mu się wybacza. Msza od razu robi się ciekawsza, moje Kosmiczne Ciotki syczą i próbują dosięgnąć mnie językami, wujowie chichoczą, bo wujów mam jak trzeba, ksiądz udaje, że nic nie słyszał, ministranci przestają się onanizować pod komeżkami i nadstawiają uszu. O.K., O.K., dobra, nie było żadnego onanizmu, sorry, chłopaki. Ministranci przestają się drapać i nadstawiają uszu, organista drze się z chóru niczym sam Pan Bóg, bo to i z wysoka, i głos ma donośny: „Tak jest, syn zmarłego dobrze gada! Zmarły był w porządku! Nie miał żadnych, ale to w ogóle żadnych słabości, każdy uczciwy człowiek to potwierdzi!" I dawaj, arpeggio con brawura po klawiszach pierwszych z brzegu, lewego brzegu. Ksiądz dalej udaje, że nic się nie dzieje, jeno próbuje na skróty przedostać się do pointy swej homilii: „Otwórzcie zatem serca wasze przed Bogiem, albowiem łaska Pańska na pstrym koniu jeździ, a wołanie moje niechaj samo przyjdzie, bo Pan mą nadzieją i w nim moje zbawienie amen". I już kończy nabożeństwo, już łapie przyrządy, kadzi kadzidłem, kropi kropidłem, więc boję się, czy nie zbrzydłem i żegnam się.

Po czym zgodnym orszakiem udajemy się na cmentarz.
Po Drodze zdobywam na Betonie dwanaście punktów,
a na cmentarzu wszystko jest dla mojego Ojca przygotowane. Grób, płyty cementowe, rozrobiony cement,
kielnia. Szkoda, że nie pada śnieg. W dzieciństwie mówiliśmy „babington" zamiast badminton. A w książkach
pisano „gra w kometkę" i długo nie wiedziałem: co
to za dziwna, nieznana mi gra? Kiedyś Ojciec potrafił wszystko, naprawiał samochody, robił meble, kładł
parkiet, spawał bez maski, zmieniał zasady hydrauliki.
Potrafił zrobić stół bilardowy, choć nigdy nie grał w bi-
lard. Potrafił zrobić stół do tenisa, choć nigdy nie odbił
ping-ponga. Nauczył mnie grać w szachy i przegrał już
czwartą czy piątą partię. Tymczasem ksiądz ma jeszcze
jeden punkt programu w zanadrzu. Z przygotowanej
przez moje siostry kartki odczytuje długą i szczegóło-
wą listę pozostałych przy życiu, których zmarły jakoby żegna. Najpierw najbliższą rodzinę, między innymi
mnie i – w kategorii wnucząt – mojego syna, którego imię, Pięć Szybkich Żyraf, ksiądz czyta niewyraźnie,
bo się wstydzi. Pa, tato. A co, ty już jedziesz, znowu
tak szybko? No, muszę, mam trochę roboty. Lecę, bo
nie zdążę na pociąg. To kiedy znów przyjedziesz? Nie
wiem, pewnie niedługo. Pamiętaj, nie pal tyle. Potem
przychodzi pora na dalszą rodzinę, tu moje Kosmiczne
Ciotki bacznie słuchają, czy ich nie ominie ta przyjemność, czy o nich nie zapomniano i czy na pewno jeszcze żyją. Potem ksiądz wyczytuje coraz dalszą rodzinę,
to już wyrywkowo, potem sąsiadów i parafian, a na samym końcu „wszystkich przyjaciół i znajomych, szczególnie kolegów z Pekaesu i Transbudu".
Najbliżej grobu ustawiają się najbliżsi, to chyba
zrozumiałe. Oraz oczywiście miłośnicy takich ceremonii, hobbyści nieszczęść, którzy potrzebują wszystko widzieć z bliska. Nieco dalej rozproszeni ci, którzy

przyszli, choć nie musieli, dalecy krewni, byli sąsiedzi, wdzięczni posiadacze stołów bilardowych, boazerii i instalacji c.o. A zupełnie z daleka patrzy na to wszystko z wysoka, bo stojąc na górce, jeszcze na starym cmentarzu, zagadkowa grupka. Sami mężczyźni. Tacy zawstydzeni, że jeden zapomniał zdjąć czapki. Prawie sami starcy. Pokrzywieni chorobami. Nie widzę stąd twarzy, ale domyślam się fioletowego odcienia. Przestępują z nogi na nogę. Nic jeszcze dziś nie pili. Chce im się palić, ale nie wypada. Koledzy z Pekaesu i Transbudu, sto procent pewności.

Pan Bóg przymyka oko i trumna rusza w dół jak winda ze starej kopalni. Ludziska podchodzą z kondolencjami, twarze niektórych jakbym skądś pamiętał, z niektórymi trzeba się całować. Wśród nich ta kobieta, która podchodzi na każdym pogrzebie i zawsze po złożeniu zdawkowych, choć pewnie szczerych kondolencji, mówi mi to samo: „Szkoda, że spotykamy się tylko na pogrzebach". Już chyba szósty raz to mówi. Głupotą, straszliwą i niewybaczalną głupotą byłoby oderwać kawałek szarfy żałobnej i powiedzieć: „To zapisz mi wreszcie swój numer telefonu". Więc tylko nadstawiam się do całowania. Ale nie byłbym od tego, żeby pójść z nią w jakieś chaszcze na starym cmentarzu sprawdzić, czy po Wszystkich Świętych nie zostały tam jakieś niedopalone znicze. To wcale nie grzech mieć takie myśli. Jest mróz, a ona jest ciepłą, śliczną czterdziestolatką. I jeśli moją krewniaczką, to na pewno daleką. Nie jestem zboczony, na świecie są nie tylko badmintony.

Usypujemy równą górę wieńców i do domu. Odwozi mnie szwagier, zbierając po Drodze zastępy Kosmicznych Ciotek do swojego nowiutkiego, wielkiego mitsubishi. I pomyśleć, że z nimi łączą mnie więzy krwi! Czytelniku, gdyby ci przyniesiono zielone ufoludki na latającym talerzu i powiedziano: „Oto pańscy

krewni", uwierzyłbyś? Nie uwierzyłbyś. Pomyślałbyś,
że się przesłyszałeś, że kelner powiedział „Oto pańskie
krewetki". A szwagra mam udanego. Mam pewien pomysł, czytelniku. Kupię od szwagra na raty jego stare, poprzednie mitsubishi, zrobię prawo jazdy, wezmę
laptopa i napiszę dla ciebie powieść Drogi. Będzie
o podróżowaniu. O zatrzymywaniu się w przypadkowych miejscach. O szumie wycieraczek i włączaniu
kierunkowskazów. O przygodach, jakie mnie spotkają
albo jakie zmyślę. A najwięcej będzie o patrzeniu we
wsteczne lusterko. Będę włączał sobie radio i słuchał
tych cielemoków z RMF-u i Radia Wawa, bo oni nie
podają komunikatów mówiących, że pan taki owaki
podróżujący po kraju samochodem marki mitsubishi,
kolor bordo metalik, kupionym na raty od szwagra,
proszony jest o pilny powrót w ważnej sprawie rodzin-
nej, zresztą nie będziemy kryć, drodzy słuchacze, że
chodzi o pogrzeb. Czasem będę też sobie włączał Radio
Maryja. Będę sprawdzał, czy o mnie nie mówią, ale nie
w związku z ważną sprawą rodzinną. Raczej w związku
ze sprawą polityczną. A tak! Na stypie ciotka Waleriana
golnęła sobie dla odwagi i mówi do mnie tak: „A o tobie w Radiu Maryja mówili. No! Ten Nowak mówił.
D o k t o r Nowak. Wymienił cię razem z Michnikiem.
Ze tyz z zydami tsymos". A ja nic. A moja Matka, żeby
zmienić temat: „Ooo, ten Nowak to bardzo mądry człowiek. Ale nie doktor, tylko p r o f e s o r. Bardzo pięknie mówi i zawsze prawdę powie". A ciotka: „No i po-
widz, cego ty tak z tymi zydami tsymos?". A ja na to:
„No bo ja sam jestem Żyd. Mam we krwi siedem promili krwi żydowskiej. Sprawdziłem swoje drzewo ge-
nealogiczne w księgach parafialnych. Ciocia nie wie,
ale mój dziadek, a cioci tata…". „Proszę cię – prze-
rwała mi siostra – nie drażnij ciotki Walerki, bo jest
chora na serce". No to przestałem. Ale myśli swoich

nie mogłem już zatrzymać. Oderwały się one od badmintona i od kobiet, które nie będą nam dane, i pomyślałem, niech mi Bóg wybaczy, że prości ludzie prosto rozumują, że rodzina rodziną, że człowiek błądzącą trzciną itd., ale w gruncie rzeczy to powinno się moje Kosmiczne Ciotki razem z trzema czwartymi ich pojebanego pokolenia wpierdolić na pięćdziesiąt lat do jakiegoś, kurwa, megaobozu koncentracyjnego, mówić do nich tylko po niemiecku, karmić papierem, w który owinięte były wcześniej ryby, a jak nie, to niech żrą trawę, robaki i kamyki, walić po łbach, czym popadnie, a wcześniej spalić im domy, zabrać kościoły i przerobić na hale sportowe z kortami do tenisa i badmintona, i wtedy niech sobie walczą z Żydami. Wstyd mi, ale takie miałem myśli, póki ciotka Karencja nie powiedziała: „Eee tam, siedem promili. Jakbyś miał siedem promili, to byś już nie żył. Jak kiedyś wezwałam do mojego milicję, bo przyszedł pijany i przed spaniem nasikał do paprotki na telewizorze, to miał cztery i pół promila i milicjant powiedział, że mało mu brakowało. A telewizor do *dzisiaj* źle odbiera".

> *Podstawowym motywem powołania szamań-*
> *skiego jest miłość seksualna ducha do swojego*
> *wybrańca.*
>
> **L. Ja. Sztiernberg, „Izbraniczestwo w rieligii",**
> **„Etnografija", nr 1/1927**

Anhelli i Angelika. Angelika i Anhelli. Ech!

Kiedy tysiąc zesłańców dotarł tragicznym transportem do piekła syberyjskich lodów, nieszczęśnicy rozejrzeli się po okolicy dwoma tysiącami niepewnych oczu i obrawszy miejsce szerokie, zbudowali dom drewniany. Rzekłbyś, patrząc z oddalenia, że dziecko zgubiło klocek podążając przez śniegi do szkółki niedzielnej. Albo że natura tak tutaj brykała po bezkresie równin, że to jeden z wybryków, jakie po niej zostały. Tydzień w takim miejscu i człowiek odnosi wrażenie, że materia, z jakiej uczyniony jest świat w swojej całości, to śnieg. Oczy, nie znajdując niczego, o co można by zahaczyć wzrokiem, ślizgają się po bezmiarze bieli jak dzieci na butach ze szkła, każde spojrzenie rozmydla się w białej mazi i biegnie donikąd. Dwa tygodnie i do listy dokuczliwych braków dochodzi brak kobiet. I rząd dostarczył im kobiet, aby się żenili, albowiem dekret mówił, że posłani są na zaludnienie. Dlatego rząd dostarczył im także Angeliki.

Niestety, była zima. Wieziono ją ku tak pięknej latem Syberii z ósemką innych kobiet-zesłańców. Były wśród nich trzy prostytutki, dwie zamachowczynie, dwie fałszywe kucharki i jedna homoseksualistka.

Angelika skromnie reprezentowała *nimfomanię* i taki też zarzut potwierdzony wyrokiem sądu widniał w jej dokumentach deportacyjnych, choć Prawda była taka, że była zbrodniarką. Wąż kobitek… Przepraszam. Wąż kibitek mknął wcale raźno, a w miarę jak się posuwał, nadzieja wolności nikła i na jej miejsce w dusze nieszczęśnic wkraczała rozpacz, pierwsza dama dworu śmierci. Jeden jedyny raz, podczas niespodziewanego postoju, Angelika spróbowała ucieczki, ale przydybał ją chudy i ohydny, przebrany za żabę Gerd Müller z eskorty. Po prostu podglądał ją, kiedy poszła uciekać mówiąc, iż pragnie załatwić potrzebę fizjologiczną. Miał zepsute zęby na przedzie, zepsutą broń w kaburze i zepsute, szpotawe stopy. Był Niemcem zepsutym do szczętu. W siedemdziesiątym czwartym strzelił naszym ludobójczego gola, a potem z radości tarzał się w błocie ze swoimi. Lubował się w onanii i stąd brał swą chudość, ohydność zaś odziedziczył po Ojcu, który samym wyglądem zabił kiedyś niedźwiedzia. Nie wiedział, że i on naznaczony jest czymś w rodzaju wyroku, czymś większym niż sąd i niż niedźwiedź, a przebranym za bociana, ale nie ma co rozwodzić się nad tym. Hardość i duma opuściły Angelikę i pogodziła się z losem. Gdyby los miał swoje logo, powinna je stanowić bezbrzeżna, nieskończona biel, ale chcąc umieścić takie logo gdziekolwiek, i tak umieszczałoby się je wszędzie, a to nie miałoby sensu. Dlatego logo losu nie istnieje, a Angelice tym łatwiej było się z nim pogodzić. W kibitkach panował straszliwy ziąb i mimo snutych przez terrorystki anegdot, mimo frywolnych wspomnień ulicznic, Angelika czuła, jak jej serce powoli zamarza. Zresztą anegdoty nie były śmieszne („Za piątym razem wysłałam carowi w prezencie zegar, ale kukułka, która miała go zabić, wyskoczyła z machiny nie w tę stronę, co trzeba"), a historie z alkowy potęgowały tylko nostalgię za tym, co nie miało już wrócić. Ale czy na pewno?

Gdyby wieziono więźniarki na Kamczatkę, serce Angeliki zdążyłoby stwardnieć na kamień. Gdyby punktem docelowym był Tajmyr i lodowate wybrzeża Morza Łaptiewów, jej serce przemarzłoby jak kartofel, który wyturlał się z kopca. Na szczęście jednak dobry rząd wyznaczył im koniec świata znacznie bliżej, nad niewinną Obią.

Po długich tygodniach opłakiwania dalekiej ojczyzny na mrozie, który tak utrudnia ronienie łez, zesłańcy znaleźli wreszcie dzięki mądrej decyzji rządu nowy obiekt zainteresowania. Dotychczas jedynymi kobiecymi istotami w ich zasięgu były samojedzkie dzikuski o obrzmiałych twarzach. Były brzydkie i tylko z rzadka pojawiały się w przemierzających połacie Syberii zaprzęgach, zatrzymujących się czasem na mały handel przy baraku uwięzionych na niegościnnej ziemi wrogów cara. Ponętniejsze już były renifery noszące nad sobą niedokończone owale wycelowanych w niebo rogów, posłuszne i cierpliwe sługi dzikich woźniców, podobne w tym pustkowiu do rohatyńców pełznących po podłodze grubo posypanej mąką. Teraz zjawiły się tutaj anielskie przedmioty uwielbienia, prawdziwe kobiety, bez fałd mongolskich nad oczyma i bez rogów, kobiety, których poruszenia jak trajektorie meteorów koordynowały zgodny ruch dwóch tysięcy gałek ocznych podążających za nimi. Jednak zbłąkane owieczki w tym stadzie wygłodzonych wilków potrafiły zaprowadzić na wstępie własne porządki. Nim pozwoliły się zaciągnąć do wyr, zapędziły mieszkańców do wielkiego sprzątania. Bo też wnętrze baraku wolnego od kobiecej ręki przedstawiało sobą obraz nędzy, rozpaczy i dekompozycji. Pięć dni trwało wielkie sprzątanie, ale gdy wilki niesyte, owce na szczęście niedługo mogą pozostać nietknięte. Przyszedł czas, kiedy przez dobre dwa tygodnie w obozowisku królowały nieróbstwo i porubstwo. Rząd zdążył w tym czasie przysłać kolejne kobiety, ale do tysiąca sporo jeszcze brakowało. Nieszczęśnice miały teraz swoje pięć minut szczęścia, mogły wybierać i przebierać w mężczyznach jak w ulęgałkach, wyławiając co zdrowsze i bardziej urodziwe egzemplarze.

Angelika od razu upatrzyła sobie Anhellego. Dokładniej: jego twarz. Była ona niczym pieczęć na zakazanej, ale przez nikogo nie strzeżonej księdze. Kiedy uwijał się w tłumie sprzątających i klnących na czym świat stoi mężczyzn, jego twarz zdawała się świecić. Długie, jasne włosy opadały na nią jak matowy abażur. To było coś więcej niż uroda. To było coś takiego, jakby wszystkie dobre i obiecujące rzeczy tego świata zbiegły się i skupiły właśnie w jego twarzy. Jednocześnie była to twarz zagadkowa, należało dopiero znaleźć sposób odczytania tego fizjognomicznego rebusu. Wtedy dopiero można będzie dotrzeć do całego tego dobra i otrzymać je na własność. Kiedy Anhelli wynosił na dwór wór pełen śmieci, Angelika ustawiła się przy drzwiach tak, że musiał ją potrącić. Wtedy usłyszała po raz pierwszy jego głos. Brzmiał chropawo i zarazem miękko, był niski, ale nie didżejski, takim głosem przemawiają ci, którzy żyją dla czegoś więcej niż tylko miski strawy i zaspokojenia chuci. „Nie stój w przejściu", powiedział Anhelli do Angeliki.

A na czym świat stoi, żeby nie zostawić odłogiem tego pola do bardzo szerokich rozważań? Spróbujcie kląć przez pięć dni bez przerwy, a zobaczycie te monstra dźwigające świat na zeskorupionych garbach, poczujecie ich zgniły oddech pod swoimi stopami.

Za dnia Angelika gapiła się na niego, a nocą śniła, że nadal się na niego gapi. Budząc się nad ranem, sięgała między nogi, brała łyk wystudzonej wody z bukłaka

służącego jej za termofor i próbowała uchwycić istotę
piękna przenikającego jej odchodzące sny. Lecz światła
nie można schwytać, więc Angelika wstawała i zapędza-
ła wygnańców do pracy. Nie mogła się doczekać końca tych porządków. Tymczasem udało się jej zamienić
kilka kolejnych słów z Anhellim i zauważyć, że i on nie
patrzy na nią obojętnie. W jego spojrzeniu było zro-
zumienie i tkliwość, z jaką człowiek uczciwy patrzy na
złamany dyszel lub krowę, która się odęła i nie ma dla
niej ratunku. Po pięciu dniach sprzątanie skończyło
się wreszcie i Angeliką zatrzęsło z pożądania. W pożą-
daniu tym pragnienie dobra i cielesny popęd nie były
od siebie zbyt wyraźnie oddzielone. Sprawiła się sprytnie i Anhelli poczuł odpowiedni do sytuacji lekki za-
wrót głowy. Trochę zbyt przyziemna jak dla młodzień-
ca tak uduchowionego, miała przecież obok innych wa-
bików ciepło, które w tych warunkach szczególnie się
liczyło. Choć nie padło wiele słów między nimi, byli
już w gruncie rzeczy umówieni na wieczór, umówieni spojrzeniami i tym bezrozumnym porozumieniem,
jakie chyba tylko między kobietą a mężczyzną jest
możliwe.

Zdarzyło się jednak coś, co odwróciło uwagę
Anhellego od Angeliki. Tego dnia zjechali kilkorgiem
sań Ostiacy z zaprzyjaźnionych z wygnańcami czumów,
za którymi przyczłapała zaraz na śnieżnych rakietach
druga ich grupka. Zwykłe w takich razach rozmowy na
migi i wymiana towarowa – i tak skromna, bo cóż mieli
do zaofiarowania tutejszym myśliwym biedni jak myszy
kościelne, wyzuci ze wszystkiego katorżnicy? – nie kleiły się tym razem zupełnie. Mieszkańców domu ogar-
nęło radosne podniecenie i co innego było im w głowach. Większość przypominała sobie pozycje, w jakich
dla spotęgowania rozkoszy czynili to i owo ze swymi
odległymi teraz żonami, oraz senne marzenia, które

wreszcie można będzie urzeczywistnić, a w których nie było ani skórek gronostaja, ani kłów mamuta, ani nawet mięsa renów, jeszcze kilka dni temu tak interesującego! Zresztą co do gronostajów, to mieli ich już tyle, że co drugi wyglądał jak rektor uniwersytetu. Gdy zatem oferta handlowa rdzennych Syberyjczyków została odrzucona, a właściwie niezauważona, wyłonił się spośród nich stary Szaman i przemówił naganną, ale jednak polszczyzną: „Niech będzie pochwalony!" Gdyby świstak przemówił nagle po niemiecku, nie wzbudziłby większego zdumienia, niż ten starzec swym nieoczekiwanym pozdrowieniem. I choć byli wierzący, nikt mu nie odpowiedział, tak byli zadziwieni. Dopiero w powstałym zaraz gwarze, od słowa do słowa wyjaśniło się, że starzec zbliżył się kiedyś do sioła polskich zesłańców, jeszcze z fali konfederatów barskich, tak dalece, że wyuczył się ich mowy. „Znałem waszych Ojców, widziałem, jak żyli i jak umierali powtarzając: Mamo! Mamo!" „Czy na pewno mówili właśnie: Mamo?", dociekał jeden stojący obok Anhellego. „Tak", potwierdził Szaman, „umierając wołali swoje mamusie jak dzieci zagubione w tundrze". Szaman, jak to szaman, ubrany był z pozoru niedbale i wszędzie coś na nim wisiało. Wyglądał jak chodząca choinka, jakby przyczepiał sobie do ubrania wszelkie duperele, na jakie trafiał podczas szamańskich podróży i lotów. To, co nosił na głowie, nie było, jak sądzili w owych czasach niektórzy, koroną splecioną z ubitych węży, lecz metalową czapką w kształcie połówki sfery armilarnej, ale bez przeziernika, do której przymocowano paski skóry splątane jak warkocze, i rogi łosia służące do rozcinania nieba. Twarz miał pooraną i smagłą, z wyrazistymi kośćmi policzka i oczami schowanymi głęboko, lecz tak dzikimi, że nie dałbyś mu do potrzymania przez chwilę dwóch groszy. Z mankietów i szwów rękawów zwisały frędzle, na plecach dyndały jakieś niby-korale, kawałek blachy miedzianej i mnóstwo żelaznych figurek symbolizujących nie wiadomo co, do tego moc rysunków, ornamentów i dziwna wiązanka stworzona z gałązki, dwóch piór i trzech węgielków nanizanych na sznurek. Ogólnie rzecz biorąc, wyglądał jak indiański wódz, który nieco zwariował. Kto jednak wątpił o jego siłach umysłowych, ten musiał ustąpić wobec pamięci, z której jak z liczydła podawał, ilu to janczarów, a ilu huzarów żyło w owym zesłańczym osiedlu, ilu bośniaków i żydów, ilu hicaków, ilu profesjonistów i jak się który zwał, ilu lorniszów wreszcie. „Żyło?", dopytywali zesłańcy, kiedy przysłane przez rząd kobiety kręciły się koło łożnic. „Dopuścił więc Bóg, że wszyscy oni pomarli?" „Do dzisiejszych czasów zachował się tylko jeden", odparł Szaman, a że mu się przy tym odbiło, zabrzęczał brzękadłami, co przydało jego słowom szczególnej mocy. „Jak zwie się ten ostaniec?" „Ziemkiewicz". „Ziemkiewicz?" „Ziemkiewicz".

„Ziemkiewicz". „Ziemkiewicz". „Ziemkiewicz", podawali sobie z ust do ust, aby ci, co stali dalej, też mogli się dowiedzieć. „Jak?" „Ziemkiewicz".

Długo w noc snuł Szaman opowieść o losach konfederatów. Mówił i mówił, jak w transie, o tym, co sam widział i co znał ze słyszenia: jak po pugaczewskiej rebelii batożono ich, rozebranych do naga, knutem, jak wycinano im nozdrza, jak umierali po kolei i jak jeden zabił drugiego dla pary onuc, a potem sam umarł. Mówił i mówił, zaś grono jego słuchaczy topniało jak śnieg wokół ogniska, gdyż rozchodzili się stopniowo do wyr, gdzie czekały już przysłane przez rząd kobiety, ciepłe i chętne. Anhelli i Angelika też sposobili się ku sobie, ich usta stykały się już, a włosy mieszały ze sobą, ich ręce sięgały już po wygraną, jaką jest zapomnienie, gdy Szaman stanął nad nimi i bez ceremonii rzekł do Anhellego: „Nie śpij, ale chodź ze mną, albowiem są rzeczy ważne na pustyni". "Po pierwsze, nie śpię", odparł Anhelli zatrzymując się na chwilę w tym, co już był czynił, "a po drugie, tu też są ważne rzeczy. Czy nie możemy pójść jutro?" "Pokażę ci wiele rzeczy bolesnych", obiecywał Szaman, "pokażę ci wszystkie nieszczęścia tej ziemi, a zostawię samego z brzemieniem myśli i tęsknot". "To zmienia postać rzeczy", zgodził się Anhelli i zwrócił się do swej partnerki: "Pani wybaczy. Obowiązki". Wygramolił się spod skór i uporządkował przyodziewek, tak, że po chwili przestał wyglądać śmiesznie. Staruch tymczasem plótł pod nosem zaklęcia w rodzaju: "Jutro życia jest gorsze niż jutro śmierci" oraz "Dusze jednych idą w słońce, a dusze drugich oddalają się na ciemne gwiazdy". Tak mamrocząc, otoczył się ciemnością z Anhellim i wyszli.

A był wśród nieszczęśników Seksuolog, człek stateczny i anachroniczny, którego rząd zesłał tutaj z Warszawy za książki o rzeczach niegodnych i o którym zapomniałem wcześniej powiedzieć, albowiem nie bardzo mi pasował do czasów i okoliczności, o jakich mówimy. Jednakże po nocy, kiedy Miłość cielesna nad wyraz się upowszechniła, Seksuolog jest tu naprawdę niezbędny. Rano ustawiła się do niego długa kolejka kobiet. Nie wszystkie chciały wiedzieć, czy są w ciąży, dzieliły się z nim również innymi problemami, tym bardziej że wiele z nich było młodych i niedoświadczonych, niektóre dopiero tej nocy przestały być dziewczętami.

"Piersi mnie bolą", powiedziała pierwsza. "Czuję jakby napięcie, a każde uderzenie sprawia ból".

"To nic groźnego i po pewnym czasie mija. Dobrze byłoby jednak zaprzestać między innymi gry w »dwa ognie«".

"Mój mężczyzna nie może znaleźć swojego prącia", powiedziała druga. "Wiem, że nie jest pan jasnowidzem, ale może?"

„Prącie znajduje się z przodu ciała, tak jak moszna, poniżej brzucha. Zwykle zwisa w dół, giętkie i miękkie. Niekiedy, wskutek napłynięcia krwi, twardnieje i objętość jego się zwiększa".

„Mam okres i nie wiem, co zrobić ze zużytą podpaską", powiedziała szósta.

„Na obozach, w latrynach trzeba po prostu wyrzuconą podpaskę porządnie zasypać (nie przysypać!) piaskiem. Fatalnie świadczą o kulturze porozrzucane po lesie, w krzakach w pobliżu obozowisk – zakrwawione podpaski".

„Trochę się wstydzę", powiedziała siódma.

„To, co cię krępuje, dla mnie jest codziennością. Ja badam setki kobiet. Moim zadaniem jest wam pomóc".

„Jakie sporty można uprawiać w czasie dojrzewania?", spytała dwunasta.

„Najbardziej godne polecenia jest pływanie, wioślarstwo, a jeszcze bardziej – żeglarstwo, jazda konna, siatkówka, tenis, łyżwy…"

„Wybieram łyżwy".

„Łazi za mną wilk syberyjski", powiedziała osiemnasta. „Wlepia we mnie gały i ślini się".

„Nawet zwierzęta mogą swoje popędy w jakiś sposób opanowywać".

„Na przykład?"

„Psy – przewodniki niewidomych. Przecież te psy także mają okresy rui, a jednak nigdy nie pozostawiają swych podopiecznych".

Dziewiętnasta weszła do kącika pełniącego rolę lazaretu z drżeniem rąk, którego nie mogła opanować. Zaśmiała się nieszczerze. Nim się odezwała, Seksuolog przemówił: „Było to na chemii. Nauczyciel, starszy, niski, łysawy pan wykonywał jakieś doświadczenie. Potem poprosił Ewę, bo siedziała najbliżej, aby podeszła do stołu i w czymś mu pomogła".

„W czym?", zainteresowała się katorżnica, lecz Seksuolog zbył jej pytanie niczym i kontynuował opowieść.

„Dziewczynka podeszła i w najmniej odpowiednim momencie zaczęła dusić się ze śmiechu, zupełnie nagle. Trzęsły się jej ręce. Coś rozlała. Nastąpił wybuch".

„Czy można zajść w ciążę w kąpieli?", spytała sto osiemdziesiąta szósta.

„Nie. Nie można. Na to, by zajść w ciążę, musi odbyć się stosunek płciowy".

„A ja, głupia, kąpałam się trzy razy dziennie".

„Anhelli zostawił mnie dla jakiegoś kudłatego yeti ze zdechłymi wężami na głowie", pożaliła się Angelika.

„Po tej pierwszej Miłości będą jeszcze inne, lepsze. Nie ma co tragizować. Miłe to nie jest, ale minie. Czas to najlepsze lekarstwo".

„Kiedy ja nie mam czasu. Nie ma innych lekarstw?"

„Są także lekarze. Są poradnie psychologiczne. Są wreszcie pisma: »Świat Młodych«, »Na przełaj«, »Przyjaciółka«".

„Ona wcale nie była pierwsza. Teraz każda Miłość jest ostatnia. Wypisze mi pan zwolnienie ze sprzątania?"

Szaman z Anhellim brnęli przez tundrę, a o wiorstę z tyłu szła ich śladem zwolniona ze sprzątania i podniesiona na duchu Angelika, kobieta zuchwała i uparta. Szaman z Anhellim przedzierali się przez tajgę, a Angelika, trzymając się dobrze widocznych na śniegu tropów, podążała za głosem serca i pogwizdywała na mrozie melodyjkę z „Podróży za jeden uśmiech". W pewnym momencie Anhelli obejrzał się, i to jak się obejrzał! W promieniu kilkunastu metrów pospadały liście z drzew, a stojącemu w krzakach dzikiemu renowi skręciło rogi i zaplątało je niczym sznurowadła. „Zdawało mi się", mruknął zadowolony Anhelli.

Natknęli się na popa jadącego konno z gromadą dzieci i Szaman zaproponował Anhellemu: „Chcesz zobaczyć, jakie cuda potrafię wyprawiać? Zjem trochę grzybów uzbieranych jeszcze w tundrze, a wtedy jednym
spojrzeniem będę mógł spowodować samozapalenie
się popa". „Szkoda czasu, prowadź do Ziemkiewicza",
brzmiała odpowiedź. Zahaczyli w swej podróży o ka-
zamaty, gdzie trafili na skromną żałobną uroczystość.
Szaman, który jednak pojadł trochę grzybów, od razu
chciał otwierać trumnę i wskrzeszać, lecz Anhelli popędzał: „Do Ziemkiewicza!". A Angelika za nimi, za nimi.
Kiedy jedli na postoju apetycznego nura upolowane-
go przez Szamana, Angelika ssała z głodu odmrożony
palec i popijała śniegiem roztopionym w ustach. Kiedy
nocowali w ciepłych i śmierdzących czumach tubylców,
Angelika zagrzebywała się w jamie wykopanej w śniegu
i spała na poduszce z własnego przedramienia w cien-
kiej poszewce włosów. Rano zjadała trochę mgły i dalej,
za nimi, za nimi. Wzięło ją, nie ma co.
    Szkoda wam Angeliki?
    Myślicie, że mnie jej nie szkoda?
    Całego świata mi szkoda.
    Trafili za którymś razem do obozowiska wschodnich
Samojedów koczujących nad jeziorem. Ci ugościli ich
i z wielkim szacunkiem odnosili się do Szamana, choć
nie był z ich narodu. Kobiety upitrasiły rena na tysiąc
sposobów, a mężczyźni umościli przybyszom posłania
ze skór w wyciągniętych na brzeg łodziach. Przed snem
nastał jednak czas rozmów i zabawy. Siedli przy ognisku, a Szamana otoczyły kobiety i dzieci i przekoma-
rzali się, a śmiechu było przy tym co niemiara. Nawet
Anhelli śmiał się, choć niewiele rozumiał. Z boku, na
osobności, lecz w miejscu najwyraźniej honorowym, bo
starannie zadbanym, leżała samotna samojedzka głowa.
Bardzo samotna, zupełnie odcięta od świata. Kiedy już

naśmiał się i najadł do woli, Anhelli spytał Szamana, co to za dziwactwo. „Jangum", brzmiała odpowiedź. „Jangum? Mów po polsku".

„Nie wiem, jak go nazwać po polsku. Ich ostatni szaman. Teraz nie mają szamana, więc choroby i troski mogą z nimi zrobić, co zechcą, nie mają obrońcy. Przypomina ci kogoś ta twarz?"

Anhelli przyjrzał się bliżej lekko nadpsutej facjacie i wzruszył ramionami. „Trochę mi przypomina Thomasa More'a, chyba nikogo innego". Głowie nie drgnęła nawet powieka na to porównanie. Samojedzi domyślili się, o czym Szaman rozmawia z Anhellim, i ich wesołość przygasła. Teraz zwracali się do Szamana płaczliwie i, sądząc po tonie, z pretensją. Anhelli nie rozumiał, o co mogą mieć żal do niego. Przecież nie był nawet jednym z nich. Po dłuższej wymianie zdań Szaman podniósł się z ziemi i jął czynić jakieś przygotowania. „Muszę sprowadzić ich szamana z powrotem, jego cień, jego oddech", wyjaśnił Anhellemu. „Nie wiem, czy uda mi się go odnaleźć. Chcesz wybrać się ze mną w tę podróż?"

„Myślałem, że pójdziemy zaraz spać. Czy nie dość się napodróżowaliśmy?"

„To inna ekskursja, niż myślisz. Tak się składa, że tę podróż odbywa się we śnie".

A kiedy Anhelli milczał, Szaman dodał: „A co ty tam wiesz o śnie. Dla ciebie sen to leżenie i chrapanie. Pokażę ci".

Wziął bębenek i dreptał, wpatrzony w ogień. No, jeżeli na tym polega ta podróż, daleko nie zajdzie, pomyślał Anhelli. Z początku wyglądało na to, że Szaman się wygłupia. Stroił miny, chichotał, czasem podskoczył, jakby znienacka ukłuto go ością. Zaczynał coś śpiewać, przerywał, milkł na dłuższą chwilę, a potem od nowa zaczynał. Więc podróżuję z wariatem, przemknęło przez

głowę Anhellemu. Słyszał niejedno o nerwicy śnieżnej
zwanej menerik, słyszał o napadach zbiorowej histe-
rii groźniejszej niż oddziały carskich dźgaczy. Tym wy-
godniej ułożył się na skórach i spod półprzymkniętych
powiek śledził rozwój wydarzeń. Szaman produkował
się śmielej i śmielej, czynił już mnóstwo hałasu, a wpa-
trzeni weń Samojedzi kiwali się przy ogniu i ogryzali
resztki z kości. Szaman podszedł jeszcze do Anhellego
i spytał: „To co, zabrać cię ze sobą?". Ukołysany już
Anhelli stłumił ziewnięcie i odparł: „Czyń, jak ci się podoba, jestem w twojej mocy".

Więc tamten walił w bęben szybciej i mocniej.
Zapomniał się zupełnie w swoim wariackim tańcu, jego
ozdoby brzęczały, podskakiwał jak znarowiony koń,
trząsł się, zaczął krakać jak wrona, potem zawył jak
wilk, przez chwilę pogulgotał jak indyk albo kot, który się zadławił, i znówu krakał jak wrona, niżej i wyżej,
zdawało się, że cała chmara wron omotała jego postać,
udawał, że wzbija się do lotu. Zwolnił tempo i zaśpiewał
ludzkim głosem coś, co podobało się widzom, bo zaczęli się uśmiechać, a potem znowu przyśpieszył rytm
i zmienił się we wronę. Jakieś dziecko odłączyło się od
Samojedów i bezceremonialnie usiadło na piersiach
Anhellego, lecz pogrążony we śnie Anhelli nic nie poczuł. „Ałć! Ałć! Ałć!", zawołał Szaman, jakby dostał trzy
razy po łapach. I znowu: „Gul-gul-gul-gul! Gul-gul-gul-
-gul! Gul-gul-gul-gul! Gul-gul-guul!" I w bęben: bum-
bumbumbumbumbumbumbumbumbumbumbum-
bumbumbumbumbumbumbumbumbumbumbumm!
„Gul-gul-gul-gul! Gul-gul-gul-gul! Gul-gul-gul-gul! Gul-
-gul-guul! Krrra! Krrra! Krrra! Frrrrr!" I poleciał.

Mały Samojedzik, który nie popełnił jeszcze w życiu nic nieczystego lub grzesznego, siedział na piersi
Anhellego, który spał i śnił, że idzie przez zamarznięte jezioro, mając rozcapierzone stopy z palcami zrośniętymi

pomarańczową błoną. Śniło mu się, że wolny od lęku wysokości i zawrotów głowy pokonuje skalne urwisko, strącając kopytami grzechoczące kamienie. A grzechot kamieni był ich rozmową, którą Anhelli niemal rozumiał. Śniło mu się, że polują na niego, a wtedy zmienia się w mysz i czmycha niewidocznymi ścieżkami pod gnijącą ściółkę leśną. I śniło mu się, że staje na brzegu wielkiej rzeki. Prąd jest tak silny, że przesuwa po dnie kamienie. A Anhelli zanurza się i jest mu ciepło, jako ryba nie stawia wodzie prawie żadnego oporu i bez wysiłku przedostaje się na drugi brzeg. Śniło mu się, że jest łabędziem wielkim jak anioł i słyszy szum powietrza w lotkach swoich skrzydeł. A w dole przesuwają się łąki, a ich zapach bije w niebo z niezwyciężoną siłą. A potem mu się śniło, że leży w leśnym barłogu z otyłym, owłosionym nawet na plecach mężem, który co Prawda bez nachalności, ale dobiera się do niego. Anhelli czuje raczej odrazę niż pociąg do satyra, lecz tamten dobierając się jednocześnie narzeka na swój los; i zyskuje współczucie, choć nie podaje szczegółów. W każdym jego geście, w tym, jak leży i jak odstręczające ma ciało, widać opuszczenie i udrękę duszy. Potem gruby, choć się wstydzi, rozkłada bezwstydnie nogi i Anhelli widzi, że to kobieta. Owłosiona kładzie się na nim i aż przydusza swoim ciężarem, Anhelli, nie mając innego wyjścia i czując nieokiełznany żal, tuli się do niej jak do Matki. Ona śpiewa mu nieznaną jakby kołysankę, a on niezdarnie podchwytuje i nuci dziwaczną melodię. Wiele jeszcze śniło się tej nocy Anhellemu, lecz kiedy się obudził, nie bardzo mógł siebie poznać i niewiele pamiętał. Ciżba Samojedów stłoczonych wokół patrzyła nań dzikimi oczami, w których była pożądliwość, lęk i uwielbienie. Szaman stał na uboczu, nie krakał już i nie kwękał. „O co chodzi?", spytał rozanielony Anhelli. „Czemu wszyscy się na mnie gapią? Chrapałem?"

„Widzieli twoją duszę. Chcą, żebyś został z nimi, żebyś był ich szamanem. Widzieli, jak twoja dusza powędrowała daleko i jak nie chciała wrócić".

Anhelli spuścił głowę. „Co to, to nie. Powiedz im, że mam chwilowo inne sprawy na głowie. Moja dusza chciała tylko wrócić do Matki. Chodźmy do Ziemkiewicza". I rozbeczał się zupełnie bez sensu.

Ponieważ szli na południe, a wiosna zdążyła się zacząć, dotarli do kraju jak gdyby zupełnie nowego. Powietrze było różane i dało się słyszeć z daleka głosy ptaków. Wszystko zmieniało się na lepsze. Strupiałą od mrozu glebę zastąpił mało używany dywan trawy. Rośliny uwalniały swe wonie i pozwalały im płynąć nad pustynią w bezsensownych procesjach donikąd. Zadowolona z siebie zwierzyna pławiła się we własnym nieprzytomnym jestestwie i chętnie się wystawiała na cel myśliwego, jeśli się napatoczył. Bo i komu czy czemu chciałoby się uciekać w taką piękną pogodę. Teraz idąca śladem tych dwu Angelika układała się do snu w miłych, zielonych zakątkach, ufna jak dzikie, roślinożerne zwierzę zasypiające tam, gdzie akurat najdzie je senność. Zasypiając brała sobie jakiś kwiat do wąchania. Budząc się strzepywała rosę z brwi i rzęs, a mrówki sądziły, że deszcz pada, bo rzęsy miała półmetrowe. Potem patrzyła we wschodzące słońce i pociągała nosem, aby kichnąć. Tak, słońce było jej tabakierą. Już wam jej nie szkoda? Teraz przed nią tylko rozczarowania i krew. Lepiej nie mówić jej o tym. Lepiej jej nie budzić.

Trochę to trwało, tyle mniej więcej, ile ślepej rybie zajmuje przepłynięcie Morza Łaptiewów tam i z powrotem, lecz przecież Anhelli i Szaman dotarli wreszcie do chaty poszukiwanego starca. Chata ta, ocieniona szeroką jabłonią i pełna gniazd gołębich, i śpiewająca od świerszczów, ustronna była i spokojna. Na furtce zawieszony był między czytelnością a nieczytelnością napis: „Tu żyje ostatni z żyjących wygnańców barskich. Przechodniu, sprawdź, czy nie umarł". I postawił ów starzec przed gośćmi cynowy dzban, Chleby i jabłka czerwone, a potem zaczął jak zwykle rozmowę o dawnych czasach i o ludziach już umarłych. Rozumiał się zaś przede wszystkim z Szamanem, którego miał za druha, zbliżały ich dawne przeżycia i wspólna ich starości, obopólna demobilizacja umysłów w stanie spoczynku. A nie było w tym starcu żadnej już pamięci, ale była pamięć o rzeczach, które mu się zdarzyły za młodu; lecz o dniu wczorajszym nie wiedział i nie myślał o jutrze. „Z czego się pan utrzymuje, panie Ziemkiewicz?", zapytał polubownie Anhelli, raczej z uprzejmości, niźli z ciekawości. A staruch jął opowiadać ni z gruszki, ni z pietruszki: „Pamiętam dokładnie kształt krzeseł w moim domu, oparcia rzeźbione w kwiaty i ich ciche skrzypienie, gdy jako dziecko nie potrafiłem usiedzieć spokojnie. Pamiętam wszystkie obrazy, jakie wisiały na ścianach. Jezusa z otwartą piersią, w której tkwiło związane serce, i złoto aureoli nad głowami świętych. Gdybym dobrze pomyślał, mógłbym jeszcze policzyć sęki w deskach podłogi, po której wtedy chodziłem. Dziś nie ma już tamtej podłogi. Nie ma tamtego Jezusa i nie ma tamtych krzeseł, jedynie w mojej pamięci". Nic nie pamiętał ze swego zesłania i zapomniał, że była barska konfederacja.

„Utrzymuje się z robaczków, które nazywają czerwcem", wyjaśnił Szaman. „Robaki z całej okolicy schodzą się tutaj jak pospolite ruszenie, wiedzą, że nie może żyć wiecznie. On zaś łapie je i tak przedłuża swój żywot. Zajrzyj pod dowolny kamień, zajrzyj do piwnicy, zobaczysz je, są tam i czekają. Wiedzą, że ich post się skończy. Są głodne, ale cierpliwe".

„Takie są najgorsze".

Była noc. Księżyc w trzeciej kwadrze toczył się po niebie jak dzieło kołodzieja, któremu nie wyszło. Angelika wylegiwała się na poziomej gałęzi jak znudzona panda, obżerała się jabłkami i zaglądała w oświetlone okno. Widziała cynowy dzban, pół bochna Chleba i misę pełną jabłek. Nie mogła już patrzeć na jabłka. Ale chwilami widziała na stole smukłe dłonie Anhellego. Dobrze je pamiętała. Pamiętała przyjemność, jaką sprawiał ich dotyk. To utrzymywało ją przy życiu i na niewygodnej gałęzi.

Bez względu na porę dnia czy nocy, poborcy podatkowi pracowali z należną ich powołaniu starannością. Nie mogli zapomnieć o Ziemkiewiczu, mieli go w swoich rejestrach. Mieli zapisane, kiedy dojrzewają jabłka. Mieli, choć w przybliżeniu, obliczone czerwce zamieszkujące zakamarki jego domostwa. Zajechali więc wozem pod okno, by pobrać dziesięcinę. Weszli bez pukania. Wyszli bez pożegnania. Zatrzęśli jabłonią i grad owoców posypał się w rozścielone pod płodnym drzewem płachty. Jeden z celników podniósł spod stóp jabłko i nadgryzł je nie wiedząc z powodu mrocznego umysłu, że połyka też robaka. Robak był zdziwiony tym, co się stało, i co widział. Angelika też się dziwiła i trzęsąc się razem z jabłonią kurczowo uczepiła się gałęzi. Anhelli stał pod drzewem patrząc na smutne dzieło celników, a ona jeszcze nie teraz chciała zwalić mu się na głowę. Wściekało ją, że zostaną jej wyłącznie nie całkiem dojrzałe owoce. Pomyślała o zbrodniach, jakich się dopuściła. Pomyślała o tym, jak dobrze byłoby się wyspowiadać. I stała się jasność. Jasność tak oślepiła celników, ostatniego konfederata i Anhellego, że nie mogli zobaczyć Angeliki będącej źródłem tego światła. Gdyby i zobaczyli, czy byliby w stanie uwierzyć w pandę w tym klimacie i w takich okolicznościach?

Przerażeni celnicy umykali w popłochu wołając „Jesteśmy pracownikami sądowymi!", gubiąc jabłka, rejestry i liczydła. Jeden z nich zgubił nawet but, do którego natychmiast wprowadziło się robactwo.

„Lepiej stąd zmykajmy", mruknął Szaman do Anhellego.

„Tak. Zawiódł mnie ten Ziemkiewicz. Nie wie nawet, że w Polsce wyrosło już nowe pokolenie, nowi rycerze i męczennicy. Masz pomysł, co robić dalej?"

„Możemy zwiedzić syberyjskie kopalnie".

Szaman był jedynym, który dojrzał na drzewie Angelikę w spowijającej ją jasności. Jego oczy nawykły do blasku, bo jedną z nie kuglarskich szamańskich praktyk było długie wpatrywanie się w słońce. Potrafił wpatrywać się w słońce godzinami, jeśli zachodziła potrzeba, i ani razu nie kichnąć. „Trzeba zabić tę Miłość", pomyślał ze smutkiem, a potem pomyślał: „Czy kiedyś nie pomyślałem już czegoś podobnego?"

Zwiedzanie kopalni przyniosło im więcej złego niż dobrego. Nie były to kopalnie białej soli, czarnego węgla ani żadnego użytecznego dobra, nie były to nawet kopalnie złota lub diamentów. To z tych podziemnych pokładów pochodziły rozczarowania i krew, żal i płacz tak potrzebne na całym pokutującym świecie. Kupcy w odległych portach, handlarze ludzkich losów i mocodawcy śmierci rozsiani po kontynentach oczekiwali na urobek pochodzący z niewolniczych, podziemnych prac. Więcej rozczarowań, żądali. Żalu i rozpaczy musi wystarczyć dla wszystkich. Dlatego kopalnie pracowały dzień i noc. Choć nikt ich nie oliwił, koła wind obracały się bez ustanku i najmniejszego zgrzytu, gdyż oliwił je Patison. Pełne wózki sunęły przez piekielne czeluście po szynach odlanych ze zmarnowanego piękna i zawiedzionych nadziei, a pchał je niestrudzony, czarny Patison. Sam jeden, ponury i długopazury. A na górze miejsca, gdzie niegdyś bywali ludzie szczęśliwi, zarastały zielskiem.

Kiedy Szaman z Anhellim wracali z wędrówki podziemnej, nie udali się nad rzekę, nie weszli między bawiące się dzieci, nie odwiedzili kwitnących ogrodów, ale wkroczyli na cmentarz. Była już noc. Sympatyczni zmarli leżeli w równych rządkach i nic nie mówili. I właśnie na cmentarzu Anhelli zobaczył Anioła. Stało się to zwyczajnie: najpierw patrzył pod stopy na walające się wszędzie kości, a kiedy nie mogąc znieść widoku szarpiącego duszę jak lodowaty wiatr, podniósł oczy, zobaczył Anioła i od razu zemdlał.

Anioł był piegowaty, chuderlawy i ze smutną gwiazdą we włosach. Patrzył na Anhellego brązowymi oczami, które wiedzą wszystko, więc Anhelli zemdlał: fik. Poleżał trochę bez czucia, a kiedy je odzyskał, spuścił przed Szamanem głowę jak człowiek, co się wstydzi, mówiąc: „Otom zobaczył Anioła podobnego tej niewieście, którą kochałem z całej duszy mojej będąc jeszcze dzieckiem. A miłowałem ją w czystości serca mego; dlatego łzy mię zalewają, kiedy myślę o niej, i o mojej młodości. Bo oto byłem przy niej jak ptak swojski, co się boi; i nie wziąłem nawet pocałowania od jej ust koralowych, choć byłem blisko; jak gołąb, mówię, siedzący na ramieniu dziewczyny. Dziś już to snem jest. Oto szafirowe niebo i gwiazdy białe patrzą na mnie: sąż to gwiazdy te same, które mnie widziały młodym i szczęśliwym?".

Szaman sposępniał, choć już wcześniej nie był wesół. Wziął w palce krąg z kręgosłupa kogoś, kogo ciało – gibkie i szybkie – zawieszone było ongiś na tym kręgosłupie jak odzienie na świeżym, zielonym chojaku. Nanizał tę niby szpulkę na jeden z niezliczonych frędzli przy swoim groteskowym kubraku, a frędzel zakończył węzłem. Potem sięgnął po tytoń, co rzadko był czynił.

„Gwiazdy są te same, gwiazd możesz być pewien. Kiedy Matka twoja kolebała cię jeszcze, one już opłakiwały swym światłem tych, co byli przed tobą. Gwiazdy chodzą po niebie wytyczonymi szlakami i zawsze wracają na miejsce znane im już przedtem. Naszą rzeczą tutaj jest odchodzenie, rzeczą gwiazd jest wieczny powrót. Widziały ciebie w chwilach radosnych; myślisz, że nie patrzą teraz na tych, co się weselą w tańcu, zachłannie gromadzą bogactwo lub w ramionach kobiety zapominają o tym, co będzie? Już rosną w lasach drzewa, z których uczynią im trumny. Ile kobiet kochałeś w słońcu i przy księżycu? W każdej z nich był ten Anioł, który jak z łzy twojego Chrystusa zrodził się na zawsze z tej pierwszej kobiety. Nie wielbiłeś kobiet, wielbiłeś Anioła. A nie wiń nikogo, że serce twoje przestało być czyste, nie skarż się na gwiazdy, słabość ciała ani rzesze wrogów dybiących na twoją minioną niewinność. Tyś uczynił to, co uczyniłeś, a o czym słyszeć nie chcę, bo nie interesują mnie twoje grzechy i błędy. Mogłeś pozostać drżącym przy jej uchu ptakiem. Mogłeś. Popłacz sobie, jeśli chcesz. Większość płacze, ujrzawszy tego Anioła".

Zapadła cisza. I trwałaby zawsze, gdyby Anhelli nie spytał:

„Dlaczego ja żyję?"

„Żebyś cierpiał i innym fundował cierpienie. Wolałbyś być renem? Lepiej pofolguj sobie i popłacz, naprawdę".

I Anhelli płakał. Opłakiwał swoje dzieciństwo, matczyne piersi i ogień, który buzował w kominku, a teraz dogasał w nim samym, opłakiwał młodość żądną triumfów wśród pienia fanfar, Miłość, co na nic się zdała i pobitą ojczyznę nieważną już jak buty, z których się wyrosło. Opłakiwał ludzi, z którymi był blisko, a nie miał ich więcej ujrzeć, chyba że w snach bolesnych i oszukańczych, opłakiwał ułudę, której zaufał jak dziecko, a kiedy wszystko opłakał, uspokoił się

i ucichł, bo nie było już więcej niczego do opłakania.
Szaman tymczasem podniósł pierwszy z brzegu cze-
rep i pokazał Anhellemu kilkoro piskląt, które znalazły
w nim gniazdo, aby wzlecieć z niego, kiedy przyjdzie
pora, do pierwszych radosnych lotów.
    A potem wszyscy zginęli. Wszyscy. Wybuchały po-
ciski i epidemie. Zginęły trzy prostytutki i obie zamachowczynie. Zginął Gerd Müller zabity przez swoją
onanię, nadmierne zamiłowanie. Pomarły renifery,
zabrała je zaraza. Skonał i Seksuolog wskutek choroby wiadomej. Nawet Ziemkiewicz umarł. Wszyscy, po-
wiadam. Może tylko z jednym wyjątkiem Patisona. Nie
stanie nam papieru, by śmierć ich wszystkich opisać.
Kto ma jakąś flagę pod ręką, niech ją opuści do połowy i już.
    Najpierw zginął Szaman. Kiedy się spotykają dwie
obce cywilizacje, można już szykować wiadra, bo jest
więcej niż pewne, że wcześniej czy później zapełnią
się krwią. I stało się tak, że wskutek złego traktowa-
nia przez białych zesłańców ostiackie plemię podniosło
brudną głowę. Złowieszczy oddział wtargnął do chaty.
I stanęły naprzeciw siebie źle uzbrojone, lecz chciwe
boju szeregi. A Anhelli i Szaman stanęli pomiędzy nimi,
lecz było już za późno, aby zatrzymać śmiertelny pokos.
„Nie po to tu przyszłam, żebym się cofała", powiedziała
śmierć, gdyż umiała mówić. I wyciągnęła osełkę z pu-
stego biusthaltra. Pierwsze ostrze zanurzyło się w piersi
Szamana, ześliznęło się z żebra, wśliznęło w szczelinę
międzyżebrową i dosięgło celu. Za tym pierwszym ru-
szyli na Ostiaków pozostali zesłańcy.
    Anhelli podtrzymał druha i nauczyciela osuwają-
cego się z nóg jak pośledni pijak i uniósł go spomię-
dzy zwaśnionych stron, które z zapałem przystąpiły
do krwawych rękodzieł. Wybiegł na zewnątrz, niosąc
Szamana na rękach jak dziecko, a za nimi wybiegła

depcząca Anhellemu po piętach Angelika, która kiedyś była zbrodniarką, ale teraz już nie. Teraz zamieszkiwał ją Anioł. Złożyli ciało Szamana na śniegu. A było widać, że jego chwile są policzone. Zamknął już oczy, ale otworzył je jeszcze, jakby się rozmyślił, i wodząc wzrokiem po gwiazdach cicho wyszeptał:

„Anhelli”.

„Co?”

„Anhelli”.

„Oto jestem”.

„Anhelli!”

„No co?”

„Weź moje reny i odejdź na północ. Znajdziesz tam opuszczony czum i odzyskasz spokój, choć nie całkiem. Całkowite ocalenie nie jest już dla ciebie możliwe. Ale w odosobnieniu rozpoznasz samego siebie, tego, który był kiedyś oswojonym gołębiem siedzącym na ramieniu”.

„Jak ja tam przeżyję? Kiepsko poluję i nie znam się na jadalnych roślinach. Mam jeść czerwiec?”

„Będziesz się żywił mlekiem renów. Będziesz sobie robił sery i masło. Jogurt, o. Jogurt jest bardzo zdrowy. Albo weź ze sobą kobietę, wtedy sery i masło będą na jej głowie”.

„A ona na mojej. Proszę, nie umieraj. Chcę być jak gwiazdy. Powiedz, czy możliwy jest powrót do czystej pewności pierwszych spojrzeń? Czy słowa mogą znaczyć tyle, co kiedyś, gdy jeszcze nie były zepsute? Czy jest pokuta, która zaprzeczyłaby obłędowi mych czynów? Czy kwiaty, które zwiędły, mogą znów zakwitnąć? Mów”.

„Cóż ci mówić będę! Oto śmierć będzie mówić za mnie i wyręczy mię”.

„Istotnie, nie po to tu przyszłam, żebym się cofała”, powiedziała śmierć i przymierzyła się do kosy. Była leworęczna i pierwsze żniwiarskie pas nie wyszło jej najlepiej, mimo ugięcia nóg jak należy i eleganckiego półobrotu bioder. Anhelli pochylił się nad Szamanem i ujął go za rękę, lecz ta była już zimna jak herbata przyrządzona dla kobiety, która nie przyszła.

I wtedy stało się coś, czego nikt nie przewidział, nawet śmierć. Angelika nie wytrzymała i rzuciła się do nóg Anhellego, bez sensu, za to z patosem powtarzając: „Aniele mój!". Dobrze, że nie mogła widzieć miny ukochanego leżąc u jego stóp. Dobrze, że nie usłyszała, jak powiedział: „Przestań, onuce mi przemakają od twoich łez". Tarzała się u jego stóp jak nakręcany bąk, który właśnie wytracił prędkość, a śnieg mieszał się z jej włosami, i kiedy się podniosła, miała na głowie urocze, niejadalne bożonarodzeniowe spaghetti.

„Ja już nie mogę kochać", powiedział głucho Anhelli, gdyż był człowiek uczciwy. Ostrożnie zamieszał spaghetti na małym ogniu jej twarzy. Spodobał jej się ten gest. A on mówił: „Raz wypalonej gliny nie można już rozrobić. Byłem dzikim włóczęgą przez lata, których nie zliczę. Wiatr mieszka w moich kieszeniach i wisi nade mną stryczek. Jestem marnotrawnym synem wracającym do domu, po kryjomu, i spowiadającym się z tego, co uczynił. Jeśli zachoruję, to umrę, bo nie ma już we mnie pragnienia życia. Jestem pusty jak sakiewka utracjusza. Jestem martwy jak stojąca woda. Nie chce mi się wymyślać więcej porównań".

Angelika nic na to nie powiedziała.

„Jeśli chcesz, będę twoim bratem, a ty moją siostrą. Możemy się tak umówić?"

„Jasne. Będzie, jak zechcesz".

Pochowali w śniegu Szamana i udali się na północ, a reny Szamana poszły stadnie za nimi, liżąc ich po dłoniach jęzorami szorstkimi od wyrywania mchów. A Anhelli milczał całą Drogę, bo dość się już nagadał.

Znaleźli opuszczony czum i zamieszkali w nim, dzieląc między siebie przeogromne trudy i skromne radości dobrowolnego wygnania, dwoje aniołków pośród pustyni. Prawdę powiedziawszy, nie był to podział sprawiedliwy i równy. Anhelli się rozleniwił, lubił spać do południa, a gdy się łaskawie budził, najczęściej zamykał się w sobie i żył pomiędzy oderwanymi od świata myślami. Włóczył się po okolicy, przenosząc z miejsca na miejsce brzemię trosk jak skarb, który wszak lepiej by było porzucić. Patrzył w słońce, a jeśli porządnie zaspał, patrzył na gwiazdy i księżyc. Patrzenie i myślenie, to wychodziło mu najlepiej. Ona tymczasem prała. Szyła. Cerowała. Zamiatała gałęzią. Wymieniała liście w łożu ukochanego brata na świeże. A on patrzył na to wszystko i myślał o tym wszystkim. Ona pędziła reny na wypas, wieczorem je doiła. Płakała, ale doiła. Robiła sery. Bryndzę. Pseudobundz. Twaróg. Sery pleśniowe. Sery topione. Sery wędzone. Cały czum w serach. Mała Szwajcaria na końcu świata, bez zegarmistrzów, banków i Alp, za to z neutralnością i serami. Anioł w Angelice dojrzał i zapuścił korzenie, dał jej moc i sprawił, że wypiękniało jej ciało. Anioł wierności rozpłomienił jej oczy ufnym blaskiem. I uszy. Anioł braku nożyczek sprawił, że włosy jej stały się długie i podobne szacie obszernej, kiedy się w nie ubrała, i podobne namiotowi biednego pielgrzyma.

Nie skarżyła się. Nie pytała o przyszłość. Doglądała serów. Modliła się: za niego, za siebie, za sery. Pozwoliła sobie na jedno tylko hobby: pokutę. I pogodziła się z tym, że wszystko było stracone. Gdyby Anhelli nie był pochłonięty bez reszty patrzeniem i rozmyślaniem, może by urodziła dziecko poczęte wśród serów, małego pociesznego Szwajcarka, i ta historia mogłaby trwać. Ale nie. Nadeszła noc polarna i Anhelli zadawał się tylko z zorzami. Ślepł powoli. Wracał już tylko po to, żeby zjeść trochę sera i przespać się w zapachu świeżych liści. Upodabniał się do rena, nie miał większych potrzeb. Żył już tylko dlatego, że jeszcze nie umarł.

A potem sery delikatnie zabiły Angelikę. Pleśń przeniosła się z nich na nieszczęsną zbrodniarkę. Fermentacja i procesy gnilne objęły jej duszę. Ciało pozostało w doskonałym stanie, lecz Angelika dobrze wiedziała. I położyła się na łożu liścianym pomiędzy renami swoimi, aby umrzeć. A gdy tak leżała, to powiedziała: „Nie jesteś moim bratem, ale kochankiem. Strasznie zemściłeś się na mnie, spryciarzu. Kochałam cię i opuszczam".

Anhelli nie zrozumiał, więc zrozumiał, że bredzi, i nie wiedział, co jej odpowiedzieć. Co powiedzieć renom? Co powiedzieć gałęzi służącej za miotłę?

„Pochowaj mnie", mówiła dalej Angelika, „pod tą samotną sosną w Parowie Smutku. Tam pragnę leżeć. Czymże ja będę po śmierci? Oto chciałabym być jaką rzeczą żyjącą przy tobie, Anhelli, pajączkiem nawet, który jest miły więźniowi i schodzi jeść z jego ręki po złotym promyku słonecznym".

„Nie umieraj, pajączku", wydukał Anhelli. „Moje złotko, moje wszystko, Angeliczko".

Reny stały stłoczone jako bydlęta przy Jezusowym żłobie. Lizały ją po rękach. Lizały ją po twarzy. Beczały.

„Moje biedne reny, żegnam was".

Mgła zasłoniła jej oczy i nie dowiemy się, co widziała, gdy zaczynała odmawiać litanię loretańską do Matki Bożej, plącząc się i nie rozumiejąc.

„Matko dziewicza", powiedziała.

„Módl się za nami", odpowiedziały reny.

„Matko przedziwna", powiedziała.

„Módl się za nami", odpowiedziały reny.

„Zwierciadło sprawiedliwości", powiedziała.

„Módl się za nami", odpowiedziały reny.

„Przyczyno naszej radości", powiedziała.
„Módl się za nami", odpowiedziały reny.
„Gwiazdo zaranna", powiedziała.
„Módl się za nami", odpowiedziały reny.
„Różo złota!"

A wtedy reny zamilkły, bo właśnie umarła. Anhelli odwrócił się ciężko i wyszedł na światło księżyca, jak gdyby światło księżyca nie było tylko światłem księżyca. I po raz ostatni zobaczył owego Anioła, który mu był przypomniał Miłość do niewiasty i pierwszą jego Miłość na ziemi. Stali naprzeciw siebie bez słowa, jakby sprawdzali, kto jest lepszy w grze „Burza na morzu, wicher dmie". Księżyc oświetlał tę scenę najlepiej, jak umiał. Wreszcie Anioł zmarzł, zatem pokazawszy Anhellemu figę, zniknął.

Wrócił więc Anhelli do jamy pustej i spojrzawszy na ściany zajęczał, bo już jej nie było.

NASZA TV
09.40 *Edera – serial*
10.35 *Jolanda – serial*
11.05 *Manuela – serial włoski*
12.00 *Telezakupy*
12.30 *Antonella – serial*

TVN
09.00 *Kamila – telenowela meksykańska*
09.50 *Maria de Nadie – telenowela argentyńska*
10.40 *Anna – telenowela argentyńska*
11.30 *Telesklep*
12.00 *Cristina – serial meksykański*

POLSAT
16.45 *Alvaro – telenowela brazylijska*
Alvaro przeprasza Madalenę za pocałunek. Prosi ojca, żeby pomógł mu powiedzieć dzieciom o swoich oficjalnych zaręczynach z Bruną. Wyjaśnia mu, że Madalena jest mężatką.
17.45 *Luz Maria – telenowela meksykańska*
Do Angeliny zostaje sprowadzony wybitny specjalista w zakresie ortopedii. Ma orzec, czy młoda kobieta ma jakieś szanse na odzyskanie sprawności fizycznej. Alvaro podejrzewa Mirtę o miłość do Gustava, ale ta zaprzecza. Mirta domaga się podwojenia pensji, w przeciwnym razie grozi ujawnieniem, że Angelina może chodzić.

18.40 Super Express TV
18.55 Informacje
19.05 Paloma – telenowela meksykańska

– z programu polskiej telewizji na 30 grudnia 1999

Po czternastu latach Winneratu po raz drugi ogląda Stroszka. Bruno rozmawia w barze z Wernerem. Mówi, że jego samochód się zepsuł, jego dziewczyna odeszła, a jego dom sprzedali. Werner pyta, czy Bruno myśli, że to koniec. Bruno mówi, że to naprawdę koniec. Werner mówi: zdrowie. Bruno odpowiada: zdrowie.

Nieruchomy jak manekin, którego sparaliżowało przy próbie ucieczki z wystawy, Indianin stoi w pióropuszu przed motelem. Słyszy, jak policjant mówi: mówi trójka. Jest tu na wyciągu krzesełkowym mężczyzna, nie możemy znaleźć wyłącznika, żeby zatrzymać wyciąg. I nie możemy zatrzymać tańczącej kury. Przyślijcie elektryka. Over.

Zbliża się Sylwester. Nie można go ominąć, jedyna Droga do Nowego Roku wiedzie przez niego. W roli Sylwestra Sylvester Stallone.

O drugiej w nocy Winneratu wychodzi po piwo, jedno. Przy okazji jego pies sra, choć z oporami. Winneratu wspomina zatwardzenie syna i wszystkie piosenki, jakie zdążył mu zaśpiewać w drzwiach ubikacji, wstawiając słowo „kupa" w miejsce takich słów jak „latawiec", „myszka", „chwała".

Wciąż przychodzą spóźnione kartki bożonarodzeniowe. Jedna z nich przychodzi od Ewy. Wszystkiego dobrego, Ewa Ziajkowska. Cały czas się zbieram do napisania listu. Mam blokadę psychiczną, bo się boję, że napiszesz w książce „dostałem list od Ziajkowskiej". Czas mam nie najlepszy. Dla Świata czy Zaświata

Literackiego już nie pracuję. Początkiem końca był tamten mój telefon. Byli przerażeni, że Cię znam.

Biedna Ewa nie wie jeszcze, że Koronkiewicz opisze kiedyś ich podróż do Kazika Malinowskiego i spotkanie z Likwidatorem. Zadaj się z pisarzem, a jakiś procent ciebie zawsze już przynależeć będzie do świata fikcji. Winneratu czyta też jeden z niebożonarodzeniowych listów. Sekcja Przewozów Pasażerskich w Nysie odpowiadając na Pana skargę złożoną w stacji Nysa informuje, że przeprowadzone dochodzenie służbowe wykazało różnicę zdarzenia ze zdarzeniami przedstawionymi przez Pana. Organ kontrolny w pociągu między innymi ma za zadanie czuwanie nad przestrzeganiem przez odbywających podróż obowiązujących przepisów zachowania się w pociągu. W związku ze stwierdzonym łamaniem przez Pana obowiązującego zakazu palenia, jak wynika z przeprowadzonego dochodzenia, był Pan przy pierwszym stwierdzeniu palenia poinformowany, że skład /pociąg/ w którym odbywał Pan podróż składa się w całości z wagonów dla nie palących mimo to po raz drugi obsługa stwierdziła, że mimo wcześniejszego uprzedzenia o całkowitym zakazie palenia i wyraźnego oznaczenia w wagonie zakazu palenia, Pan palił ponownie. W związku z tym został Pan powtórnie ostrzeżony o konsekwencjach nie zastosowania się do poleceń obsługi pociągu, jednak bez aroganckich słów.

N A C Z E L N I K w/z Urszula Gołas Z-ca Naczelnika Sekcji.

List tak się podoba Winneratu, że odczytuje go ponownie. Sekcja Przewozów Pasażerskich w Nysie odpowiadając na Pana skargę złożoną w stacji Nysa informuje, że przeprowadzone dochodzenie służbowe wykazało różnicę zdarzenia ze zdarzeniami przedstawionymi przez Pana. Organ kontrolny w pociągu między innymi ma za zadanie czuwanie nad prze-strzeganiem przez odbywających podróż obowiązujących przepisów zachowania się w pociągu. W związku ze stwierdzonym łamaniem przez Pana obowiązującego zakazu palenia, jak wynika z przeprowadzonego dochodzenia, był Pan przy pierwszym stwierdzeniu palenia poinformowany, że skład /pociąg/ w którym odbywał Pan podróż składa się w całości z wagonów dla nie palących mimo to po raz drugi obsługa stwier-dziła, że mimo wcześniejszego uprzedzenia o całko-witym zakazie palenia i wyraźnego oznaczenia w wa-gonie zakazu palenia, Pan palił ponownie. W związku z tym został Pan powtórnie ostrzeżony o konsekwen-cjach nie zastosowania się do poleceń obsługi pociągu, jednak bez aroganckich słów.

N A C Z E L N I K w/z Urszula Gołas Z-ca Naczelnika Sekcji.

Winneratu zdaje się wyczuwać pismo nosem, kiedy zbliżają się wydarzenia, jakich oko nie widziało i o ja-kich ucho nie słyszało. Zaczyna wtedy wymyślać jakąś historię, zanim ona się wydarzy, a przygody przycho-dzą do niego same, jak głodne sarny pod dom myśli-wego. Niektóre zdarzenia, ale tylko niektóre, przycho-dzą od razu z morałem. Winneratu wie, że zdarzenia nadejdą, czeka tylko, jakie.

Alvaro, Luz Maria i Maria de Nadie jadą do Patistanu z Dębicy. Winneratu, Edera i Pięć Szybkich Żyraf jadą do Patistanu z Kruszwicy. W pociągu Winneratu pod-słuchuje rozmowę dwóch nieznajomych w korytarzu. Rozmowa dotyczy spraw ostatecznych. Może to przed-ostatni dzień roku tak ich usposobił, a może gazeta, któ-rą się podzielili. Pierwszy nieznajomy mówi: wszystko dobrze, demokracja i postęp, a dwa tysiące ludzi nie ma gdzie się podziać. Ale że ten tankowiec tak się rozwalił, to aż mi szkoda, mówi drugi. Winneratu podsłuchuje też dialog internautów, mówią o wchodzeniu czyściutko, siedzeniu na ircu i partnerach w sieci.

W Zabrzu Winneratu wyskakuje na peron, gdzie Patison ma mu przekazać klucz do Patistanu. Zamiast Patisona spotyka go rozczarowanie. Po peronie snuje się tylko kilkunastu Niepatisonów z niekluczami w rękach. Konduktor pogania, pociąg rusza. Tym nieskomplikowanym sposobem błaha wycieczka przekształca się w dramatyczną wyprawę w nieznane. Patison telefonicznie przekazuje Winneratu informację, że jadąc z kluczem sprokurował wypadek samochodowy i że klucz nie ucierpiał, ale on sam jest unieruchomiony i będzie musiał zapłacić za szkody, które spowodował, oraz te, których nie spowodował. Winneratu nie wierzy, że Patison spowodował kraksę, myśli, że to Dracula, i że to on powinien zapłacić za straty. Z pomocą telefonu komórkowego kontaktuje się ze Śliwą, Justyną, Jolandą i Antonellą, i poleca im pojechać do Zabrza po klucz. Na szczęście nie jest za późno. Śliwa, Justyna, Jolanda i Antonella jadą do Patistanu z Nerwicy.

Po odebraniu klucza Jolanda, Antonella, Justyna i Śliwa przedzierają się autem do Patistanu przez śnieżną zawieruchę. Prowadzi Jolanda. Przed maską niespodziewanie wyrasta na przejściu dla pieszych ślepiec z wyciągniętą laską. Laska jest biała i śnieg też jest biały, więc Jolanda nie zauważa go. Auto mija pieszego o centymetry. Śliwa mówi Jolandzie, że właśnie o mało nie przejechała niewidomego. Jolanda odpowiada, że o Boże wcale go nie widziała. Justyna pociesza Jolandę, że on jej także nie widział.

Antonella, Justyna, Śliwa i Jolanda docierają do Patistanu późnym wieczorem. Dwadzieścia minut później w umówionym miejscu pojawiają się też Winneratu, Edera i Pięć Szybkich Żyraf. W połowie Drogi na górę auto grzęźnie w zaspie. Justyna, Antonella, Edera i Pięć Szybkich Żyraf brną przez śniegi do chaty Patisona. Śliwa i Winneratu przenoszą auto z Jolandą w środku w bezpieczne miejsce. Tymczasem Antonella z Justyną zdążyły napalić w piecu. Piec rozgrzewa się i muchy myślą, że to już wiosna. Budzą się i zaczynają fruwać bez sensu. Jaka piękna wiosna, myślą.

Pięć Szybkich Żyraf zasypia. Jolanda, Antonella, Śliwa, Justyna, Edera i Winneratu piją absynt. Mimo to nie ślepną. Edera nie może się upić. Jolanda, Antonella i Śliwa palą marihuanę. Wszyscy się czują jak w filmie. I wszyscy się cieszą. Muszą się cieszyć, bo jest Sylwester. Zmuszeni są spać w jednej izbie. Winneratu śpi z Pięcioma Szybkimi Żyrafami i Ederą. Antonella śpi z Jolandą, Śliwą i Justyną. Jolanda śpi ze Śliwą, Justyną i Antonellą. Edera śpi z Pięcioma Szybkimi Żyrafami i Winneratu. Śliwa śpi z Justyną, Jolandą i Antonellą. Justyna śpi z Antonellą, Jolandą i Śliwą. Pięć Szybkich Żyraf śpi z Ederą i Winneratu.

Nazajutrz rano przybywają Alvaro, Luz Maria i Maria de Nadie. Są zachwyceni miejscem. Alvaro robi zdjęcia. Jolanda też. Antonella ma petardę, bo jest Sylwester. Śliwa ma serpentyny. Nikt nie ma confetti. Pięć Szybkich Żyraf wysyła zaszyfrowaną wiadomość do Winneratu: „Nigdy nie othoć daleko".

Ale Winneratu, Śliwa i Alvaro idą do odległej wsi po zakupy. W każdym sklepie życzą sprzedawczyniom szczęśliwego nowego roku. Pozbawione opieki kobiety zostają same w domu i ze strachu gotują obiad.

W drewutni dochodzi do makabrycznego odkrycia. Częściowo zasypane zapasami opału, sterczą spod zwałów drewna i połamanych nóg pająka Jelitko sanki dzieci Patisona. Wszyscy udają się na górkę, gdzie zjeżdżają na sankach lub torbach foliowych włożonych pod dupę. Tak mija popołudnie.

O siedemnastej wszyscy z wyjątkiem Pięciu Szybkich Żyraf zaczynają pić. Alvaro z Luz Marią udają się na spacer; Winneratu podejrzewa, że coś łączy tych dwoje. Pięć Szybkich Żyraf zasypia. O dwudziestej czwartej otwierają szampana. Winneratu jest nienasycony. Edera też wciąż nie może się upić, choć pije i pije. Strasznie ciekawa historia. Między pierwszą a trzecią wszyscy idą spać. Edera śpi z Winneratu i Pięcioma Szybkimi Żyrafami. Justyna śpi ze Śliwą, Marią de Nadie, Jolandą i Luz Marią. Jolanda śpi z Marią de Nadie, Luz Marią, Śliwą i Justyną. Pięć Szybkich Żyraf śpi z Ederą i Winneratu. Antonella śpi sama, bo jej za gorąco. Alvaro śpi sam, bo dokłada do pieca. Maria de Nadie śpi z Jolandą, Justyną, Śliwą i Luz Marią. Śliwa śpi z Justyną, Jolandą, Luz Marią i Marią de Nadie. Winneratu śpi z Ederą i Pięcioma Szybkimi Żyrafami. Luz Maria śpi z Marią de Nadie, Jolandą, Śliwą i Justyną. Nad piecem wiszą girlandy suszącej się odzieży i obuwia. Tymczasem daleko od Patistanu niewidomy przechodzień cudem odzyskuje wzrok.

Następnego dnia Justyna odkrywa, że Śliwa spał z Jolandą. I z Luz Marią. I z Marią de Nadie. Alvaro i Winneratu odkrywają, że spod progu chaty Patisona można zjechać sankami na sam dół, do szosy. Maria de Nadie telefonuje do Dębicy do Irka, zapowiedzieć wizytę. Jolanda namawia Antonellę, Justynę i Śliwę do podróży na Hel. Nikomu już nie chce się specjalnie pić. Edera pichci pyszny obiad. Wszyscy się pakują i próbują sprzątać. Na śniegu przed chatą widać jak na dłoni, kto gdzie jak nasikał i kto wymiotował. W piecu wygasa i muchy idą spać. W Dębicy Irek zwraca uwagę Winneratu, że kiedy się spotykają, to piją, rozmawiają, mogą się dotknąć, czują swój zapach, a internauci siedzą przy klawiaturach i podniecają się międzyoceanicznymi znajomościami. W Drodze powrotnej Winneratu, już trzeźwy, odsłuchuje pocztę głosową. Najwięcej nagrań pochodzi od Hanny Banaszak. Jest też wiadomość od Doroty. Dość długa, bo Dorota życzy wszystkim wszystkiego dobrego i mówi, że jest ciekawa, co słychać. „Mam nadzieję, że Marzena już widzi?"

Dorota ma miły głos i Winneratu słucha go z przyjemnością.

Stało się tak, jak przeczuwałem. Po ciepłym, bardzo ciepłym grudniu, w noc sylwestrową, w przeddzień mojego wyjazdu, nastąpiło gwałtowne ochłodzenie. Pewnie jakiś lodowiec przysunął się nagle do Europy i rtęć w termometrach skurczyła się z zimna. Kolędy zamarzały na ustach dzieci drżących wokół choinek. Na szczęście święty Mikołaj w porę uwinął się z prezentami. Teraz mógłby rozdawać już tylko jedno: mrożonki.

I stało się tak, że nie sprawdziłem wcześniej połączeń i przyszło mi spędzić cztery godziny na dworcu. I to akurat tutaj wypadła mi ta przesiadka. W poczekalni stoją dwa piece kaflowe wykute z lodu. Królowa Śniegu lodowatym głosem informuje przez megafony o odjazdach pociągów. Sokiści wysyłają spojrzeniami szpik kostny z zamarzniętych podróżnych. Po dwóch godzinach chodzenia w kółko i przytupywania ujrzałem przed sobą litościwego, piegowatego anioła. „Znam jedno ciepłe miejsce", powiedział.

Oazą ciepła okazał się dworcowy kibel. Wokół blaszanego piecyka w kącie zeszło się nas pięciu. Przylizany elegant z gitarą, w szpiczastych butach i dżinsach z pewexu, jeszcze nie wytartych. Bez czapki i szalika, pod kurtką tylko nędzna koszulka. Rudy wąsacz ze słomą wyłażącą z butów i piegami tryskającymi z twarzy jak iskry, najbardziej rozmowny. Zarośnięty menel w kolejarskim płaszczu z orzełkami na guzikach, klasyczny okaz. Ciekawe tylko, skąd wytrzasnął ten płaszcz. Czwarty jest najwyższy, przerasta nas o głowę i bardzo dużo klnie. Teraz jeszcze ja, z półkilogramową marchwią-rekordzistką w worku żeglarskim. Mój rysopis jest chyba zbędny. Marchewka ma 28 cm długości i 7 cm średnicy w najgrubszym miejscu. Tamci czterej palą, ja nie. Postanowiłem nie palić przez miesiąc. Jeszcze parę dni mi zostało.

– To ja znam jednego takiego, co ma na plecach wytatuowanego orła. Ale tak mu go elegancko wyrysowali, że jak rusza łopatkami, to tak jakby orzeł machał skrzydłami – mówi Najbardziej Rozmowny, nawiązując do maleńkiej syrenki na szyi Przylizanego, i pokazuje, jak się rusza łopatkami, żeby orzeł ożył.

– Oo, to tu w Tomaszowie jest taki jeden cały zarysowany, od góry do dołu – przebija Klasyczny Okaz. – Nie ma na nim czystego centymetra, wszędzie: na rękach, na nogach, między palcami! Wszędzie coś ma. Ale po co to, przecież ani się potem w Pilicy wykąpać, ani nic, bo wstyd i milicja takich goni...

– No, to przecież są szpece, że potrafią usunąć tatuaż. Podobno zapałką jak trzeć i trzeć, to w końcu zejdzie – plecie Najbardziej Rozmowny.

– Znam takiego jednego, co mu w kryminale wyrysowali dwie kotwice, o tu – pokazuję na skronie. – Ale w żaden sposób nie mógł tego usunąć, aż wreszcie pumeksem wydarł, na siłę. Ale nie bardzo mu się chciało potem wygoić, bo to głęboko przecież musiał drzeć, i teraz zostały mu blizny.

Po tych słowach zapadła cisza, jakby tamci chcieli oddać należny hołd Ryśkowi zdzierającemu tatuaż pumeksem albo jakbym walnął jakąś głupotę. A może po prostu sądzili, że jeszcze nie skończyłem. Nie miałem już nic do powiedzenia o tatuażach, wobec tego dodałem:

– Pracowałem z nim w magazynie skór w Szczecinie. Odsiedział jedenaście lat za zabójstwo, ale wcale nie chciał zabić tamtego faceta, tylko za mocno go rąbnął. Wiadomo, jak to jest.

Żółta woda z monotonnym szmerem spływała do
pisuarów. Celowo odkręcono od nich kurki, bo i tak
prawie nikt nie spłukiwał po sobie. Wiadomo, jak to
jest. Denerwował mnie ten szmer, więc powiedziałem
jeszcze:

– Rysiek miał na imię.

Najbardziej Rozmowny drgnął, jakby chciał coś
powiedzieć, ale się rozmyślił. Być może chciał powiedzieć: „Ja też jestem Rysiek", ale przestraszył się, że
wtedy wszyscy się przedstawią i trzeba będzie złożyć się
na wódkę, a potem wyjść na mróz szukać meliny.

Klasyczny Okaz podszedł do piecyka, otworzył
drzwiczki i zdjął buty.

– Co, kurwa, wchodzisz pan do pieca? – ucieszył
się Ten, Który Najwięcej Przeklina. Ale Klasyczny nie
wszedł do pieca. Najpierw jedną, potem drugą stopę
ogrzewał sobie zbliżając nogę do ognia. Aż wzdychał
przy tym, tak mu było dobrze. Skarpetki miał dziu-
rawe, brudne i mokre na palcach. Albo mu się nogi
zapociły, albo mu buty przemokły. Dziury w skarpet-
kach były dziwne. Maleńkie, takie, jakimi upstrzona
jest odzież robocza spawaczy, na których sypią się iskry.
Zapewne Klasyczny często ogrzewał sobie nogi w ten
sposób.

– Aż tak panu nogi zmarzły? – zdziwił się przyjaźnie Przylizany.

– Takie życie – mruknął tylko dziad, któremu z rozkoszy odechciało się gadać.

– Żeby tak, kurwa, jaką flaszkę mieć, kurwa – powiedział Ten, Który Najwięcej Przeklina.

– Albo dwie – dorzuciłem i rozmarzyłem się.
Tymczasem tamten znacząco popatrzył na obły kształt
marchewy w moim worku. Nie chciało mi się niczego
wyjaśniać, tym bardziej, że właśnie się rozmarzyłem.
Marzyłem o jakimś naprawdę ciepłym kątku, w którym

piłbym wódkę albo wino z jakimś naprawdę przyjaznym poczciwcem. Mogłoby też być piwo, ale cała skrzynka. Zielony kontener, z którego butelki wyciągają ku tobie szyjki jak głodne gęsięta ze szkła. Ekstrema się spotykają, marzenia się spełniają, konie się łajdaczą. Jeszcze nie wiedziałem, ale już niedługo i moje marzenie miało się spełnić. Ciepłym kątkiem okazała się wartownia przy poczcie, a kimś poczciwym Mały Boguś, mniej więcej razem wyrzucili nas z pracy, stąd się znaliśmy, zahukany kurdupel.

– Do dna! – wlał mi do słoika resztkę wina. Wcześniej przeprosił, że nie ma szklanek, ale się wytłukły. Słoiki trwalsze. Kultura. – Pij i nic się nie przejmuj, stary!

– Czym się mam nie przejmować?

– No wiesz, że ona za niska!

Wypiłem wino, które smakowało równie dobrze, jak przed chwilą.

– Dobre!

– Ale mało! – zmarkotniał Boguś.

Żeby go pocieszyć, wyciągnąłem piwo z worka.

– Dużo masz?

– Trochę. Będę wyjmował po dwa, bo jakby ktoś przyszedł... – Boguś był na służbie.

– Nic się nie przejmuj.

Zdjąłem wojskowym nożem kapsle z obu butelek. Jeździłem z tym nożem, bo chciałem być podobny do Stachury.

– Że ona za niska – dokończył rozpoczętą myśl Boguś.

– Nic się nie pieni.

– Tak. Siuśki.

Siedliśmy przy ciemnym oknie dając baczenie, czy nie ma napadu na pocztę i czy nie nadchodzi ktoś niepowołany. Boguś odpiął pas z kaburą i rzucił na biurko.

– Po piwie brzuch rośnie – wyjaśnił. Ja zapatrzyłem się w czubki swoich wojskowych butów. Dłuższą chwilę tak patrzyłem. Nie żebym widział tam coś ciekawego. Patrzyłem, ot, tak sobie. Może chciałem być jeszcze bardziej podobny do Stachury?

– Nic się nie przejmuj, że ona za niska – powtórzył grobowo Boguś, odstawił butelkę i oblizał się. Sięgnąłem jeszcze raz do worka i wyjąłem marchew. Przekroiłem ją na pół.

– Niezła sztuka. To marchewka?

– Nie, awokado.

– Awokado? Pierwsze słyszę. W konia mnie robisz.

– Ty się nie boisz tak pić w robocie, Boguś?

– Ja tu ze wszystkimi dobrze żyję, nic a nic się nie przejmuj. Przedwczoraj wpadł kierownik, ja leżę na podłodze pijany jak byk, więc on do mnie: kiedy ty się, Bogdan, poprawisz? A ja mu na to: jak kierownik coś przyniesie, to się od razu doprawię! – zaśmiewa się.

Lubię go. Za wrażliwość na możliwości języka i za to, że nas razem wywalili z roboty. Więc kiedy piwa zabrakło i zbierałem się do wyjścia, obiecałem znów go odwiedzić przy najbliższej okazji. Wyszedł za mną, żeby odlać się pod ścianą. Chwiejąc się tak z ptaszkiem w dłoni, krzyknął jeszcze za mną:

– Nic się nie przejmuj, że ona za niska i każdy dosięgnie do jej piździska! Jakbyś skołował jeszcze jakieś piwo, to przyjdź, to sobie postrzelamy! Serio!

Po alkoholu Boguś przestawał być zahukany, robił się wulgarny, tracił swą zachowawczość i pełen był pomysłów.

Flip zabija Flapa, Flap zabija Flipa, Flip zabija Flapa, Flap nie wie, co robić. Czyli: wapniaki pod gołym niebem

> *W razie złamania się oszczepu w powietrzu próbę uważa się za nie odbytą pod warunkiem, że rzut został wykonany zgodnie z przepisami.*
>
> **Tadeusz Żukowski, „Rzut oszczepem"**

Tak się wszystko kończy. Żadnych żywszych uczuć. Kiedy wysadza korki i wszyscy biegną w niewłaściwych kierunkach, żeby znaleźć latarkę lub świecę, kiedy Pięć Szybkich Żyraf składa na ustach Justyny piętnastocentymetrowy pocałunek, kiedy Magellan nie mieści się w swojej własnej cieśninie, kiedy wzburzony Śliwa pruje serią z szampana po wszystkim, tylko nie po kubkach, w które powinien był wcelować, kiedy mój własny szwagier dobiera się do mojej siostry, ja właśnie rzucam palenie. Rzucanie palenia to moje hobby, moja pasja, moja męka. Ludzie jakoś żyją, ci robią to, tamci tamto, nie mówię, że od razu wielkie rzeczy, ale przecież rozmawiają, w razie potrzeby śmieją się, są w stanie tańczyć, bić Żyda, a ja jestem akurat do niczego, ja znowu rzucam palenie. Wychodzę przed chałupę, jest środek nocy i świat nie ma końca, ostrzy się sierp księżyca, a młot serca, zamiast walić, postukuje, klip, klip, klap, klip. Patrzę na to miejsce, gdzie spaliśmy pod gołym niebem, gdzie powinien ziać jakiś krater, a przynajmniej ciemnieć krąg ziemi wypalonej jak po starcie talerza pełnego ufoludów, patrzę i nic nie widzę, wszystko zamarzło, jest zima, wtedy był środek lata, zamarzły startery w silnikach kosmitów, zamarzły bębny

mieszkańców Gwinei Równikowej, przemarzły karto-
fle w moim sejfie, zamarzło moje myślenie, jak zwykle
rzucam palenie. Miejsce jak miejsce. „Moje miejsce na
ziemi". Może i leżał tam ktoś kiedyś. Mało to ludów na
ziemi? Mało to ludzi na ziemi leżało? Niemało.

Ja wam już nie pokażę. Pozoruję uczestnictwo
w tym wszystkim, też rozlewam szampana do kubków,
i to precyzyjnie, a jak było trzeba, to sam podsunąłem pomysł, żeby na spacer za górę wziąć piłkę nożną
bez powietrza, własność małych Patisonków znalezioną w drewutni. A co. To Alvaro chciał zobaczyć, co jest
po drugiej stronie góry.

– Tyle razy tu byłem, a jeszcze nigdy nie sprawdziłem, co jest po tamtej stronie góry.

– Ile razy?

– No, raz. Teraz drugi.

– Przecież wiadomo, że po tamtej stronie nie ma
sklepu. Po co sprawdzać?

Ale Alvaro uparł się. Może sądził, że odkryjemy po
tamtej stronie Przeciwcieśninę Antymagellana, natknie-
my się na ludy, które nigdy dotąd nie widziały piłki nożnej, zagramy z nimi i wygramy 16:1. Skoro nalegał, do-
kończyliśmy gin i poszliśmy. Wspięliśmy się na górę.
Ciężko było. Stanęliśmy na szczycie i spojrzeliśmy przed
siebie. Przed nami piętrzyła się kolejna góra.

– Chcesz zobaczyć, co za nią jest? – upewniał się
Śliwa.

Alvaro podrapał się po głowie.

– Ee, niee… Wracajmy. Mamy jeszcze tonik.

Mądra, dojrzała decyzja. Wracając zagraliśmy w piłkę. Trochę powyżej tego miejsca, gdzie kiedyś spaliśmy
pod gołym niebem. Śniegu nie było wiele, za to śmiechu po pachy. Moje szczególne zainteresowanie budził
gołoburdowaty sposób, w jaki Paweł odnosił się do piłki.
Jak uważał, żeby jej nie skrzywdzić. Kopał piłkę tak,

jakby kopał świeżo znaleziony niewybuch. A jak próbował ją stopować! Wydawało się, że próbuje zadeptać robala, jakąś tarantulę szybszą od światła. Muszę od razu wyjaśnić, że Paweł ma nogi długie jak szczudła, wydaje się, że każda z jego nóg ma co najmniej trzy, zginające się niezależnie od siebie, kolana. W efekcie Paweł grający w piłkę na niegdysiejszym śniegu, spod którego prześwituje zeszłoroczna trawa, wygląda jak Pinokio, którego stworzył nie stolarz, ale hydraulik.

Po meczu, przygnębieni i szczęśliwi, wróciliśmy do chałupy. Pięć Szybciutkich Żyrafek męczył Justynę i śpiewał swoje piosenki. „Kto stworzył mrugające gwiazdki", „Czy wy wiecie, że my mamy papieża", „Bóg jedynym szczęściem jest" i „Wołka i osiołka". To bardzo ciekawe piosenki. Posłuchajcie, choć strach. Na przykład „Wołek i osiołek" idzie tak: „Dwunastu apostołów, jedenastu Filistynów, dziesięć przykazań Bożych, dziewięć chórów anielskich, osiem błogosławieństw, siedem sakramentów, sześć stopni kamiennych, pięć przykazań kościelnych, czterech ewangelistków, trzech królów magów, wołek i osiołek, Dzieciątko w żłóbeczku, a w stajence chłód, brrr! Kto stworzył świat cały? Tylko jeden Bóg". Niestety, Pięć Szybkich Żyraf nie pozwala przekręcać słów piosenki i jest bliski płaczu, jeśli śpiewamy: „Dwanaście grzechów głównych, jedenastu orłów Górskiego, dziesięciu mudżahedinów, dziewięć i pół tygodnia, dziewięć miesięcy ciąży, osiem osi symetrii ośmiornicy, siedem cudów świata, sześciu pseudosodomitów, pięć szybkich żyraf, cztery nogi wielbłąda, tercet egzotyczny, dwie półkule mózgowe, Patison daleko, a w łazience brud, brrr! Kto stworzył świat cały? Tylko jeden Bóg". Nie, to nie jest wersja „Wołka i osiołka", za którą Pięć Szybkich Żyraf by przepadał. A przecież sam przekręcił Ewangelistów na ewangelistków. Nie wie na razie, co to sprawiedliwość.

Dobrze, że nie zrobił z nich ewangelików.

W niektórych rejonach Polski na ewangelików mówi się: wanieliki.

Ja rzucam palenie, a Śliwa ciągle gada. Chyba że śpi. Ostatnio, jak nie spał, to opowiedział wstrząsającą a pouczającą historię z Waldim albo Cezarym Domarusem w głównej roli. Chyba jednak raczej z tym ostatnim. Zatem przychodzi Domarus, bo on to był, do Śliwy. U Śliwy jak zwykle impreza. Jedyne dni, kiedy u Śliwy nie ma imprezy, to święta, kiedy z Włoch przyjeżdża jego mama. I przychodzi Domarus. Nie sam, w zwartej grupie gości. Nieszczęścia chodzą parami, goście chodzą grupami. Nie muszę chyba dodawać, że wszyscy byli już pijani. Jeśli będę musiał uzupełniać tę historię o wszystkie szczegóły, które powinny być oczywiste, to nigdy jej nie zacznę, cóż dopiero mówić o doprowadzeniu jej do końca. Tam jest to miejsce. Ona jest Królową Cieplic, ja jestem Królem Śniegu. „Cześć" – to jedyne słowo, jakie padło z ust Domarusa tego wieczoru u Śliwy. Jedno słowo, jeden raz. Zaraz po wejściu. Potem poszła w ruch marihuana, Domarus ściągnął trzy machy i gwałtownie, bez dania racji, zaległ. Bez wyraźniejszych oznak życia. Śliwa to dobry gospodarz, troszczy się o swoich gości. Pozwala im grać w snach w koszykówkę z tysiącem Charlesów Barkleyów, których ma na tapecie, sprawdza tętno, robi tosty w tosterze. Jeśli ma wino, nie chowa go przed gośćmi po kredensach. Kiedy zauważył, że Domarus leży i się nie rusza, powiedział:

– E, Cezary, co jest!

Były to celne słowa, ale skoro wiadomo już, że Domarus wypowiedział w ciągu całego wieczoru tylko jedno słowo, tylko jeden raz, i skoro to słowo już padło, to nie oczekujcie teraz odpowiedzi Domarusa, bardzo was proszę.

– Ej, Domarus, co u ciebie? W porzo? Słuchajcie, Domarus się nie rusza!

– Nie budź człowieka, daj mu pospać.

– Cezzzar, chłopie! Ej! Pobudka! Kurczak, nie wiem, czy on w ogóle oddycha. Ale chyba oddycha. Cezary, słyszysz mnie? Po prostu dobry stuffik był i nie chce ci się gadać, o to chodzi? Nie możesz mówić, tak? Ale co, jest O.K.? Jest O.K., Cezary? No, otwórz chociaż jedno oko, na chwilę. Machnij powieczką, a potem dam ci spać. Słuchaj, Domarus, on się nazywa Domarus, tak? To wyście go tu przyprowadzili! Słuchaj, Domar, umówmy się tak: jeżeli chcesz, żebyśmy wezwali ci pogotowie, to nic nie mów i się nie ruszaj, a jeżeli wszystko jest gicio i dobrze się bawisz, to na przykład poruszaj prawą nogą, zrozumiałeś?

I Domarus zrozumiał. Na jego twarz nie wypłynął błogi uśmiech, nie drgnął w niej ani jeden mięsień, ani na jotę nie zmienił ułożenia ciała, ale prawa stopa nieśmiało, nieśmiało, jak wahadełko różdżkarza nad chorym organem, nieśmiało, lecz przecież wyraźnie, zaczęła się poruszać. Śliwa twierdzi, że Domarus całą imprezę przeleżał pod ścianą, zaś jego stopa przez wszystkie te godziny kiwała się miarowo i uspokajająco, wysyłając bezgłośny komunikat: „To ja, Domarus. Jest super, świetnie się bawię. Wiem, że to wygląda na zwałkę, a może nawet zapaść, ale, jakby to powiedział bohater Niziurskiego, jest naprawdę klawo".

Od tej pory Domarus jest idolem Śliwy. Śliwa mówi, że nigdy więcej nie spotkał człowieka tak skupionego na własnym wnętrzu, a jednocześnie umiejącego się tak dobrze bawić.

To ja powinienem być idolem Śliwy. Człowieka, który tyle razy rzucał palenie, i to skutecznie, też chyba nie spotkał i pewnie już nigdy nie spotka.

Alvaro, który nie wiedział, że znowu rzucam palenie, przywiózł mi w prezencie rosyjskie papierosy „Prima" z Leninem na tekturowym pudełeczku. Na pudełeczku znajduje się też ostrzeżenie: „CIGARIETY KŁASS PIATYJ". Dzięki temu wiem, że papierosy „Prima" nie mają filtra, choć nie otworzyłem pudełka. Gdyby były z filtrem, napisane byłoby nie „cigariety", a „papirosy". Musimy być wyczuleni na najdrobniejsze różnice. Ich znaczenie może się jeszcze przed nami odsłonić. Alvaro planował, że skuszę się na „Primy" i po trzech sztachnięciach zerwę z paleniem na zawsze.

Wszystko skończone. Można teraz bezpiecznie wyłączyć komputer. Tak mi się przynajmniej wydaje. A następnego dnia rano Domarusa już nie było, wyparował. Wyszedł sobie po angielsku i już. Samowystarczalny gość.

Czasami nienawidzę swojego ciała tak, że chciałbym je
pokąsać, pohańbić, zważyć i sprzedać, i to nawet nie na
organy do transplantacji, ale na zwykły cielesny złom.
Skoro istnieje złom złotniczy, to złom cielesny też można sobie wyobrazić. Jak rozpieszczone dziecko, ciągle
czegoś potrzebuje, i zawsze na gwałt: a to papierosa,
a to kobiety, a to jeść, a to być głaskanym, a to srać, a to
spać. A kiedy się położę, nie chce spać, zaczyna swę-
dzieć, ględzić, narzekać, że ręka przyciśnięta, że głowa
za nisko, dokuczać na dziesięć wymyślnych sposobów.
Nie mówiąc już o braku posłuszeństwa z jego strony,
starzeniu się i zużywaniu wszystkich po kolei elemen-
tów, tarciu na panewkach, sztywności stawów, odkła-
daniu się kamienia w nerkach i złogach rdzy w żyłach.
Tak, czasami tak go nienawidzę, że chciałbym przystać do biczowników, pielgrzymować do byle kamienia, żeby tylko móc po Drodze napierdalać batem po
plecach to krnąbrne, głupsze od bydlęcia byle co, które uważa się za chuj wie jaki skarb. Jeszcze lepiej byłoby przystać do dziesięcioboistów i każdą z dziesięciu
dyscyplin dawać w kość temu workowi gówna, żeby
brykał przez płotki, skakał o tyczce, miotał kule, dys-
ki, młoty i oszczepy na duże odległości, aż by mu krę-
gosłup wysiadł, ale na to już za późno, teraz nadajemy
się tylko do jednoboistów. Bój to jest nasz ostatni, jak
mówi poeta.

I tu z końca sali pada pytanie w kwestii formalnej.
Pytanie brzmi: a na czym właściwie polega ten słynny
triumf ducha nad ciałem, o którym tyle się mówi? Że
na przykład co, że jak jakaś łamaga w biegu na 100

metrów wywróci się na pierwszej prostej, która jest zarazem prostą ostatnią, to co? Kiedy rywale mijać będą linię mety, to ta łamaga, leżąc na starcie z otartym kolanem, ma krzyknąć: „Wygrałem!"? To jest ten triumf? Albo przebiec w ciężkiej zbroi 42 kilometry, krzyknąć „Zwycięstwo!" i paść trupem? Czy triumf ducha polega na zapomnieniu o ciele? Ten czterdziestodwukilometrowiec żyłby przecież dalej, gdyby nie zapomniał zdjąć z siebie zbroi przed biegiem.

I tu pada odpowiedź *ex cathedra*. Odpowiedź ta może nawiązywać do Gurdżijewa i jego teorii „nadwysiłku". Trzeba zamęczać swoje ciało. To, co nazywamy wysiłkiem, wynika z lenistwa. Ktoś na przykład, powiada Gurdżijew, przez cały dzień idzie w ulewie do miejsca, gdzie czeka nań posiłek i suche, ciepłe wyro. Idzie, idzie, idzie, i po czterdziestu kilometrach osiąga cel. Jeśli siada do kolacji i kładzie się spać, to cały wysiłek na nic. Bo był to wysiłek lenia. Jeśli jednak decyduje się na nadwysiłek i mówi sobie: a, przejdę się jeszcze ze dwa kilometry przed kolacją, to znaczy, że nie całkiem poddał się swojemu ciału. Zbroja jest potrzebna.

Znam pewien przypadek, który może być przypadkiem triumfu ducha nad ciałem, choć nie jestem pewien. W piłkarskiej drużynie oldboyów, może w Hetmanie Byczyna, a może w Stalowych Szortach Krapkowice, miałem kiedyś kolegę po dwóch zawałach. Wszyscy lekarze odradzali mu już zdrowy, sportowy wysiłek. Nawet my, jego partnerzy z pola – mężczyzna wie, jak wiele znaczy to suche z pozoru określenie – staraliśmy się nie podawać mu piłki za często, aby się nie przemęczał. Ale przyszedł taki dzień i taki mecz, upał był nie z tej ziemi, a przeciwnik o średniej wieku dwa razy niższej niż u nas, że już w trzeciej minucie sędzia musiał odgwizdać zgon naszego kolegi. Umierający zdążył tylko wyszeptać: „Pochowajcie mnie pod murawą głównej płyty Stalowych Szortów, na prawej obronie". Jeszcze teraz widzę, jak niosą go na noszach na ławkę rezerwowych. Sędzia liniowy płacze i opuszcza chorągiewkę do połowy. Na widowni są cztery osoby. Wspaniały tryumf.

Wrogowie wrogów moich wrogów są moimi wrogami

Pewnego razu, podróżując z całym szacunkiem, na jaki mnie stać, pociągiem Polskich Kolei Państwowych, w wagonie z przedziałami dla niepalących o numerze 9, mając rezerwację na miejsce o numerze „okno 65", lecz przebywając czasowo w przedziale restauracyjnym, rozmyślałem. Rozmyślałem o tym i owym, a potem o możliwościach uprzyjemnienia podróżującym podróży w oparciu o już istniejące środki, których rezerwy wciąż wykazują wysoki współczynnik niewykorzystania. Wśród zaprzątających mą uwagę idei znalazły się pomysły tak ważkie, a martini było tak nieosiągalne, że zacząłem notować:

„1) idea instalowania w wagonach »Wars« gier świetlicowych typu »michały«;

2) idea akcji »I ty zostaniesz konduktorem« (konduktorzy opowiadają o swojej pracy, dni otwartych drzwi w przedziałach służbowych et cetera);

3) idea, żeby w gniazdkach elektrycznych obecnych w pociągu naprawdę znajdował się prąd, a to nie tylko w celu ogolenia się pasażera, ale też posłuchania łagodnej muzyki z walkmana, naładowania telefonu komórkowego, nagrzania lokówki do włosów i innych;

4) idea akcji »Pasażerowie podróżnym – podróżni pasażerom« (pasażerowie śpiewają, opowiadają dowcipy, czytają fragmenty ukochanych książek, recytują własne wiersze itp. poprzez pociągowy radiowęzeł);

5) idea ozdobienia wewnętrznych ścian wagonów złotymi myślami różnych autorów, mogącymi dać pasażerom do myślenia, którego nigdy za wiele".

Z tym że do narodzin idei nr 4 doszło w moim umyśle już wcześniej. Podróżowałem kiedyś z Alvaro pociągiem do sławy. Wystartowaliśmy ze Słupska, a tam, na dworcu, nabyłem Drogą kupna lekturę na czas podróży. Uczyniłem to tym chętniej, że wypatrzyłem u dworcowego bukinisty książkę „Między nami mężczyznami" Seksuologa z Warszawy, a tych nie omijam nigdy. W pociągu był, sami rozumiecie, tłok. Usiedliśmy w „Warsie", gdzie też był tłok, ale dało się usiąść. Zamówiliśmy po oku konia, co to sami wiecie, następnie Alvaro patrzył przez okno, czy czegoś nie widać, a ja zagłębiłem się w lekturze. I nie zawiodłem się.

„Trzeba myć się nie tylko na twarzy, ale także i od pasa w dół" – przeczytałem Alvaro na głos. Zachichotał, ale od okna się nie oderwał. Woli patrzeć, niż czytać, taki już jest. Zatem po chwili naparłem na niego kolejnym cytatem, który wydał mi się interesujący. „Zwykle, jeżeli w klasie odbywaliśmy pogadanki z chłopcami i mówiliśmy im o tym wszystkim, o czym teraz czytacie, to stosunek chłopców do dziewcząt ulegał znacznej poprawie. Był co prawda raz wypadek, że po takiej pogadance jeden chłopiec biegał za dziewczętami, ciągnął je za warkocze i wykrzykiwał: »Miesiączka, miesiączka«. Spotkał się on jednak z wyraźnym potępieniem reszty chłopców z klasy".

– Przepraszam – dziewczyna od godziny siorbiąca fusy, żeby bufetowej się wydawało, że wciąż pije kawę, uśmiechnęła się przepraszająco – ale to takie ciekawe, że nie mogę wytrzymać. Może pan czytać troszkę głośniej, jeśli znowu trafi pan na coś interesującego?

– Oczywiście, z przyjemnością – odparłem. –
O, nawet już trafiłem, niech pani posłucha. „Czym się ta ciekawość wyraża? Na przykład podglądaniem dziewcząt w ustępach. Chłopcy niejednokrotnie robią nawet dziury w ścianach ustępów, by podglądać dziewczęta w czasie czynności tam odbywanych. Czy jednak kobieta w czasie tych czynności wygląda pociągająco?"

– W pociągach też często są dziury w ścianach między kiblem a umywalką – zauważyła współpasażerka, po czym odwróciła się w stronę znajomych okupujących jedno piwo kilka stolików dalej: – Ej, wiara, chodźcie tu na chwilę, jeden kolo wali tutaj fajne teksty w takiej książce.

Grupa hipisowatych japiszonów z szacunkiem, jakiego nie spodziewałem się u współczesnej młodzieży, stanęła przy naszym stoliku. Żeby nie zawieść ich nadziei, walnąłem z dwu luf naraz:

– „Największe przeobrażenia zachodzą w układzie płciowym. Dotychczas układ ten nie pracował. Znajdował się w ciele chłopca w stanie (nazwijmy to tak – nikomu nie ubliżając) zalążkowym". „To, że o tym piszę, nie jest bez kozery".

Ponieważ grzecznie wybuchnęli śmiechem, niezwłocznie wypatrzyłem kolejny ciekawy fragment i kontynuowałem:

– „Ileż to razy trzeba wychodzić z przedziału w pociągu, bo zapach cudzych nóg jest nie do wytrzymania. A jak strasznie śmierdzi w niektórych salach gimnastycznych!"

Wykrzyknik kończący to zdanie zobligował mnie do odczytania go donośnym głosem, toteż nic dziwnego, że rychło wokół naszego stoliczka tłoczyło się już ze dwadzieścia osób, a wciąż dołączali następni.

Wobec takiego zainteresowania kolejny fragment dobrałem tak, aby służył integracji zebranych, skłaniając jednocześnie do zbiorowej refleksji metafizycznej. Krótko mówiąc, wybrałem fragment szczególniej poetycki:

– „Instynkt płciowy jest potężną siłą. Jest jak górska rwąca rzeka: piękny, porywający, kryje w sobie wielką moc działania. Przetworzony przez hydroelektrownie pęd górskiego potoku staje się źródłem mocy elektrycznej, daje światło, ułatwia i wzbogaca życie. Ale gdy potok przerwie tamę, zalewa pola, niszczy uprawy, niesie nieszczęście i zgubę".

Po raz pierwszy podczas tego niezwykłego spotkania z książką rozległy się oklaski. Zrazu nieśmiałe, po chwili gruchnęły z taką siłą, że bufetowa przypomniała nerwowo, że wagon restauracyjny nie jest od zderzania się rękami, tylko od konsumpcji. Jej głos utonął jednak w gwarze rozmów, słuchacze zaczęli bowiem żywo rozprawiać o tym, co usłyszeli przed chwilą. Pan z niebieską muszką, wciśnięty w kąt pod reklamowy landszaft z koniem przeglądającym się w Morskim Oku, zwrócił uwagę na niezwykły dynamizm frazy Seksuologa, kojarzący się wprost z dokonaniami permanentnej rewolucji artystycznej w prozie polskiej ostatniego półwiecza. Pani jadąca na pogrzeb cioci jęła histerycznie zastanawiać się, co też kryje się pod wyszukaną metaforyką cytatu, konkretnie chodziło jej o to, co może stanowić hydroelektrownię dla instynktu płciowego. Ja zaś bez zbędnej zwłoki dostarczałem gawiedzi kolejnych artystycznych doznań i filozoficznych podniet.

– „Onanizm jest zjawiskiem nieestetycznym, dziecinną formą zaspokajania swego popędu, może nawet nie bardzo kulturalną"! – grzmiałem, aby po chwili tonować nastrój, dla wychowania przeciw onanizmowi najmłodszej odrośli narodu odwołując się za Seksuologiem do hekatomby i martyrologii tegoż narodu: – „Czytaliście opisy podróży polarnych, znacie dzieje ludzi z obozów śmierci. Nieraz zastanawiamy się, jak oni to wszystko wytrzymali. Dlaczego nie załamali się? Ano, byli to ludzie z silną wolą. Czy tylko silna wola ma tu znaczenie? Czy może czymś sobie można pomóc w przezwyciężeniu tego nawyku? Tak. Prowadzeniem higienicznego trybu życia, uprawianiem sportu na świeżym powietrzu, myciem się w zimnej wodzie, unikaniem lektury i sytuacji podniecających".

– Ja to się zawsze myję w zimnej wodzie – powiedział najbledszy z japiszonowatych hipisów. Z sąsiednich wagonów zaczęła napływać napływowa ludność, stamtąd dały się też słyszeć okrzyki niezadowolenia, by nie rzec dezaprobaty:

– Głośniej, głośniej! – niosło się od czoła pociągu.

– A my to chuj? Też zapłaciliśmy za bilety i chcemy posłuchać! – krzyczano z kierunku przeciwnego do kierunku czoła pociągu licząc w kierunku jazdy. Wytężałem więc gardło, co koń wyskoczy:

– „U ludzi z późną kiłą bardzo często dochodzi do skomplikowanych złamań kości kończyn, nawet bez wyraźnego powodu. Nagle, na równej drodze człowiek taki pada ze złamaną nogą"! – ryczałem.

– „Pacjent, u którego zostaje wykryta choroba weneryczna, ma obowiązek podania do wiadomości lekarza wszystkich ostatnich kontaktów płciowych"! – nawoływałem.

– Ostatni raz, panie doktorze, to by było z panią doktorową, jak pan miał nocny dyżur – zadowcipkował ktoś nie na miejscu.

Podniosłem książkę wysoko nad głowę i przewróciwszy kartkę zaprezentowałem zebranym „Schemat rozprzestrzeniania się zakażeń wenerycznych": — — — — — — — — —

– Wiadomo, wszystko zaczyna się od baby – stwierdził gruby pasażer w eleganckim garniturze z bistoru.

– Skąd pan wiesz, że to nie jest jakiś hermafrodyt w spódnicy – zaprotestowała pasażerka wioząca akwarium z rybkami próbującymi płynąć z powrotem, w kierunku przeciwnym do jazdy pociągu.

– Czytaj pan, czytaj dalej!

– Tak, tak, niech czyta!

– Bigos dwa razy, bo więcej nie będę wołała!

– No, zasuwaj, gościu, zasuwaj z tymi chorobami dalej!

– „I jeszcze jedna ważna sprawa, a mianowicie reakcje chłopców, którzy zorientowali się, że któraś z koleżanek już miesiączkuje, na przykład znajdując zgubiony przez dziewczynkę tampon"!

– Zabierz pan tą rękę, przez pana wątek żem straciła!

– „Jeśli w bliskiej znajomości znajdują miejsce tylko sprawy seksualne, to to w ogóle nie jest przyjaźń. Przyjaźń to uczucie bogatsze, wszechstronniejsze, oparte na wspólnych zainteresowaniach, to razem uprawiany sport, turystyka, praca w organizacjach młodzieżowych"!

– Głośniej, głośniej!

– „Każda kulturalna rodzina planuje na podstawie swoich warunków i chęci, ile dzieci będzie miała i kiedy mają przyjść na świat"! „Człowiek kulturalny postępuje tak, by nie zachodziła konieczność przerywania ciąży"!

Teraz oklaski nie milkły już ani na chwilę.

– „W celu uniknięcia zapłodnienia mężczyzna przerywa stosunek przed wytryskiem nasienia. Jest to sposób nie dający pewności i szkodliwy dla zdrowia. Prowadzi często do nerwic"!

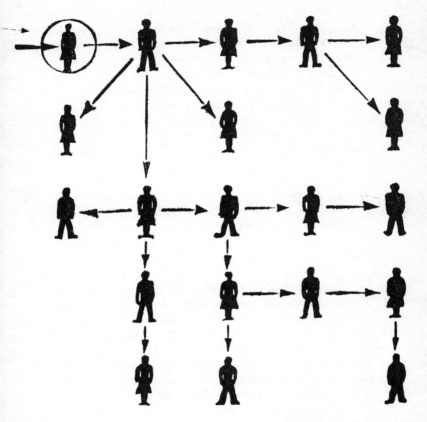

13. Schemat rozprzestrzeniania się zakażeń wenerycznych

– Ludzie z przodu, powtarzajta nam, bo naprawdę nic nie słychać!

– „Wszyscy mężczyźni mają jedno jądro trochę wyżej, drugie trochę niżej. Nic to nikomu nie przeszkadza, tak samo jakby nie przeszkadzało, gdyby mieli na jednym poziomie"!!!

– „Sztuki miłości trzeba się nauczyć. Skąd się tego nauczyć? Z lektury, z rozmów z lekarzem"!!!

– „Stosunek płciowy to akt społecznego działania, bo uczestniczy w nim nie jedna a dwie osoby"!!!

– Bilety do kontroli, ile razy mam powtarzać?! I nie tworzyć zbiegowiska, bo może dojść do wykolejenia pociągu!

– Te, bileciarz, nie bądź taki do przodu, bo ci się jądra wyrównają!

– Tak jest, bilety można było sprawdzić, zanim ten sympatyczny pan zaczął czytać!

– Cholerny kanar, za grosz szacunku dla kultury! Jakby papież miał odczyt, też byś kwękał o bilety?

– W ryło mu!

I już zapomniane przez nas oko konia, co to na pewno sami wiecie, wylądowało na twarzy konduktora, i jakiś inny talerz też, i już ktoś przytrzasnął mu nos jego własnym kasownikiem, ktoś inny zaintonował „Jeszcze Polska nie zginęła" na melodię „Czy pozwoli panna Krysia", a wtedy bufetowej tak puściły hamulce bezpieczeństwa, że zaczęła za friko polewać tę wódkę, co ją miała schowaną za lodówką do nielegalnej sprzedaży, mnie zaś tłum uniósł na ramiona i jął podrzucać do góry, i właśnie wówczas, to zbliżając się, to oddalając od sufitu, pomyślałem, że lepiej byłoby jednak czytać przez pociągowy radiowęzeł, tym bardziej, że skoro już w każdym przedziale znajduje się głośnik, to mikrofon też na pewno gdzieś jest.

im to powód do wielogodzinnych rozmów. Tematy
znajdowały się same.
– Nie jedź 140! – ryczał Beton, z trudem przekrzy-
kując sekcję rytmiczną. – Jedź 120, wtedy auto mniej
pali.
– Jasne – odpowiadał Śliwa. – Jasne.
– Zwolnij trochę przed tym zakrętem, nie mamy
zimowych opon.
– Przecież zimy też nie ma – oponował Śliwa
i wjuuuuu!, już byliśmy kilometr za zakrętem.
– Oszalałeś?! Znowu jedziesz 140! Nie widziałeś
znaku ograniczenia prędkości do 60 km/godz.?
– Znaku?!
I tak aż do Klagenfurtu. Dopiero tam, na przełęczy
granicznej, czekał na nas pierwszy śnieg. I pierwsze
słoweńskie pieniądze, tolary. Nie wiadomo, czego więcej. Za sto dolców dają ci w kantorze mniej więcej dwadzieścia dwa tysiące tolarów. Śnieg sypał się na zgra-
białą od wiatru ziemię płatkami wielkimi jak banknoty
ogromne jak prześcieradła. Przez zaspy tolarów zjeż-
dżaliśmy nieśmiało w dół, serpentynami.

Beton wziął w podróż przewodnik Pascala po
Słowenii. Roztropne posunięcie. Na czterystu stronach
można znaleźć tylko jedną ciekawą informację. Znamy
ją na pamięć. Ponieważ poza nią nie ma w przewodniku nic ciekawego, a zapomnieliśmy zabrać jakieś lektury na podróż, w kółko czytaliśmy tę jedną jedyną
interesującą informację. Dotyczy ona „čoveškiej ryby",
ryby człowieczej.

„Proteus anguinus to jedno z najbardziej tajemniczych stworzeń na świecie. To małe ślepe stworzonko
potrafi żyć w kompletnych ciemnościach około stu lat
i bardzo długo przetrwać bez pożywienia. Jego podo-
bizna znajdzie się prawdopodobnie na monecie, która
wejdzie niedługo do obiegu.

Proteus anguinus ma od 20 do 30 cm długości
i odznacza się wieloma sprzecznościami. Do pływania
używa długiej płetwy ogonowej; może się również poruszać przy pomocy czterech kończyn. Jest zupełnie
ślepy, z atroficznymi, prawie niewidocznymi oczami.
Od trzystu lat uczeni nie mogą dociec, w jaki sposób
Proteus anguinus się rozmnaża. Nikt w warunkach
naturalnych nie zdołał tego zaobserwować, a w nie-
woli stworzenia te nie wykazywały chęci współpracy
(w jednym przypadku zwierzątko przez dwanaście lat
nic nie jadło)".

O, Proteusie anguinusie, święta ślepa rybo! Jakże
ludzka jesteś w swych sekretnych przejawach, jakaż
wrażliwość kieruje twym zachowaniem, ile dobrej woli,
gracji i taktu zawiera każdy twój krok, każde machnię-
cie płetwą na Drodze w nieznane, która życiem się zwie!
Czyż i ja nie jestem jednym z najbardziej tajemniczych
stworzeń? Czy i mój gatunek nie żyje dzięki własnym
wewnętrznym sprzecznościom? Przecie człowiek też
w kompletnych ciemnościach rodzi się i umiera. Światło
otacza go podczas ziemskiej podróży, ale on jest ślepy.
Rozumiemy cię, Proteusie. I oddajemy hołd twej skrom-
ności i cnocie. Na twoim miejscu starałbym się postępo-
wać tak samo. Ha, ha, ha, zaprawdę głupcami są uczeni
w swej mądrości. To jasne jak słońce, że w warunkach
naturalnych nie można obserwować seksualnej techniki ślepej ryby, ponieważ w jej warunkach naturalnych
p a n u j e   c i e m n o ś ć! „Profesorze, widzi pan coś?"
„Nic. A pan?" „Też nie. Ale słyszę coś jak gdyby szuranie".
„Przepraszam, to ja. Strasznie się podnieciłem na samą
myśl, że uda nam się je podglądnąć. Podglądał pan jako
dziecko swoją siostrę?" „Nie mam siostry. Może włączy-
my latarkę?" „To nic nie da. W »Dark Medicine Journal«
opisywano już próby obserwowania Proteusa w świetle. Ten cholerny anguinus to spryciarz, jest szybszy

od światła, wyczuwa wiązkę światła z daleka i zanim ta do niego dotrze, już jest pół metra od swojej flamy i udaje, że robi sobie manicure". „Cicho! Słyszy pan, profesorze? Szuranie ustało!" O, mroki erotyzmu i rozwiązłości! Ja też bym nie kopulował, gdyby mnie więziono i podglądano. Proteus anguinus nie jest wprawdzie zakonnicą, ale dwunastoletnia głodówka w imię wstydu i czystości cielesnej to chyba dość, aby Watykan uruchomił procedury beatyfikacyjne? Rozumiem cię, ślepa, człowiecza rybo. Też bym nie kopulował na ślepo, nie wiedząc, z kim mam do czynienia. Rozmnażaj się przez wyobraźnię, mój jaskiniowy bracie. Gdyż Prawdę powiada Pismo, gdy mówi: „Światło nie istnieje obok ciemności, lecz zawiera się w niej jak żarówka w reflektorze ciężarówki", czy jakoś tak.

Zamieszkaliśmy u Primoža w peryferyjnej dzielnicy Lublany. Mało powiedziane, zamieszkaliśmy. Jeździliśmy jego autem. Spaliśmy w jego łóżeczku. Jedliśmy z jego miseczki. Wypiliśmy cały alkohol i wyjedliśmy zapasy z lodówki. Sprzedaliśmy jego komputer. Straszyliśmy po nocach jego sąsiadów. Dobry Primož wyprowadził się od nas, to znaczy od siebie, już pierwszego wieczoru. Rano przychodził tylko umyć naczynia i posprzątać. Nie chcąc przeszkadzać, zostawialiśmy go wtedy z odkurzaczem i myślami o samobójstwie, a sami wychodziliśmy na piwo. Czasem tylko czekaliśmy na Betona, który do ostatniej chwili zajadał się jajecznicą z czterdziestu jaj, istny jajkobójca.

W Lublanie obejrzeliśmy tysiąc marmurowych głów i biustów. Wypiliśmy kawę i dwa tysiące drinków. Wjechaliśmy na wzgórze zamkowe i wleźliśmy na wieżę zamkową, żeby upewnić się, że Lublana została na dole. Znudzony Śliwa pluł starając się trafić w ratusz. Zachwycony Beton filmował panoramę miasta. Cierpliwy Primož pokazywał Betonowi ciekawe budynki

164   do sfilmowania, a Śliwie miejsca, które warto opluć.
Ja recytowałem sonety France Prešerena. Prešeren to
słoweński Mickiewicz. Był znakomitym poetą. Wiele
jego biustów zdobi ulice nazwane jego imieniem. Był
tak wybitnym poetą, że nie przekręcamy mu nazwiska
i nie przezywamy go: Perszeron. Franek Perszeron –
tak moglibyśmy go przezywać, gdybyśmy go nie szano-
wali. A szanujemy go za jego sonety. Prešeren napisał
ich cały wieniec. Wieniec sonetów polega na tym, że
sonety zazębiają się ze sobą. Nie rozumiecie? Pokażę to
na przykładzie. Jeśli jeden z sonetów kończą na przykład słowa:

> *Sprawa nie była miła i niemiła też nie,*
> *z dachu spadła kobyła prosto na swe źrebię,*

to kolejny sonet może rozpocząć się tak:

> *Z dachu spadła kobyła prosto na swe źrebię,*
> *marzyłem, że kiedyś znowu cię spotkam na pogrzebie.*

Teraz rozumiecie. I jeśli któryś sonet kończą słowa
„Byłem tak głodny, że zjadłem twoją ostatnią łzę", to wiecie, jakimi słowami zacznie się kolejny sonet w wieńcu.

To sonet i wieniec z sonetów. A czy wiecie, jak jest
zbudowany i na jakiej zasadzie działa ludzki mózg?
W dużym uproszczeniu można go porównać do apara-
tu fotograficznego, każdy fotograf wam to powie. Jeśli
ktoś chce zobaczyć mózg, a nie chce rozbijać nikomu
głowy, powinien zajrzeć do wnętrza zenita lub smieny.
Zobaczy tam dwie rolki, na które nawinięta jest błona filmowa. Lewa rolka to odpowiednik lewej półkuli
mózgowej, prawa rolka to odpowiednik prawej półkuli.
Aha, zapomniałem uprzedzić, film jest już prześwietl-
ony, można go wyrzucić. Mózg pracuje, kiedy wszystkie nasze wrażenia zmysłowe, myśli, intuicje et cetera
przechodzą z lewej półkuli do prawej, tak jak przewija
się błona. Kiedy do mózgu człowieka dostaje się zbyt
dużo światła, jego mózg stopniowo się wybiela. Staje

się białą tablicą, którą codziennie od nowa trzeba zapisywać. Ronald Reagan to ma. Czytałem w gazecie, że żona Ronalda Reagana codziennie rano mówi mu, że nazywa się Ronald Reagan i że był prezydentem USA. Cudowny los, co rano dowiadywać się, że jest się eks-prezydentem szanowanym przez cały cywilizowany świat. Nauka nazywa to „zespołem Alzheimera", od nazwiska badacza badającego wpływ światła na ludzki mózg. A co dzieje się z człowiekiem, któremu z jakiegoś powodu myśli przelatują przez głowę z prędkością błyskawic, który odbiera nadmiar wrażeń albo próbuje myśleć od prawej półkuli do lewej? Człowiek taki może zaliczyć stan pośredni między letargiem a lunatyzmem, stan zagadkowej utraty świadomości, która wcale nie uniemożliwia w miarę normalnego funkcjonowania organizmu, komunikacji ze światem zewnętrznym i w ogóle. Nauka określa ten stan „zerwaniem filmu".

I ja właśnie coś takiego załapałem w Lublanie. Od pewnego momentu nic nie pamiętam. Nic. Czarna dziura. Dopiero po powrocie do domu Beton pokazuje mi film, który nakręcił podczas naszej wyprawy. Widzę tam jak na dłoni zdarzenia, w których brałem udział, a które nie miały miejsca. Widzę, jak kamienny France Prešeren udziela mi wywiadu obok ściany z napisem nabazgranym sprejówą: „NEBO JE ČRNO. ZEMLJA JE MODRA. J. GAGARIN". Widzę, jak chodzimy po Trieście usiłując ukraść jeden z miliona skuterów w tym mieście. Nie byliśmy w żadnym Trieście! Widzę, jak rozmawiam po słoweńsku z ludźmi, których nie znam. Nie znam słoweńskiego, nawet po angielsku trudno mi coś wybełkotać! Widzę półuśmiech anguinusa pogrążonego w miłym letargu posuwania pani Proteusowej, kamera Betona to dobra kamera, filmuje nawet w ciemności. Wreszcie widzę moje zwłoki. Twarz białą jak prześcieradło, które do mąki wpadło, bladą jak kreda, której zetrzeć się nie da. Ciało chude i zwiędłe, niezdatne do niczego, tak suche, że dobry harcerz skremowałby je mając tylko jedną zapałkę. Primož wiezie moje zwłoki na tylnym siedzeniu, włączył smętne ballady Cohena i jedzie, Śliwa i Beton tkwią nade mną nieruchomo ze stężałymi z nudów twarzami. Zatrzymujemy się na światłach, chociaż jest noc i żadnego ruchu, pustka wszędzie, pustka kosmiczna, a wtedy moje zwłoki mówią: „Albo, kurwa, punk, albo, kurwa, nie punk", podnoszą się i zaczynają śpiewać. A przecież ja nie śpiewam, nawet przy goleniu nic nie nucę. A moje zwłoki śpiewają, co więcej, szturchają Śliwę i Betona, którzy zaczynają wtórować mi archanielskimi basami, wreszcie sam Cohen też do nas dołącza i ciągnie drugim głosem, chociaż zmieniliśmy mu refren na „fuck me in my ear", tylko Primož milczy i myśli pewnie o tym, że znów nieprędko dziś zaśniemy.

A na żadnej ze słoweńskich monet nie ma ryby człowieczej. Po powrocie znalazłem w kieszeniach dużo tych monet i obejrzałem je sobie dokładnie. Jest „capra ibex", jakiś rogacz. Jest ptak „hirundo rustica". Jest nawet ryba, ale nie „proteus anguinus", ryba człowiecza, ale „salmo trutta fario", lososiopstrąg.

Rescator był chory. Podmiot. Orzeczenie. Chory. Proste, co? Ale zajrzyjmy przez ramię lekarza do karty choroby. Zajrzyjmy i przekonajmy się, że jest to cała talia kart. Umysł Rescatora był wybielony do cna, jego połacie stały otworem jak nietknięte żadnym śladem łagodne stoki śnieżne, gdzieś pod lawiną dawne myśli Rescatora leżały jak pogubione kijki, a jego serce było jak złamana narta. Nie było dzieci, które by przyszły, aby nadać kształt lepkiej nicości, z której jego umysł był uczyniony lub nie. Marchew imponujących rozmiarów zgniła w jesiennym błocku jak nos mistrza zjazdów, który zarył nim w ziemi podczas suchej zaprawy, a potem leżał i rozkładał się tak, że kiedy przyszły mrozy, znalazły tylko wiatrówkę, ortalionowe spodnie i rozłażące się buty. Tyle porównań i wszystko na nic. Wiatrówka, spodnie i chodaki zesztywniałe na lód.

Lekarz zajmował się Rescatorem na rozmaite sposoby. Był dobrym lekarzem. „Jak się pan czuje?" „Jak krowa rasy nizinnej, którą juhas omyłkowo wyprowadził z owcami na halę". Zaglądał Rescatorowi do gardła. Zaglądał na dno jego oka. Wpuszczał mu krople do uszu. Przebijał się przez nos do zatok. Badał go przez odbyt. Wbijał mu młotkiem termometr pod pachę. Nakłuwał igłami brzuch. Po serii badań Rescator był podziurawiony jak durszlak. Kiedy badania się skończyły, z durszlaka wyciekło wszystko z wyjątkiem jednej kluski wysychającej na dnie. Tę kluskę lekarz nazywał życiem. Pokazywał ją Rescatorowi na ekranie ultrasonografu i dziarsko, z dumą obwieszczał: „Będzie pan żył".

Podczas rekonwalescencji Rescator dużo spał i dużo spacerował. Znowu śniła mu się Angelika, co noc. Co rano, a wypadało to wczesnym popołudniem, stawał przed komisją lekarską i relacjonował swoje sny, poddawane następnie czemuś w rodzaju dializy. Sny były ważne w procesie rekonwalescencji, tak jak lucyferyna jest ważna w procesie bioluminescencji. Opowiadał, jak był z Angeliką na basenie, na którym go nie było. Na basenie łatwo się zarazić, pomyślało konsylium. Opowiadał o gustownych, onirycznych stosunkach. Podczas stosunku też, pomyślało konsylium. Ale czasami Rescator otwierał usta i nie potrafił wydusić z siebie słowa, robił się podobny do śniętej człowieczej ryby posadzonej dla żartu na krzesełku w lekarskim gabinecie. Snów nie można opowiedzieć słowami, ale przynajmniej można streścić wydarzenia z nich. W niektórych snach Rescatora nie było wydarzeń, tylko światło rozpuszczone w muzyce. Pewnego razu na konsylium stawił się nieproszony Olgierd Jelitko w rozchełstanym ornacie i z Dostojewskim pod pachą, pochylił się nad biurkiem tak nisko, że Dostojewski przedziurkował się mimowolnie w dziurkaczu biurowym i konfidencjonalnie szepnął: „Wiecie, wyjawię wam tajemnicę: być może to wszystko wcale nie było snem!". Co powiedziawszy, oczywiście zniknął.

Najchętniej Rescator spacerował po okolicach, gdzie bywał z Angeliką. Spacerował tak dużo, że z czasem przestał rozróżniać miejsca, w których bywali, od tych, w których nie bywali. Błąkał się więc niestosownie po podmokłych lasach, zataczał się, zahaczał o drzewa obolałymi nerkami i patrząc na ślady, których nie było, powtarzał bezsensownie: „Angélique. Angélique". Gdyby tam nawet jakimś cudem trafiła, nie poznałaby go. Myślałaby, że to jeleń albo pijany ułan i zwiałaby, gdzie pieprz rośnie. Tak czy siak, jedynie krasnale, dobre leśne duszki, widywały od czasu do czasu Rescatora w przecince wymyślonej, wyleniałej rzeczywistości. Zbierały po nim pety i robiły tapety z pomarszczonej i zżółkłej bibułki filtrów tych petów. Zbierały troskliwie jego złuszczony naskórek i używały go do wypychania poduszek i pierzyn. Jednemu z krasnych ludków udało się znaleźć sznurowadło dziwaka; nie wiedząc, co ma z tym zrobić, próbował się na nim powiesić. Chcesz wiedzieć, czy mu się udało? Sprawdź późnym wieczorem pod czwartym muchomorem. Oto imiona skrzatów, które widziały Rescatora, te nieliczne, jakie udało się ustalić: Kozera, Pantałyk, Klejf, Kaduk, Przekąs i Szczęt.

A potem Rescatorowi się pogorszyło, choć i wcześniej nie było mu dobrze. Nie dbał o siebie, sypiał w pokrzywach, jadał smaczliwki wdzięczne i bocznie piłkowane, ponadto dużo palił, więc nie ma się czemu dziwić. Stał się smutny niczym sowa w poniedziałek. Stracił łaknienie. Wymiotował, choć nie miał czym, bo nie miał w sobie niczego prócz kluski stwardniałej na kamień. Po prostu wu-wei, wymiotowanie bez wymiotowania. Wskutek zaburzeń gospodarki elektrolitowej spuchł jak bania pełna abstrakcyjnych atrakcji. Miał uszkodzoną wątrobę oraz układ krwiotwórczy. Jego jama ustna owrzodziała, powiększyły mu się ślinianki, wystąpił też u niego zespół Lyclla nagrodzony przez skrzaty skrytymi, gorącymi brawami. I chyba lepiej, że Angelika nie widziała go w tym stanie. Kiedy pojawiły się zaburzenia widzenia, szum w uszach, bezsenność, euforia, trombocytopenia, krwiomocz, tularemia i zespół Stevensa-Johnsona, lekarze podjęli trudną, ale konieczną decyzję: przeszczep serca.

„Przeszczep serca?", spytał Rescator i załkał bezgłośnie na wspomnienie oblodzonej muldy, do której zbliżał się jako dziecko i nigdy nie miał przestać.

Przypomniało mu się zdanie ze szkolnej czytanki i załkał po raz drugi, równie bezgłośnie.

„Tak, przeszczep serca".

Zdania lekarzy na temat szans powodzenia operacji
były podzielone. Zdanie z czytanki było jednoznaczne:
„Pęd powietrza nawiał mu na oczy mgłę". Lekarze po-
cieszali Rescatora, jak mogli. „Na pewno się uda. I zacznie pan nowe życie. Otworzą się przed panem nowe
horyzonty. Zawrze pan nowe znajomości".

„Poznam dawcę, to macie na myśli?"

„Nie. Ale będzie pan mógł się zapisać do elitarne-
go klubu Ludzi Bez Serca, nazwa jest metaforyczna.
Będzie pan mógł startować w olimpiadach dla niepełnosprawnych, konkurencja jest tam o wiele mniej groź-
na niż normalnie. Może nawet zdobędzie pan medal
w rzucie przeszczepem i napiszą o panu w gazetach".

Szczęśliwie czy nie, tak się złożyło, że zmarł wtedy
człowiek z sercem zdrowym jak dynia. Dawca musi
pozostać anonimowy, zdradźmy zatem tylko, że był
bratem Dolorozy Wurst. Akurat odwiedzili ją belgij-
scy krewni wszechstronnie zorientowani w kwestiach
eutanazji, dawstwa narządów i agroturystyki. To oni
przekonali Dolorozę do szlachetnego, bezinteresow-
nego aktu. „Serce twojego brata będzie biło w innym człowieku. On umarł, ale jakaś jego część będzie
nadal żyła. Dzwoń do banku organów, a ja będę uci-
skać mu mostek. Musimy zdążyć, zanim jego aorta za-
mieni się w dzieżę pełną zapleśniałego ciasta". „Nie
wiedziałam, że ciocia zna słowo »dzieża«", zdziwiła się
Doloroza Wurst.

Martwe ciało anonimowego właściciela serca zdro-
wego jak dynia ułożono obok półżywego ciała Rescatora,
w jednym łóżku. Otworzono klatki piersiowe jednego
i drugiego. Noże chirurgów ruszyły jednocześnie i ide-
alnie równo dotarły do mety, podobne uczestnikom

slalomu równoległego. Byle jakie serce Rescatora wyjęto i zastąpiono sercem idealnym jak z dziecięcej laurki na Dzień Dziadka. „Zabierasz mi kołdrę", wymruczał zza tysięcznych oparów narkozy Rescator z mgłą na oczach. Lekarze zszyli na okrętkę żyły i na dzień dobry walnęli prądem nowe serce Rescatora, które ruszyło z kopyta tryskając krwią i optymizmem. Operacja udała się, ale od tej pory Rescator żył z sercem, które było mu obce. Całe piękno i nadzieje, które były przed nim, miały być kradzione. Tymczasem prawdziwe serce Rescatora wrzucono do słoika z octem po ogórkach, między ząbki zwietrzałego czosnku i badziewie kopru, szczelnie zakręcono, opakowano i wysłano pocztą do Szaflar. W rubryce „zawartość" na paczce napisano: SERCE.

Wieczorem Śliwa jął kartkować swój notes z adresami. Nerwowo, jak się zdawało. Być może zapomniał imię swojej Matki i próbował je odnaleźć. Choć Matki z natury są bezimienne. Matka to Matka, tak mi się wydaje. A może sprawdzał, kto ze znajomych ma auto i mieszka na tyle blisko, żeby podskoczyć do nas z flaszką, skoro skończył się już nawet czekoladowy napój likieropodobny.

Równie dobrze mógłby szukać znajomych za kołem polarnym. Znowu jesteśmy w Cisówce.

– Czy mógłbyś czytać głośno imiona swoich znajomych? – spytałem. – Tylko imiona. Adresy mi niepotrzebne. W zamian mogę podać ci imię twojej Mamy.

– Wojtek, Tekla, Waldi, Andzik... Piotr... Gośka... Budzenie...

– Budzenie – powiedziałem do Izy. – To świetne imię. Dajmy dziecku na imię Budzenie, bo pasuje i do chłopca, i do dziewczynki.

No właśnie, poznajcie Izę. Iza, to są czytelnicy tej książki. Powinniście poznać Izę, bo będę miał z nią dziecko. Właściwie już je mamy, ale na razie ono siedzi w jej brzuchu zupełnie niepodobne do ludzi. No, może trochę do mnie, jak jestem taki zjeżony, że nie ma mnie dla nikogo.

– Kazimierz. Stefania. Sofokles.

Trzeba wam wiedzieć, że Iza jest super. Nigdy się nie złości. Na nikogo się nie obraża. Nie zawiesza się. I ma ze mną dziecko. Czasem jest smutna, ale najczęściej jest wesoła. Lubię ją i lubię dziecko w jej brzuchu.

– O, może Daniel?

– Nie – odpowiedziała Iza. – O l b r y c h s k i ma na imię Daniel.

Na tym właśnie polega kłopot z nadawaniem imion, że większość imion jest już pozajmowanych. Może chciałbym, żeby moje dziecko nosiło imię Wojtek, ale to imię zajął już Koronkiewicz. Tak samo rozumiem Izę, że nie chce mieć za syna Olbrychskiego.

Kiedyś potrafiłem napisać wiersz złożony z samych imion. A każde z nich w wołaczu.

W gruncie rzeczy nasze rozważania imion męskich należy traktować jako wyłącznie teoretyczne. Oboje jesteśmy przekonani, że to dziewczynka. Mamy przeczucie.

– Gregor. Primož. Justyna. Utracjusz.

Staje na tym, że wybieramy imiona Maria i Ida, a gdyby jakimś cudem był chłopak, to Adam. Adam kojarzy się Izie z Mickiewiczem, więc od biedy może być, bo Mickiewicz był Litwin. Mnie Adam kojarzy się z Adamem Małyszem.

Śliwa zamknął notes, dzień zamknął za sobą wierzeje, nikt nie przyjechał z wódką i poszliśmy spać. Leżeliśmy z Izą na materacu na podłodze, a Śliwa na rozlecianym tapczaniku przy piecu. Tapczanik jest za krótki i stopy Śliwy wystają jak dwie anteny wyłapujące najlżejszą woń alkoholu w promieniu dziesięciu kilometrów.

Dzień zamknął się wreszcie i przyszła na paluszkach noc. W piecu trzaskało drewno i grała muzyka z magnetofonu, Penguin Cafe Orchestra. Położyłem rękę na brzuchu Izy, a ona powiedziała:

– A Łucja? Podoba ci się?

– Łucja – powtórzyłem, jakby to było nowe słowo w języku, którego się uczę. – Łucja? Nie znam żadnej Łucji poza świętą Łucją. Tak, to dobre imię.

Małe jest ogromne

– Łucja Prus – mówi Śliwa rano.

Przy zbliżeniach nie zapominaj, że w końcu przyjdzie oddalenie

Na Wielkanoc dobrze jest wyrwać się z domu do jakiegoś ustronia. Dawniej próbowałem na ogół przetrwać święta w górach z Konopem, ostatnio wyjeżdżamy gdzieś rowerami ze Śliwą i Patisonem. Jak Marsze Wielkanocne, mamy już swoją tradycję. Skoro nie wszystko, co się zdarza, zdarza się pierwszy raz, należy uznać, że tradycja jest dobra, tak myślę.

Przybiliśmy zatem, nie po raz pierwszy, do Patistanu. Wiejska chałupa Patisona na Przedgórzu i pięć akrów nieogrodzonej ziemi. Ponieważ zabrakło alkoholu i taśm do kamery, drugi dzień świąt umilam sobie pisaniną. Całe szczęście, że zapasy alkoholu i taśm wyczerpały się, bo moglibyśmy źle skończyć. Nakręciliśmy już wszystkie możliwe filmy, wśród nich takie hity jak „Baran Kapitanowski na Wyspie Szkrabów" i „Dzikie hordy moczymordów" (przyg., od l. 15), wojenno-obyczajowy dramat „Działacz nawalony" oraz western „Biją brawo" (moja słynna scena padaczki w kapeluszu Matki Patisona i z koltem z osłony łańcucha rowerowego). Na szczęście kamera ma funkcję odtwarzania. W ten piękny, słoneczny poranek możemy już tylko oglądać własne dzieła, wściubiając oko w okular kamery i wygłaszając krytyczne monologi. Wygląda przy tym człowiek jak biolog obserwujący wewnętrzny świat ślepej ryby, w którym jak w soczewce ogniskują się wszystkie problemy ludzkości. „O, pokazałeś fakera i zasnąłeś" – dziwi się Patison. „O, moje buty... O, Śliwa śpi... Zaraz, kto to w takim razie filmował?!" Dziesiąta muza odsłania przed nami swe przepastne wdzięki.

Chcę zaznaczyć, że piszę siedząc na Drzewie, Na Którym Zawsze Zdarza Się Coś Ciekawego. Patison zrobił swoim chłopakom nadrzewne legowisko na tej starej, przygiętej jabłoni. Lubię tu przesiadywać. Więc kiedy Patisonowi coś się nie podoba, mówi mi po prostu: „Spierdalaj na drzewo". Jedna trzecia filmów, które nakręciliśmy, rozgrywa się, co zrozumiałe, na drzewie. Śliwa wypełznął z chaty i grzeje się na ganku jak zaskroniec. Przymknął oczy i pewnie rozpamiętuje swoje genialne filmy. Gdy ja preferuję kino akcji, on jest reprezentantem kina moralnego niepokoju. Lubi położyć się na podłodze, ustawić kamerę naprzeciwko twarzy i filmować. Potrafi tak leżeć kwadrans bez ruchu. Powstałe w ten sposób filmy są naprawdę niepokojące. Żadnych pościgów. Ani jednego strzału. Tylko niepokój i niepokój.

Skoro głupi Amerykanie stworzyli kino Drogi, dlaczego Śliwa nie miałby stworzyć kina Postoju? Stworzył je, błyskawicznie doprowadził do rozkwitu, a potem do upadku. A wszystko to w ciągu trzech dni. Mam wielki szacunek dla filmów Śliwy i znajduję u niego wzajemność. Rano powiedział mi, że urodziłem się z ręką w kamerze. Nasze poranne przejęzyczenia nie są chyba freudowskie.

Odnaleźliśmy w drewutni znajomą piłkę nożną chłopaków Patisona i zagraliśmy dziwny mecz. I piłka, i piłkarze bez powietrza. Nasze okrzyki wzlatywały i wybijały okna ciszy, które zaraz od nowa zarastały szkłem. Dlaczego mecz był dziwny? Bo chałupa Patisona stoi na zboczu góry.

Z tego wszystkiego podjęliśmy ekspedycję terenoznawczo-badawczą, która odkryła ślady życia we wsi położonej u stóp naszej góry. Zjechaliśmy tam na rowerach. Widzieliśmy kobietę obchodzącą swe pole z niebieską bańką na mleko i kropidłem. Kobieta kropiła wodą, przypuszczam, że święconą, granice swoich upraw. Potem dwukrotnie odparliśmy atak tubylców uzbrojonych w butelki i kubły wody. Ślady życia we wsi skupiały się w rejonie knajpy „Pod Świerkami". Zamówiliśmy po piwie, zawarliśmy Przyjaźń z autochtonami. Mieli w swych szeregach własną kopię Shane'a MacGowana oraz gitarę z pękniętym pudłem rezonansowym, na której nikt nie umiał grać. Ponieważ na kołkach służących do naciągania strun brakowało uchwytów, stroiło się ją widelcem. Śliwa coś tam pobrzdąkał, ale ponieważ nie umiał zagrać ani „Poznałem go po czarnym kapeluszu", ani „Tylko sztuka liczy się, a nie biografia", gitara szybko wróciła do rąk zdziwionych tuziemców. Kiedy jeden z nich zaproponował Śliwie swoją siostrę, a kopia Shane'a MacGowana oburzyła się, że już od dwóch lat czeka na jej „udostępnienie", uznaliśmy, że pora wycofać się na naszą górę. Pożegnaniom i uściskom nie było końca.

W gruncie rzeczy pragnę tylko napisać coś o naturze leniuchowania, o pożytkach z niego płynących. O tym, że przyjemnie jest wylegiwać się na drzewie jak leniwiec. Wyjadać ze słoika domowe konfitury jabłkowo-bzowe. Leżeć w trawie jak legawiec. Rano patrzeć, jak słońce uruchamia odblaski na liściach dzikiego szczawiu, a wieczorem piec ziemniaki w ognisku i pleść banialuki. Raz dziennie jechać rowerem do telefonu i rozmawiać z synem. Słuchać ptaków. Leżeć w śpiworze i znowu słuchać ptaków. Robota to głupota. Jasne, że dobrze jest zmyć statki raz na tydzień, posiać kalarepę albo narżnąć drzewa, ale jeździć dzień w dzień wózkiem widłowym po jakiejś zwariowanej kopalni w Zabrzu? Obstawiam, że długo jeszcze będzie nam się ze Śliwą udawało omijać wszelkie kopalnie z daleka. Od wieków tylko módl się i pracuj, módl się i pracuj. Oratoria i laboratoria, paranoja. Ci wszyscy prezydenci, co wywołują wojny, to też z przepracowania. Gdybym ja był głową państwa, jego godło stanowiłby hamak.

Jeślibym miał pisać Prawdę i tylko Prawdę, musiałbym napisać, że zwialiśmy z mordowni „Pod Świerkami" nie z racji swatania Śliwy, ale dlatego, że miejscowi zaczęli rozmawiać o wojnie na Bałkanach. Podobno jedna z zachodnich stacji telewizyjnych pokazała na święta watażkę w naszyjniku zrobionym z palców dzieci, które sam wymordował.

Na pewno chcecie wiedzieć, jak wygląda kapelusz Matki Patisona. Jest z białej tkaniny, ma szerokie, usztywnione rondo. Prawdopodobnie jest przeciwsłoneczny, co nie musi oznaczać, że pani Patisonowa ma coś przeciw słońcu. Słońce jest najważniejsze, to wokół niego wszystko się kręci. Kapelusz wygląda jak wielkie białe sombrero, które spadło z nieba.

Autobus miał odjechać za cztery minuty. Zdążyłem jeszcze wypalić pół papierosa, a Anna Maria kupiła w tym czasie sok pomarańczowy. Na tekturowym pudełku wyrysowany był Kaczor Donald. Był też napis „Copyright by Walt Disney Productions", tak jakby opakowanie zawierało wiersze albo jakby to Amerykanie odkryli, że w pomarańczach jest sok.

Dzień był pogodny. Autobus zjawił się dopiero po siedmiu minutach, więc zdążyliśmy też zrobić otwór w pudełku. Kaczor Donald posyłał nam w tym czasie pogodny, tekturowy uśmiech. W środku nie było wierszy. Był sok.

Dlatego, kiedy chwilę później całowaliśmy się w miejscu publicznym, nasze usta miały smak pomarańczy. W pobliżu stała na deszczu karetka więzienna, zza osłaniających jej szyby drucianych kratek dwaj milicjanci patrzyli na nas i zazdrościli nam wszystkiego: soku, pocałunku, pogodnego dnia. Wyglądali jak dwa smutne, wyleniałe tygrysy odwożone z zoo w Kuala Lumpur z powrotem do dżungli.

Kiedy zjawił się autobus, przestaliśmy się całować, a tygrysy przestały wyglądać niewinnie. Kiedy wyprowadzili z więźniarki chłopca w kajdankach, widać było całkiem wyraźnie, że nie są to tygrysy, ale milicjanci w trakcie pełnienia czynności służbowych. Przepchnęli się przez tłumek pasażerów i ostrożnie, żeby nie wypuścić z rąk swojego przestępcy, wsiedli do autobusu. My wsiedliśmy do autobusu jako ostatni, ostrożnie, żeby nie rozlać swojego soku.

Usadowili aresztanta w samym końcu autobusu przy oknie. Wyglądał jak uczniak postawiony za karę do kąta. Miał sympatyczną twarz, ale dwie głębokie szramy na lewym policzku nie były zapewne pamiątką po jednym z tych karamboli na saneczkach, kiedy chłopcy, dziewczęta i saneczki cudownie mieszają się ze sobą, ale kiedy można też rozwalić sobie twarz.

Jeden milicjant usiadł tuż obok chłopca, a drugi zajął pozycję przy zadnich drzwiach autobusu. Było to niezwykle inteligentne posunięcie z ich strony. Żałowałem, że nie ma trzeciego milicjanta, który usiadłby na dachu autobusu; wiatr powiewałby połami jego munduru i całość wyglądałaby jeszcze bardziej malowniczo.

Usiedliśmy o trzy czy cztery siedzenia przed nimi. Ja przy oknie. To także było rozsądne: Anna Maria mogła teraz zwijać się w półkłębek i drzemać z nogami wystającymi w przejściu między siedzeniami, a z głową na moich kolanach. Kiedy drzemała, ludzie potykali się o jej nogi, a ja bawiłem się jej włosami albo patrzyłem za okno i wyobrażałem sobie, że za chwilę z lasu wyskoczy gromada chłopców i dziewcząt, zatrzyma autobus i odbije swojego kolegę, żeby znowu mógł zjeżdżać z nimi zimą na sankach. Wydawało mi się to zupełnie prawdopodobne, zwłaszcza że na dachu samochodu nie było nikogo z eskorty, kto mógłby w porę wypatrzyć zamachowców.

Tymczasem podróż odbywała się bez przygód. Co jakiś czas sięgaliśmy po kartonik z sokiem pomarańczowym, stojący na podłodze między moimi nogami. Kiedy autobus zatrzymywał się na dworcach większych miast, wychodziłem na papierosa. Anna Maria wychodziła, żeby mi towarzyszyć, a siedzący przy drzwiach milicjant otwierał je i zamykał za nami, jakby był naszym lokajem. Tak się do tego przyzwyczailiśmy, że przestaliśmy mówić mu „dziękuję".

„Żal mi go", powiedziała Anna Maria podczas jednego z postojów. „Ciekawe, co zrobił".

Też było mi żal uwięzionego w autobusie chłopca, ale obawiam się, że raczej zgwałcił małą dziewczynkę niż obrabował duży dom towarowy, co byłoby doprawdy niewinne. Szczególnie współczułem mu domyślając się, że chętnie zapaliłby papierosa, a co najmniej przez trzy i pół godziny miał być pozbawiony sposobności ku temu.

Za każdym razem, kiedy wracaliśmy do autobusu i lokaj z Kuala Lumpur zamykał za nami drzwi, posyłałem chłopcu przyjazne spojrzenie. Ale przyjaznym spojrzeniem nie można przemycić nikotyny. Gdyby coś takiego było możliwe, przemytnicy narkotyków byliby zapewne ludźmi o najprzyjemniejszych obliczach pod słońcem. Zresztą chłopak konsekwentnie gapił się za szybę. Obawiałem się nawet, że posiada zdolności psychokinetyczne i właśnie koncentruje się, aby doprowadzić nasz autobus do zderzenia z innym pojazdem albo drzewem. A już wcześniej zwróciłem uwagę na siedzącą o dwa siedzenia przed nami dziewczynę w czerwonej bluzce z niezrozumiałym napisem na plecach. Napis brzmiał IT'S A NICE PLACE TO STOP YOU AND GET BUFFED.

Między nami a dziewczyną w czerwonej bluzce siedział samotny mężczyzna. Zajmował miejsce przy oknie, a siedzenie obok było wolne. W pewnym momencie Anna Maria podniosła się z moich kolan i oplótłszy rękami oparcie tego wolnego siedzenia, położyła na nim głowę. Kiedy mówiła wsparta tak na brodzie, jej głowa podskakiwała, jakbyśmy wjechali właśnie na kocie łby. Powiedziała: „Okropnie chce mi się siusiu, chyba wypiłam za dużo tego soku". Powiedziała to wprost w ucho siedzącego przed nami nieznajomego. Czasami zdarza się jej traktować ludzi jak powietrze. Znaczy to tylko, że ich nie zauważa. Po prostu powietrza i ludzi jest wokół dużo.

Nieznajomy odwrócił głowę zaskoczony tym wyznaniem. Mam nadzieję, że przez sekundę poczuł się mniej samotny. Anna Maria ocknęła się, cofnęła i zachichotała.

Ja też zachichotałem.

Podróż była miła, lecz byłaby jeszcze milsza, gdyby w autobusie nie siedzieli dwaj milicjanci, a chłopiec z podwójną szramą jechał po prostu do domu na święta. Niestety chłopiec obrabował małą dziewczynkę albo zgwałcił duży dom towarowy i akurat w Wielki Piątek wieziono go do zakładu karnego.

Dobrze pamiętam, że to był Wielki Piątek, bo nazajutrz rano, całując Annę Marię na dzień dobry, spytałem: „Tyle razy się mówi: pocałuj mnie w nos. Czy zdarzyło ci się już, żeby ktoś naprawdę całował cię w nos? I to w Wielką Sobotę?"

Parę minut po czternastej autobus dotarł na Golgotę. Zwolnieni przez nas na święta służący przeistoczyli się w pretorian i odprowadzili jeńca na bok. Mogłem jeszcze popatrzeć na niego z daleka, czekając na ławce, aż Anna Maria wróci z toalety. Jeden z pretorian odszedł, aby zatelefonować po radiowóz, a drugi poczęstował aresztowańca papierosem. Wyciągnął przy tym rękę nie zbliżając się do niego, może bał się, że zostanie zaatakowany i uduszony łańcuchem od kajdanek. A trudno było znaleźć tutaj, na asfaltowym placu manewrowym, gałązkę hizopu. Kaczor Donald patrzył na wszystko z kosza na śmieci obojętnym wzrokiem niewzruszonego Boga i uśmiechał się tekturowo. Musiało mu być dobrze pomiędzy śmieciami. Nieudany Jezus i nieudany ja patrzyliśmy na siebie paląc papierosy. Gdyby nie kajdanki, mógłby teraz łatwo zbiec, na pewno był szybszy niż tygrys. Jego papieros wydawał się cięższy od mojego, bo podnosił go do ust obiema dłońmi.

Jeśli masz ochoty wiele, porzuć wszelkie ceregiele i bądź moim przyjacielem

Po tym jak spotkaliśmy dwie czaple, myszołowa, zdziczałego psa i węża, usłyszeliśmy i zobaczyli na leśnej drożynie naprzeciw siebie motocyklistę ubranego na zielono. Przemknął obok nas na pomarańczowej hondzie, jakby śpieszył na bal przebierańców. Przebrany był za żabę z napisem „Straż graniczna" na głowie.

Kurz opadł, warkot ucichł, ptaki podjęły swoje sprawy. Maskaradę chyba odwołano, bo nie minął kwadrans a motocyklista znowu się pojawił. Wyprzedził nas, zlazł z siodełka, wsadził łapy w kieszenie i czekał, aż się zbliżymy. Edera wzięła Murkę na smycz, a ja przybrałem minę numer l.

– Dzień dobry – przywitał nas strażnik nie wyjmując rąk z kieszeni. – Kłania się polska straż graniczna.

Polska straż graniczna miała zepsute zęby na przedzie, broń w kaburze i stawiała stopy do środka.

– Skąd państwo się poruszają?

Popatrzyliśmy z Ederą po sobie. Bardzo ładnie wyglądała na leśnej ścieżce ze swoim dużym brzuchem i Murką na smyczy.

– To znaczy, skąd idziemy, tak?

– No tak.

– Z Cisówki.

– Z Cisówki. A dokąd?

– Do lasu.

Nie okazał zdziwienia, choć staliśmy w samym środku lasu. Wydobył czarny notes i długopis. Zdjął z długopisu skuwkę. Nie wyjął rąk z kieszeni przy powitaniu, więc nie powiedziałem mu, że idziemy do

Zawiełdaużnika. Teraz będzie musiał zapisać w swoim notesie: „Do lasu", i jakiś poruczniczyna go opieprzy.

Miałem w ręku kijek ogryziony przez bobry, który znalazłem w pobliżu żeremi i wziąłem ze sobą z powodu wzoru, jaki powstał na jego powierzchni. Był to majstersztyk, zębodzieło artystyczne, mogliby takie patyki sprzedawać w „Cepelii". Uderzałem się tym kijkiem w łydkę przez cały czas, kiedy zielony funkcjonariusz pracowicie zapisywał w notesiku nasze nieudane dane personalne, miejsce pobytu, planowany czas pobytu i różne takie bzdury, które na poczekaniu wymyślałem, choć nie wszystkie. Chciałem też podyktować mu swój wierszyk do sztambucha, ale się powstrzymałem. To by nas zepchnęło z wątłej, wąskiej krawędzi, na jakiej się znajdowaliśmy. Wolałem cieszyć się niezrozumieniem wyzierającym z jego kaprawych oczek, więc posyłałem mu życzliwe spojrzenia a jednocześnie pac, pac, stukałem w łydkę kijem, jakbym zaraz miał wykurwić mu nim zęby. Kijek był biały i kruchy, ale na jego zepsute siekacze może by wystarczył.

– A co to jest „element"? – spytałem pokazując okładkę jego notesu, gdzie złocił się napis „Notatnik elementu straży granicznej". I uśmiechnąłem się przyjaźnie.

– A, to się tylko tak nazywa – zamrugał głupio jak jełop poproszony do tańca w najmniej spodziewanej chwili. Westchnął, wstydliwie zasłonił dłonią okładkę i coś tam dalej gryzmolił.

– To może my jesteśmy tym elementem, co?

– Nie, nie, to jest tak, że jak jest, załóżmy, straż graniczna, no to też się mówi, że jest element…

Poczuł się widać niepewnie na tym intelektualnym gruncie, bo skupił się na notatce. Żeby dodać sobie powagi rozstawił szeroko nogi, przez co jego stopy jeszcze bardziej zwróciły się do wewnątrz. Być może miał szpotawe stopy jak Gerd Müller, któremu wcale to nie

przeszkadzało w grze w piłkę. Pomyślałem, że gdyby
jeździł wueską, nie hondą, konstrukcja odnóży ułatwiałaby mu przerzucanie biegów stopą. Bo honda to ma pewnie manetkę zmiany biegów przy kierownicy. Chociaż nie wiem.

– Ach, rozumiem. To pan, jako strażnik, stanowi element straży granicznej, a to jest pana notes, tak? – Tak. A w jakim celu państwo przebywają? – spytał rzeczowo.

– O, tak se przyjechaliśmy – odparłem z zimną krwią.

– Turysty?

Spojrzałem mu głęboko w oczy, więc szybko się poprawił.

– Turyści?

Wywinąłem dolną wargę, podniosłem brwi i skrzywiłem się.

– W pewnym sensie. Może być, że turyści.

Nabrał podejrzeń. Spojrzał na lornetkę przewieszoną przez moje ramię. Przypomniał sobie, przy którym biodrze ma spluwę w kaburze, i zupełnie niewinnie spytał:

– Co to znaczy: w pewnym sensie?

– Tak, tak, po prostu turyści – pośpieszyła z wyjaśnieniem Edera.

– To co: przyjechali odpocząć, tak?

Czekał z odbezpieczonym długopisem.

– Panie! – machnąłem rękami i spróbowałem zdjąć sobie głowę z karku. – Co pan! Czy ja wiem, po co ja tu przyjechałem? Przecież jak ja w domu u siebie jestem, to też odpoczywam, co pan myśli, że ja pracuję jak głupi? Tam wypoczywam i tu wypoczywam!

Zapowietrzyłem się.

– Straż graniczna życzy przyjemnego pobytu. No to tylko w celach pouczających mówię, że niedaleko stąd znajduje się granica państwa z terenami byłego Związku Radzieckiego.

– Obecnie Białorusią – podsunąłem mu niczym truciznę.

– Zgadza się. Właśnie to jest w tym kierunku, w którym państwo idzie. Żeby się za bardzo nie zbliżać, no bo żebyśmy się nie spotkali drugi raz w mniej przyjemnych okolicznościach.

O, teraz mógłbym mu już podyktować wierszyk. Zamiast tego spytałem:

– To znaczy: nie wolno się zbliżać czy nie wolno przekraczać?

– No, przekraczać – pokiwał głową. – Nie wolno przekraczać granicy.

Widziałem teraz w jego oczach wszystko: te „mniej przyjemne" okoliczności, w jakich „nie chciałby" nas spotkać. Widziałem, jak znajduje na pasie zoranej ziemi odcisk mojej podeszwy, ledwie jej kawałka, tyle co przy spalonym skoku w dal. Jak rusza za nami z zastępem siepaczy i sforą psów tropicieli. Jak jednym strzałem rozłupuje mi kolano. Skacze mi po jądrach, a Ederę tłucze po brzuchu kolbą karabinu. Na koniec przywiązuje mnie nieprzytomnego do pala w mrowisku i zostawia na pewną śmierć.

Więc nic dziwnego, że posłałem za tą zieloną żabą Gerdem Müllerem cierpkie „Spierdalaj, chuju", kiedy znikał za zakrętem na swojej japońskiej motorynce.

Udało nam się nie zbłądzić po Drodze do Zawiełdaużnika. Wszystko, co tam znaleźliśmy, to fundamenty trzech chałup, dziwne drewniane maszyny, rozwalone i zarastające zielskiem, kilka starych butów i zasypaną studnię. Ślady dzików przy bagnie i bieżnik jednośladu świeżo odciśnięty w kałuży błota.

I kowbojki czują bluesa

A teraz was zaskoczę. Tym razem postawiliśmy na turystykę zorganizowaną! Żadnej przypadkowości. Dość noclegów w namiotach ziąbu i chaosu, dość żywienia się chińskimi zupkami i łażenia nocą po krzakach w poszukiwaniu chrustu. O nie, wolimy powierzyć swój los Biuru Aktywnego Wypoczynku „Zepsuty Ptak". Wszystko zaplanowane co do centymetra, jak rozbieg przed skokiem w dal. 11.00 – start wycieczki rowerowej szlakiem puszczańskim. 20.00 – wieczorne śpiewy przy ognisku w uroczysku Świnoroje. Sobota – święcenie potraw od 12.00 co godzinę, Msza o 19.00. Z programem zapoznajemy się w autobusie wiozącym nas z Warszawy do Narewki. Autobus ciągnie za sobą specjalną przyczepę, na której nasze rowery kolebią się pośród rowerów pozostałych uczestników. Są stare i mają te kierownice starego typu, „baranie rogi". Stoją wśród tamtych jak te barany w stadzie młodych wilków. Rozglądamy się też na boki i wiemy, co widzimy. Przewodnik wszystko wyjaśnia przez nadpsuty mikrofon. „Ta dróżka w prawo prowadzi na świętą górę Grabarka, czyli do takiej prawosławnej Częstochowy". Jeśli Grabarka jest prawosławną Częstochową, to Częstochowa jest rzymskokatolicką Grabarką. W takim razie Grabarka jest prawosławną rzymskokatolicką Grabarką, prosta koniunkcja. Niewzruszona potęga logiki trzyma nad nami pieczę niezależnie od okoliczności. Snujemy słodkie plany na najbliższe dni. W Narewce po zgrzewce. W Cisówce po lufce. Gotowi jesteśmy skoczyć w tę dal. Jeśli chodzi o święcenie potraw, postanawiamy poświęcić jedną chińską zupkę i bidon.

Bardzo podobają się nam kobiety podróżujące tym samym autobusem, na ten sam obóz. Mają po 90 lat i wciąż zamieniają się miejscami. Łażą po całym autobusie jak przestarzałe sondy po niepewnej powierzchni Księżyca. Nie korzystają przy tym z przejścia między siedzeniami, ale przedzierają się górą, przez las oparć. To mówi samo za siebie. Na głowach noszą kapelusze, jedna ma nawet kapelusz królewskiej kanadyjskiej policji konnej. Nasze dowcipne uwagi kwitują życzliwymi uśmiechami. Co do panów, cichaczem pokpiwamy sobie z nich. W niewyszukany sposób. Jednemu upadła głowa i drzemie. „Za mało spał". „A wygląda, jakby za dużo wypił". „Tak, zaraz puści pawia w kształcie trabanta na resorach". „Albo w kształcie zimnego ognia". Rowerowy karawan zatrzymuje się przy każdym punkcie widokowym i przy każdej ruinie zamku. Kiedy pasażerowie wyrazistym wężem posuwają się za przewodnikiem, odłączamy od grupy mówiąc, że idziemy zwiedzać okoliczne zabytki. Zwiedzamy najbliższy sklep, popijamy piwo, Śliwa obsługuje też lufkę marihuany. Wypicie puszki piwa zajmuje nam dokładnie tyle, ile tamtym kontemplacja panoramy lub obejrzenie jednej ruiny. Z mistrzowską precyzją odnajdujemy się przy autokarze w porze odjazdu.

Na campingu w Narewce wszystkie nasze problemy są natychmiast rozwiązywane przez organizatorów. „Jutro mamy w planie dzięcioły, a dziś Ciekawego Człowieka, o dwudziestej pierwszej w świetlicy". „My byśmy chciały zrezygnować z kajaków, ale chętnie opłacimy nocne pohukiwania w puszczy, koleżanka jeszcze nigdy nie pohukiwała". „Nie ma sprawy". „Czy może mi pan zapewnić na jutro słomkowy kapelusz, bo zapomniałam spakować?" „Widziałam ogłoszenie, że można nabyć budkę lękową dla ptaków, tak?" „W domkach campingowych miała być tylko zimna woda, a jest lodowata".

Nie wykupujemy talonów na żadne dodatkowe atrakcje. Nie wykupujemy nawet talonów na posiłki, zdajemy się na nasz poczwórny wdzięk osobisty i miłosierdzie kucharek w stołówce, i słusznie. Kucharki uwielbiają nas i po obiadokolacji pakują nam do foliowych toreb obfite porcje nielegalnego prowiantu, niedojedzone sałatki i nadgryzione końskie oczy. My też je uwielbiamy. Wszystkie te okoliczności powodują ogólną symbiozę. Żyjemy w zgodzie z własną naturą. Nie podglądamy ptactwa przez lornetki, ale podglądamy opalające się dziewięćdziesięciolatki i podsłuchujemy telefoniczne rozmowy obozowiczów.

    – Mamo, to ja!

    – ...

    – Dobrze!

    – ...

    – Dobrze.

    – ...

    – Bardzo pięknie.

    – ...

    – Puszcza!

    – ...

    – No, puszcza!

    – ...

    – Jak to, co? Puszcza! Drzewa. Bagna. Drzewa, bardzo dużo.

    – ...

    – Nie, żubra nie.

    – ...

    – Dobre.

    – ...

    – Dzisiaj grochówka była i usmażona ryba, bo Wielki Piątek.

    – ...

    – Jeżdżę. Ten rower ma dwadzieścia jeden biegów!

    – ...

    – Nie spadłem.

    – ....

– B ę d ę uważał. Tata jeszcze chce z tobą rozmawiać.
Coraz bardziej odstajemy. Nie bierzemy udziału w wycieczkach krajoznawczo-folklorystycznych, za
to bez zahamowań objeżdżamy okolicę na rowerach.
Z Narewki do Hajnówki. Z Hajnówki do Białowieży.
Z Białowieży do Narewki. Piwo. Wino. Wódka. Przed
Białowieżą Alvaro, który pije tylko od święta, traci pa-
nowanie nad sobą i rrryms! Zdrapał sobie kolano, stracił obie ręce. Owijamy mu kikuty bandażem, nakła-
damy mu na przegub elastyczną opaskę. Robimy mu
okłady z altacetu. Nosimy go na rękach. Robimy mu
kanapki. Ładujemy go do kajaka i pozwalamy mu spły-
nąć z prądem. Z daleka wygląda jak manekin z wypożyczalni strojów ślubnych w białych rękawiczkach nowo-
żeńca. Fala kołysze go lekko. Żegnaj, Alvaro. Kowbojki
z sąsiedniego domku, od których pożyczamy co rano
rosyjską grzałkę do herbaty, bardzo sobie chwalą nasze nocne śpiewy. Grzałka nazywa się „Minutka". Nim
minie pół godziny, woda w szklance wrze.
    Rano odwiedza nas też Asia. Ma piętnaście lat i jest
córką dyrektorki Księgarni Wojskowej. Ojciec pracuje w czasopiśmie „Pieniądz". Nie wymyśliłem tej nazwy,
tak jak nie wymyśliłem Asi. Ponieważ jesteśmy sympatyczni, przychodzi do nas naprawdę, chociaż wnętrze
naszego domku wygląda strasznie. Nie lubimy sprzątać. Alvaro lubi, ale przecież nie da rady posprzątać siłą
wzroku. Więc rano Asia przychodzi i opowiadamy sobie sny. „Nam nic się nie śniło. A tobie?" „Śniła mi się
koleżanka. Śniło mi się, że jej chłopak mnie gonił. Nie
wiem, dlaczego. To był dziwny sen. Ona jest rok starsza
ode mnie i bardzo chce mieć dziecko". „Umówmy się
od razu, że nie powiemy o tym Koronkiewiczowi, nawet
jeśli nie żyje". Dlaczego Wojtek miałby nie żyć? Bo po
trzeciej w nocy pojechał swoim autem do Białegostoku
odebrać z pociągu Patisona i nie wrócił. Mamy jednak
niejasne przeczucia, że i on, i Patison, żyją.

Namawiamy Asię, żeby uciekła z domu, ale odpowiada, że w domu jest jej bardzo dobrze. „Mam dużo
swobody, po co uciekać?", pyta.

Wojtek przez całe popołudnie nie pił, żeby móc pojechać po Patisona. I położył się do łóżka już o ósmej
wieczorem. I spał, chociaż w naszym domku trwał recital wokalno-pianistyczny dyrektora „Zepsutego Ptaka".
Był to długi recital. „Zaśpiewaj coś Wagnera, ale weso-
łego", nakręcał dyrektora Śliwa. „A Mahlera kumasz?
Mógłbyś zaśpiewać coś Mahlera?" „Słuchaj, stary, zagraj
jakiś numer »Maanamu«, w dzisiejszej »Rzeczpospolitej«
jest wywiad Olgierda Jelitko z Korą".

„Olgierd Jelitko? Znam go. To chirurg z Hajnówki.
Dobry chirurg, szyje, jakby miał osiem rąk, zastępca or-
dynatora". „Myślisz, że mógłby sprawić, żeby moje ręce
odrosły?", spytał spod kołdry Alvaro, który od czterech
godzin usiłował zasnąć, ale nic nie mówił. Nie przeklinał.
Nie narzekał. A ja też odnoszę się do dyrektora z szacunkiem. „Zafałszowałeś dopiero dwa razy", skłamałem jak
z nut. Wszystkie piosenki, jakie zna, dyrektor przerabia
na piosenki o ptakach. To jego pasja. „Dziwny jest ten
ptak". „Sur le ptak d'Avignon". „Góralu, czy ci nie Ptak?"
„Ptak papugami". „Dmuchawce, latawce, ptak".

„Zaśpiewaj »Do zajebania siedem srok«", prosi Śliwa.

W Wielką Sobotę czujemy, że pora uciekać. Po
pierwsze, boimy się wieczornych śpiewów przy ognisku, których godzina nieubłaganie się zbliża. Po drugie,
Wojtek i Patison odnaleźli się. Po prostu, jak to bywa
w co drugiej bajce, kluczyk przestał pasować do stacyjki
i dojechali z opóźnieniem, Patison rowerem, a Wojtek
autobusem. Do Wojtka zaczęły się zgłaszać wszystkie te
kobiety, którym wyznaczył na sobotę termin odbioru
budek lękowych. A my trochę za wcześnie zaczęliśmy
pić. Oto jak wyglądało przekazanie pierwszej budki.

– Dzień dobry, ja bym chciała tę budkę lękową, którą zamawiałam. Ależ tu u panów bałagan!

– Pani jest spod dwójki czy spod szóstki?

– Spod dwójki.

– Czyli miała być duża?

– Tak, duża. Żeby dużo ptaków się zmieściło.

– Dwanaście złotych. A oto budka.

– Śliczna! Gdybym wiedziała, że będzie tak ładna, zamówiłabym dwie. Jak to działa?

– Należy zawiesić na drzewie. Widzi pani ten otwór? Tędy właśnie wlatują i wylatują ptaki. Otwór celowo jest tak wysoko w stosunku do podłogi, żeby ptaki nie lękały się, kiedy kot lub nieproszona wiewiórka spróbuje dosięgnąć ich łapą.

– A wie pani, jak się nazywa wiewiórka, która chodzi po drzewach głową do dołu? – Patison wtrąca się do rozmowy, by popisać się erudycją. – Albo gdzie latający wąż ma błony lotne?

– Nie wiem. Nie wiem.

– Głowonóg. A wąż ma błony lotne pod pachami. Pani zdrowie.

– Budka będzie służyła ptakom przez długie lata. Jest bardzo mocna – wraca do tematu Wojtek i traci równowagę, a budka wylatuje mu z rąk. Spada na podłogę i rozlatuje się na kawałki. Osobno daszek, osobno cylindryczny korpus, osobno podłoga.

– Strasznie mi przykro. Bardzo panią przepraszam. Proszę się nie gniewać. Już ją naprawiam, to tylko drobne uszkodzenie. Gwoździki specjalnie wbijamy płytko, żeby budkę można było w razie potrzeby rozkładać i składać. Daszek dajemy tutaj, widzi pani? A podłogę od dołu. To nie potrwa długo. Ma pani ogród? Ta budka będzie jego prawdziwą ozdobą. Cóż przyjemniejszego niż być budzonym rano przez śpiew ptaków dobiegający z naszej własnej budki. Wszyscy sąsiedzi będą pani zazdrościć. Ma pani sąsiadów? Właź, cholero! Zechce pani sama poskładać tę budkę? Proszę przyjąć ją ode mnie w prezencie

wraz z życzeniami wesołych świąt. Oto pani dwanaście
złotych.

Zdziwiona dama odchodzi z naręczem niezrozumiałego drewna i zaoszczędzoną sumką w kieszeni, a z Hajnówki wraca Alvaro z ręką w gipsie. Z dumą pokazuje nam zrobione przez Olgierda Jelitko rentgenowskie zdjęcie swojej prawej dłoni. Na zdjęciu jak na dłoni widać potworne pęknięcie tej kości, która ciągnie się od nadgarstka po łokieć. Doktor Jelitko powiedział, że druga ręka Alvaro wkrótce będzie sprawna.

Co robią kowbojki, gdy my przeżywamy każdy swoją gehennę? Zdjęły kapelusze, pogasiły latarki i opalają się na trawniczku między naszymi domkami. Podglądamy je z okna toalety i chichoczemy. One mają po dziewięćdziesiąt lat, a my po czterdzieści, więc wolno nam zachowywać się jak niegrzeczni chłopcy na koloniach letnich. Przecież przechodzimy właśnie kryzys wieku średniego. Chichoczemy za głośno. Urażone kowbojki zbierają kapelusze i przenoszą się na drugą stronę domku jak na niewidzialną stronę Księżyca. Wiemy już, że musimy uciekać natychmiast. Wojtek zostaje, bo spędza święta z rodziną. Tymczasem zaczyna chodzić nago i dzieci uciekają krzycząc: „Mamo, widziałem żubra!". Szybko robimy podkop i niezauważeni przez nikogo wydostajemy się poza teren obozu. Uciekamy do Cisówki, przez Siemianówkę, a potem kilkumetrowej szerokości groblą dzielącą na dwoje ogromny sztuczny zalew. Na każdym rozstaju starannie zacieramy ślady. Starców przesiadujących na ławeczkach pod płotami prosimy, aby mylili pościg: „O tak, jechali tędy, jechali, ale pojechali tam!".

„Przecież mówiliśmy, że pojechali tam, zawracajcie!"

Zatrzymujemy się w Cisówce w starej chałupie dziadka Bogdana. Kiedy byłem tu poprzednio, dziadek Bogdana żył jeszcze. Teraz tylko jego ślubny portret z babką został na ścianie większej izby. Dobrze, że Bogdan nie zdjął tego portretu. Kiedy rano, pogryziony przez komary i struty przez sny, otwieram oczy, widzę najpierw twarze nieżyjących gospodarzy domu, w którym mieszkamy. A w kuchni nad drzwiami wisi „Pamiątka Pierwszej Komunji" z 1926 roku. Nad stołem wisi druga taka, ale atrament na niej zupełnie wyblakł.

Nad stołem wisi też imitująca haft makatka z epoki masowej produkcji takich makatek. Czyli z lat sześćdziesiątych. Lata sześćdziesiąte były cudowne. Napis na makatce informuje: „Szczęście w domu gości wciąż, gdy pomaga żonie mąż". Żona na obrazku poniżej niezgrabnie wałkuje ciasto. Co robi jej mąż? Rozwiązanie zagadki znajduje się na końcu tej historii.

Alvaro boi się o swoją przyszłość. Z jedną ręką nie będzie mógł pracować. Ale zaraz wpada na pomysł, że będzie żył z pisania, i przestaje się bać. Na początek napisze lewą ręką poradnik „Jak żyć bez ręki". Książka będzie miała dwanaście rozdziałów. Siedem rozdziałów będzie traktowało o jeździe na rowerze z ręką w gipsie. Wyciskaniu jedną ręką pryszczy poświęcony będzie zaledwie podrozdział.

Do dnia naszego przyjazdu Cisówka była cichą i spokojną wsią. Miejscowa ludność zajmowała się uprawą roli i hodowlą bydła na niewielką, przydomową skalę. Ptactwo bezkolizyjnie uwijało się w gałęziach drzew owocowych. Jedynego skrzyżowania we wsi strzegł bocian w gnieździe na słupie z latarnią, od lat w tym samym miejscu. I zakłóciliśmy ten spokój. Teraz mieszkańcy Cisówki znerwicowanym wzrokiem śledzą nasze poczynania. Mleczność krów gwałtownie spada. Ptakom plączą się melodie. Zrezygnowany bocian schował czerwone ostrze dzioba w puchu własnych piór i myśli: „Wyniosę się stąd. Przeniosę się na bagna, tam, gdzie urodzaj żab i wolność od turystów".

Synek Bogdana przychodzi z piłką i gramy mecz za meczem. Raz za razem piłka ląduje w świeżo wzeszłym zbożu sąsiada. Słupkami jednej bramki są jabłonka i płot, tam z tyłu, za Patisonem:

Słupkami drugiej bramki są żuraw i płot. Kto strzela najwięcej bramek? Płot. W przerwie pytam małego Kubę, czy nie nudzi mu się u babci na wsi. „Nie. Jak mi się nudzi, to robię sobie przegląd myśli". „I na przykład o czym wtedy myślisz?" „Na przykład przypominam sobie wyniki wszystkich meczów, jakie w życiu widziałem".

Szukamy przygód. I nie możemy ich znaleźć. Nie mamy przy sobie atlasu przygód polskich. Być może przygody uciekają przed nami jak żubry i jelenie. Alvaro ma przynajmniej rękę w gipsie, a my? Możemy tylko wymyślać mu przezwiska. Twardziel z Galicji. Gipsy King. Ryan Gips. To wszystko z zazdrości. Mimo bólu ciągle składającego mu swe oferty, Alvaro bierze udział we wszystkich meczach i dobrze sobie radzi. Strzela dużo bramek. Ale nie tyle, co płot. W poszukiwaniu przygód docieramy do Jałówki i Nowosadów. Oczywiście wszystkie sklepy są zamknięte. Pytamy o przygody miejscowych, ale nikt nic nie wie. Radzą nam przeczekać święta. Mądrale.

Na szczęście w Cisówce rozpoznaję dziadka na jego nieśmiertelnej ławeczce. Na nieszczęście śpi. Niewiele się zmienił. Wino ukołysało go do siarkowego snu żelaznym, macoszym uchwytem. Odciągam mu palcem powiekę, ale to nie pomaga, wywrócił oko do wewnątrz i dalej śpi, zapatrzony w swą oniryczną, niejasną jaźń. Postanawiam przyjść drugi raz później.

Za drugim razem już go nie ma. Tylko niedopite wino, pozostawione na ławce jak reklama niespełnialnego szczęścia, paruje. Na parapetach okien też jakieś butelczyny. Pukam, stukam, nic.

Za trzecim razem zza zamkniętych okien wali muzyka filmowa i niebiesko świeci jaskra telewizora. Wchodzę do sieni, drugie drzwi są zamknięte. Jak można spać w takim hałasie? „Nie mamy nawet żadnego wspólne-

go zdjęcia!!!!!", szepcze głosem lektora czarnowłosa ak-
torka. „Nic nam po sobie nie zostanie?!!!!!" Nastrojowy
dialog. Zamiłowanie do przygód każe mi ostukać okna
i próbować wyłamać zamek. Wykorzystuję chwilę milczenia zdruzgotanych kochanków i kopiąc w drzwi na-
daję do śpiącego dziadka rozpaczliwe SOS, daremnie.
Akcja przenosi się chyba w inne miejsce i kolejną kwestię odbieram jako odpowiedź z góry, jako przepowied-
nię: „Zasnął przy telewizorze!!!!! Zobaczysz go jutro!!!!!"
Tak. Nie uroiłem sobie tego dialogu, tak jak nie wymyśliłem Asi ani czasopisma „Pieniądz".

Od grupki młodzieżowców wystających na poboczu Drogi, tam gdzie ścięte lipy, dowiaduję się wreszcie, że przygody można jednak znaleźć w Nowosadach,
trzy kilometry stąd. Są grzeczni i mówią do mnie przez
„pan", ponieważ jestem starszy. „U Wani w Nowosadach.
Trzeba przejechać przez całą wieś i na końcu, po prawej stronie, stoi taka blaszana stodoła. Tam pan spy-
ta o Wanię. Powie pan, że chłopaki z Cisówki panu
powiedzieli". Tymczasem zapadła noc i nasze ognisko
smętnie trzaska na środku podwórka, które za dnia
było boiskiem.

No to jedziemy ze Śliwą do Nowosadów. Trzy kilometry piaszczystą drożyną w jedną stronę. Siły światła
są po naszej stronie. Siły ciemności przeciwnie. W ka-
belku przenoszącym prąd z dynama do lampy mojego
roweru występują, zupełnie jak między ludźmi, niesty-
ki, i co kilkadziesiąt metrów pogrążamy się w ciemności. Natychmiast tracimy wtedy z oczu wąskie koleiny
wyjeżdżone przez furmanki i ryjemy przednimi koła-
mi w piachu. Przy rowerze Śliwy w ogóle nie ma lampy.
Jest ciemno jak w krypcie w Egipcie. Do Nowosadów
docieramy akurat w porze, gdy gasną nieliczne latar-
nie czuwające nad późnowieczornym życiem uliców-
ki. Jakąś nadzieję daje nam jeszcze ostatni przyczółek

światła w oddaleniu od Drogi. Tym bardziej że dobiegają stamtąd cudowne ludzkie odgłosy. Jakby ktoś coś mówił, ale z korkociągiem w ustach. Tak musiał czuć się Robinson, kiedy zobaczył na piasku ślad pięty Piętaszka. Głosy są podniesione, tym śmielej podążamy w ich stronę między przyczepami traktorów, koparkami „Cyklop" i kultywatorami gleby. Już z daleka kaszlemy i chrząkamy, żeby uprzedzić uprzejmych gospodarzy o nadejściu nieproszonych gości. Światło jest coraz bliżej. Głosy coraz wyraźniejsze. „Pójdź no tam, Misza, jakieś coś chrumie, pewnie dziki przyleźli".

Tak musiał czuć się Odys, gdy pierwszy raz ujrzał Cyklopa i zadrżało w nim serce. Tak musiał czuć się Dawid, gdy zobaczył Goliata i przypomniał sobie, że zapomniał procy. Po chwiejnym pokładzie czarnoziemu czy lessu stąpał ku nam Misza. Wzrok jego był dziki. Suknia bardziej niż plugawa. Ziemia dudniła bezradnie przy każdym jego kroku. Od potężnej postaci bił wicher przyginający do ziemi gałęzie drzew. Otaczał go smrodliwy opar potu i alkoholu z nutką rozkładających się ciał jego niegdysiejszych wrogów. „Kto mi tu łazi po nocy! Bo zaraz w ryja zajebie! Ktoś ty, job twoju mać!" Tak mniej więcej pojąłem jego ruską wypowiedź. O niekaralności zabójstwa w afekcie też, zdaje się, coś było. „Dobry wieczór! My do Wani przyszliśmy!", oznajmiliśmy radośnie. „Chłopaki z Cisówki nam powiedzieli". „Co wam, job twoju mać, powiedzieli?" Tu Misza chciał mnie pociągnąć z baniaka, ale zręczne pas sprawiło, że zaplątał się w czerwonej mulecie dystansu uczuciowego, z jakim starałem się go traktować. „No co, że pół litra można u Wani kupić". „To czego od razu nie gada?", przestroił się Cyklop i wyciągnął prawicę, którą bez przekonania uścisnęliśmy. „Złamać jemu rękę?", spytał jeszcze nieśmiało, nie wypuszczając mojej dłoni ze ślusarskiego uścisku. „No co ty, Misza, daj spokój, widzisz, że grzeczni młodzieńcy", odezwała się jedna z dwóch kobiet biorących udział w podniebnej libacji. „Grzeczni, nie grzeczni, kapusie są gorsze jak wszy". Razem było ich chyba siedmioro. Nie wyglądali na Białorusinów, raczej na wynajętych do udawania Białorusinów Rosjan. „Nu, Wania, podejdźże do gości", poganiała kobieta, która wzięła na siebie rolę anioła pokoju w tej złożonej sytuacji. Mogłaby pracować w ONZ i być wysyłaną we wszystkie zapalne punkty globu jako mediator. Pokój ogólnoświatowy byłby do osiągnięcia w miesiąc. Grubas rozparty za stołem, czyli właściwy Wania, odezwał się basem dostojnym, jakby o dwa razy za dużo obejrzał „Ojca chrzestnego": „Jak grzecznie poproszą, to podejdę". „Wania, grzecznie cię prosimy, podejdź". „A legitymacje policyjne u was są?", spytał pro forma Wania podchodząc. „No co ty, Wania, no co ty".

Przełamawszy bariery nieufności, bratamy się z gminnym mafiosem i zamawiamy pół litra spirytusu. „Idź przynieś, tylko z zakrętką", zwraca się Wania do żony i anioł pokoju posłusznie znika w chałupie. Po chwili wraca z pustą butelką i udajemy się w kierunku czegoś w rodzaju garażu. Cyklop tymczasem obwąchuje jeszcze Śliwę, który stara się go nie obwąchiwać. Kończy się na delikatnym, pojednawczym baran bucu ze strony Miszy. A spirytusu, okazuje się, nie ma już w kanistrze. Może po prostu nie wszystkie bariery zostały przełamane. Staje na tym, że kupujemy trzy butelki wódki „Gorodniaja". Bardzo tania. Wania proponuje jeszcze marlboro z przemytu za pół ceny. Wycofujemy się tyłem, przepraszając, że zakłóciliśmy miłą rodzinną uroczystość. „A co tam! Jakby zabrakło, to znowu przyjdźcie". „Przyjdźcie, przyjdźcie", dołącza się do zaproszeń Misza, „rączki wam połamię rach-ciach".

Mamy zatem co pić przy ognisku. Mamy co jeść. Znaleźliśmy pod płotem stary sagan bez dna i przerobiliśmy go na kuchnię polową, na której gotujemy kotlety sojowe. Lokuje się odwrócony do góry dnem sagan bez dna na kamieniach, stawia się na nim garnek i hajcuje od spodu. Jest bardzo wesoło. Rozmawiamy o Robercie Ten Kielich. Rozmawiamy o telewizyjnym programie „Wybacz mi". Rozmawiamy o Koronkiewiczu i o tym, jak Koronkiewicz rozmawiał z Ryszardem Szeremietiewem i co z tego wynikło. Ogarnia nas nostalgia, więc idziemy spać. _ →

Nazajutrz nostalgia nas nie opuszcza. Zaczynamy tęsknić. Brakuje nam końskiego sąsiedztwa królewskich kowbojek i pożyczania od nich rano kanadyjskiej grzałki „Minutka". Brakuje nam zorganizowanych wypraw do puszczy i naszego nie brania w nich udziału. Brakuje nam piosenek o ptakach. Brakuje nam Asi i jej snów. Brakuje nam nocnych pohukiwań. Postanawiamy wracać. To prawdziwie męska decyzja. Skoro i tak coraz trudniej znaleźć miejsca, gdzie jeszcze nas nie nie lubią, wrócimy do Narewki. Jakoś zniesiemy obrażone spojrzenia kowbojek. A dyrektor „Zepsutego Ptaka" na pewno się ucieszy.

Alvaro uprząta jedną ręką pobojowisko po ognisku. Żegnamy się z Bogdanem i wracamy, skąd przyjechaliśmy. Tą samą Drogą. Na ławeczce nie ma ani dziadka, ani butelki. Zerkam z siodełka w jego tajemnicze okno. Widzę, że butelki z parapetu też uprzątnął. Wystawił za to maleńkie zdjęcie, format paszportowy. Nie poznaję twarzy, ale nie wątpię, że to jego zdjęcie. Koło się zamyka.

Koło się zamyka. Jeszcze w Cisówce mija nas z przeciwka auto ciągnące za sobą chmurę kurzu i żalu. Rozpoznajemy za kierownicą kobietę, która dostała od Wojtka w prezencie budkę dla ptaków. Obok przypiął

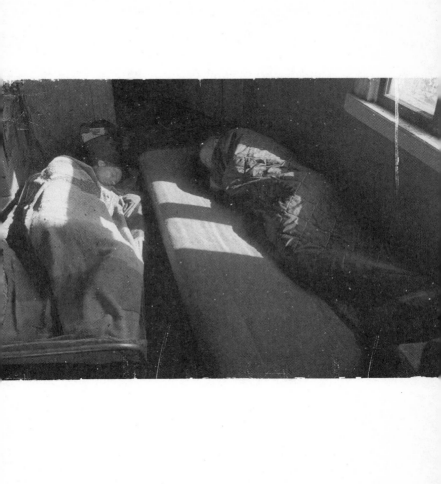

się pasami do siedzenia jej mąż, wściekle wodzący spojrzeniem po okolicy. Wygląda jak ktoś, kto nienawidzi ptaków. Wygląda jak morderca żubrów. Spuszczamy głowy i udajemy miejscowych. Na szczęście nie ma w naszym peletoniku Koronkiewicza.

Obok campingu w Narewce, za ogrodzeniem z siatki, znajduje się amfiteatrzyk, a obok pijalnia piwa. Kiedy, skruszeni, wracamy późnym popołudniem, wszędzie, tylko nie na naszym obozie, trwa zielona noc. Zewsząd pohukiwania i jęki. W muszli koncertowej zagnieździła się pijana młodzież wyjąca bez ładu i składu przeboje wszystkich czasów. Żadnego z nich nie przerabiają na piosenkę o ptakach. Siusiają i rzygają po krzakach. Z piwiarni niosą się westernowe odgłosy bijatyk. Miejscowa ludność biega główną ulicą miasteczka wysmarowana pastą do zębów, świętując nasz jutrzejszy wyjazd. A w obozie, wbrew temu wszystkiemu, panuje porządek i samobójcza cisza. Kowbojki spakowały swoje latarki, grzałki i kapelusze i śpią, aby rano punktualnie i karnie zająć miejsca w autokarze. Kilkudniowi trampowie nasmarowali maściami odparzone pięty i śnią o swych biurach i normowanym czasie pracy, o cudownej codzienności, do której szczęśliwie powrócą po przeżyciu prawdziwie męskiej przygody. Śnią o półbutach o gładkich podeszwach, traperki z grubym bieżnikiem wypierają nawet ze swej podświadomości. Ich ułożeni do snu synowie mają już ułożone w głowach opowieści dla mam o puszczańskich przygodach. A puszczalskie mamy w odległych miastach mają już przygotowane milczenie o s w o i c h przygodach.

Rano zajmujemy te same co przedtem miejsca w autobusie zaprzężonym do przyczepy z rowerami. My na samym końcu posępni jak trupy, przed nami rozdokazywane kowbojki. Ze świata natury wracamy do świata kultury, zatem musimy z nimi rozmawiać. Wymyślamy misterne kłamstewka dotyczące naszego nagłego zniknięcia i niespodziewanego powrotu. One rewanżują nam się streszczeniem przygód, jakie przeżyły pod naszą nieobecność. Trajkoczą jak maszyny dziewiarskie.

– Jak ten przewodnik zapierdalał po puszczy przy nocnych pohukiwaniach, to mało mi druga noga nie odpadła!

– No właśnie, a jak zaczęłam pohukiwać, to mnie zbeształ, że spłoszę puchacze. Bo to puchacze miały pohukiwać, nie my.

– W końcu puścili nam te pohukiwania z taśmy. Na wszelki wypadek wzięli ze sobą magnetofon i dwa głośniki.

– Jak wy tak lubicie podróżować, chłopaki, to może byście wpadli za tydzień do Płocka? Gram tam w turnieju tenisowym. Moglibyście mi kibicować. Mam trzecie miejsce w Polsce w tenisie na wózkach.

Wykręcamy się mówiąc, że nie będziemy kibicować nieuczciwej walce. Że to nie fair. Że powinna nie mieć przynajmniej jednej nogi, jeśli chce zgarniać nagrody w turniejach dla niepełnosprawnych.

– No, właśnie nie mam.

Jak my je, u diabła, podglądaliśmy, że nie zauważyliśmy, że jedna z kowbojek ma protezę? Już nawet podglądać nie umiemy tak, jak kiedyś.

– Jedyna różnica jest taka, że piłka może się odbić dwa razy po twojej stronie kortu.

– Bo my jesteśmy wesołe dziewczyny. Lubimy ruch. Żeby coś się działo. Ja jestem już babcią, ale naprawdę czuję bluesa, chłopaki.

– Jeśli nie interesuje was tenis, odwiedźcie nas w Świętnie. Tam mieszkamy. Mamy fajną chatę. Zaraz napiszę wam adres i telefon.

– Tylko błagamy, nie dzwońcie wcześniej, że przyjeżdżacie. Niepotrzebnie byśmy się stresowały, zaczęłybyśmy sprzątać albo co. Przyjedźcie w ciemno.

– Jeśli nas akurat nie będzie, możecie wejść do stodoły i spać na sianie. Albo weźcie klucz od sąsiada i włączcie sobie telewizor. Pilot leży na półeczce obok paprotki. Sprawdźcie też, czy nie ma piwa w lodówce.

– Dzięki, że nas podglądaliście.

Kiedy żona w nienaturalnej pozie wałkuje ciasto, mąż przygrywa jej na hawajskiej gitarze.

A teraz znowu was zaskoczę. Myśleliście, że to już koniec, wiem. A przecież nie pojawił się jeszcze w tej historii Antonio Banderas, ukrywający w futerale na gitarę potężną, niezrozumiałą broń morału. Zatem po kolei. Po rozstaniu z Patisonem i Alvaro ostatnią część podróży odbywamy ze Śliwą pociągiem. Do półtoralitrowej butli po wodzie mineralnej Śliwa wlał pół litra żubrówki i litr soku grejpfrutowego. Doskonałe rozwiązanie, idealne proporcje. Za chwilę będzie mógł się pojawić Antonio Banderas, tylko jeszcze bardziej nalany. Nie mamy o tym pojęcia, sączymy z gwinta naszego drinka. Pasażerowie z przedziału sądzą, że popijamy po prostu sok, wciąż panuje upał. I wtedy pojawia się Antonio Banderas. Jeszcze bardziej nalany, ale to on. Śniadą twarz okalają ciemne włosy upięte z tyłu w kucyk. Ubrany jest na biało. Przechodzi korytarzem za szybą naszego przedziału. Nie przerywając pogaduszki ze Śliwą, odnotowuję mimowolnie kłopoty desperado z minięciem kobiety obsługującej wózek z napojami i słodyczami. Po dłuższym manewrowaniu w cieśninie i próbie cielesnego abordażu Banderas wpływa na chwilę do zatoki przypadkowego przedziału i wreszcie udaje mu się przepuścić na szersze wody napojowo-słodyczowy szkuner. Jak wszyscy pasażerowie przed nami i po nas, nie wykazujemy zainteresowania ofertą kobiety kapitana. Mamy swoją baryłeczkę.

Po kwadransie zachodzę do WC. W brudnej, chybotliwej klitce wisi na haczyku wiatrówka, biała, ale mocno wysmolona. Pewnie ktoś uznał, że nie warto już jej prać. Może nawet wstydził się w niej chodzić i postanowił porzucić ją tutaj. Na przykład podróżował z końca świata do narzeczonej i chciał dobrze wypaść. Ale dlaczego zewnętrzna kieszeń pęka od nadmiaru wypychających ją paczek papierosów? Kto pozbywa się okrycia z takim zaopatrzeniem? O, są i cygara, jedno nawet z drewnianym ustnikiem. O, złota fajka!

Ponieważ chcę iść do nieba, muszę jakoś odnaleźć właściciela. Ale ponieważ ciekawi mnie, jak wysoko zajdę w niebiańskiej hierarchii, zaglądam jeszcze do wewnętrznej kieszeni kurtki. Gruby zwitek banknotów, same wysokie nominały. Paszport. Portfel. Do trzeciej kieszeni nie muszę już zaglądać. Będę generał-aniołem brygady. Będę bujał się w hamaku uplecionym z sennych marzeń cherubów. Moje grzechy zostaną zlikwidowane jak bankowy debet jedną szczęśliwą wpłatą. Rudy anioł pochyli się nad moim uchem i będzie powtarzał, może w nieskończoność, słodkie „c'est vrai" i „peut-être" zostawiające nadzieję w każdej sytuacji, nawet wtedy, kiedy nadzieja wydaje się niemożliwa. Na przykład po zjedzeniu silnie trującego grzyba. Z tego wszystkiego omal nie zapomniałem się wysikać. Kiedy wychodziłem z kibla, czekała już na swoją kolejkę demoniczna kobieta o oczach węża. Bóg mnie zesłał, abym ją uprzedził. Pokazałem Śliwie znalezisko i zaproponowałem, żebyśmy poszli do nieba razem. Opowiedziałem mu o hamaku i debecie. Domyśliliśmy się, że kurtkę zostawił Antonio Banderas. Odnaleźliśmy go kilka przedziałów dalej, spał na siedząco z banderą spuszczoną do połowy, pod zrefowanymi żaglami. Wybity ze snu lekkim uderzeniem naszego dzioba, z dziurą wybitą w lewej burcie, szybko nabierał wody w usta.

– To twoja kurtka?

– Co? Gdzie? Kiedy?

– Nie, nic, to pomyłka, przepraszamy.

– Ej, zaraz, to moja kurtka! Oddawajcie mi ją! Skąd ją wzięliście?

– Zostawiłeś w kiblu. Powinieneś lepiej jej pilnować. Kopsniesz cygaro?

– Jasne, weźcie dwa.

Siedząc w przedziale nad coraz bardziej pustą butelką soku coraz mniej grejpfrutowego i kopcąc cygara, rozmawialiśmy ze Śliwą o niebie. Przypominaliśmy sobie wszystko, czego dawno temu uczono nas o nim, a co zdążyliśmy już zapomnieć. Już od lat nie mieliśmy nieba w planach.

– Zdaje się, że tam na okrągło rozbrzmiewa muzyka. Tom Waits. Iggy Pop. Mahler and The Wailers.

– Żadnych kotłów z wrzącą smołą. I żadnej posranej literatury. No, może jakieś małe haiku.

– Pogoda. Pogoda zawsze w sam raz, nie za zimno, ale i bez przesadnych upałów.

– I cały czas na takim lekkim haju. Bardzo lekkim. Na takim, wiesz, haiku.

Przyszedł Banderas i dosiadł się bez pytania. Nadepnął na nogę współpodróżnego i nie zauważył tego. Dziura w burcie jego świadomości była tylko częściowo załatana.

– Przeliczyłem pieniądze. Nie brakuje ani grosza. Mam też trochę złota po kieszeniach, nie brakuje ani sztuki. Jest paszport i zielona karta. Gdybym ją stracił, przez rok nie mógłbym wyjechać do Stanów. I musiałbym zapłacić tysiąc dolców za nową. Jesteście porządnymi ludźmi.

– Tak, postanowiliśmy iść do nieba.

– Brakuje tylko dwóch cygar. Mieszkam w Stanach od dwudziestu pięciu lat. Przyjechałem odwiedzić umierającą Matkę. Jestem w radach nadzorczych dwóch dużych browarów. Staram się załapać do trzeciej. Trochę za dużo wypiłem. To naprawdę w porządku, że przynieśliście mi kurtkę.

– Pójdziemy za to do nieba. Nie wiedzieliśmy dotąd, że to takie łatwe. Masz jakąś rodzinę oprócz Matki? Żonę, dzieci?

– Nie mam dzieci. Kiedyś miałem żonę. Przez półtora roku. Sprawa rozwodowa toczy się już dziewiąty rok, nasi adwokaci to fachowcy. Ma na imię Salma. I kciuki wielkie jak banany.

– No tak.

– Zapiszę wam swój numer telefonu. Zapraszam was na pogrzeb mojej Matki.

Wysiedliśmy w Kruszwicy, gdzie przy pierwszej okazji skradziono mi portfel. Nie było w nim pieniędzy, tylko nieważne dokumenty, zdjęcie mojego naburmuszonego syna i karteluszek z pospiesznym zapiskiem: „Antonio Banderas. 605570805". Ten numer wypływa

na koniec tej historii jako jej morał.

Nie bardzo wiem, jak zacząć kolejną opowieść o tym samym, więc zacznijmy może od tego, jak jesteśmy u Śliwy i żeby załadować sobie odpowiedni nastrój oglądamy film z wyprawy do Lublany. Pamiętacie tę niezwykłą scenę, kiedy stoimy na szczycie zamkowej wieży i Primož pokazuje Betonowi miejsca warte sfilmowania, a Śliwie miejsca warte oplucia? Właśnie w tej chwili Patison mówi, że ma lęk wysokości. Mówi:

– A ja mam lęk wysokości.

Pozwólcie, że przedstawię wam Patisona. Oto Patison. Patison, to są świadkowie naszych klęsk. Wiem, wydaje wam się, że już go znacie. Mnie też się tak zdawało. Ale to nie jest ten sam Patison, co kiedyś, teraz to jest sztygar Patison. Jakiś czas temu awansowali go czy zdegradowali i teraz nie jeździ już wózkiem widłowym po placu, ale naprawdę pracuje w kopalni, na dole. Siedemset pięćdziesiąt metrów pod ziemią. Opowiada nam o tym. O tym, że już nie górnicy z kilofami czy świdrami fedrują węgiel, ale że robią to specjalne kombajny. O tym, że stropu nie podtrzymują już stemple wparte w spąg, ale nowoczesny mechanizm, konstrukcja samobieżna. Że w kopalni nie pracują już konie takie jak Łyskacz z Pokładu Idy, ale że zna je z opowiadań starszych górników. Wszystko to jest takie ciekawe, jakbyśmy byli na wycieczce w muzeum górnictwa. Te konie naprawdę spędzały całe życie pod ziemią. Naprawdę ślepły od przeklętych ciemności. Ich los był koszmarem gorszym niż los ślepej ryby, która przez piętnaście lat nic nie jadła. Ale teraz nie ma już tych koni, tamtych kilofów ani stempli. Cały przemysł

węglowy to jedno wielkie rozczarowanie, choć konie
mają pewnie odmienne zdanie. Dowiadujemy się jeszcze, że górnikom na przodku nie wolno rozpalać ognisk, choć mają morze węgla pod ręką.
– A ja mam lęk wysokości.
– A! To dlatego żeś spierdolił pół kilometra pod ziemię?
– Masz lęk wysokości, naprawdę?
– I jak to jest, kiedy się ma lęk wysokości?
– No, to jest tak, że patrzysz w dół i się boisz.
– A jak tańczyłeś na stole po pijaku, to się nie bałeś?
– A jak patrzysz z kopalni do góry, no, przez ten wasz szyb, to masz też lęk głębokości?
– To cholernie źle, Pati, że masz ten lęk wysokości. Widzisz, kiedyś jeździliśmy na nasze wielkanocne wyprawy rowerami. Teraz, kiedy nie dajemy już rady na rowerach, jedziemy samochodem. A kiedyś, kiedy stracimy już do reszty refleks, instynkt samozachowawczy i zdolność oceny odległości, na specjalnym egzaminie pozbawią nas praw jazdy. I wtedy będziemy na Wielkanoc latać samolotami, jak Himilsbach i Maklakiewicz.

Patison od razu smutnieje. Bezradnie patrzy tymi czarnymi oczami, które widziały tyle węgla, ile nam wszystkim do kupy nawet się nie śniło.

– Nie martw się, stary. Będziemy cię sadzać daleko od okna.

– I będziemy cię okłamywać, że lecimy ledwie dziesięć metrów nad ziemią. Wiesz, że jak my kłamiemy, to łatwo nam uwierzyć.

– Możemy złożyć specjalne zamówienie w liniach lotniczych, żeby wszystkie stewardesy na naszej trasie były rude.

Patison ma bzika na punkcie rudych kobiet. Ja tak samo. Ale cały mój bzik szczęśliwie skupił się na jednej kobiecie, wiecie. No i ja nie mam lęku wysokości i uwielbiam latać samolotami. Dlatego nie jestem smutny jak Patison, którego udaje się wreszcie pocieszyć Śliwie:

– O.K., Pati. Razem z rudymi stewardesami zamówimy taki specjalny samolot, co będzie latał siedemset pięćdziesiąt metrów pod ziemią. Najwyżej trochę przepłacimy.

– No! Twoim górnikom hełmy pospadają, jak zobaczą sztygara Patisona lecącego z kolegami wesołym samolocikiem prościutko przez ich pokład.

Nie ma z nami Alvaro ani Koronkiewicza. Dzięki temu wytworzyło się między nami coś, co trudno określić. Taka jakby luka prawna, ale niedokładnie ona. Coś podobnego do przerwy w odbywaniu kary albo brakującego ogniwa w procesie odczłowieczania. Ale odkąd zrobiło się głośno o tradycji naszych wypraw, rzesze młodzieży zaczęły zgłaszać swoje kandydatury. Wiadomo, każdy by chciał z nami pojechać. Występować w naszych filmach i książkach. Każdy człowiek, który zachował choć odrobinę wewnętrznej Wolności, marzy na początku kwietnia, żeby się z nami zabrać, zamiast zasuwać w Wielką Sobotę do kościoła z koszyczkiem z jajami jak Czerwony Kapturek. Ale mowy nie ma. Wewnętrzna Wolność na odległość jebie nam nieświeżym kabaczkiem, my pierdolimy wewnętrzną Wolność, nasza Wolność jest zewnętrzna. Postanowiliśmy jednak dać szansę Młodemu. Młody od dawna chciał z nami pojechać. Szczególnie pragnął poznać Koronkiewicza, ale nie od razu osiołkowi w żłoby dano. Na razie dopuściliśmy go do udziału w wyprawie na prawach kandydata. Pamiętacie zdobycie Mount Everestu? Jeśli my jesteśmy Hillarym, on jest Tenzingiem. I też musi dźwigać nasze bagaże. Musi szukać dla nas przygód i znosić nasze uszczypliwości. Wieczorem, kiedy już znudzi nam się smarowanie go pastą do zębów, musi smarować się sam. Wymądrza się za to wypowiadając mądrości o życiu, które przez cały rok wyszukiwał w internecie, żeby nam zaimponować. „A wiecie, że człowiek zjada podczas życia średnio siedem pająków?" – mówi. „W jaki sposób?" – powątpiewamy. „Przez sen" – wyjaśnia Młody.

Młode pokolenie jest strasznie ambitne, to musimy przyznać. Wyznaczyliśmy Młodemu sześć sprawności, jakie powinien zdobyć, aby stać się pełnoprawnym członkiem naszej grupy zżytej jak pszenica z żytem. W końcu musimy sprawdzić, czy nie jest na przykład szpiegiem, Prawda? I Młody jest bardzo sprytny, już pierwszej doby zdobył pięć z sześciu sprawności. Opowiem o tym jak należy, po kolei.

Patison ma pewną właściwość, uciążliwą a trudną do wyrugowania. Krótko mówiąc, zawsze musi narozrabiać. Wskutek długiego przebywania w podziemiach jego ruchy stały się niezborne: a to urwie półkę w łazience, a to rozleje coś tam, gdzie akurat lepiej by było nic nie rozlewać, a to włączy mu się straszna patisonowa nawijka, a to przyczepi się do Bogu ducha winnej rudej kobiety, żeby z nim pojechała obejrzeć kopalnię. Po prostu taką ma jazdę. Ale zaraz potem, co gorsza, bierze go na wymioty sumienia, a wtedy z okrzykiem „O rany, urwałem półkę!" wskakuje w swoje słynne samobieżne buty i już go nie ma. Dopiero jak mu się baterie w tych butach wyłączą, odnajduje go Służba Ochrony Kolei albo Straż Pożarna: zabiedzonego, bez dokumentów i pieniędzy, w cudzym szlafroku i nie wiadomo gdzie. Po prostu, żeby długo nie tłumaczyć, znajdują nie tyle właściwego Patisona, co jego wersję dubową. Historia samobieżnych butów Patisona jest długa i skomplikowana, moje przyciężkie pióro nie sprosta zadaniu opisania jej. Dość powiedzieć, że doprowadził mnie do tego, że na jednym z posiedzeń złożyłem kiedyś wniosek o relegowanie go z naszej grupy. Na szczęście Śliwa go wybronił. Fakt, że ja z kolei jestem trochę upierdliwy, a Patison jest z natury niewinny, tylko za dużo siedzi pod ziemią. Pozwólmy jednak, aby przemówiły wreszcie fakty. Po obejrzeniu filmu z Lublany Patison odgryzł kawałek dywanu, wyniósł mnie do zlewu, bo już spałem, krzyknął „Ugryzłem dywan!", po czym włożył buty i zniknął. Dokładnego przebiegu dalszych wydarzeń nie znam, ale przez sen słyszałem krzyki Młodego ganiającego Patisona po osiedlu, a potem wlokącego go za nogę po schodach. Słyszałem szum morza i myślałem, że Patison zwiał aż na morza południowe, ale to dlatego, że leżałem z uchem w filiżance. Natomiast echo na klatce schodowej naprawdę potęgowało odgłos odbijającej się od schodów głowy Patisona, aż zaniepokojeni sąsiedzi zrywali się z łóżek i zaczynali pakować po ciemku jajka do koszyków, bo myśleli, że zaczęły się święta. Ile jajek się stłukło, tego nikt już nie policzy. Za to Patison obudził się rano w łóżeczku, w pidżamce, bez bólu głowy i sokistów, w pokoju, z którego ściany zniknęli wszyscy Charlesowie Barkleyowie, tysiąc pięć sztuk, co do jednego, bo Śliwa zmienił tapetę. Kiedy Patison wstał, zwołaliśmy konsylium i oceniwszy, iż jest zdrów i wesół, przyznaliśmy Młodemu sprawność Odzyskiwacza Patisona.

Z drugą sprawnością poszło mu banalnie łatwo. Kiedy tylko przyjechaliśmy do Międzygórza, postawił nam obiad i uzyskał sprawność Stawiacza. To bardzo ważne, żebyśmy nie chodzili po górach głodni.

Trzecią sprawność przyznaliśmy mu wstecznie. Z dobrej woli, sami z siebie. Już w Stodole, do której z braku klucza włamaliśmy się delikatnie jak Arsène Lupin, po wizycie Mamy Siwego i uiszczeniu opłatki po 8 zł za dobę od łba, siedzieliśmy przy kominku i rozmawialiśmy o życiu. Kazaliśmy Młodemu, żeby opowiedział,

jak mu urwało rękę, bo właśnie rozmawiamy o życiu.
Jak wlazł do stacji transformatorowej. I co się czuje,
kiedy człowiek przykłada rękę do urządzenia pod na-
pięciem 12 000 woltów.

– Prąd – powiedział Młody.

Kazaliśmy też Młodemu opowiedzieć, jak się żyje
bez ręki. Jak to w ogóle jest. Na wszelki wypadek lepiej
wiedzieć takie rzeczy. To znaczy Alvaro może się kiedyś znów dopytywać. Młody mówi, że bez ręki żyje się
całkiem nieźle. Wierzę mu, sam miewam czasem wrażenie, że mam tych rąk za dużo, szczególnie rano, kiedy każda chciałaby coś robić. Jest tylko kilka czynności,
z którymi Młody nie może sobie poradzić.

– Na przykład?

– Na przykład nie mogę obierać ziemniaków.

Inną z takich niemożliwych czynności jest klaskanie.
Ziemniaki, co odkrywamy bez trudu, zawsze można
zjeść bez obierania, ale klaskanie to rzeczywiście duży
problem. Wyobraźmy sobie, że do Polski przyjeżdża
Patti Smith i Młody idzie na jej koncert. Muzyka Patti
Smith jest wspaniała, wszystkim się podoba i wszyscy
długo biją brawo na koniec, tylko jeden Młody nie.
Wychodzi na głupka, jedynego na tysiąc ludzi, któremu
się nie podobało. Można się źle poczuć w takiej sytuacji,
bez dwóch zdań. Oczywiście mógłby klaskać ręką o policzek, ale pewnie uznano by wtedy, że właśnie zdradził
żonę albo popełnił inną podłość. Młody opowiada, że
był raz na koncercie Budki Suflera i Cugowski, ten
gruby od wokalu, od razu wypatrzył, że na widowni
jest jedna osoba, która nie klaszcze. Popatrzył wtedy
na Młodego takim wzrokiem, że ten ze strachu zaczął
klaskać o rękę faceta siedzącego w fotelu obok, ale po
dwóch minutach facet się połapał. Tak czy owak, jeśli
ktoś nazwie Młodego „niepełnosprawnym", ma u nas
w ryja, to pewnik.

Młody wychował się na wsi, z dala od cywilizacji. Nie było nikogo, kto mógłby mu powiedzieć, jak nie iść do wojska. Dopiero teraz tłumaczymy mu ze Śliwą jak dziecku, że idzie się do wariatkowa. Parę tygodni jak w sanatorium. Wikt i opierunek gratis. Fajni koledzy. Rude pielęgniarki. Wszystkie kończyny na miejscu, tyle że dupa skłuta zastrzykami pernazinu, haloperidolu czy tam innego doktorskiego wynalazku.

– Było mi wtedy powiedzieć – mówi Młody.

I postanowił, dziewiętnastoletni desperado z ubogiej śląskiej wioseczki, nie iść do wojska na własną rękę. Przez zieloną łąkę nurzającą się w promieniach wschodzącego słońca podążył ku stacji transformatorowej, otworzył grzebykiem kłódkę, znalazł miejsce z napisem „12 000 V" i trach. Postąpił idiotycznie, po prostu pojechał jak na urwanym rozumie, ale fakt, że wojsko od razu miał z głowy. I czyż moglibyśmy nie docenić jego samozaparcia i bohaterstwa wynikających z głębokiego, intuicyjnego poczucia pacyfizmu? Od ręki dostał od nas kolejną sprawność. Sprawność tę nazwaliśmy sprawnością Niewidzialnej Ręki.

Czwarta sprawność. Święta zaplanowaliśmy w szczegółach. Siedzimy przy kominku i rozmawiamy o życiu, a Młody donosi drewno, taki jest ten plan. Zaplanowaliśmy też na święta pięć przygód. Ale już w przedświąteczny wieczór, ledwie rozpaliliśmy ogień i usiedli wokół, ani się obejrzeliśmy, a dwie przygody były już za nami. Wtedy kazaliśmy Młodemu schować przed nami dwie z trzech pozostałych przygód. W obrębie Stodoły, żeby jacyś pieprzeni „przypadkowi turyści", którzy zawsze zjawiają się w niewłaściwym miejscu w najmniej odpowiednim momencie, nie natknęli się na nie. Ale miał je ukryć tak dobrze, żeby nawet tak wyrafinowani poszukiwacze przygód jak my nie dali rady ich znaleźć. Nie było to łatwe zadanie, ale spisał się chwacko, nie ma co! Ja już spałem, bo z powodu mojej upierdliwości chłopaki każą mi wcześnie kłaść się do łóżka, ale coś niecoś przez sen słyszałem. Słyszałem, jak przeklinali poszukując przygód. Słyszałem, jak Śliwa nerwowo postukiwał toporem o podłogę i groził Młodemu, że odrąbie mu drugą rękę. Potem trzymali w kominku jego nogę, czułem swąd spalonej skóry, a Młody darł się wniebogłosy:

– Nie powiem! Nie powiem! Nie powiem!

Kiedy znudziło im się trzymanie w kominku nogi Młodego, który strasznie się zawziął, żeby nie puścić pary z ust, musiał sam ją tam trzymać do odwołania. Bolało strasznie, ale nie zdradził kryjówki. Ostatnim, co usłyszałem, zanim zasnąłem na dobre, był dramatyczny krzyk Młodego:

– Chłopaki, nie śpijcie! Mogę już wyjąć nogę?!

Tak uratowane zostały dwie przygody, a on uzyskał tytuł Ukrywacza Przygód, sprawność czwartą. Wystarczyło, że przez całą noc podtrzymywał ogień w kominku, żebyśmy nie zmarzli, i już miał sprawność Stróża Ognia.

I oto pierwszego dnia świąt z rana miał na swoim koncie już pięć z sześciu sprawności. Zebraliśmy się z Patisonem i Śliwą na nadzwyczajnym posiedzeniu, żeby ocenić sytuację.

– Ma już pięć sprawności, skurczybyk.

– Dobrze mu idzie.

– Musimy wymyślić coś ekstra.

Co trzy głowy, to nie jedna. Kiedy niewyspany Młody zwlókł się z wyrka, wszystko było już przygotowane. Wszystko: nóż, miska, kosz na obierki i sześć kilo ziemniaków kupionych jeszcze w Nysie. Sprawność szósta: Obieracz Ziemniaków.

Międzygórze, jak sama nazwa wskazuje, leży między górami. Jest to ciche miasteczko położone nad rzeczką, która w samym jego centrum załamuje się nagle i spada w dół wodospadem Wilczki. Nie ma tu bocianów, dlatego można rozrabiać do woli. Jak tylko zobaczyliśmy tabliczkę, że nie wolno schodzić do podnóża wodospadu, przeskoczyliśmy barierkę i zrzucając sobie wzajemnie kamienie na głowy zeszliśmy stromym urwiskiem do rumowiska w dole. Młody z błogością chłodził w zimnym nurcie spaloną nogę. Wiatr omiatał nasze postacie wodnym pyłem i nawiewał nam na oczy mgłę. Turyści z mostku na górze robili nam zdjęcia. Mam nadzieję, że kolorowe: byliśmy w samym środku tęczy.

Ale niezbyt często schodzimy do Międzygórza z góry, na której stoi przy niebieskim szlaku Stodoła. Nie chce nam się. Raczej to do nas fatygują się w odwiedziny znajomi Śliwy: eks-mąż Jolandy, Siwy albo Grzesiek. Nudę zabijamy rozmowami o życiu, słuchaniem czeskiego radia, dręczeniem Młodego i poszukiwaniem przygód. Oczywiście Młody ujawnił nam już tamte dwie, ale wystarczy zrobić parę kroków od chałupy i zaraz trafia się na jakąś przygodę. Na razie znaleźliśmy dwie puszki piwa z datą ważności wyznaczoną na wrzesień ubiegłego roku i puzderko z marihuaną, które zgubił Siwy podczas poprzedniej wizyty. Jeśli chodzi o piwo, to zapewne nocujący tu przed nami turyści nie stanowiący zżytych grup, nie raz i nie dwa ukrywali je przed sobą. I to czasem tak dobrze, że rano nie pamiętali już, gdzie jest. A dopiero niedawno zszedł z gór śnieg i odsłonił niezmierzone pokłady smacznego, dobrze schłodzonego w zaspach i przeterminowanego piwa. Jeśli chodzi o marihuanę, została uroczyście zwrócona Siwemu i uroczyście wypalona. Jako fajka pokoju, bo Siwy miał żal, że włamaliśmy się do Stodoły zamiast poczekać parę godzin w deszczu na klucz. Plótł coś, że nie wchodzi się do cudzego domu bez klucza. Chyba nigdy nie oglądał przygód Arsène'a Lupin.

Skoro mowa o przykrych sprawach, to Młody nas zrobił w konia. Dobrze chociaż, że sumienie go ruszyło i w końcu się przyznał. Otóż wcale nie urwało mu ręki w stacji transformatorowej. To znaczy urwało mu, ale nie dlatego, że chciał uniknąć woja. W rzeczywistości było tak, że wspiął się po coś na słup trakcji elektrycznej. Po co, tego dokładnie nie wiadomo, bo wskutek traumatyczne-go przeżycia Młody zawsze zawiesza się w tym miejscu opowieści jak komputer, któremu przestało się kręcić śmi-gło wentylatorka przy zasilaczu. Próbuje powiedzieć, a nie może, powtarza tylko, że wlazł tam po, po, po, po…

– No, powiedz starym kumplom, po coś tak naprawdę wlazł na ten słup?

– Po… – czerwienieje z wysiłku Młody. – Po-po-po--po…

Taką siłę mają przez całe życie człowieka przeżycia jego młodości.

– No powiedz! Po popołudniówkę? Popolemizować z elektrycznością?

Jedno jednak wiadomo. Coś, po co wspinał się Młody, musiało być kwintesencją piękna, czymś, w czym mogą uwić sobie gniazdko nasze najgłębsze tęsknoty. Myślę, że mógł to być kobiecy włos. Niewidzialny, a jednak po-łyskujący chwilami w świetle, którego prawie nie ma. A Młody jest pewnie romantyczny, tylko jego męskość wciąż wystawiana przez nas na próbę nie pozwala mu tego okazać. Przez zieloną łąkę nurzającą się w pobla-sku księżyca w pełni („z gitarą na plecach" – podpowia-da Śliwa) podążył, dziewiętnastoletni desperado z ubo-giej śląskiej wioseczki, ku słupowi wysokiego napięcia. Zręcznie wdrapał się na sam szczyt, wyciągnął rękę po to piękno, zawadził gryfem gitary o przewód pod napię-ciem 16 000 V i trach.

Szczerość Młodego skłania nas w naszych wieczor-nych rozmowach o życiu do daleko idących męskich zwierzeń. Śliwa na moją prośbę jeszcze raz opowiada, jak Domarus kiwał nogą. Patison próbuje przypomnieć sobie jeszcze coś o kopalni, ale nie przychodzi mu do głowy żadna ciekawostka, więc próbuję mu pomóc:

– Zawsze mnie ciekawiło, gdzie i jak górnicy się załatwiają.

– Normalnie. W każdym chodniku kopie się takie specjalne odgałęzienie, skąd nie wydobywa się węgla, tylko chodzi się tam za potrzebą.

– Ale co, stawiacie tam sobie jakąś wygódkę albo toi-toia?

– Nie, sra się normalnie, pod gołym niebem. Jak pokład jest już wybrany, to się na odchodne zasypuje te odchody.

Ja postanawiam zwierzyć się chłopakom, jak w młodości byłem włamywaczem amatorem. Opowiadam im o tym, ale to już zupełnie inna historia.

No i święta się kończą. Zwlekałem, ile mogłem, z napisaniem tego nieuniknionego zdania. Po tylu przygodach patrzymy na świat trochę innymi oczami. Zaczerwienionymi i lekko piekącymi. Ale możemy wyłgać się tutaj kłamstewkiem. Możemy powiedzieć, że oczy pieką nas od patrzenia na świat. Że widzimy go od podszewki, że dostrzegamy wagę każdego szczegółu i przyczynę każdego nieszczęścia, i dlatego oczy przestają wytrzymywać. Wiemy wszystko o życiu, od którego oderwało się coś bardzo potrzebnego, o życiu bez ręki, życiu bez rozumu, życiu bez oparcia, życiu bez nadziei, życiu bez świadków. Po co nam święta? Wystarczy. Wiemy już wszystko o kopalniach, nawet gdzie i jak górnicy załatwiają potrzeby fizjologiczne. Wiemy też, jak jest w środku tęczy. Rozumiemy ból i wiemy, po co jest rozkosz. Tylko rude kobiety, wiecie, pozostają dla nas tajemnicze i niepojęte jak brzytwy.

I kowbojki czują bluesa II, czyli podkolanówki Koronkiewicza

Wróćmy jeszcze raz pamięcią do tamtych dni i miejsc. Do domku nr 12 na campingu w Narewce. Pamiętacie, jaki bałagan w nim panował? Powróćmy do tej chwili, kiedy Alvaro nadludzkim wysiłkiem i jedną ręką usiłuje posprzątać, a my, chcąc nie chcąc, pomagamy mu trochę, bo własne rzeczy sami upychamy do sakw rowerowych. Szykujemy się właśnie do ostatecznego wyjazdu. Jeszcze nie wiemy, że jedna z kowbojek nie ma nogi. Koronkiewicza już z nami nie ma, bo pojechał spędzić święta z rodziną. Kiedy sakwy trzeszczą w szwach, na półce za bordową zasłonką znajdujemy niebieski prochowiec Koronkiewicza i jego słynne skarpety zwinięte w obwarzanki.

Oto jak skarpetki Koronkiewicza stały się słynne. Wręczanie budek lękowych zaambarasowanym damom nie było jego jedyną oficjalną rolą na obozie Biura Aktywnego Wypoczynku „Zepsuty Ptak". Zaraz pierwszego wieczoru miał też wygłosić w amfiteatrze za płotem mowę powitalną do uczestników obozu. Miał wystąpić między wójtem gminy Narewka a plebanem miejscowego Kościoła Ptaków Ostatnich. Miał powiedzieć w imieniu organizatorów, jak bardzo się cieszą, że mogą gościć tylu prawdziwych miłośników przyrody. Miał napomknąć o surowym pięknie okolicznej puszczy. Miał zręcznie wpleść w swoje przemówienie przypomnienie możliwości wykupywania talonów na niezliczone atrakcje.

Przygotował się do przemówienia. Miał już gotowy początek: „W imieniu organizatorów, pauza, życzę wam wszystkim pomoru!". Miał już gotowe zakończenie:

wygwizdany, poszturchiwany, w ulewie płwociny padającej zewsząd, zostanie zrzucony ze sceny jak frontman punkowego bandu, dumny i niezłomny. Miał też godowy strój. Napisałem godowy? To przez te ptaki. Biała koszula. Krawat. Ciemna marynarka. Różowe majty zapinane pod brodą na guziczki i pstrokate skarpety po samo kolano. Do tego ciężkie buty. Usiedliśmy na spróchniałej ławeczce amfiteatru przygotowani do klaskania za wszelką cenę. Klepaliśmy Wojtka po ramieniu i do ostatniej chwili wymyślaliśmy dla niego alternatywne początki przemówienia. Widzicie, jak uśmiechał się pod nosem przed ostatnim występem? ------------▶

Minęła siedemnasta, zapalono reflektory, które wskutek zwarcia w instalacji od razu zgasły, i na scenę wkroczył wójt gminy Narewka. Mówił o przyjemności i zaszczycie, jakie ma, mogąc powitać wszystkich przemiłych gości, uczestników obozu. „Żebym ja cię, kurwa, nie przywitał!", odkrzyknął mu hardo miejscowy pijak. Wójt niezrażony przemawiał dalej, a co dwa, trzy zdania odpowiadał mu, za każdym razem zaczynając od anafory „żebym ja", lokalny buntownik. Do naszej ławeczki podszedł zaaferowany dyrektor „Zepsutego Ptaka".

– Wojtek, jesteś gotów? Zaraz twoja kolej. O Jezu, chłopie, jak ty wyglądasz?!

– Co, masz coś przeciwko moim majtkom?

– Nie, ale te skarpety! Wyglądasz jak pedał.

– Dyrektorze, naszym zdaniem Wojtek wygląda świetnie. Świetnie się wkomponowuje w tajemniczy świat puszczańskiej przyrody. Mamy już przygotowane oklaski.

– Dobra, dobra. Siedź tu i udawaj przypadkowego mieszkańca Narewki. Sam wystąpię.

I pobiegł w stronę sceny, zajął miejsce wójta i z czerwoną twarzą rozpaczliwie zagaił:

– Oto po raz pierwszy spotykamy się na wielkanocnym festiwalu puszczańskim. Niezwykle mi...
   – Żebym ja cię nie spotkał w ciemnej ulicy, ekologu jebany!
   Odkąd trwa batalia o uczynienie całego obszaru Puszczy Białowieskiej parkiem narodowym, do słownika wulgaryzmów tutejszego narodu trafiło słowo „ekolog". W Hajnówce kupiliśmy nawet butelkę wódki „Ekolog", którą bez zbędnej zwłoki wypiliśmy. Ilekroć tubylcy w barze szukali zaczepki, podchodzili do nas, uśmiechali się fałszywie i pytali: „Ekologi, co?". A my zawsze odpowiadaliśmy: „Nie, nie! My myśliwi!". A teraz, w dniu ostatnim, stoimy twarzą w twarz z tajemnicą skarpet Koronkiewicza, które tak niespodziewanie odsłoniła nam bordowa kurtynka. Jestem najszybszy:
   – Mam jeszcze trochę miejsca w sakwach. Wezmę ten prochowiec i oddam Wojtkowi przy jakiejś okazji. Kto bierze skarpety?
   – Ja już nawet igły bym nie zmieścił. Niech weźmie Śliwa.
   – Nie, ja się brzydzę. Mogę wziąć prochowiec.
   – O, nie, ja pierwszy zamówiłem prochowiec.
   – No to zostawmy je.
   Czytelniku, zważ w swoim sercu wszystko, co teraz ci powiem. Jeśli trafisz kiedyś na camping w Narewce, wynajmij domek nr 12. Powiedz, że dwunastka przynosi ci szczęście albo że w tym domku poznałeś swą świętej pamięci żonę. A kiedy już będziesz w tej świątyni, gdzie niegdyś rozbrzmiewał nasz śmiech i niewybredne dowcipy, zajrzyj za bordową zasłonkę. Pamiętaj, to relikwie naszej spóźnionej młodości. Wybacz nam rysunki i napisy zostawione na ścianach przez Koronkiewicza. Być może szczęście uśmiechnie się do ciebie i zagrasz w filmie. Stoisz przed wielką życiową szansą.

Bowiem za kilkanaście dni pojadę nad rozlewiska Biebrzy. Wojtek odbierze mnie z pociągu i odwiezie autem do Goniądza. Po Drodze skręcimy w bok, żeby zatrzymać się w miejscu, gdzie kapitan Raginis wysadził się w powietrze granatem w swoim bunkrze. Honor nie pozwolił mu postąpić inaczej wobec triumfalnego pochodu hitlerowców. Jak wy tak, to ja tak. Piękne miejsce na śmierć, wzgórze nad malowniczą doliną Narwi w zieleni. Uczcimy jego pamięć minutą niezręcznej ciszy w aucie telepiącym się bocznymi Drogami. A zaraz potem zbezcześcimy jego pamięć następującym dialogiem.

– Zostawiłeś w Narewce swój słynny prochowiec. Przywiozłem ci go.

– A skarpety?

– Co skarpety?

– Zostawiłem też skarpety. Nie zabraliście ich?

– Nie było żadnych skarpet.

Minuta ciszy. Kapitan Raginis. Jeszcze raz nagły huk eksplozji.

– Cholera. No to koniec. Kręcimy właśnie serial dla telewizji, taką mydlaną operę. Występuję w nim w tych skarpetach. Mamy już osiem nakręconych odcinków. No to klops.

– Nie możesz kupić innych skarpet?

– Nie. Nigdzie nie znajdę identycznego wzorku. Był skomplikowany, jak ten serial. I bardzo istotny dla rozwoju akcji. Wiesz, zamienić teraz te skarpety na inne to tak, jakby w dziewiątym odcinku „Czterech pancernych" Szarik zamienił się w jamnika.

– No to rzeczywiście.

Gdzie ja nie byłem i czego ja nie widziałem! Byłem kiedyś w mieszkaniu Andrija Bala, człowieka, który na mistrzostwach świata w Hiszpanii w 1982 roku strzelił gola Brazylii. Widziałem włos Magdy na swoim swetrze. Wdziałem też kiedyś na siebie sweter bardzo wybitnego himalaisty, którego nazwiska chwilowo nie pamiętam. Nie lubię, kiedy dziennikarze pytają himalaistów, dlaczego zdobywają góry, a ci odpowiadają: „Bo są". Nie uważam, że jeśli coś istnieje, to od razu trzeba na to włazić. Ale muszę przyznać, że napisałem tę książkę z powodu istnienia języka. Choć lubię kłamać, że napisałem ją z rozpaczy. To kłamstewko, na którym łatwo mnie przyłapać, bo z rozpaczy to można by coś napisać, gdyby nie była niemą rozpaczą, ale i tak je lubię, to kłamstewko.

Człowiek rozpaczałby przez całe życie, ale na szczęście czasem musi pograć w piłkę. A wtedy okazuje się, że strzela gola Brazylii i już się cieszy jak głupi. Śliwa i Justyna bardzo chcieli kiedyś zobaczyć, jak strzelam gola. Przyszli na mecz i usiedli tuż przy linii bocznej, żeby dobrze widzieć. Ale wzdłuż linii przechadzał się sędzia i przeszkadzał im w oglądaniu, bo ciągle do nich gadał. Mamy takiego sędziego w naszej lidze, który ciągle musi z kimś rozmawiać. Nazywa się, nie chciałbym nikogo urazić, Kiszka. Podczas meczu strasznie się nudzi, futbol go nie interesuje, więc rozmawia z kibicami, z trenerami, a czasem z żoną przez telefon. Co jakiś czas spojrzy na boisko i bez sensu dmuchnie w gwizdek. Dlatego nie jest lubianym sędzią i często na trybunach rozlega się okrzyk „Ślepa kiszka!". Po meczu spytałem

Justynę i Śliwę, który z pięciu goli, jakie strzeliłem, najbardziej im się podobał. „Żadnego nie widzieliśmy – odparł Śliwa – bo rozmawialiśmy z tym sympatycznym sędzią, jak on się nazywa... Jelitko?"

Kiedyś obudziłem się gdzieś w Górach Stołowych w niewiadomym domu, wyszedłem na podwórko i zobaczyłem człowieka, który właśnie zdjął sobie nogę. Sztuczną, pewnie go uwierała. Zdjął ją sobie zupełnie normalnie, jak but. Jak można nie napisać książki, kiedy ciągle spotyka się tylu interesujących ludzi, jest się świadkiem tylu niezwykłych wydarzeń?

Niedawno przygotowywaliśmy dziecko na przedszkolny bal przebierańców. Z początku syn chciał być kominiarzem i przynosić szczęście, ale ostatecznie postanowił zostać indiańskim wojownikiem, przynosić krew i zniszczenie na ostrzu tomahawka. Pokazałem mu, jak się mocuje pióropusz, żeby gumka nie uwierała w uszy. Zawiesiłem mu na szyi fajeczkę do marihuany i skłamałem, że to kalumet. Zawiesiłem mu na szyi łapacz snów od Śpiącej Myszy i wyjaśniłem, że to amulet. Powiedziałem mu, jakie dziwne imiona nosili Indianie. Na przykład Wchodzi Głęboko w Wodę. Albo Dziesięć Niedźwiedzi. Zwariowany Koń. Rączy Jeleń.

„Jak chciałbyś się nazywać?"

„Pięć Szybkich Żyraf".

Czego ja nie słyszałem i czego nie czytałem. Olga powiedziała kiedyś, że najtrudniejszy z przekładów to przekład języka snu na język jawy. Coś w tym rodzaju. Ryszard Przybylski napisał zaś w nawiązaniu do Junga: „Kiedy słowa usiłują zastąpić mgliste obrazy ze snu, »psują się« wówczas i słowa, i same widziadła". I: „Sen jest aniołem prawdy".

Za komuny widziałem gdzieś na klatce schodowej przeciwantywyborczą ulotkę: „Obywatelu! Nie sprawdziłeś się w łóżku? Sprawdź się na listach wyborczych!".

Przeczytałem kiedyś i przełożyłem wiersz Carla Sandburga „Tancerz słońca". Poznałem też wiersz Daniela Bourne'a „W tym świecie, świetle..." w przekładzie Tadeusza Dziewanowskiego.

Bawiliśmy się kiedyś w listonosza, jak zwykle. Stuk puk. „Kto tam?" „Listonosz". I tak osiem razy. Stuk puk. „Kto tam?" „Smutnonosz". „Dlaczego smutnonosz?" „Bo już mi smutno od noszenia tych listów. Pobawmy się w coś innego".

Innym razem mój syn dostał nagle strasznej korby, zaczął się rzucać i krzyczeć: „Ratunku! Mój rozum ugryzł mnie w głowę!"

Innym razem usłyszałem strzęp rozmowy popijających piwo żuli. Rozmawiali o technice. „A technika?" „Technika?" „No, technika!" „A, technika! To znaczy, że masz małego chuja".

Innym razem przeczytałem w okolicznościowym tekście Bohdana Zadury zdanie: „Mam 55 lat, już wiem i jeszcze pamiętam, jak wygląda naga kobieta".

Innym razem zadzwonił do mnie znajomy i powiedział: „Może byś napisał książkę, co?". A ja odpowiedziałem: „To niezły pomysł. Ale ja nie umiem zmyślać". „Coś wymyślisz. Angelikę i Wieloryba albo coś zupełnie innego", powiedział. Tak powstała ta książka.

Drogi czytelniku, tak jak się umawialiśmy, kupiłem od szwagra jego stare mitsubishi, zrobiłem prawo jazdy i pożyczyłem laptopa, żeby napisać powieść Drogi. Spytałem Patisona i Śliwę, czy chcą w niej wystąpić, usadowiłem ich wygodnie, zapakowałem namiot do bagażnika, pod tylną szybę wrzuciłem laptopa i gotowe. To nie będzie jakieś byle opowiadanko, to będzie długa opowieść, w której zawarty zostanie cały sens ludzkiego życia wraz z wyjaśnieniami tego sensu. Opowiem ci o zatrzymywaniu się w przypadkowych miejscach. O szumie wycieraczek i włączaniu kierunkowskazów. A przede wszystkim o przygodach, jakie nas spotkają i jakie stanowią dużą część tego sensu, co to już mówiłem na wstępie.

Patison zapuścił Lou Reeda, żeby nie słuchać cielemoków z RMF-u i Radia Wawa, ja spojrzałem we wsteczne lusterko i jazda. Jest piękna pogoda! Z lasów na poboczu dobiega śpiew ptaków! Przez szyberdach możemy oglądać niebo! Zaraz za Białymstokiem rozpędzamy się do, jak to określa Śliwa, medytacyjnej setki, i jedziemy sobie powolutku na spotkanie przygody. Przeglądamy się w mijanych krajobrazach. Czekamy na jakiegoś sympatycznego autostopowicza, żeby go zabrać. Dziwimy się nazwom mijanych miejscowości. Undy Małe. Łopienite. Ruszczany. Rzędziany. Właśnie w Rzędzianach, bo ujechaliśmy już dziesięć kilometrów, widzę na poboczu uroczą parkę z wyciągniętymi kciukami.

– To co, bierzemy ich? – pytam.

– Kogo? Nikogo nie widzę – mówi Śliwa.

– A ja *widzę* – mówi Patison. – Ale on jest jakiś taki pająkowaty, a ona wygląda, jakby pół roku żywiła się kaszanką i tranem. Ja bym ich nie brał.

– Olgierd! Angelika! – oświeciło mnie i zacząłem zjeżdżać na pobocze i hamować.

Dlaczego Śliwa nie widział Angeliki i Olgierda Jelitko stojących na poboczu i polujących na autostop? Bo byli postaciami z innej bajki, z mojej wyobraźni, a ponadto podróżowali w przeciwnym kierunku, na Białystok, i stali po lewej stronie szosy. A Śliwa wypatrywał potencjalnych pasażerów po naszej stronie. Ja zaś popełniłem błąd logiczny i już jest za późno, pisarz myli się tylko raz. Tu powieść Drogi się kończy, a zaczyna się powieść trwogi. Wielki TIR z napisem „TRANS-SYLWANIA" leci nam naprzeciw, a tymczasem medytacyjna setka zamieniła się niepostrzeżenie w sto pięćdziesiątkę, jesteśmy na lewym pasie, zwierzęta w okolicznych lasach zasłaniają sobie oczy, drzewa rzucają się do ucieczki, w przedsionku piekieł diaboliczny urzędnik sięga na półkę po segregator z naszymi danymi, piszczę oponami jak zarzynany kot, ale niewiele to pomaga.

Jak zwykle warto odnotować nasze ostatnie słowa. Ja na przykład nie powiedziałem nic. Chwilowo nie miałem nic do powiedzenia, więc milczałem. Patison tak samo. Za to Śliwa powiedział:

– Niezłego dzwona zaraz zaliczymy. Miałeś rację, jak mówiłeś, żebym zapiął...

Wyleciał przez przednią szybę razem z laptopem. Laptop centralnie trafił w czoło kierowcę TIR-a i zabił go na miejscu. I chyba dobrze, bo kierowca był drakulowaty i na pewno jeździł do Europy Wschodniej po biedne, niewinne dziewczęta, którym obiecywał pracę w Holandii, a potem sprzedawał je królowi Egiptu, takich nam nie szkoda. Chociaż szkoda laptopa. Śliwa przeleciał obok drakulowatego, opluł go w locie, odbił się od sterty łańcuchów i knebli, przebił się przez plandekę i poszybował do góry. My z Patisonem odbiliśmy się od poduszek powietrznych, które romantycznie wybuchły, i trzymając się za ręce polecieliśmy pionowo do góry, prościutko przez szyberdach. Szwagier mówił, że szyberdach trochę się zacina, ale może się przydać, i rzeczywiście teraz okazał się bardzo przydatny. Śliwę spotkaliśmy na wysokości około trzystu metrów.

– ... żebym zapiął pasy – dokończył zdanie.

Rozłożyliśmy ramiona, dzięki czemu błony lotne pod pachami otworzyły nam się na całą szerokość, i zniżając się powoli zataczaliśmy kręgi nad miejscem katastrofy. Naprawdę nie było gdzie się śpieszyć. Wszystko było widać wyraźnie jak z lotu węża. Na tamtego TIR-a wpadły trzy następne, ale nikomu nic się nie stało. Nasze autko leżało sobie w rowie, zwinięte w kłębek jak śpiące dziecko. Zegar na tablicy rozdzielczej zatrzymał się i wciąż pokazywał 1:19. Przyjechały trzy wozy straży pożarnej i pani psycholog, żeby pocieszać naszych zrozpaczonych bliskich. Ruch został zatrzymany. Policjanci byli bardzo ważni. Przyjechały lawety i karawaniarski busik. Angelika i pająk Jelitko pokazywali, w którym dokładnie miejscu trzeba będzie postawić trzy krzyże. Był to bardzo, bardzo smutny widok, taki, po którym człowiekowi albo odechciewa się żyć, albo chce się żyć jeszcze bardziej.

– Sorry, chłopaki – powiedziałem. – To wszystko przez te nazwy. Celowo nadają okolicznym miejscowościom takie nazwy, żeby zawrócić kierowcom w głowach. Spójrzcie nawet teraz, jakie jeszcze wsi widać wokół: Unde Malum. Kossaki Nadbielne. Koty. Wieloryby. Czy nie są to nazwy, od których można stracić orientację?

– Jasne. Nie mamy żalu. Miały być przygody i są.

– Człowiek musi sobie czasem polatać.

– I zajebaliśmy drakulowatego. Dziewczyny na Białorusi na pewno się ucieszą.

– Dobrze, że leciał Lou Reed. Nie chciałbym brać udziału w kraksie słuchając jakiegoś, kurwa, RMF-u.

– Jak ja miałem pierwszego dzwona, to słuchałem Lenny Kravitza.

– A ja wtedy, jak wiozłem wam klucz do Patistanu i miałem tego małego dzwonka w Zabrzu, słuchałem Laurie Anderson.

Brak żalu i jakiejkolwiek urazy w szlachetnych duszach moich kumpli sprawił, że odzyskałem chęć do życia, a nawet nabrałem werwy.

– Mam świetny pomysł – powiedziałem. – Napiszę książkę. Skoro można napisać poradnik „Jak żyć bez ręki", można też napisać leksykon wykonawców, których słuchanie w samochodzie grozi dzwonem. Każdy kierowca będzie chciał go mieć, tak jak każdy kierowca chce mieć atlas samochodowy. Zarobię na tym kupę kasy, i to szybko, bo w takim leksykonie wystarczy wymienić wszystkich wykonawców o imieniu na L, już to widzę. Wyremontuję swoje autko albo kupię nowe i pojedziemy sobie gdzieś, żeby napisać powieść Drogi, ale tym razem prawdziwą, taką jak Kerouac.

Nie chcieliśmy przedwcześnie wracać na ziemię. Podwiesiliśmy się pod warstwy ciepłego powietrza jako trzy bociany, którym nie chce się machać skrzydłami, w tym jeden czarny. Lubimy latać. W porównaniu z lataniem chodzenie twardo po ziemi jest żałośnie smutne i przygnębiające. Nic z niego nie wynika, tylko umysł tępieje i skóra stóp twardnieje, jakby człowiekowi kopyta rosły. Ziemia jest wielką kulą u nogi każdego przedstawiciela naszego ponurego, nielotnego gatunku. A tutaj, sto pięćdziesiąt metrów wyżej, są prądy powietrza i przestrzeń, w której nawet nasze błędy nie obracają się przeciwko nam, ale stoją po naszej stronie jak dobre złe psy. Kto podniesie rękę przeciwko nam, mając nas sto trzydzieści metrów nad sobą? Jakie prawo wymyśli, żeby ściągnąć nas na ziemię?

Zataczaliśmy zatem kręgi podziwiając całe piękno ojczyzny, która aż prosiła się, żeby poznawać jej uroki. Widzieliśmy Hel i molo w Sopocie, a z drugiej strony, hen na horyzoncie, Zakopane, Dolinę Kościeliską i Końskie Oko. Oczywiście nie można latać za długo. Prawda jest taka, że nie jesteśmy bocianami. Nie mamy skrzydeł i nie latamy dzięki sile mięśni, tylko dzięki sile umysłu. A możliwości umysłu są ograniczone, to każde dziecko wie.

– Widzę, że to nie Wieloryby, tylko Wielobory – powiedział Patison. – Widzę też stację benzynową dwa kilometry stąd. Z budką telefoniczną. Będziesz mógł – zwrócił się do Śliwy – zadzwonić do Justyny i powiedzieć, że nic nam nie jest. Zdaje się, że mają tam też piwo.

– No to zwijamy błony i spadamy, bo już dziewiętnaście po pierwszej.

Ilekroć masz dobry dzień, dla własnego dobra zapisuj go w pamiętniczku

Sobota

Wieś nie jest duża. Nie jest nawet w jednej czwartej tak duża jak Nerwica. Pierwsza chałupa, kiedy wchodzić do wsi od zachodu, to dom Mamroszów, starych Rusinów. Zaraz obok mieszka rodzina Landy, orawskiego górala. Dalej pod lasem stoi wakacyjny dom Seksuologa z Warszawy. Oprócz nich mieszkamy tu tylko my, przez jakiś czas.

Wieś nie jest więc duża. Nawet pięćdziesiąt lat temu, kiedy mieszkało tu osiemdziesiąt ukraińskich rodzin, była o wiele mniejsza od Nerwicy.

Mamrosze są już bardzo starzy, więc niedługo wieś będzie pewnie jeszcze mniejsza.

Landa zabił kiedyś swojego brata i długo siedział za to w więzieniu. Teraz pije bardzo dużo wódki.

Seksuolog z Warszawy był kiedyś harcmistrzem Polski Ludowej i pisał bardzo ciekawe książki dla harcerzy. W więzieniu za to dopiero będzie siedział.

Panuje wielki upał. Mimo to postanowiliśmy rozegrać mecz piłki nożnej z harcerzami, którzy mają jutro przyjechać na obóz. Ustaliliśmy już skład drużyny: na bramce Konop, a Robert, Seksuolog, ja i syn Landy Marian jako środkowi napastnicy.

Tłumaczymy Konopowi, jak się wykonuje bramkarskie parady. Tłumaczymy mu, że przy szczególnie trudnych do obrony strzałach musi rzucać się na ziemię.

Ale Konop nie chce być bramkarzem. Kiedy będziemy grali mecz, on chce oczyszczać się i medytować. Mówi: „Postawcie na bramce starego Mamrosza,

niech on pada na ziemię. Krzyżem". I pokazuje, jak
Mamrosz będzie padał. „Będzie padał ukośnie, krzyżem prawosławnym, o, tak".

Przy przywitaniu Landa długo i mocno ściska rękę
i mówi: „Stasiek jestem, górol, o, taki wielki górol".
I pokazuje ręką, jaki jest wielki. Ma długie ręce, więc
jest prawie o metr większy od swojego własnego wzrostu. Wszyscy trochę się go boimy, ale nie za bardzo.

Mamy tu jedną z książek Seksuologa z Warszawy.
To bardzo mądra książka w żółtych okładkach. Odkąd
trafiła w ręce Konopa, Konop zarzucił czytanie Biblii.
Teraz cytuje z pamięci fragmenty książki w żółtych
okładkach.

Oto kilka aforyzmów z książki Seksuologa. „Jeżeli
harcerz chce uprawiać turystykę (a powinien), to powinien to robić w drużynie, jeżeli lubi majsterkować,
to powinien należeć do drużyny, która majsterkuje".
„Czasami używa się nazw drużyn od nazwiska czy przezwiska drużynowego – drużyna »Cipka«, »Wojcieszka«,
»Kacyka«". „Myślę, wziąć takiego niepełnosprawne-
go na obóz, to duża odpowiedzialność. Był raz taki
przypadek, że tego chłopca, co jeździł na wózku, ktoś
zawiózł do latryny. Było tam specjalne »stanowisko«,
z którego on mógł korzystać. Chodziło o to, by wy-
rabiać w nim maksymalną samodzielność. No i ktoś
zawiózł go tam i zostawił. Potem zapomniał po niego
pójść. Chłopak siedział w tej latrynie kilka godzin, aż
odnalazł go ktoś, kto przyszedł tam przypadkowo…".
„Zastępowymi zostają niekiedy synowie pań nauczycie-
lek, synowie dyrektora szkoły czy tp. Nie wywiązują się
oni dobrze z obowiązków zastępowych i jeżeli nie są
jeszcze zdeprawowani, powinni mieć poczucie fiaska".
„Koedukacja jest dziś zjawiskiem powszechnie akcepto-
wanym. Faktem jest, że u nas, w naszej cywilizacji, między mężczyznami i kobietami są *istotne różnice*".

Po południu rozpaliłem małe ognisko, żeby przyrządzić herbatę. Maria powiedziała, że nie powinienem chodzić boso, bo może mnie ukąsić żmija. Odpowiedziałem, że za bardzo to lubię, żeby żmije mogły mnie zniechęcić. Więc Maria doradziła mi tylko, żeby w razie czego mocno przewiązać nogę w udzie i biec po pomoc do Seksuologa.

Seksuolog ma podobno duży zapas surowicy.

Czekając, aż woda się zagotuje, siedzieliśmy na pniu, rozmawialiśmy i czytaliśmy. Ja czytałem fragmenty dzienników Kafki, a Maria wiersze Miłosza. Potem zobaczyłem tuż obok nas żmiję. Krzyknąłem i zadarłem w górę bose nogi. Żmija uciekła w wysoką trawę, chyba było jej za ciepło przy ognisku. Maria powiedziała, że to nie żmija, tylko dobrotliwy zaskroniec, bo nie ma zygzaka na grzbiecie. Opowiedziałem jej wtedy, jak Brautigan pracował jako mały chłopiec u pewnej staruszki. Miał porządkować jej skalny ogród i zabijać węże, jeśli je napotka. Ale chłopiec, zamiast zabijać, deportował węże do ogrodu sąsiada.

Wieczorem złożył nam wizytę syn Landy, Marian. Marian ma w głowie jeszcze dziwniejszego ptaka niż większość ludzi. Przy przywitaniu mówi dobry wieczór państwu a potem podaje sam z siebie, który mamy dzisiaj dzień roku, czyje imieniny, ile dni minęło od wprowadzenia stanu wojennego i mnóstwo innych podobnych informacji. Gdybym miał radio, chciałbym, żeby nazywało się właśnie „Marian". Marian jest więc bardzo pożyteczny, każdy może dowiedzieć się od niego na przykład, na jaki dzień tygodnia przypadną jego urodziny za dziesięć albo piętnaście lat. Chyba że Marian zacznie nagle mówić po łemkowsku, wtedy trochę trudno go zrozumieć. Jest znakomity w skomplikowanych obliczeniach matematycznych i jest w tym podobny do Rain Mana z tego głośnego teraz filmu.

Prawie do północy Konop grał na gitarze, a Marian śpiewał i grał na harmonijce ustnej. Robert z Marią leżeli na ogromnej pryczy własnej konstrukcji, a ja siedziałem blisko świecy, czytałem dzienniki Kafki i liczyłem komary ginące w płomieniu świecy z cichym „puff" i błyskiem.

Niedziela

Rano przyszedł do nas z odległej o dziesięć kilometrów wsi Student. Zamęczał mnie ciągłym powtarzaniem, że panuje tu cudowny spokój i można naprawdę odpocząć. Potem zaśpiewał jedną piosenkę Stachury, jedną piosenkę o ojczyźnie własnego autorstwa i poszedł sobie.

Od południa aż do wieczora pomagaliśmy Mamroszom zwozić siano drabiniastym wozem na żelaznych kołach. Właściwie to oni pomagali nam, są już naprawdę bardzo starzy. Landy i Mamrosze nie żyją ze sobą w zgodzie. Jedni nie lubią, kiedy pomagamy w pracy drugim. I choć Landa często bije swoją babę, a Mamrosz ciągle kłóci się z Mamroszową, nie do pomyślenia jest, żeby ktoś z jednej rodziny utworzył koalicję z kimś z drugiej rodziny.

Staszek Landa ma przydomek Niedźwiedź Gór. Kiedy jest już tak pijany, że nie może mówić, siedzi tylko na stołku i ryczy, aż echo niesie.

Wieczorem chcieliśmy iść do Niedźwiedzia Gór z wizytą. Spytaliśmy jego młodszego syna, który ciągle jeździ na rowerze, czy stary jest trzeźwy. „Bogdan, jak tam twój stary, trzeźwy jest?" Ale chłopak nie rozumie słowa „trzeźwy". Dopiero kiedy spytaliśmy, czy stary jest na gazie, zrozumiał.

„Na gazie", potwierdził.

Maria mówi, że kiedy nie słyszy Landy, który wrzeszczy na swoją babę albo ryczy nie mogąc mówić, czegoś jej brakuje.

Poniedziałek

Wcześnie rano przyjechali Harcerze. Strasznie hałasowali. Pojechaliśmy do Gorlic. Po Chleb, na nic innego nie mamy pieniędzy. Wracaliśmy strasznie starym autobusem, każdy zakręt mógł być dla niego ostatnim. Kiedy zwalniał przed przystankami, hamulce przeraźliwie piszczały w rytmie coraz wolniej obracających się kół: „ał-ał-ał-au-au-auu-auu-auuuu-uuuuuuu". Potem i my, siedząc na tylnych siedzeniach, piszczeliśmy i wyli przed każdym przystankiem: „ał-ał-ał-au-au-auu-auu--auuuu-uuuuuuu". Kierowca nic nie mówił, wiedział, że mamy bilety.

Wysiedliśmy w Hańczowej i odwiedziliśmy księdza Bono. Tym razem był bez gitary i bez kapelusza i nie spodobał mi się. Miał zaraz odprawić Mszę i spieszył się.

Z Hańczowej wracaliśmy do domu piechotą w ulewnym deszczu. Z gór podnosiły się kłęby mgły, jakby jakiś góral, jeszcze większy od Staszka Landy zwanego Niedźwiedziem Gór, pykał z fajki. W połowie Drogi usłyszeliśmy z daleka znajome: „au-au-au!"

Harcerze hałasowali do późnego wieczora.

Lubię słuchać, jak Harcerze się kłócą. Kłócą się na przykład tak:

„Głupi jesteś!"

„A ty jesteś głupi".

„Ty też".

Wtorek

Wczesnym rankiem wyruszyłem do Krynicy. Bez śniadania, bo Chleb, po który pojechaliśmy do Gorlic, zjedliśmy już po Drodze z Gorlic. Zamiast jechać autobusem, postanowiłem pójść przez góry. Spodziewałem się przyjazdu Anny Marii. Wcale nie byłem go pewien. Mimo to poszedłem. We mgle zmieszanej z deszczem ledwie było mnie widać i nie byłem do końca pewien własnego istnienia, czułem się jak odmiana psa Baskerville'ów.

Dość szybko trzeba było porzucić utarty szlak. Wspinałem się skrótem po zboczu góry zarośniętym trawą i pokrzywami sięgającymi twarzy. Pamiętałem, że podczas deszczu pokrzywy prawie nie parzą. Już po parunastu krokach moje spodnie były ciężkie od wody. Przezornie miałem pod nimi krótkie spodenki, więc kiedy przedarłem się do pasterskiej szopy w połowie stoku, mogłem się przebrać. W szopie było ciepło i sucho, powiesiłem spodnie na gwoździu i na wszelki wypadek nabazgroliłem na ścianie: „To som moje portki. Niech schnom". Zdjąłem też żółtą bluzę z bezsensownym napisem SURF SHOP, PERTH, AUSTRALIA. Sandałów nie zdjąłem, bo przez tego zaskrońca bałem się tamtych żmij. Pomaszerowałem więc dalej tylko w krótkich spodniach i sandałach. Gdzie było to możliwe, biegłem dla rozgrzewki, płosząc czasem jakąś zamgloną sarnę.

Na połonince usłyszałem z daleka psa Baskerville'ów. Z bliska okazał się juhasem pasącym owce. Pięknie śpiewał, całym sobą. Owiec było tysiąc. Staliśmy w środku stada, rozmawiając jak rozbitkowie w morzu mokrej wełny. Powiedziałem: „Pięknie śpiewacie, panie, z daleka słychać. Myślołech, że to pijane turysty". Dziwił się trochę mojemu strojowi, a raczej ubytkom w nim. Powiedziałem mu, że idę do Krynicy, bo może przyjedzie Anna Maria. Teraz nie dziwił się niczemu. Opowiedziałem jeszcze, jak Richard Brautigan utknął autem w wielkim stadzie owiec i pokazując swoje mokre zapałki, poprosiłem o ogień. Było tak zimno, że para buchała nam z pysków i odpływając, dołączała do mgły. Obszczekiwany przez owczarki, oddaliłem się z papierosem w ustach. Po dwudziestu krokach papieros był całkiem mokry.

Słońce przebiło się przez chmury, kiedy wszedłem do miasta. Nie padało już i tylko moje stopy wyżymały na asfalt wodę z przemoczonych podeszew. Nikt nie zwracał uwagi na jeszcze jednego obcego. Na stacji kolejowej, zniecierpliwiony, zajrzałem do biura dyżurnego ruchu i spytałem, czy może mi wyjaśnić, co u diabła dzieje się z pociągiem, który miał przywieźć Annę Marię. Dyżurny był uprzejmy. Miał czarny uniform i senne oczy żółwia. Jego głos nie zdradzał najmniejszych emocji. „Niczego nie mogę wyjaśnić. Mogę tylko poinformować, że pociąg ma trzydzieści minut spóźnienia. Opóźnienie pociągu może ulec zmianie".

Wreszcie przyjechał. Wysypały się z niego gromadki dzieci z plecakami. Nie było wśród nich Anny Marii. Wzbudziłem za to zainteresowanie dwu dziewczynek – śmiało podeszły, zagadały coś i jedna dotknęła moich włosów. Może były nasłane. Ktoś upuścił koszyk pełen owoców, jeden owoc poturlał się do moich stóp i zatrzymał. Czułem podenerwowanie tego kogoś. I sam zacząłem się czuć jak bilardowy grzybek.

Godzinę później słońce zanurkowało między ciemne chmury i znowu się zaczęło. Ogniste baty chlastały góry bez opamiętania. Biczowany deszczem i gradem, straszony piorunem, omal nie spadłem z pnia przerzuconego przez rzekę. Grad młócił zielone jeszcze zboże, a z moich pleców zdzierał warstewkę skóry spalonej wcześniej słońcem. Drogi i ścieżki zamieniły się w rwące potoki. Mięśnie zesztywniały mi od chłodu. Przedzierałem się przez wiszące nisko gałęzie jodeł i jeżynowe zasieki. Kiedy poczułem zmęczenie, zatrzymywałem się i wkładałem sobie do ust lśniące paciorki jagód. Trochę błądziłem, zanim znalazłem szopę pastuchów, a w niej swoje mokre spodnie.

Wieczorem nad mokrą łąką unosiły się roje robaczków świętojańskich. Złapałem jednego, świecił tak jasno, że oświetlił całe wnętrze groty stworzonej przez złożone dłonie. Miałem ochotę złapać jeszcze kilka i zawieźć je Annie Marii w pudełku od zapałek, mogłaby czytać przy nich książkę albo po prostu wypuścić je nocą w swoim pokoju. Obawiałem się jednak, że ich baterie wyczerpałyby się podczas tak długiej podróży. Na liściu dzikiego chrzanu zobaczyłem na wysokości swojej łydki robaki o błyszczących czerwono-zielonych łuskach, sczepione ze sobą. On zapładniał ją ledwie dostrzegalnymi ruchami, dym z resztek ogniska nie przeszkadzał im. Robili to inaczej niż ludzie, człowiek jest tak skupiony raczej przy lekturze albo nad algebraicznym zadaniem.

Okazało się, że Harcerze nie chcą grać z nami meczu. Są oburzeni, bo Konop, który spędził tu zimę, palił w piecu zabytkowymi gontami zgromadzonymi obok piwniczki. Nie chciało mu się rąbać drzewa, więc palił tymi gontami. Teraz tłumaczy się: „Skąd miałem wiedzieć, że są zabytkowe? Zresztą myślałem, że nikt nie zauważy".

Środa

Mecz jednak się odbył. Żaden bojkot nie tchnąłby przecież na powrót życia w spopielone gonty. Harcerze, dopingowani przez swoje koleżanki, śmigali po boisku jak piranie. Myk, myk, i już byli pod naszą bramką.

A nasze akcje nie kleiły się. Mamrosz przez cały czas leżał w bramce krzyżem i nie ruszał się. Robert nie rozumiał, dlaczego nie wolno mu łapać piłki w ręce. Syn Landy Marian bez końca obwieszczał dzisiejsze kalendarium. Ja spóźniałem się do każdego podania o trzydzieści minut. Seksuolog zadawał się z harcerkami: „Gdybyście potrzebowały rady albo pomocy, możecie na mnie liczyć o każdej porze nocy. Mam duży zapas surowicy". Z chałupy Landów dobiegał ryk Niedźwiedzia Gór. Nie wiem, jakim cudem udało nam się utrzymać do końca bezbramkowy remis. Ten remis był naszym zwycięstwem.

Po meczu znowu przywlókł się Student. Najwyraźniej coś nie pozwalało mu usiedzieć w miejscu. Nie zareagował na zaczepkę Roberta: „Te, Student! Gdzieś był, jak myśmy grali straszliwy mecz!". Zgarbił się tylko, nastroił gitarę i powiedział: „Jaki cudowny spokój tutaj panuje!"

Podróż dziękczynno-błagalna, totalna i realistyczna do świętych relikwii Egona Bondy'ego, Ojca Ojców naszych i apostoła uzdrawiającej pracy, roku Pańskiego 1352 według numeracji retorumuńskiej

– Wiesz, że właśnie jednocześnie i czytasz powieść, i występujesz w niej? Rozumiesz całą niezwykłość tej sytuacji? – zapytałem Patisona zatopionego w lekturze maszynopisu jak patison w occie.

– Tak, tak, jasne – wymruczał byle jak i z kwaśną miną, bo czytał właśnie o tym, jak to odgryzł kawałek dywanu, więc nic nie było go w stanie oderwać od autopsychoanalizy i tego kawałka dywanu.

– Gówno rozumiesz – powiedziałem, gdyż byłem przedstawicielem inteligencji twórczej postawionym twarzą w twarz z prostolinijnością i wieloletnim zacofaniem polskiego górnictwa. I pochyliłem się nad kierownicą. Podróżowaliśmy akurat samochodem w celu napisania powieści Drogi i już niedługo mieliśmy zaliczyć dzwona, ale na razie nic o tym nie wiedzieliśmy. Wziąłem w podróż laptopa i kumpli, ale także wydruk dużej części mojej nowej książki, którą napisałem z rozpaczy i dla żartu. Właśnie, to nie był maszynopis, tylko wydruk, z komputera. I dałem go chłopakom do poczytania, żeby zobaczyli, że opisałem wszystko tak, jak było naprawdę, że nie wdawałem się w konfabulacje i eksperymenty.

– Bo to jest tak. Ta książka nie jest przecież jeszcze ukończona. Dopisać do niej, że siedzisz właśnie w aucie i ją czytasz, to żaden problem. Krótko mówiąc, w tej chwili znajdujesz się nie w swoim górniczym, patisonowym życiu, ale w powieści, na kartach książki, którą jednocześnie czytasz i dowiadujesz się z niej, że odgryzłeś kiedyś kawałek dywanu. Jesteś postacią literacką, kimś w rodzaju Matki Boskiej Po Trzykroć Przedziwnej.

ˋ*Nic* nie rozumiem – odparł Patison, odłożył maszynopis i niechcący rozlał piwo na siedzenie.

Było to dawno temu i pod Białystokiem. No, to przed chwilą, jak Patison nic nie rozumiał. A ja dopiero teraz coś zrozumiałem. Teraz, kiedy Patison, ten czarny charakter naszych ojczystych gleb, został ostatecznie wykluczony z naszej wesołej kompanii. Kiedy pojawiły się w niej Księżniczka Pankroka i Miša. Kiedy moje stare mitsubishi już nie jest zwykłym starym rupieciem kupionym na raty od szwagra, ale dumną Wiśniową Rakietą przemierzającą wąwle i rozdoły tego świata niczym kosmiczny prom, z cierpliwą nieregularnością, jakby w świecie była dziura, którą trzeba zacerować swym nieustannym podążaniem tam i sam, świątek czy piątek. Kiedy jest też pocałowaną, pierwszą w historii automobilizmu Wiśniową Rakietą pocałowaną przez kobietę z całą Czułością i zrozumieniem, jakie człowiek może okazać tylko maszynie. Wreszcie teraz, kiedy i ja zyskałem nowe imię i stałem się kimś innym, a raczej kimś więcej, niż tylko sobą – zrozumiałem, że nikt i nic nie jest jedynie sobą i niczym więcej, innymi słowy, że nic nie mieści się w sobie do końca, ale wszystko próbuje się z siebie wyrwać i posuwać przed siebie po wszelkich możliwych orbitach i trajektoriach, tylko trzeba przestać to tłumić i więzić. Tak, lepiej nie mówić tego krawcowym, ale zaprawdę igła jest zapowiedzią wideł. W oku każdego konia tkwi belka Prawdy. W każdym człowieku ukrywa się jego wewnętrzny czarny patison i przez każdego może przemówić Bóg, tylko trzeba go przycisnąć. Zrozumiałem, że nasza podróż nigdy się nie zaczęła i nie skończy się nigdy. Że trwała już, kiedy jedną nogą byłem jeszcze na tamtym świecie, a tymczasem za drugą ciągnął mnie lekarz, bo śpieszno mu było do dyżurki, gdzie stygła mu herbata. Że trwała będzie jeszcze, kiedy już nas zjedzą podziemni Samojedzi.

Nazywam się teraz Dziadzia Benito. Proponuję, żeby wszyscy czytelnicy, którzy, co znamienne, dobrnęli do tego punktu mojej książki, zmienili sobie w tym miejscu imiona i spróbowali zacząć nowe życie. Bowiem z życiem człowieczym sprawa ma się inaczej, niż z samochodami: tylko nowe życie jest coś warte. Ojcem chrzestnym Wiśniowej Rakiety jest Śliwa. Śliwa ma w sobie to coś, co sprawia, że nazywanie rzeczy tak, jakby był Bogiem przechadzającym się po świeżo stworzonym przez siebie świecie, przychodzi mu z łatwością. To dar widzenia rzeczy znajomych tak, jakby się je ujrzało po raz pierwszy w życiu.

– No, to wsiadajmy do naszej wiśniowej rakiety – powiedział kiedyś, ot, lekką wargą, Śliwa, kiedy wybieraliśmy się w jakąś trasę. A ja od razu rzuciłem w burtę pojazdu butelką wódki. Nigdy nie noszę przy sobie szampana. Mam za to refleks. No i celność, „dar celności", jak powiedział ksiądz, któremu spowiadałem się z tego, że kiedy ojczyzna wezwała, podczas jednego z naszych nieopisanych pobytów w stodole Siwego, zgasiłem światło jednym celnym rzutem butelką wódki w żarówkę, i to bez wstawania, z pozycji leżącej. Pamiętacie Old Shatterhanda? Kiedy zaszła potrzeba, potrafił ustrzelić niewinnego dzikusa zaczajonego w krzakach bez wstawania od ogniska, winchesterem trzymanym na kolanach jak dziecko. I ja tak samo. Justyna, Śliwa i Młody są świadkami, że tak właśnie było. Dobrze, że tajemnica spowiedzi nie wiąże mi, jako pisarzowi, rąk. „Swoją głupotą mogłem spowodować zwarcie w instalacji. Cała stodoła Siwego mogła się spalić. Proszę o ciężką pokutę", powiedziałem wtedy w przypływie skruchy. „Synu", odparł wyrozumiale kapłan, który mógłby być moim synem. „Nie nazywajmy głupotą daru celności".

Mitsubishi, chyba każdy to przyzna, było bezpłciowe. Wiśniowa Rakieta jest w oczywisty sposób kobieca. Dzika maszyna, kapryśna i dzielna jak kobieta. Rakietopsychoanaliza – oto, czym mógłby się teraz zajmować Patison podczas podróży, gdyby nie miał zakazu wstępu na święty pokład Wiśniowej Rakiety.

Nie znoszę, kiedy szwagier myli się przez telefon:
– No, jak tam się sprawuje twoja, yyy... Bordowa strzała?

Trzeba tu przede wszystkim wyjaśnić, że nasza wyprawa nie ma żadnego prawdziwego celu. Już nawet napisaniu powieści Drogi nie ma służyć. Jedyny jej cel jest umowny, a cel ten to oddanie hołdu bezpośredniego Egonowi Bondy'emu. Bo kiedy człowiek ma się dokądś udać, to zwykle nie wie dokąd i po co. Co innego, kiedy we wspólną podróż wybiera się kilku ludzi, i to takich stanowiących dobraną pakę. Od razu okazuje się, że można pojechać w tysiąc miejsc, a wszystkie te miejsca są bardzo ciekawe i kuszące. Na przykład moglibyśmy odwiedzić Olgę i Romka w ich górach, ale boimy się, bo jest z nami Patison. Moglibyśmy odwiedzić Karola i Polę w Nowej Rudzie, ale boimy się, bo jest z nami Patison. Gdyby nie było go z nami, albo gdyby Pola i Karol mieszkali w Nowej Dębie lub Nowej Soli, to co innego. Moglibyśmy też odwiedzić kowbojki w Świętnie.

– Ale pamiętajcie, chłopaki, że ja z wami jestem.
– Pati, przecież ciebie interesują tylko rude kobiety, a kowbojki nie są rude.
– Sęk w tym, że po pijaku każda wydaje mi się ruda. A pod koniec to nawet złotowłosa.

Kiedy tylko wydaliliśmy Patisona z naszej grupy, wszystko stało się łatwiejsze. Zaraz dostałem pocztą elektroniczną wiadomość od Księżniczki Pankroka: „O dzia! Muszę przyznać, że zdecydowanie wolę tłumaczyć Radůzę niż »Scenariusze przyszłości dla przedszkoli w Republice Czeskiej«. Właśnie dostałam maila od kumpla z Bratysławy, że wczoraj ustąpił miejsca Egonowi Bondy'emu w tramwaju. A dziś może ja ustąpię miejsca komuś znanemu, z taką myślą prawie mi się chce iść na metro... Ściskam. Księżniczka". I od razu wiedzieliśmy, że pojedziemy do Bratysławy, do Egona, jasnego punktu odniesienia na mrocznym firmamencie naszej młodości, który blaskiem swego krawata w czerwone groszki opromieniał niejedną noc ciemną, kiedy utknęliśmy w połowie Drogi na Górę Karmel i gdyby nikt taki jak Egon Bondy swą mistyczną obecnością w naszych jaźniach nie podsunął nam wtedy myśli, żeby zwiewać z tej góry czym prędzej na piwo, najlepiej dużo piwa, to do dziś bylibyśmy ministrantami w białych rajtuzkach odwijającymi z papierków cukierki karmelowe jakimś ministrom kultury albo innym zafajdasom, tak, tak, „Może cukiereczka, panie ministrze", tak wyglądałaby nasza egzystencja, gdyby nie Egon Bondy. Zadzwoniłem do Anny Marii i powiedziałem, że za pół godziny wyjeżdżam z kolegami do Bratysławy w ramach pielgrzymki do miejsca uświęconego obecnością Egona Bondy'ego. Była zaskoczona i powiedziała, że oddzwoni za parę godzin. Na komórkę Młodego, bo ja nie mam komórki. Po minucie oddzwoniła na mój numer i powiedziała, żebyśmy przyjeżdżali, że już nie jest zaskoczona i oswoiła się z myślą, że przyjeżdżamy. Po pół godzinie Justyna przywiozła Śliwę i złożyłem uroczyste przyrzeczenie zwrotu zwłok mojego kolegi, a jej narzeczonego. Od pewnego czasu Justynka nie podróżuje z nami, bo ma dużo pracy. Za to zawsze troszczy się o nas, czy nie mamy za dużo przygód i czy nas nie zjedli Samojedzi, a kiedy wydaję jej po podróży zwłoki Śliwy, poddaje narzeczonego renowacji, dzięki czemu po tygodniu Śliwa gotów jest do udziału w następnej wyprawie. Justynka. Tysia.

– Po co tyle książek? – zdziwił się Śliwa, kiedy zobaczył księgozbiór, jaki zgromadziłem w Wiśniowej Rakiecie.

– To książki Bondy'ego i o Bondym. Proszę. „Pierwszych dziesięć lat". „Noga Świętego Patryka". „Literatura na Świecie", dziewiąty numer z dziewięćdziesiątego czwartego roku. „Literatura..."

– Czekaj. Ale po co nam to? Nie lepiej zostawić miejsce na browara?

Oczywiście nie przeczytałem żadnej z tych książek. Łudzę się, że zdążę je przeczytać gdzieś po Drodze. Za to wielokrotnie przeczytałem tytuł płyty „Plastic People of The Universe", tytuł „Zakazany Klub Szczęśliwych Serc Egona Bondy'ego". Muszę przyznać, że strasznie polubiłem Egona Bondy'ego podczas tej wyprawy. Sporo już o nim wiem. Szanuję go i omijam z daleka. Z własnej wyobraźni dowiedziałem się o nim o wiele więcej, niż mógłbym z książek. Sami zobaczycie.

Młody jest przeciwieństwem Patisona. Ma osobowość naziemną, sprawia mało kłopotów i można na nim polegać. W szczególności można polegać na jego telefonie komórkowym i karcie płatniczej. Z dawnych czasów, kiedy nas jeszcze nie znał, zostały mu resztki pracowitości, dzięki czemu w dramatycznej chwili, kiedy bankomat wyświetla Śliwie „Dostępne środki 10 zł 76 gr", a mnie stylizowanego na bóstwo fakera, Młody wkłada do niego swoją kartę, po czym bankomat wdzięcznie zasypuje go chmurą banknotów. Bankomaty całego świata lubią i szanują Młodego, a nas mają za nic. Tylko nie zrozumcie mnie źle, jeśli chodzi o Patisona. Nie jest skąpy ani samolubny, wręcz przeciwnie. Zawsze ma serce na dłoni i duszę na ramieniu, a jego wątroba wlecze się zawsze dwa i pół metra za nim. Nie jest pozbawiony swoistego czarnego honoru.

Bardzo go lubimy i szanujemy, ale już nie szło z nim wytrzymać, i tylko dlatego musieliśmy go wykluczyć z naszej grupy. Dla jego i naszego dobra.

Jedziemy ze Śliwą po Młodego, a po Drodze słuchamy kaset, jakie zostawiła nam Tysia, i rozmawiamy. Najpierw, z powodu szacunku, jakim go darzymy, o Bondym. Potem o kasetach, że te z muzyką wykonawców o imieniu na L mogą zabić, a potem o kobietach. O tym, że niektóre z nich są rude i w ogóle. Potem Śliwa mówi, że wszystkie moje kobiety były sympatyczne, że wypady z nimi były zawsze udane i że aż szkoda, że nie są już moje. I że Tysia też tak uważa. To miłe i rozpuszczam się w tych słowach jak kostka masła zostawiona na słońcu. Gdybym nie był właśnie na trasie mistycznej, ale i realistycznej podróży do Bratysławy, pewnie zatrzymałbym się teraz w swej gonitwie za niczym i napisałbym wiersz, o motylach jako paździerzach słońca, o srebrnych nogach, wykresach losu i kwiatach lotosu albo coś w tym rodzaju.

Kiedyś wybieraliśmy się już do Egona. Ze dwa lata temu Śliwa umówił się z nim korespondencyjnie i, co gorsza, konkretnie: z ustaleniem terminu. A kiedy określi się termin, wtedy z dużym prawdopodobieństwem można założyć, że z wyprawy nici. Termin jest bowiem wrogiem swobody i improwizacji. Dość powiedzieć, że nie pojechaliśmy wtedy do Bratysławy. Egon czekał tam na nas z otwartymi butelkami, a my nie zjawiliśmy się. Zawiedliśmy. „Sorry, Egon", napisał potem do Egona Śliwa. „Czy czułeś się zawiedziony, że nie przyjechaliśmy?" „Tak", odpisał Egon. „Zmarnowaliście mi dzień. A w moim wieku i położeniu, chłopcy, każdy stracony dzień liczy się podwójnie". Dlatego teraz jedziemy do Egona Bondy'ego zwyczajnie, bez tego całego burdelu z terminem i uprzedzaniem. Na pewno się ucieszy, kiedy nas zobaczy.

Zabieramy Młodego z jego chaty. „Tylko nie zapomnij karty do bankomatu". Nie ma z nami wykluczonego Patisona, dlatego brakuje nam trochę opowieści o górnikach, o podziemnych koniach i o czarnym niebie. Zamiast tego Śliwa nuci „Pod czarnym niebem Zabajkala" i opowiada, jak jechał kiedyś stopem do Grecji i nocował po Drodze na dworcu w Bratysławie. Z młodej piersi Młodego wyrywają się liczne achy i fochy związane z pięknem mijanych krajobrazów i książkami Bondy'ego wbijającymi mu się w bok na tylnym siedzeniu. W drugi bok wbijają mu się butelki z piwem, ale na to Młody nie narzeka. Filmuje kamerą, co tylko się da, i kpi sobie ze mnie, że mam w Wiśniowej Rakiecie różaniec.

– Skoro tak, nie masz do niej wstępu. Wiedz, że z nami nie ma żartów. Wysiadaj. Będziesz wleczony za samochodem, którego świętości nie potrafiłeś docenić.

– Na różańcu. Za nogę – dopowiada w słusznym gniewie Śliwa.

W Ołomuńcu zwróciło naszą uwagę wielkie ogłoszenie zapraszające na spotkanie z Ciekawym Człowiekiem. Postanowiliśmy skorzystać, bo niecodziennie człowieka gdzieś zapraszają.

– Ciekawe, co słychać u Ciekawego Człowieka. Ostatni raz widzieliśmy go kawał czasu temu w Narewce, nie? – chciał się upewnić Śliwa.

Ciekawego spotkaliśmy jeszcze przed jego oficjalnym spotkaniem, w bufecie Ołomunieckiego Domu Kultury. Już z daleka widać było, że trochę się roztył. Teraz jadł wysokokaloryczne, a w dodatku rekordowo bogate w zły cholesterol danie: oko konia z tatarską omaczką.

– Dlaczego ja żyję? – zastanawiał się głośno jak filozof i zaraz się poprawiał: – To znaczy, dlaczego ja tyję?

– Końskie oko pana tuczy – zwróciłem mu uwagę, a on rozradował się na nasz widok. Rozłożył szeroko ręce w powitalnym geście i koszula trzasnęła mu na plecach jak worek pełen otrąb. Pogadaliśmy trochę, między innymi zdążył nam opowiedzieć historię ziem słowackich, ale tylko do XIX wieku.

„Wesoło żywę, w trosce położony", recytował wyniośle Ciekawy Człowiek na spotkaniu z samym sobą. Opowiadał też o swoich wyprawach do dalekich krajów. Było to bardzo ciekawe. W Australii szukał złota i o mało go nie znalazł. Na szlaku bohaterów Dzikiego Zachodu żył jak prawdziwy kowboj, spał z głową na kaktusie, a przykrywał się koniem. Raz koń tak go kopnął, że się przewrócił. Koń. Wędrował po Alasce w samej biodrowej przepasce. Pytał, czy są jakieś pytania z widowni.

– Mnie kopnął prąd o napięciu 16 000 V! – nie wytrzymał Młody.

Zrozumiałe, że w tej sytuacji i ja nie chciałem wyjść na cielę, które niczego w życiu nie doświadczyło:

– Ja czytałem o takiej człowieczej rybie, która przez siedemnaście lat nic nie jadła, bo chciała zostać świętą.

Ciekawy Człowiek okazał się taki ciekawy i taki wdzięczny, że przyszliśmy na spotkanie z nim, iż spędziliśmy razem całe popołudnie. Nie wiedziałem jeszcze, że jest to popołudnie, podczas którego zyskam całkowicie nowe imię. Ale po kolei.

Ciekawy Człowiek ma psa Benika. Pudlopodobny Benik jest rozkoszny i trudno go nie rozpieszczać. Rozpieszczanie zaś polega między innymi na zdrabnianiu jego imienia na wszystkie sposoby.

– Beeenik... – beczy miłośnie Śliwa głaszcząc psinę po łysinie.

– Beniczek – rozpływa się nad pupilem Ciekawy Człowiek.

     – Beeeniuś...
     – Beniulek.
     – Banaczek...
     – Beniuniek...
     – Benito.
     – O nie, tu to już kolega trochę przesadził.

Śliwa ma dar nazywania psów tak, jakby każdy z nich był pierwszym psem, jaki chodzi po ziemi. Benito... Takie wspaniałe zdrobnienie nie może się przecież zmarnować. A ponieważ w związku z dezaprobatą Ciekawego Człowieka to znakomite imię przez kilka chwil było niczyje, wolne jak panna na wydaniu, wziąłem je sobie bez żadnego wahania. Przymierzyłem je, a Śliwa od razu powiedział, że bardzo do mnie pasuje. Zaraz też wyrżnął mnie w nerkę flaszką i wygłosił zwyczajową formułkę:

     – Pływaj po morzach i oceanach tej ziemi, która życiem się zwie, i rozsławiaj imię swe, Dziadzia Benito, gdzie tylko noga twoja postoi.

     – Naprawdę się nie brzydzisz? – nie mógł się nadziwić Ciekawy Człowiek.

     – Nie. To imię kojarzy mi się z dumnym Benito Juarezem.

Tak zostałem Dziadzią Benito, którym będę już do końca swych dni.

Chociaż ostatnio zastanawiam się, czy nie zostać Winneratu lub Wodewilowym Billem z Luizjany. Tyle jest imion do wzięcia, tyle nadobnych pozorów!

W Bratysławie świeci piękne, depresyjne słońce. Piwo leje się z nieba złotymi strumieniami. Świat jest bezdennym, słowackim teledyskiem. Pływamy po ulicach Wiśniową Rakietą i nurzamy się w ich fasadowym spokoju, z rzadka potrącając boje ślepych jak cielęta przechodniów. Sporo czasu spędzamy w kawiarniach, piwiarniach i tawernach tego wielkiego portu

śródlądowego. W jednej z takich tawern umówili-
śmy się z Księżniczką Pankroka, Mišą i ich znajomym, Retoromanem. Retoroman ma rumuńskie korzenie, dlatego potyka się już na progu i wita się z dziewczętami jak długi. Dawno się nie widzieli i trajkocząc obda-
rowują się prezencikami. Miša wręcza Retoromanowi swój darek w małej doniczce: peyotl.

    – Byłam na wystawie kaktusów i ukradłam – mówi.

    Rozmawiamy. Retoroman mówi Księżniczce Pan-
kroka, że z tymi indyjskimi brzękadłami na prze-
gubach dłoni jest jak kravička z dzwonkiem u szyi, że na pewno się nam nie zgubi. Młody z pianą na ustach opowiada, jak to Ameryką wstrząsa fala po-
zwów sądowych przeciwko producentowi „Head and Shoulders", odkąd jakiś uczony odkrył, że za parę lat z drobiny łupieżu da się odtworzyć nieżyjącego człowieka razem z jego DNA, rodziną, psami i sąsia-
dami. Błogosławiony jest ten słowacko-czeski zwy-
czaj, że kelnerzy bez dopraszania się donoszą kolej-
ne kufle i kielichy, dopóki człowiek nie powie: dość. Myślę, że energią zaoszczędzonych w ten sposób gestów zamawiania alkoholu dałoby się z powodzeniem oświetlić ze dwie cygańskie wiochy. Dosiadamy ulu-
bionego konika, każdy swojego, i bujamy w obłokach dymu. Chwilowo jesteśmy wieczni jak hipisi i ich ko-
szule uszyte z kwiecistych zasłon skradzionych ro-
dzonym Matkom. Rozanielam się, rozpinam sobie koszulę na piersi i Młody mówi, że wyglądam tak, że samym wyglądem mógłbym wygrać jakiś festiwal fol-
kowy, nie musiałbym śpiewać ani o gwieździe powia-
tu Dawn, ani o tym, że pierwsze cięcie jest najgłęb-
sze. Kelnerzy nie próżnują i zdaje się, że rzeczywiście wygrywam jakiś festiwal. Rzucam ideę zbudowania Muzeum Szczęścia, a ponieważ nikt mnie nie słucha,

przekonuję do niej sam siebie. Bo to jest tak, że byle wojna ma swoje muzea, i to w nie dającej się uzasadnić liczbie, sale wystawowe pełne dziurawych hełmów, przyłbic, makiet haubic, zapchanych armat i orderów wielkiej waleczności, a szczęście? Czy wojna jest ważniejsza niż szczęście? Nie jest, odpowiadam sam sobie. Dlatego powinno się niezwłocznie zbudować Muzeum Szczęścia. Eksponatów chyba by nie zabrakło, w każdym razie nie mam nic przeciwko temu, żeby na początek umieścić tam nasze woskowe figury obok woskowej Wiśniowej Rakiety. Z grubymi knotami sterczącymi z ciemion, żebyśmy wyglądali jak gromnice.

– Pora chyba odwiedzić Egona – mówi w którymś momencie Księżniczka Pankroka.

– Ale ja nie wziąłem jego adresu – mówi Śliwa.

Wychodzimy na ulicę gdzieś w centrum Bratysławy. Jest to jedna z tych totumfackich, „reprezentacyjnych" ulic, które ma teraz na swoją hańbę każda europejska stolica. Możesz tu kupić majtki za tysiąc dolców albo płytę z kolędami wyszywaną cekinami i z gołą dupą na okładce. I Śliwa podchodzi do sympatycznej pary zakochanych i uprzejmie pyta:

– Przepraszam bardzo, nie wiecie przypadkiem, gdzie mieszka Egon Bondy?

– Nie – odpowiada zakochany młodzian w sposób tak niesympatyczny, jakby szedł na wojnę. Śliwy to nie zniechęca. Może czuje się winny, że nie wziął adresu.

– Przepraszam bardzo, nie wie pani przypadkiem, gdzie mieszka Egon?

– Bondy? Wiem. To tu niedaleko. Chodźcie, zaprowadzę was. Jestem jego sąsiadką.

Na szczęście Młody wszystko filmuje i nikt mi nie powie, że nieprawdą było to, co widziałem na własne oczy i słyszałem na własne uszy. Sąsiadka Bondy'ego ma nogę w gipsie, więc zanim dojdziemy na miejsce, zdążymy się nacieszyć, że właśnie tam idziemy. Sąsiadka wyjaśnia nam, że właściwie to Egon już tu nie mieszka. Ma tu mieszkanie i skrzynkę na listy, ale ponieważ nachodziło go zbyt wielu natrętów („przyjaznych, a tacy są najgorsi"), kupił sobie drugie mieszkanie, w którym spędza większość czasu. Pracuje. Żebyśmy nie byli, kuśtyk kuśtyk, rozczarowani, jeśli go nie zastaniemy. Obiecujemy, że nie będziemy rozczarowani. I rzeczywiście, po długim pukaniu okazuje się, że Egona nie ma, i okazuje się też, że wcale a wcale nie jesteśmy rozczarowani. Cieszymy się, że poznaliśmy jego sąsiadkę, że jest dla nas tak miła i że ma nogę w gipsie. Cieszymy się, że widzimy skrzynkę, z której Egon wyjmuje co parę dni listy, i prosimy Młodego, żeby ją dokładnie sfilmował. Piszemy krótką kartkę, że byliśmy, że cieszymy się, że go nie zastaliśmy, bo wiemy, jak ważny jest każdy dzień, że czujemy się zrehabilitowani i że za chwilę wrzucimy te wyrazy szacunku do zielonej skrzynki z napisem „Egon Bondy". Cieszymy się jeszcze, że gipsowa sąsiadka na wszelki wypadek puka do mieszkania sąsiadującego z Bondym przez ścianę – bo sama mieszka pod nim – a starszy pan zapewnia ją przez drzwi, że jak tylko usłyszy Egona, przekaże mu, że byli tu Polacy, że specjalnie przyjechali z zagranicy i że byli sympatyczni jak zaraza.

– Jak to właściwie jest być sąsiadką Egona Bondy'ego? – pytam na odchodne. – Pewnie trochę ciężko, niech się pani przyzna.

– No wiecie, moi kochani. Oczywiście, że pan Bondy jest trochę niepraktyczny. Ale chyba tak musi być, przecież to filozof.

Rozważaliśmy potem te jej słowa dość długo. To Młody zaczął:

– Słuchajcie, co właściwie ona miała na myśli, kiedy powiedziała, że Egon to niepraktyczny filozof?

– Wiadomo co. Że nie ma żalu, że jak on się kąpie w wannie, to zawsze się zamyśli, a ona znów ma zacieki na suficie.

– Że nie ma pretensji o tynk wpadający jej do kawy, kiedy koledzy filozofowie przychodzą do Egona na sympozja naukowe.

– Jakie sympozja – nie rozumie Młody.

– Różne. Ale najczęściej finansowane przez Unię Europejską. „Pierwiastki ying i yang w osobowościach Klinga i Klanga i ich odbicie we współczesnym życiu społecznym Szwecji". Albo „O Małej Azji przy dzbanie małmazji".

– „Elementy średniowiecznej filozofii monastycznej w medycynie ludowej – próba syntezy na bazie nalewki wiśniowej". Takie tam.

– Lepiej włącz kamerę, bo mam coś do powiedzenia Patisonowi – mówi Śliwa, który od dłuższej chwili coś tam sobie przerabiał w głowie. Młody startuje, a wtedy Śliwa mówi do kamery tak: – No, cześć, Pati. Wysyłamy ci film z naszej totalnie realistycznej podróży do Egona Bondy'ego. Widzisz to piękne miasto za moimi plecami? To Bratysława. Możesz sobie znaleźć na mapie. Byłbyś tu z nami, siedziałbyś z nami w knajpach, bawiłbyś się i nawet poznałbyś sąsiadkę Bondy'ego. Tak, chłopie, sąsiadkę Bondy'ego! Mówię ci, jest ruda jak koń. A tak to co? Narozrabiałeś i teraz siedź w tej swojej kopalni.

– Tysiąc metrów pod ziemią – wtrącam dla pewności. – Przez tysiąc lat.

– Co rok możesz się posuwać o centymetr do góry – mówi do kamery Księżniczka Pankroka, która ma miękkie serce.

– Jak Emeryk na Święty Krzyż – dodaje rezolutnie Młody.

– Czyli sto tysięcy lat – uściślam, bo jestem dobry w obliczeniach pamięciowych.

Zapada wymowne milczenie, więc Młody wyłącza kamerę. Korzystam z okazji, odwracam się do Księżniczki Pankroka i mówię:

– Masz śliczne oczęta, Księżniczko. I miękkie masz serce.

– Tak, ale śpimy osobno.

To Prawda. Ona ma tu swoich znajomych, a my postanowiliśmy spędzić tę noc pod gołym niebem. Z Anną Marią umówiliśmy się na spotkanie dopiero jutro. Mieszkają z Ivanem i dziećmi pod Bratysławą, we wsi Marianka. To maleńka wioska, nie ma jej na mapach, bardzo ciężko tam trafić bez przewodnika, a jutro spotkamy się w Bratysławie, więc od razu nas tam doprowadzi, pogadamy sobie i przenocujemy. Za to dzisiaj będziemy spać jak prawdziwi kowboje. Śliwa zapewnia, że dobre spanie jest na bratysławskim dworcu kolejowym, ale to nas nie przekonuje. Pociąga nas łono natury i zew przygody. Wieczorem zjeździliśmy całą słowacką stolicę w poszukiwaniu tego łona i zewu. Bezskutecznie. Wszystkie parki wyglądały na karłowate i przeludnione, zaś wybrzeży Dunaju nie mogliśmy znaleźć; być może na nasz widok Dunaj skręcał i płynął w inną stronę udając, że nas nie widzi. Trochę to trwało, ta bezsensowna peregrynacja. I zmierzchało już, kiedy naszym oczom ukazał się piękny, choć niemal bezdrzewny park na łagodnym wyniesieniu. Mały eden. Okrywał go dywan z trawy przeplecionej chabrem i innymi motywami roślinnymi, a z peryferyjnego położenia wynikało oddalenie od głównych arterii, które powodowało, że nie było tam widać żywego ducha.

– No, nareszcie – ożywił się Młody. – Mają tylko jeden park z prawdziwego zdarzenia, za to jaki! I w dodatku cały dla nas.

– Urocza dzicz. Chyba rozpalę ognisko – ucieszył się Śliwa. – Szkoda, że nie pożyczyliśmy peyotlu od

Retoromana, podłożyłbym go sobie pod głowę do snu, jak kowboj. Ale i tak jest klawo jak cholera.

– A ja bym się najchętniej przespał w gitarze, jak Stachu...

Całym sobą wdepnąłem w hamulec tak nagle, że gdyby chłopaki nie mieli szelek, ich dusze chyba by z nich wyleciały. A tak to tylko oczy wyszły im z orbit. Oczami tymi wpatrywali się w bezlitosny napis na niewielkiej tabliczce ustawionej obok klombu: KREMATORIUM MIEJSKIE. Zamilkliśmy i milczenie to trwało wieki.

– No i co z tego? – przerwał milczenie Śliwa. – Mnie to właściwie nie przeszkadza.

– Mnie też nie – rzekł z wahaniem Młody.

– Chyba was porąbało. To tak, jakbyśmy mieli spać na cmentarzu. Też by wam to nie przeszkadzało?

– Dziadzia, nie psuj nam wieczoru swoim zwykłym marudzeniem. Na cmentarzu jest pełno duchów, w każdej chwili może cię nadepnąć jakaś zjawa, a tu? Pełna kultura, trochę popiołu i tyle. Zostajemy tu, co, Młody?

– Pewnie, że tak.

– To zostańcie. Proszę bardzo. Ja spadam byle dalej od tego Majdanka.

– To spadaj. Śpij w błotach nad Dunajem, powodzenia. Pozdrów żaby.

– I porosty – dodał Młody, który zawsze musi coś dodać, zamiast siedzieć cicho.

– I nie zapomnij założyć płetw do snu.

– I akwalungu – dodał Młody.

– W takim razie żegnajcie na zawsze. Jak was znam, to przed snem zalejecie się w trupa. Rano przyjdzie do pracy pierwsza zmiana krematoryjna, zobaczą, że dowieźli jakichś nowych, i bez pytania zbiorą was z trawnika i skremują. Obudzicie się w piecu, na strasznym

kacu i na diabelskim ruszcie. Jutro przyjadę po was.
Mam nadzieję, że urny nie będą zbyt wielkie.
Śliwa zamyślił się, i to głęboko.
– Hm. Przy wydawaniu moich popiołów poproś,
żeby mnie podzielili na pół. Młody, pożyczysz na drugą
urnę? Chciałbym, żeby Dziadzia Benito połowę mnie
wysłał mamie do Włoch, a drugą połowę żeby wręczył Tysi.
– Mam już prawie całkiem wyczyszczone konto – zaprotestował słabo Młody.
– No to nie. Możecie mnie zapakować do dwóch
pustych półlitrówek. Nawet tak wolę, bo będzie mnie
przynajmniej widać. Nie znoszę anonimowości.
   W końcu jednak rozsądek, jak to w życiu, bierze
górę nad szaleństwem. Wynosimy się z trupiego zagaj-
nika ku mniej definitywnym krajobrazom. Wyjeżdżamy
za miasto. Krążymy bez ładu i składu, rozglądając się za
jakimś dobrym miejscem. Będziemy spać jak traperzy,
z głową na kretowisku, przykryci planem Bratysławy.
Już nam się nigdzie nie śpieszy. Już znowu nas wszystko cieszy. Śmierci się tylko zdawało, że ma na nas jakiegoś haka. Dobrze, że chłopaki zapięli pasy, bo chyba
wylecieliby z butów, tak gwałtownie zahamowałem.
   – Ej, co jest? Wiersz musisz napisać? Mało ci nie
rozbiłem baniakiem tej deski rozdzielczej. Nie słysza-
łeś nigdy o kulturze jazdy?
   Coś tam jeszcze mówili. Ja zaś z półotwartą paszczą wpatrywałem się w nazwę wioski, do której właśnie
wjeżdżaliśmy. Przepisowy napis obwieszczał skromnie:
MARIANKA.
   Marianka. Wrócimy tu jutro. Będziemy spać w domu
Ivana i Anny Marii. Jak zawsze, kiedy zjawiają się goście, dzieci będą miały prawo do trochę większej ilości
szaleństw. Goście tym bardziej. Przed świtem zejdziemy
z Ivanem w dolinę, w której tryska uzdrawiające źródło.

Potem pójdziemy spać. Śliwa postanowi spać w hamaku, ale kiedy tylko się doń wdrapie, hamak będzie go zrzucał jak koń. „To jeszcze nic, spałem kiedyś na batucie", powie Śliwa po dwudziestu minutach nierównej walki. Lecz to ma się dopiero wydarzyć. Na razie jest oczekiwane. A teraz stoję, chociaż siedzę za kółkiem, sam wobec siebie i tego napisu „Marianka", ogołocony i pusty jak beczka po kapuście na wiosnę. Nawet anioły w niebiańskim ansamblu grające nam soundtrack odłożyły swe harfy i patrzą, co będzie dalej. Dlatego cisza jest wielka i dalej już nic może nie być. A jednak to ciągle nie koniec, choć sam jeszcze o tym nie wiem.

Ilość rzeczy, o jakich człek nie wie, jest przeogromna. Gdyby z tego wszystkiego, czego człowiek nie wie, ułożyć jedną wielką krzyżówkę, powstałą płachtą można by owinąć kulę ziemską siedem razy. I jeszcze zawiązać rogi w okazałą kokardę. Jeszcze nie wiem, że kiedyś, gdzieś w przyszłości, którą mam na wyciągnięcie kopyt, a może gdzieś w wyobraźni, Księżniczka Pankroka urodzi mi córkę, która będzie mieć na imię Marianka. Cóż dodać do tego. Prawda o losie pisarza jest taka, że z co drugą kobietą z kart swoich książek pisarz ma dzieciaka lub dwa.

A teraz czas się żegnać. Przychodzi pora rozstania. Rozjeżdżamy się we wszystkie strony świata jak oczy zezowatego. Pomóżcie nam zbierać zdeptane confetti i serpentyny. Ponieważ Miša pojedzie z nami do swego górskiego miasteczka blisko polskiej granicy, Młody nakręci zupełnie nowy film.

– To będzie film awanturniczy – chwali się Młody. – Dam mu tytuł „Bonnie and Clyde".

– A my to pies? Jeśli już, to film może się nazywać „Bonnie and Clyde and Clyde and Clyde", co, Śliwa?

Kupiliśmy już zdrowotne napoje na Drogę powrotną. Soki witaminowe i różne energy drinki. No i jedziemy –

Miša, Młody, Śliwa i ja plus dziesiątki nieprzeczytanych
książek Egona i o Egonie – na skróty do finału i do jakiegoś morału. Zmęczona Wiśniowa Rakieta nie trzyma się kupy. Jak cała ta historia. Telepie jej się kółko
i w ogóle, następuje coś w rodzaju wewnętrznego roz-
padu jej osobowości. Wlewamy w nią płyny hamulco-
we, jakieś oleje, benzyny, przedmuchujemy jej wenty-
le – nic. Nic nie pomaga. Wiśniowa Rakieta jest jakaś
nie ta.

– Bo wy jesteście mężczyznami – mówi Miša z od-
cieniem wyrzutu. – Nie rozumiecie jej.

Zajeżdżamy rzężącą Rakietą do jakiegoś warsztatu.
Pan mechanik jest Czechem, co zrozumiałe w tej sytuacji. Sprzedaje nam zupełnie nowe koło.

– Macie tu zupełnie nowe koło – mówi po czesku. –
Sprzedaję je wam. A teraz proszę wjechać na ten pod-
nośnik.

I dzieje się coś dziwnego. Po wjechaniu na mały po-
deścik rozkraczona Wiśniowa Rakieta waletuje sobie
na jakiejś takiej jakby lawecie, a pan mechanik naciska
jakiś guzik i wtedy Wiśniowa Rakieta powoli, ale nieubłaganie wędruje w górę! Tak! Czeski film po prostu.
Po chwili Wiśniowa jest już pod sufitem. Wygląda jak
smutny sputnik. Od spodu jest zaniedbana i brudna,
a pan czeski mechanik przechadza się pod nią, popu-
kuje w nią kluczem, a potem bierze się do odkręcania
czegoś.

– Jaka ginekologia… – mówi szeptem Miša.

Dobre pół godziny spędziła na orbicie Wiśniowa
Rakieta. Wróciła na ziemię odnowiona i z silnym po-
stanowieniem naprawy. Pan mechanik wycierał ręce
i z dumą patrzył, jak Wiśniowa Rakieta odpala od
pierwszego razu i bez żadnego telepania. Miša tak się
ucieszyła, że w porywie tkliwości, nie bacząc na warstwę kurzu, podeszła i ucałowała naszą łajbę na kołach

w lewy bok, zaraz za tylnymi drzwiami, tam gdzie samochód ma biodra. I pogłaskała ją.

– Przy pierwszej okazji poproszę szwagra, żeby otoczył to miejsce obwódką złotej farby – powiedziałem. Tymczasem pan czeski mechanik od wycierania rąk płynnie przeszedł do ich zacierania.

No to podwieźliśmy Młodego do bankomatu, zapłaciliśmy, mechanik pobłogosławił nas kluczem oczkowym piętnastką i pojechaliśmy. Gdzieś za nami został Egon Bondy i jego osobny, ale nie tak całkiem zamknięty dla nas świat, w którym każdy dzień liczy się poczwórnie. Bratysława ze swymi parkami i krematoriami, Anna Maria i Ivan, i dzieci w domu, w środku którego rośnie drzewo. I nieważny już ten mandat, który wlepili nam w jakiejś słowackiej mieścinie jacyś słowaccy pomyleńcy, bo Śliwie się zachciało lodów, a wszystkim chciało się piwa, a nikomu nie chciało się rozglądać za miejscem, gdzie można by prawidłowo zaparkować Wiśniową Rakietę, skoro można było jak zawsze zaparkować ją niemal w drzwiach sklepu, tak, jakby człowiek po prostu rzucał z pokładu Wiśniowej Rakiety kosmiczną wiśniową kotwicę, a ona zahaczała się o drzwi sklepu spożywczego lub kosmiczne drzewo obok i prrr, dostojna wehikulico, idziemy po piwo i lody. Na policjantach, co zresztą też już nieważne, zemściliśmy się, bo kiedy przyszło do zapłacenia mandatu, to oczywiście nie mieliśmy w kieszeniach ani koronki, tylko polską stówę, a policjanci, ponieważ Słowacja przystąpiła właśnie do Unii Europejskiej, nie mogli nam jak normalni policjanci spuścić wpierdolu i pogonić, tylko musieli nas kulturalnie konwojować do zmieniarni pieniędzy, gdzie oczywiście pan zmieniacz nie miał wydać reszty po polsku, więc policjanci musieli nas konwojować dalej i dalej, hen, aż pod granice wytrzymałości, do bankomatu, który wreszcie zlitował się nad słowacką policją i wypłacił na kartę Młodego tych marnych czterysta koron, a nam się już nie śpieszyło, już nas to bawiło, skoro od dawna wiadomo, że szmal i tak przepadł. Policjant najwyższy rangą do końca usiłował zrozumieć nasze spowodowane wykroczeniem szczęście, ale pasek postępu na jego czole zatrzymał się gdzieś w okolicy 60% i już tam pozostał.

Czasy się mieszają. Drogi są kręte. Cienie głębokie. Tak przynajmniej mówię, przejęty dziwnym wzruszeniem, Młodemu do kamery. Promienie słońca ogniskują się w śladach owadzich ciał na przedniej szybie. Żal mi było tych paru złotych na nowe pióra do wycieraczek. Z nagrzanej ziemi podnosi się chłodny tuman tajemnicy wmieszany w woń obornika. Chłop przy traktorze, filmuj!

Kiedy Młody uwieczniał dla naszych potrzeb los chłopa, któremu zepsuł się traktor, w jego kieszeni odezwała się komórka. Dawała sygnał, że przyszła esemeska. Chłop i jego traktor zniknęli za zakrętem tak jakby wcale ich nie było i Młody mógł uprzejmie podać mi swój telefonik. „Od Anny Marii", powiedział przy tym. Esemeska była napisana w języku polskim, który Anna Maria coraz bardziej zapomina i który dzięki błędom mieści w sobie dwa razy więcej znaczeń. I tylko raz Anna Maria sięgnęła po słowacki, kiedy trzeba było wymienić *nazwę Miłości, Lasky.*

Dzwoni Dorota i w ostatniej chwili przed
zerwaniem połączenia mówi: „A wracaliśmy
śpiewając"

*грузд' – (гриб) bielak; mleczaj; назвался ~ем,
полезай в кузов* посл. *kiedyś grzyb, to siedź
w koszu. (...)*
кузов – (корзинка) kosz; ◊*назвался груздем,
полезай в ~ посл. gdy wziąłeś na się zadanie,
nie mów, że sił ci nie stanie.*

„Podręczny słownik polsko-rosyjski"
pod redakcją J.H. Dworeckiego, s. 145

Można z nim iść przez miasto, wstydząc się go lub szczy-
cąc się nim. Nocą można się nim posługiwać jak latarką,
w której raczej nie wyczerpią się baterie. Można mu po-
zwalać kołysać się w głowie niby dzwonowi, który wydaje
dźwięk tylko po to, aby zaraz zaprzeczyć sobie samemu,
powtarzając go wspak. Można mu pościelić w terrarium
i podglądać jego istotę złożoną z segmentów.

Można owijać się nim po kąpieli. Można wróżyć
z niego jak z liścia akacji.

Można natykać się na nie, obce, w gazetach, i pory-
wać się na nie z motyką papierosa. Można próbować
ponownie je oswajać.

Można próbować ugotować w nim jajka, choć to
beznadziejne. Można próbować omijać je wzrokiem,
umieszczone nad wejściem do sklepu z damską bieli-
zną. Można zamykać się w nim jak w sobie.

Można wziąć scrabble i patrzeć, jak z suchych osobnych znaków przepoczwarza się w motyla, żywego i cał-
kowitego. Zostawiać je na ławkach albo, niewidzialne,
w przechowalni bagażu.

Można zanurzyć się w nim jak w jeziorze. Zwłaszcza
jeśli lubi się wodę o temperaturze trzech, czterech stopni. Bardzo łatwo uczynić je liczmanem każdej najprostszej czynności, każdego wykonanego ruchu. Bo trzeba się ruszać.

Można je smakować, delektować się nim. Albo używać go jako środka jątrzącego. Bo trzeba coś czuć, za wszelką cenę.

Można używać go jako różańca na palec, z jedną brakującą zdrowaśką.

Można wypowiedzieć je szeptem w pustej sali poniemieckiego dworca, w załomie muru. Przemyślna konstrukcja łuku stropowego przeniesie je pod sufitem na drugą stronę, dokładnie w taki sam, symetrycznie położony załom. Ale nie będzie tam nikogo, kto mógłby je usłyszeć.

Można ułożyć z niego nazwy dwu rzek. Lub dwie nazwy rzeczy mających kształt koła. Nazwy dwu tkanin. Można brać z niego inne kobiece imiona, co najmniej pięć. I męskie imiona, co najmniej cztery. I dwa terminy muzyczne. I nazwę tradycyjnej skandynawskiej melodii. Lub po prostu ładne, dźwięczne, nic nie znaczące słowa, do woli.

Oto co można zrobić z jej imieniem.

3 sierpnia. Suwałki – Żegary. 41 km.
Obóz nad jeziorem Sztabinki wielkości łzy wielikana. Spokój. Mamy tylko jeden blaszany kubek, więc wieczorną zupę gotujemy i jemy na zmianę. Niepokój. Tym bardziej że prócz kubka zapomniałem też zabrać: kaloszy, solanki i książeczki z instrukcją obsługi telefonu, w której zapisane miałem koszty połączeń najtańszych operatorów Litwy, Łotwy i Estonii.

Mamy za to stare, wypróbowane sposoby postępowania w Różnych Sytuacjach. Na przykład wiemy, że w przypadku braku kaloszy można chodzić boso i nie wierzyć w żmije. Albo że woda na kuchence Colemana wrze jeden i pół razu szybciej, jeśli ustawi się wokół rulon z karimaty osłaniający kuchenkę od wiatru. Znamy na pamięć artykuł z „Przyrodnika" nr 5, „Kaczany kukurydzowe jako pocieradła do zapałek". Umiemy golić się bez lusterka, przeglądając się w oku konia. Rzymianie i Spartanie wiele mogliby się od nas nauczyć.

4 sierpnia. Żegary – Piwoszuny. 102 km.
Granicę przekraczamy bez dłuższych ceregieli, piętnaście minut i po wszystkim. Litewski pogranicznik tylko przez chwilę zastanawia się, czy od konnych jeźdźców żądać prawa jazdy i „dowodu registracyjnego". Pierwsza moja myśl na obcej ziemi dotyczy ludzkiej wynalazczości. Tyle się mówi o pożytkach z wynalezienia koła, że po prostu nie ma kiedy powiedzieć o pożyt-

kach płynących z wynalezienia czworga końskich nóg. A należałoby, i spróbuję uczynić to na dalszych kartach tego skromnego, pisanego pomiędzy siodłem a kopytem, dziennika.

Potwierdza się moja wcześniejsza opinia o Litwinach jako ludzie przyjaznym i bogobojnym. Od rana piją wokół sielskich, przydrożnych sklepów, ale nie na umór. Są potem w stanie dosiąść we trzech motoru bez tłumika i z zapasową butlą jabola z czereśniami na etykiecie odjechać w siną dal albo ścigać się z naszymi końmi, aż im rura wydechowa furkocze. I nie może wziąć wdechu. Wreszcie ich motory opadają z sił, a może to wino nie może dłużej czekać, i machając na pożegnanie wpuszczają się w boczną drogę lub pierwsze lepsze krzaki. Tak, ludność tutejsza żyje w równowadze z przyrodą.

Na przydrożnym bazarze kupuję kalosze. W sklepiku z artykułami rolnymi udaje mi się kupić kostkę soli. Konie są zadowolone.

Pierwsza podczas naszej eskapady ulewa. Oto jak szło mi przebieranie się w elegancki nieprzemakalny strój z nowoczesnej tkaniny oddychającej. Koń by się uśmiał. Już zanim zeskoczyłem z siodła, całkowicie przemokłem, razem z majtkami. Rozebrałem się do naga i zacząłem plątać się w niezliczonej ilości rękawów i nogawek. Szybko wskoczyłem w kalosze, żeby nie zdążyły nabrać wody. Potem nie mogłem przepchnąć obutej kończyny przez cudem znalezioną nogawkę, więc długo skakałem na jednej nodze z gołą dupą. Kierowcy zatrzymywali swoje cieplutkie audi i seaty, żeby popatrzeć na mnie zza szyb. Robili mi zdjęcia, romantyczne zamglone ujęcia. Mogłem za to posłuchać trochę techno z ich magnetofonów. Mój koń ze wstydu kładł się pod drzewem i udawał wielką nieożywioną purchawę nie mającą z tym wszystkim nic wspólnego. Tymczasem Alvaro był już dwadzieścia kilometrów dalej, mokry jak ryba i szczęśliwy.

Namiot rozbiliśmy pośród rybnych jezior. Śpiwory były tylko trochę mokre.

5 sierpnia. Piwoszuny – Suderwa. 92 km.
Rozpakowując kulbakę, żeby wyłożyć na poranne słońce zamoknięte mapy i odzież, znajduję solankę. Teraz mamy dwie.

W galopie odbieram SMS-a od Pięciu Szybkich Żyraf: KOHAM CIE JEST MI TU DOBRZE MJALEM KOSZMAR W NOCY. PIEC SZYBKICH ZYRAF. Obiad w Trokach. Chłodnik litewski bardzo dobry, pizza ohydna i z mięsem, choć napisane było tylko „with vegetables".

W Suderwie jesteśmy o ósmej wieczorem. Chłop z kosą na ramieniu wyjaśnia nam, że dyrektor szkoły nie mieszka w Suderwie. Wyjaśnia nam też, że szkolny stróż, Kowalewski, mieszka naprzeciw szkoły. Zaraz tam trafiamy i otrzymujemy z wysokości, bo Kowalewski remontuje dach, pozwolenie na rozbicie namiotu na terenie szkoły. W dole, sto metrów od nas, świeci jeziorko Rzesza. Dalej jest drugie o tej samej nazwie. Trzeciej Rzeszy nie ma. Urocze miejsce.

6 sierpnia. Suderwa – Wilno – Suderwa. 54 km.
Ten Alvaro co rano mnie pogania. Żeby już jechać. A ja lubię poleżeć. Popić kawy, popalić. Rano powoli dochodzę do siebie. Za to wieczorem! Kiedy ja się dopiero rozkręcam, on chrapie. Rano robi mi śniadanie. Wieczorem ja pętam oba konie.

Na razie, niestety, jest rano. Alvaro umarłby z nudów, ale na szczęście znalazł w jukach binokular, który dostałem od dyrektora „Zepsutego Ptaka", takie lor-

gnon dla traperów. Zachwyca się optyką urządzonka.
Odczytuje napis:

KINKA

1997 –

na budzie psa pana Kowalewskiego hen, po drugiej stronie szosy. Czyta z ruchu dzioba bociana w odległym gnieździe słowa ojcowskich pouczeń. Obserwuje zgromadzenie muszek na mojej karimacie, którą już zdążył zwinąć. Mówi: „Suka Kowalewskiego wabi się Kinka. Ma trzy lata. Nie wiadomo, kiedy umrze".

„Stary bocian opowiada młodemu, skąd się biorą dzieci". „Jedna mucha ma białą plamkę na dupie". „Dobrze by było być w Wilnie przed zmrokiem".

Wybieramy się do Wilna na wycieczkę, to tylko dwadzieścia kilometrów w jedną stronę. Potem przenocujemy jeszcze w Suderwie, a jutro pojedziemy odnaleźć Siedzibę Herkusa. Pan Kowalewski chętnie zgadza się zaopiekować naszymi siodłami i bagażem, pojedziemy sobie na oklep, jak turyści. Pan Kowalewski dziwi się, że chcemy dojechać aż do Tallina. Jest jednym z tych, którzy mają nas za jakichś ironmanów. A my znamy kobietę, która pojechała sobie hulajnogą z Holandii do Tybetu. Znamy chłopca, który w łatwopalnej łódce dopłynął na Ziemię Ognistą. Czytaliśmy też pamiętnik Szkotki Dowie: „The Girl in the Carpathians" z 1891 roku.

Zaraz po starcie mijamy trzy babcie wracające z kościoła i wyłapujemy strzępy toczonej po polsku rozmowy. W restauracji „Alinas Klubas", którą z trudem, ale odnajduję w Wilnie, wszyscy goście mówią po polsku. Niniejszą relacją pragnę zatem potwierdzić polską obecność nad Wilią i Wilejką. Może dostaniemy jakąś dotację, jak będziemy za rok jechać z Alvaro w wołoskie niziny, gdzie tonąca w retorumuńskim żywiole Polonia też krzepko się trzyma swoich walących się zagród.

Wilno jak Wilno. Ładne. I ma swoje zaułki. Ma swoich żebraków pod Matką Boską Ostrobramską, każdego w osobnym podcieniu. I płaskorzeźbę z profilem zadowolonego z siebie papieża nad zrezygnowanymi pielgrzymami.

Czekając na Alvaro w umówionym miejscu, spotykam zamiast niego Dziwaka Igora. Tego się nie spodziewałem. Wraca właśnie z Estonii do swojej Lublany. Wypijamy po piwie w ogródku przed restauracją. Pokazujemy mu nasze konie. Pytamy, czy w Estonii jest już zimno. Dziwak Igor jak zwykle bardzo szybko mówi. To dobrze, zdąży się nagadać. A nie mamy już wiele czasu, pora wyjechać za miasto, żeby konie pojadły sobie trawy i chwastów.

Dziwak Igor narzeka na Polskę. Nie podobało mu się w Polsce, bo wszystkie youth hostels zamykane są o dwudziestej trzeciej i potem trzeba włazić przez okna. A wszyscy wiemy, jak trudno wdrapywać się do okien po dziwaku.

Z powrotem w Suderwie jesteśmy o zmroku. Komary nic sobie nie robią z antykomarowego sprayu „Off". Ale wiemy już, że komary na Litwie idą spać punktualnie o dziesiątej. Kiedy natrętne bzyczenie wokół naszych uszu nagle ustaje, wiadomo, że jest dokładnie minuta przed dziesiątą. Przypuszczam, że litewskie komary mieszkają w internatach schowanych w trawie i schroniskach młodzieżowych zakamuflowanych po bagnach. Dokładnie o dwudziestej drugiej internaty i schroniska są zamykane na kłódki ze zdechłych mrówek.

Przed snem odczytuję jeszcze przegapionego po południu SMS-a. A MY SAMI ZROBILISMY TENCZE. PIEC SZYBKICH ZYRAF.

7 sierpnia. Suderwa – Pigašiai. 38 km.

Blisko szkoły, a jeszcze bliżej naszego namiotu, usytuowany jest wychodek. Rozśmiesza nas zastosowane przy jego budowie rozwiązanie techniczne: w długiej desce znajdują się trzy otwory nie oddzielone od siebie żadną przegródką. Wyobrażamy sobie maluchy, które przychodzą tu na przerwie, zajmują siedziska i srając rozmawiają o swoich maluchowych sprawach, wcale nie o fleksji i nie o trygonometrii. Tymczasem do wychodka zachodzi rano dwóch wyrostków, żeby skrycie palić papierosy. Mają może po dwanaście lat. Krążą ciekawie wokół naszego obozowiska, podglądając i chichocząc jak tubylcy na całym świecie. Z trudem udaje nam się zaprosić ich na chwilę i porozmawiać. Nazywają się Aliksander i Zbyszek. Pytamy ich o to i owo.

– A kościół dzisiaj otwarty czy zamknięty?
– Zamknięty. Zamknięty.
– Tylko w niedzielę otwarty?
– Tak. Tak.
– A ksiądz jak się nazywa?
– Nie wiem. Nie wiem.
– Młody czy stary?
– Noo... Starowaty.

Kiedy tu byłem poprzednio, poznałem miejscowego księdza. Teraz zapomniałem, jak się nazywał. Słyszałem potem, że przenieśli go do Krakowa, bo był chory. Szkoda, że już go tu nie ma.

Klak-klak-klak, klak-klak-klak, jedziemy sobie do Siedziby Herkusa. To niedaleko od Suderwy. W wiejskich sklepach nie ma tequili, więc w Muśnikach kupujemy wódkę „Prezident".

Mieliśmy być u Herkusa najpóźniej wczoraj. Nic dziwnego, że widzimy go z daleka snującego się nerwowo po polach i palącego papierosy. Już nie jest łysy.

Ma włosy i brodę. Ma żonę Sigutė. Ma roczną córeczkę
Adolfinę. Ma psa Troleia.

Pies nazywa się Trolei, bo Herkus znalazł go w tro-
lejbusie. Pies jechał bez biletu i był całkowicie wykoń-
czony. Prawdopodobnie miał zamiar zdechnąć w trolej-
busie. Więc Herkus wziął go. Psa, nie trolejbus. Teraz
pies wygląda dobrze. Jest wielki i czarny. Koniecznie
chcę go pogłaskać, ale Herkus wyjaśnia, że z nadmiaru
jazdy trolejbusem Trolei jest trochę niezrównoważony.
Jego zdaniem mógłby ugryźć. Jednak upieram się, bo
lubię głaskać psy, a nigdy żaden mnie nie ugryzł i jestem pewien, że nie ugryzie. Zrezygnowany Herkus
nakłada Troleiowi kaganiec i pozwala nam się zaprzy-
jaźnić. Psisko jest poczciwe i wcale nie zgłupiało od jazdy trolejbusem. Merda ogonem i nadstawia łeb do gła-
skania. Pozwala podrapać się za uszami. Pozwala szczy-
pać się pod brodą. Pozwala się objąć za szyję i przytulić
i próbuje odgryźć mi przy tym ucho. Na szczęście ma
kaganiec, więc tylko obrywam żelazem w ucho, aż mi
we łbie dzwoni. Herkus odciąga psa, łaja go i przywiązuje do drzewa. To dobrze, że nałożył mu kaganiec.
Nie chciałbym być podobny do van Gogha. Chcę być
podobny do Brautigana, a Brautigan miał uszy w kom-
plecie. „Od dziś za każdym razem, kiedy coś usłyszę,
będę myślał o tym, że jedno z moich uszu należy do
ciebie", dziękuję Herkusowi. Tylko macha ręką, więc
dodaję: „Nic nie cementuje męskiej Przyjaźni tak, jak
uratowanie ucha druha. Kiedy poczuję, że zbliża się
mój koniec, zażądam, aby moje ucho zostało pocho-
wane w Wilnie jak serce Piłsudskiego, którego w ogóle
pochowano każdy kawałek gdzie indziej".

Wieczorem palimy ognisko i pijemy wódkę. Jest bardzo przyjemnie. Herkus mówi, że wszyscy w okolicy mówią po polsku, więc niepotrzebnie wysilałem się w sklepach ze swoim postrosyjskim. Przynosi z chałupy drugą

wódkę, równie dobrą i równie dużą. Mówi, że ma raka wątroby i za kilka dni czeka go operacja, ostatnia i decydująca. Tymczasem Trolei pastwi się nad pięknymi kwiatami wokół drzewa, do którego jest przywiązany. Wyobraża sobie, że ich płatki to moje płatki uszne.

Ja jeszcze w sprawie tej dotacji. Wczoraj w Wilnie widziałem też dom, z którego Mickiewicz wyjechał na zsyłkę, opuszczając Wilno na zawsze. Można ten dom rozpoznać po tablicy pamiątkowej. W „Klubie Aliny" widziałem też karalucha, ale nadal lubię tę restauracyjkę. Dlatego podaję rodakom jej adres: Pylimo gatvė 49.

8 sierpnia. Pigašiai – Vileikiškiai – Pigašiai. 7 km.
Rano przyjeżdża z Kowna Mama Herkusa. Obudziwszy się, widzimy ją przez okno, krzątającą się po obejściu. Trochę się jej obawiamy. Może będzie miała pretensje o swoje wypielęgnowane kwiaty, które zżarł piekielny Trolejbus? Może nie spodoba jej się śmietnik, jaki powstał nocą wokół rozgrzebanego ogniska? Albo kupy zostawione przez nasze konie?

Nic z tych rzeczy. Mama Herkusa jest O.K. Ma na imię Aldona i jest śpiewaczką. Chciała być baletnicą, ale ugryzł ją pies i do dzisiaj ma na łydce taką bliznę, że nie może być baletnicą. Sigutė też jest śpiewaczką, chociaż pies jej nie ugryzł. Herkus jest historykiem sztuki, więc stanowimy bardzo intelektualne towarzystwo. Dlatego przesiadujemy przy kawie i prowadzimy intelektualne dyskusje. Na przykład Mama Herkusa pyta mnie:

– To nie je pan nawet ryb, tak?
– Tak.
– A grzyby pan je?
– Jem.
– No to opowiem anegdotę.

Siedziba Herkusa znajduje się na końcu wsi. Dalej nie ma już nic, tylko łąka równa jak szwedzki stół, z którego wszystko zjedzono, i wijąca się w wąwozie Szyrwinta, niedostępna w tym miejscu i dzika jak pies. Idziemy z Alvaro na spacer wzdłuż niej. Daleko, w malowniczym zakolu zarośniętej rzeki, znajdujemy ślady domu, o którym mówił Herkus. Stał tu jeszcze niedawno, ale spłonął. Została z niego mała kupka cegieł, kilka niedopalonych bali i resztki kół od wozu, z drewnianymi szprychami i o żelaznych obręczach. Z tym że obręcze i okucia zdjęto i zabrano, zostały tylko drewniane, okrągło wytoczone centra i rozsypujące się szprychy. Pozostałości tych kół wyglądają jak pozostałości słońc z dziecięcych rysunków. Oto ćwiartka słońca z połamanymi promieniami. Oto pół słońca. A oto słońce z jednym tylko promyczkiem. Gdyby i on odpadł, słońce nie byłoby już słońcem, tylko kawałkiem drewna niewiadomego pochodzenia. Niewygodnym zejściem przedzieramy się do Szyrwinty i bierzemy kąpiel w jej chłodnym nurcie.

Po południu Herkus pali przez kilka godzin w bani. Wieczorem wskakujemy do niej i pocimy się, kiedy zacne Herkusisko leje gorącą wodę na rozgrzane kamienie. Popijamy piwo „Utenos" i jakieś drugie, ciemne. Potem ognisko, ziemniaki, pogawędki et cetera.

9 sierpnia. Pigašiai – Dukszty. 145 km.
O szóstej rano jesteśmy na nogach, przed dziewiątą już machamy rodzince Herkusa z wysokości końskich grzbietów. Obiad w Połuszu, wspaniały i tani. Bardzo mi się podoba, że na placki ziemniaczane mówi się tu bliny. Na odcinku betonowej autostrady Wilno – Uciana rozpędzone ciężarowy płoszą nam konie, w dodatku Rosie traci dwie podkowy, jedną po drugiej. Mimo to przed zmrokiem jesteśmy w Duksztach, nad jeziorem Persvetas.

Popręgi Alvaro przetarły się do reszty, jego dziewiętnastowieczne siodło jest już naprawdę do wyrzucenia. Ale skąd wziąć nowe? Rozpalamy ognisko i godzinkę przed snem wylegujemy się na karimatach jak suszone śliwki.

10 sierpnia. Dukszty – Sventa. 64 km.

Rano piwko, trochę leniuchowania. Alvaro prowizorycznie naprawia siodło. Potem zwijamy namiot i jazda. Konie to nadzwyczaj wygodny środek lokomocji. Podczas jazdy nie rozmawiamy dużo, ale czasem zdarza się, że znudzony milczeniem Alvaro krzyknie na przykład:

– Masz cążki do paznokci?!

A ja odpowiem:

– Mam!

– Na wierzchu?!

– Jak najbardziej!

Takie skromne dialogi w dużym stopniu przesądzają o uroku podróży. Zaraz za Jeziorosami granica Litwy i Łotwy. Na granicy mili celnicy. W Sventej skręcamy w prawo i znajdujemy po lewej, już bardzo blisko Dźwiny, akuratne jeziorko. Mnóstwo komarów.

11 sierpnia. Sventa – Odziena. 124 km.

Obudzeni śpiewem ptactwa szybko pakujemy dobytek. Auuu! Auuu! Auuu! – śpiewa ptactwo. Szuuu... Bzdong... Wtręt! – pakujemy dobytek.

Znowu podróżujemy autostradą, szczęśliwie nie betonową. Boczne Drogi są zbyt liche i poplątane. Żadnych drogowskazów! Za to przy autostradzie żadnych sklepów czy restauracji. Z głodu zbaczamy do miejscowości Nicgāle. W Nicgāle nie ma nic. Była fabryka prochu, ale upadła. To smutne. Gdyby wyleciała w powietrze, to jeszcze, ale ona klap, upadła. Były piękne bloki z gaciami suszącymi się na balkonie, wieczną pleśnią w kuchni i wszechobecnym odorem wykuwania lepszego jutra, teraz te bloki straszą oknami zabitymi deskami. Były koparki i dźwigi, a została po nich gąsienica rzucona w błoto jako kładka, która w niegdysiejsze upały wmarzła w to błoto i została w nim na zawsze. Jest za to dobrze zaopatrzony sklep spożywczy i menele przed sklepem. Pijemy mleko, jemy drożdżówki i rozmawiamy z menelami o palcach, które urwało im w dobrych dawnych czasach, kiedy fabryka produkowała jeszcze proch: – – – – – – –

Urwane palce meneli, choć ich nie ma, są dowodem, że był to dobry proch. „Jakie czasy, taki proch" – stwierdzają sentencjonalnie menele i patrzą na znikające w naszych gardłach ostatnie kęsy, po czym z zazdrości zapadają w rodzaj bolesnej medytacji.

Wracamy do autostrady i galopujemy nią wzdłuż Dźwiny aż do Pḷaviṇas. Rzeka to oddala się, to wyłania tuż po lewej ręce, jakby co jakiś czas chciała wyrwać się z koryta i skoczyć na kawior do Jeniseja, Obu lub do obu. Jeśli chcemy odetchnąć, zjeżdżamy z szosy i pławiąc się w naddźwiniańskich trawskach, wypijamy po piwku. Potrzebujemy oddechu przede wszystkim od rozpędzonych ciężarówek, które niemal ocierają się o nas i oczywiście płoszą konie. Ale do kierowców ciężarówek można przynajmniej mieć zaufanie. Gorzej, kiedy pijany Łotysz za kierownicą łady, wiozący do lasu swoje kurwy i kumpli, dla fantazji niemal wjeżdża w nas i trąbi, aż echo niesie. Wydaje mu się, że wysyła nam w ten sposób sygnał: „Hej, podróżnicy! Jesteście fajni, bo jedziecie konno, i my też jesteśmy fajni, bo jedziemy do lasu z kurwami i trąbimy!", podczas gdy w istocie wysyła sygnał: „Jestem głupim, pijanym Łotyszem! Jestem tak głupi, że samą swą obecnością zabijam profesorów zwyczajnych w promieniu ośmiuset metrów

i profesorów nadzwyczajnych w promieniu kilometra, i tak pijany, że mogę tylko trąbić!". Doganiamy potem tę wesołą grupkę na leśnym rozjeździe. Są tak pijani, że nie potrafią mówić po łotewsku. A to piękny, śpiewny język. Gdyby tyle nie pili, mogliby posługiwać się nim w miły dla ucha sposób.

W Pļaviņas horror. Z teki Alfreda Hitchcocka: „Muszki". Zjeżdżamy sobie, jak to się mówi, rączym kłusem ku miasteczku, i nagle wpadamy w chmurę drobnych much. W lawinę drobnych much. W galaktykę Drobnych Much. Olgierd Jelitko dostałby nirwany. My dostajemy torsji. Nie wiem, czy Tony Halik w całym swoim życiu zjadł tyle much, ile my w Pļaviņas. Musimy się zatrzymać i włożyć okulary. Oddychać można tylko przez nos. Jeszcze przez dwa dni będziemy mieć muchy w nosie.

Zaraz za Pļaviņas dobiegają nas niespodziewane dźwięki niemieckiego marsza. Czy to muchy założyły Niemieckie Stowarzyszenie Działań Artystycznych w Pļaviņas? Nie, to dwaj uroczy pomyleńcy siedzą na wyniesieniu nad szosą, na ławeczce przytulonej do ściany drewnianej chałupy, z takimi minami, jakby siedzieli tu od początku świata. Pomylili się i siedzą. Oto są prawdziwi mistrzowie Wolności. Nic ich nie rusza. Nic im nie można zrobić. Zamkniesz ich w więzieniu, a będą tam siedzieć tak samo, jak siedzieli na wolności, nawet nie zauważą różnicy. Jeden ma wielką, wagnerowską tubę i gra na niej tego marsza. To za tubę i za marsza mogłoby im grozić więzienie. Spinamy konie i wspinamy się do nich, by zadzierzgnąć więzy ludzkiej Przyjaźni i posłuchać z bliska nieludzkiej muzyki. Są pomyleni. Mówią jeden przez drugiego, nie mogąc się zatrzymać. Mówią bardzo niewyraźnie. Są bardzo sympatyczni i pozwalają mi włożyć na chwilę głowę do tuby. Chcą nam dać śliwki. Zobaczcie, jak są pomyleni i malowniczy; przyjrzyjcie się też tubie:

Za śliwki dziękujemy. Wystarcza nam muzyka.

Muzyczni pomyleńcy długo i niewyraźnie tłumaczą nam, jak dotrzeć do jeziora. Tym sposobem udaje nam się je ominąć, choć z mapy wynika, że to niemożliwe. Za to w Odzienie trafiamy na germański zamek w ruinie. Jest piękny. W krużgankach i loggiach rosną drzewa samosiejki. Las w zamku to coś więcej niż zwykły zamek w lesie. Na każdej z wieżyczek gnieżdżą się bociany. W zachodnim skrzydle, którego dach jeszcze się nie zawalił, mieszka kobieta z synem. Syn bombarduje nas kamykami, kiedy rozbijamy namiot. Do mieszkanki zamku przychodzi czasem sąsiadka. Staje pod otwartym oknem i woła coś w rodzaju: „Krasma u-u! Krasma u-u!". Brzmi to jak wołanie ptaka. Innego niż ten, co budził nas rano wyciem. Mieszkanka zamku nigdy nie pokazuje się w oknie. Schodzi na dół albo nie. Nie wygląda jak wiedźma. Wygląda jak prosta kobieta, która nie ma gdzie mieszkać, więc mieszka z synem w rozwalonym zamku, dopóki nie wypierdzieli ich stąd Komisja Ochrony Zabytków i Wypierdzielania Byle Gdzie Ich Nielegalnych Mieszkańców.

Zapomniałem napisać, że już mamy drugi blaszany kubek. Kupiliśmy go w Jekabpils.

12 sierpnia. Odziena – Iršava. 64 km.

Całkiem się pogubiliśmy w śródleśnych Drogach w okolicach Ērgli. Mapa nic nie pomaga, przewodnik Pascala też do dupy.

Wśród licznych braków Pascala jest i ten, że autorzy nie podają, o czym można rozmawiać, włócząc się tak we dwóch po Pribałtyce. Żeby zapełnić tę białą plamę, podaję dla przykładu, że można rozważać miejscowe przysłowia będące mądrością narodów. Podaję też dwa stare łotewskie powiedzenia, jakie wymyśliliśmy w Odzienie.

„Czosnek jest dobry na wszystko, a najlepszy na niepogodę".

„Dobrze wbitego pala i starego sera to nawet koń nie ruszy".

Na trasie z Viestieny do Viecpiebalgi dopadła nas ulewa. W poszukiwaniu miejsca na nocleg wypatrzyliśmy stary dwór na uboczu. Już dawno się nie goliłem, ale kiedy gospodyni zobaczyła nasze konie i przemoczonego Alvaro, jej chwilowa nieufność zgasła jak świeczka na deszczu. Wskazała nam miejsce pod namiot i pustą stodółkę dla koni, zaproponowała też drewno do ogniska z jej zapasu. Przed snem poleżałem sobie godzinkę w niszy pod stogiem siana ułożonym na drewnianej konstrukcji w kształcie litery A.

13 sierpnia. Iršava – Gaujas tilts. 105 km.

Łotwa to kraj dziki i nie do końca jeszcze zbadany. Zamieszkujący go lud to ludek przyjazny, ale ciemny i nieświadomy istnienia rozwiniętych cywilizacji. Bliższe porozumienie z jego przedstawicielami nie jest możliwe. Jedynym pożywieniem ubogiego wieśniaka z północnych rejonów Łotwy są grzyby i niejadalne jabłka. Spore ożywienie jadłospisu spowodowało tu niedawne odkrycie, że we wnętrzu orzechów leszczynowych znajdują się ziarnka, które można jeść. W celu rozbijania orzeszków, po długich pracach Wiejskich Kół Wynalazczych, wynaleziono kamień. Dalekiego przybysza zaskoczy tu plątanina leśnych Dróg prowadzących donikąd oraz fakt, że drogowskaz jest tutaj nowinką prawie jeszcze nie znaną, a jeśli wykorzystywaną, to bez jakiegokolwiek uporządkowania. Znaki drogowe wkopuje się po prostu tam, gdzie ziemia jest stosunkowo miękka, a rysunki i napisy na nich są całkowicie przypadkowe.

Tak powinien się zaczynać prawdziwy przewodnik Pascala po Łotwie. Starałem się powstrzymywać od złośliwych uwag pod adresem tego kraju, ale jak długo można. Pół dnia błąkania się bez ładu i składu wykończyłoby niejednego. A z oznakowaniem Dróg to naprawdę skaranie boskie. Alvaro ukuł nawet kolejne, porażająco celne stare łotewskie powiedzenie: „Jeśli wahasz się, czy skręcić w prawo, pojedź prosto, a następnie obejrzyj się i sprawdź, co mówi drogowskaz o Drodze w lewo". Bywa i taka konieczność. Co gorsza, pytani o Drogę tuziemcy wciąż wprowadzają nas w błąd. Z życzliwości. Słowa „Nie wiem" nie chcą im przejść przez gardło. Zamiast powiedzieć: „Nie wiem, dokąd prowadzi ta Droga, nigdy żem nie wychodził poza swoją wieś", mówią: „Musicie jechać prosto, potem będzie las, bo tu wszędzie lasy, wtedy jedźcie prosto, a potem jeszcze kawałek prosto, wtedy będzie Viecpiebalga, potem będzie Jaunpiebalga, potem Piebalga, i wtedy to już prościutko". Niektórzy myślą, że mieszkają zupełnie gdzie indziej, niż mieszkają. Z dumą pokazują na naszej mapie miejsce odległe o pięćdziesiąt kilometrów: „Patrzaj, stara, tu jest nasz dom! O, tu w tym lesie zbieramy grzyby! No to musicie jechać tędy, prosto!". Co do map, to dyrektor Polskiego Przedsiębiorstwa Wydawnictw Kartograficznych im. Eugeniusza Romera, o ile taki istnieje, powinien huknąć się w głowę mapą samochodowo-krajoznawczą „Litwa–Łotwa–Estonia" na tyle mocno, żeby zrozumieć, iż mapa służy nie do bicia much i nie do wachlowania żony, gdy człowiek sam spocony, ale do orientowania się w terenie.

Zdenerwowany Alvaro mówi, że geograficzne nierozgarnięcie Łotyszy jest efektem nie wychodzenia poza własną wieś. Żeniaczki w obrębie tej wsi, co uniemożliwia właściwe krzyżowanie się genów. Nie znam się na genetyce, ale brzmi to logicznie. Wyobrażam sobie, że gdy chłopak ze wsi X bierze dziewczynę ze wsi Y, ich potomstwo dziedziczy mądrość wsi X wraz z mądrością wsi Y. Potem taki potomek daje swojemu dziecku mądrość XY, a dodatkowo dziecko dostaje po Matce mądrość Z, albo nawet ZŻ. Zobaczcie, jak mądre jest takie dziecko już u progu swego żywota: XYZŻ. A dziecko z wioski endogamicznej? XXXX. Trzy czwarte mózgu to pustostan.

Konie również źle znoszą bezsensowną galopadę po piaszczystych, straszliwie sfałdowanych trasach. Po trzech godzinach w piachu, kiedy znowu utknęliśmy bezradnie na skrzyżowaniu, Rosie spojrzał na mnie, jakby chciał coś powiedzieć. Ale ponieważ jest koniem, nie powiedział nic.

– Gdzież jest to cholerne Smiltene? Musimy kierować się intuicją. Myślę, że powinniśmy jechać prosto, wciąż mamy słońce po lewej – powiedział Alvaro.

– Też tak myślę – zgodziłem się, bo poprzednimi razy, znalazłszy się na tym skrzyżowaniu, raz pojechaliśmy w prawo, a raz w lewo. Szturchnęliśmy wierzchowce piętami, a po kilkudziesięciu krokach zrezygnowany Rosie powiedział do konia Alvaro: „Ich intuicja działa jak telefon komórkowy. Najwyraźniej nie mają tu zasięgu". A koń Alvaro odrzekł po chwili zadumy: „Jeśli jeszcze raz nie będą wiedzieli, gdzie skręcić, zacznę chodzić na dwóch nogach". Po chwili drugiej zadumy dodał: „Albo kopnę się kopytem w łeb. Będę w księdze Guinessa jako pierwszy koń, który zginął z ręki własnej nogi". A po chwili trzeciej zadumy dodał jeszcze: „Jeśli odnajdziemy wreszcie Drogę, chyba wypierdoli mnie z butów ze szczęścia". Nie ma co, byliśmy zdziwieni.

Tego dnia koń Alvaro przeszedł na dwóch nogach dwadzieścia siedem kilometrów. Stąpał po ziemi z odrazą jak primabalerina idąca po kaktusach. Za to kiedy wreszcie dotarliśmy do Smiltene, jak tylko zobaczył z daleka znak z tą nazwą, momentalnie wypierdoliło go ze szczęścia z butów. _ →

W Smiltene zjedliśmy obiad, tym smaczniejszy, że spóźniony. Teraz szosa poprowadzi nas prościutko ku estońskiej granicy, przekroczymy ją w Valka. Jeszcze trzydzieści parę kilometrów spokojnego kłusu i rozbijamy obóz na brzegu rzeki Gauja, która po estońskiej stronie nazywa sić Mustjõgi. W siodle odczytuję SMS-a: LADNA JEST POGODA BYLES NA WYCIECZCE? PIEC SZYBKICH ZYRAF.

Śledzie wbijamy już prawie po ciemku. Komary żrą na potęgę. Alvaro uważa, że łotewski rząd powinien wynaleźć sposób przerabiania komarów na asfalt. Łotewskie dzieci w ramach wychowania fizycznego mogłyby zbierać komary i w dwa lata po reformie oświaty łotewskie Drogi byłyby równe jak stół.

Korzystając z okazji, że konie dochodzą do siebie pod lasem, zadaję Alvaro dręczące mnie od dawna pytanie:

– Dlaczego twój koń wciąż nie ma imienia? Teraz, kiedy wiesz, że nie tylko obdarzony jest osobowością, ale umie mówić, powinieneś go ochrzcić.

– Pomyślę o tym w Tallinie. Myślisz, że po tylu kilometrach jego bok wytrzyma uderzenie butelki szampana?

14 sierpnia. Gaujas tilts – Nõumi. 82 km.

Słoneczny dzień. Niegroźne białe obłoki zakrywają czasem słońce, żeby zaraz potem odsłonić je niczym jakieś novum. Aż do popołudnia wypoczywamy nad Gaują. Wczorajsze nocne pranie schnie powoli na drzewach. Komary gryzą nawet w dzień. Jeśli dalej tak będzie, do Tallina dojedziemy jako bezkrwiste homunkulusy. Studiujemy mapy, czytamy Pascala i wybieramy nie najkrótszą, ale najdłuższą trasę; postanawiamy objechać Estonię dookoła.

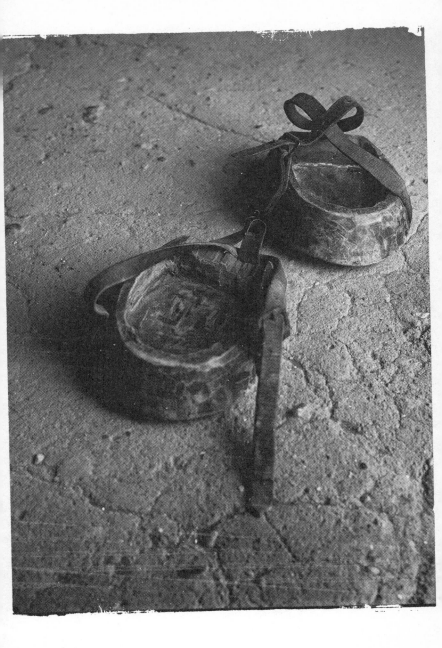

O, ptak nasrał mi na kawę. Na szczęście nie do kawy stojącej tuż obok, ale na kawę „Jacobs" w opakowaniu zamkniętym spinaczem do bielizny, który podwędziłem ze sznura w Viecpiebaldze. Co za celność. Z takiej wysokości! Przyznajcie, zazdrościcie mi trochę, że wyleguję się w trawach nadbałtyckich krajów, prowadząc z przyjemnością naukowe notatki, popijając kawę i słuchając świerszczy, podczas gdy wy chodzicie do pracy, znosicie hałas u sąsiadów i pewnie macie masę kłopotów.

My w każdym razie mamy zamiar dotrzeć na początek nad jezioro Pejpus, czyli Peipsi. Tak nazywa się jego estońska połowa. Rosyjska połowa to jezioro Czudskoje. W przewodniku Pascala jezioro Peipsi nazywa się oczywiście Pepsi. Kiedyś ta nazwa pewnie się upowszechni. Najwyższe wzniesienie Estonii będzie się nazywać Big Mac. Zamiast „szkiery" będzie się mówić „tosty".

Wróćmy do ptasiego gówienka. Pisząc: „Z takiej wysokości!", miałem na myśli, że ptak był tak wysoko, że w ogóle go nie było widać. W ten sposób jego zaczarowane odchody spadły jak gdyby z nieba. Za czterdzieści lat, kiedy będziemy w stanie dosiąść w najlepszym razie konia na biegunach, będziemy spotykać się z Alvaro i bujając się łagodnie prowadzić długie rozmowy. Każde zdanie będzie się zaczynać od inwokacji „A pamiętasz, jak…".

„A pamiętasz, Alvaro, jak gówienko prosto z nieba spadło mi na kawę »Jacobs«?"

Piętnaście kilometrów jazdy i jesteśmy na przejściu granicznym. Pięć minut i jesteśmy w Estonii. Teraz Valka nazywa się Valga. Jemy obiad w barze „Conspirator". Zaglądamy do sklepów i zakładów fryzjerskich. Wszyscy mówią tu po hawajsku. „Oauea euheaa uaehea ouaeunuh?" „O aehe, hoaea uoiei". Ciekawym zwyczajem jest zwyczaj zapisywania się do fryzjera jak na wizytę u dentysty. Wszystkie fryzjerki, do jakich trafiam, mówią: „Niestety, na dziś mam już umówionych klientów".

No to jedziemy w stronę Otepää malowniczą i wygodną trasą. Jak prawie co dnia, tęcze rysują na niebie niedokończone obręcze. Język estoński nie przestaje nas fascynować i choć żadnego nie rozumiemy, czytamy wszystkie przydrożne napisy. I słusznie czynimy, bo jeden napis wydaje mi się znajomy. Jeśli „sünnikodu" znaczy „miejsce urodzenia", to strzałka przy szosie wskazuje miejsce urodzenia Augusta Gailita. To jego nazwisko wydało mi się znajome. Strzałka wskazuje drewniany dom z tablicą pamiątkową, na której jest chyba napisane, że to właśnie tu August Gailit, nieodrodny syn tej ziemi etc., urodził się w styczniu 1891 roku. Jest też obok uchwyt do osadzenia flagi w razie potrzeby. Barwy estońskiej flagi od dawna mi się podobają: biało-czerwono-niebieskie. August Gailit to mój ulubiony pisarz. Uwielbiam jego powieść „Toomas Nipernaadi". Mam ją już z dziesięć lat. Jeszcze jej nie przeczytałem. Odkładam tę przyjemność na później, na czas, kiedy poznam już wszystkie dzieła Egona Bondy'ego. Lubię czasem patrzeć na tę książkę stojącą na półce i pokrywającą się kurzem i wyobrażać sobie, jak wspaniale będzie ją kiedyś przeczytać.

Mamy dokładną estońską mapę tych okolic i bez trudu znajdujemy miejscowość Nõumi, a w niej jezioro Nõumi. Tu zanocujemy.

15 sierpnia. Nõumi – Kodavere. 92 km.
Człowiek całe życie się uczy. Przynajmniej tego nie trzeba chyba wyjaśniać. Trzeba? Zatem chodzi o to, że im człowiek starszy, tym głupszy, a głupota to nic innego jak gotowe miejsce pod mądrość. Na ugorze można jeszcze coś posiać, na polu buraków czy żyta już nic nie można. Człowiek całe życie się uczy, a nic nie kształci tak jak podróże. Szkoły zaś i uniwersytety są ośrodkami mającymi uniemożliwić podróże młodemu

człowiekowi. Na przykład dzisiaj, choć mam już swoje lata, pierwszy raz w życiu zobaczyłem osę, która latała z potrzebnym jej do czegoś listkiem koniczyny. Czy pani od biologii potrafiłaby zaprząc osę do noszenia koniczyny? Osa ugryzłaby ją i na tym by się skończyło, a teraz, drogie dzieci, załóżcie maski przeciwgazowe, zrobimy zastępczą lekcję przysposobienia obronnego, bo pani od biologii leży w szpitalu. Czy pan od fizyki, który nie odróżniał dynamometru od zegara z kukułką, przeprowadziłby doświadczenie z niebiańskim kałem trafiającym wprost w opakowanie kawy? Czy pani od języka polskiego znalazłaby w nim chociaż dwa z dyftongów, od których aż rojno w estońskim? Nigdy. Nigdy. Żadnym sposobem, ewentualnie miau i koniec.

Dlatego cieszę się, że jedziemy z Nõumi w stronę jeziora Peipsi. Długość 140 km, szerokość 80 km. Pani od geografii może sobie schować swoje Śniardwy do kosmetyczki.

W Dorpacie urządzamy trzygodzinny postój. Bez problemów udaje mi się dostać do fryzjera. Od teraz będę wyglądał o wiele lepiej. Alvaro zdobywa tymczasem siodło, byle jakie i nadniszczone, ale niedrogie. Bankomaty w cudowny sposób respektują nasze karty. Estońskie dziewczyny są piękne, z wyjątkiem fryzjerki. Łotewskie dziewczyny też były piękne. Litewskie też. A jaki piękny był Herkus!

SMS: 3 RZECZY MNIE PSZESTRASZYLY. JESTEM W KAWIARNI. WCZORAJ BYŁEM W OSOWCU NAD JEZIOREM. A TO JEZIORO NAZYWA SIĘ FAJFUS? JESU NAJWIEKSZE? PIEC SZYBKICH ZYRAF.

Skręcamy do Kallaste, ale zaraz wycofujemy się zniechęceni panującymi tam nędzą, smutkiem i przetwórstwem rybnym. Za to trzy kilometry dalej, w niepozornym Kodavere, czeka nas miła niespodzianka. Skręcamy w bok ku widocznej z daleka cerkwi. Za cerkwią ogromny cmentarz rozpołożył się na równince jak pies olbrzym na wycieraczce. Od razu za cmentarzem zaczyna się nieskończona połać Peipsi. Wzdłuż brzegu zwałowiska potężnych kamieni. Piękne, wyraziste miejsce. Rozstawiamy namiot blisko cmentarza i blisko jeziora. Cmentarz jest naprawdę duży. Populacja trupów stanowczo przewyższa populację żywych mieszkańców Kodavere.

Ściągamy z okolicy drewno do ogniska. Omal nie ginę wgnieciony w kamienie solidnym pniem ściętej brzozy. Lekko potłuczony i dumny, mogę w nagrodę posiedzieć przy brzozowym ogniu i pełnym księżycu do drugiej w nocy, czytając w ich podwójnym świetle „Starożytną Litwę" Brücknera. „Bóstwo obierało gaj, pole lub wodę; rękojmią jego obecności było jakieś drzewo lub wyróżniająca się grupa drzew, albo drzewo z gałęziami wrastającymi w pień, lub rozszczepione niby i znowu zrosłe, drzewo z niezwykłymi naroślami, bądź też inne przypadkowe znaki; podobnie było z wodą. W znamienitszych miejscach utrzymywał ofiarnik święty ogień, niegasnący, żywy; dla większych gminnych ofiar zwoływał on tam wiernych krywą (laską); tu ofiarowano część (trzecią) zdobyczy wojennej, mianowicie zaś palono żywcem najznakomitszych jeńców, w pełnej zbroi, na koniu, uwiązawszy go do palów lub drzew. Los oznaczał taką ofiarę: w r. 1261 padł los dwa razy na Hirzhalsa z Magdeburga; dwa razy go Mont za dobrodziejstwa, jakich od niego w Magdeburgu doznawał, od stosu uwolnił, lecz gdy i za trzecim razem los na niego wskazał, dał się sam Hirzhals do konia przywiązać i spalić".

16 sierpnia. Kodavere. 0 km.
Z samego rana SMS od Pięciu Szybkich Żyraf:
JESTEM NA PLACU ZABAW W DOMU KOCHAM

CIE DOSTALEM DESKOROLKE I RENKAWICZKI.
PIEC SZYBKICH ZYRAF.

No i nasz namiocik stoi sobie na brzegu Peipsi.
Piękny, chwilami upalny dzień. Robimy śniadanie, to-
aletę, pranie, spełniamy wszystkie przyjemne obowiązki powsinogów. Jak nam się znudzi milczenie, to rozmawiamy. Rozmawiamy o pająku, który nader sprytnie rozwiesił sieć między dwoma chwastami. Żeby była
lepiej napięta, górną część łodygi cieńszego chwastu
przygiął o dobre 70°. Nie wiem, jak to zrobił, chyba nie
był w stanie rozbujać jej tak własnym ciężarem. Może
wpierw rozpiął nić, a potem jakoś ją skrócił. Przez binokular od dyrektora „Zepsutego Ptaka" mogę z odległości kilku metrów dokładnie obejrzeć tę konstrukcję.
Widać, że to estoński pająk, łotewski nigdy by czegoś
takiego nie wymyślił. Mogę policzyć, ile much złapał,
i zajrzeć pająkowi w twarz, aby się upewnić, że nie jest
to Olgierd Jelitko. Ponieważ nad jeziorem nie brak
ptaków, udajemy, że znamy się i na ptakach. Alvaro
wyjaśnia mi, jak odróżnić sokoła od kukułki. A ja poznaję sokoła po tym, że nie kuka. Rozmawiamy też
o Aleksandrze Koreckim. Opowiadam Alvaro, że
Aleksander Korecki prowadząc auto mówi coś do nie-
boszczyków z każdego mijanego cmentarza. Na przykład pyta, czy im wygodnie. Albo trąbi i woła przez od-
suniętą szybę: „Nie śpimy, nie śpimy, ćwiczymy!".

Przypomniało mi to o zamiarze odwiedzenia tutejszego kładbiszcza. Akurat przeszła piętnastominu-
towa ulewa i wróciło słońce. Powierzchowni zmarli
nie mieszczą się już na tym cmentarzu, choć duży. Za
rozwalonym murem, koło kontenera na śmieci, stare żelazne krzyże mają osobne śmietnisko. Śmietnisko
honorowe. Cmentarzysko krzyży. Jeśli są zbyt ciężkie,
żeby je wynosić za teren cmentarza, układa się je na
przykład na sterczącym pniaku.

Jest tak ciasno, że ławeczki do rozmyślania o nie-
żywych żyjących piętro pod nami stoją czasem wprost
na grobach. ------------------
Poza tym cmentarz jak cmentarz. Tiina Paju 1861–
1916. Joosep Paju 1861–1931.
Anna-Marie Annast 1888–1975. I stylizowany tulipan wyskrobany obok, z jednym pąkiem jeszcze nie
rozwiniętym. Unsere Mutter ELIZABETH HARDWICK. Geb. 15.
November 1838. Gest. 1. Februar 1914. Poniżej zdanie,
które rozumiem, choć nie rozumiem niemieckiego: „Nun
aber bleibet Glaube, Hoffnung, Liebe, diese drei; aber
die Liebe ist die grösste unter ihnen". Corinther 13,13.
Paul Mägi 1891–1952. Ida Mägi 1895– . Więc bab-
cia Ida żyje już bardzo długo. Pochowała męża i cierpliwie czeka na swoją kolej, gdzieś tu w okolicy.
Linda ja Armilde Salom 1905–1911.
Rozpacz można zwyciężyć jedynie połowicznie.
Żeby przezwyciężyć rozpacz, trzeba jej się poddać.

17 sierpnia. Kodavere – Kuremäe. 94 km.
Klak-klak-klak, klak-klak-klak, ku-klux-klak. Jedziemy wzdłuż Peipsi na północ. I docieramy na północ,
bo na znakach ostrzegawczych na skraju lasów zamiast jelenia pojawia się łoś. Nie źle narysowany jeleń.
Regularny, kształtny łoś. Niemalże łoś symetrii. Kiedy
Estonia wstąpi do Unii Europejskiej w 2078 roku, ten
łoś stanie się jednym z punktów spornych w negocja-
cjach na najwyższym szczeblu. Znaki drogowe w kra-
jach unii muszą być chyba ujednolicone? Bruksela będzie żądała, żeby łosia na znakach zastąpić jeleniem.
Tallin odpowie, że skoro tak, to niech sobie Europa
zastąpi jelenia łosiem. Negocjacje będą się przeciągać.
Wzrośnie napięcie międzynarodowe. Łoś estoński stanie się słynny jak herbatka bostońska. I nikt nie zauważy,

że w lasach nie będzie już ani łosi, ani jeleni. Z najwyższego szczebla niewiele widać.

Znowu odbijamy od głównej trasy w prawo i zbliżamy się do Kuremäe, dzisiejszego celu. Z daleka widać świeżo pomalowane zielone cebule bajkowej cerkwi. Im bardziej się zbliżamy, tym wyraźniej widzimy, że to prawdziwa, ogromna cerkiew, a nie plac zabaw dla dzieci nadmuchany przez „Lego" czy „Disneyland". Kaczor Donald nie ma tu wstępu, przy alei wiodącej do klasztoru stoi znak z jego przekreśloną podobizną. Klasztor zamieszkuje sto kilkadziesiąt mniszek prawosławnych. To jedyny w Estonii klasztor żeńskiego zgromadzenia zakonnego. Okutane w czerń kobiety dreptczą pojedynczo, po dwie. Staruszki, młode dziewczyny. Nieśmiało zaczepiam dwie pomarszczone służebnice, czy można wejść na teren klasztoru. Jestem troszkę podobny do Kaczora Donalda, ale na szczęście nie ogoliłem się. Pozwalają nam nawet uwiązać konie w obrębie klasztornych murów. Mówią, że możemy wejść do środka, ale na razie poprzestajemy na spacerze wokół, podsłuchiwaniu śpiewów dochodzących z wnętrza i podglądaniu mniszek zajętych swoimi sprawami. Są to sprawy proste. Jedna niesie z klombu kwiaty do bukietu. Druga kolebie się dźwigając kubeł wody ze studni. Trzecia spaceruje z dzieckiem za rękę, może odwiedziła ją rodzina. Tylko niezbędne czynności. I modlitwa. Modlą się w cerkwi. Modlą się w domku z tyłu, słychać ich wspólny głos. Jeśli któraś przechodzi obok, widać, że idzie w jakimś celu. Nie snują się bez powodu jak kuracjuszki w sanatorium. Jeśli się uśmiechnąć, odpowiadają uśmiechem. Wydają się życzliwe. Wydają się szczęśliwe, choć nie słyszałem, żeby się śmiały. Kwadrans w takim miejscu i człowiek gotów jest uznać, że to tu jest właściwe życie, że poza modlitwą i pracą reszta jest omyłką. Jeszcze dwieście metrów od cerkiewnych bram, na przystanku autobusowym, znaczek anarchii i stylizowany napis SLAYER wydają się nietaktem i oznaką choroby.

Jedziemy za Kuremäe poszukać sobie jeziora. To nie powinno być trudne, znajdujemy się przecież na pojezierzu Kurtma, wśród kilkudziesięciu jezior skupionych na małej przestrzeni. W lasku znowu trafiamy na cmentarz. Prawdziwa nekropolia, w porównaniu z nią cmentarz w Kodavere to ledwie cmentarzyk. Istne miasto umrzyków, z przystankiem autobusowym w samym środku, brakuje tylko sklepów i kawiarni dla trupów. Pracowni krawieckiej i kina „Wieczność". Groby rosyjskie i estońskie różnią się krzyżami. Estońskich jest niewiele. Wśród nich grób z napisem TU SPOCZYWA SALOMEIA SIENKIEWICZ. PROSI O MODLITWĘ. Żyła dziewięćdziesiąt dwa lata, zmarła w dziewięćdziesiątym czwartym. Odmawiam modlitwę, ale tak króciutką, że nie wiem, czy może w czymś pomóc. Parę kilometrów za cmentarzem mamy swoje jezioro, małe i urokliwe. Kiedyś była tu chyba pionierska stanica, z pomostu został tylko szkielet kątowników. I są dwa minilabirynty przebieralni osobnych dla dziewcząt i chłopców, zgodnie rdzewieją jak idea niekoedukacji. Alvaro mówi, że nienawidzi komarów i idziemy spać.

18 sierpnia. Kuremäe – Kabala. 89 km.

Alvaro pojechał z rana do klasztoru. Ja sobie pospałem, potem powolutku spakowałem rzeczy i zwinąłem namiot. Trochę mi z tym, Prawdę powiedziawszy, zeszło. Żeby Alvaro nie czekał na mnie zbyt długo, postanowiłem ominąć cmentarz i skorzystać ze skrótu prowadzącego prościutko do Kuremäe. Lubię tę nazwę: Kuremäe. Jeśli dobrze słyszę, Rosjanie wymawiają ją: Kuremieje.

Po godzinie jazdy skrótem prościutko do Kuremäe Rosie, który już dwukrotnie potknął się na kamieniach, obrócił pysk w moją stronę i spytał:

– Dokąd właściwie jedziemy, jeśli wolno zapytać?

– Do Kuremäe.

– Myślałem, że do lasu. Kierujesz się oczywiście intuicją, tak?

– Nie wymądrzaj się. Lepiej pomyśl, jak się wydostać z tej głuszy, bo zaraz przyjdzie niedźwiedź i nas zje.

– Jedyna Droga, którą rozpoznaję, to Droga do domu. M o j a intuicja działa jednokierunkowo. A teraz pokieruj mną tak, żebyśmy trafili do... no wiesz, do tego... jak mu tam...

– Mów śmiało, Rosie.

– Kiedy on nie ma nawet imienia! Do konia Alvaro!

– Ale ja nie wiem, jak do niego trafić. Całkiem straciłem rozeznanie w tym lesie.

– Masz duży łeb, to się martw.

– Ty masz większy.

– Ale ja mam głowę zajętą wymyślaniem starych estońskich porzekadeł. Powiedzieć ci jedno?

– Proszę cię, nie.

– Kopyta nie błądzi.

Na tej impertynencji rozmowa się skończyła. Po długim jak wieczność kwadransie na leśnym trakcie pojawiło się auto. Zatrzymałem je i dowiedziałem się od kierowcy, że Droga, na której się znajdujemy, w żadnym razie nie prowadzi do Kuremäe. Po własnych śladach wróciliśmy nad jezioro, małe i obrzydliwe, a potem powlekliśmy się znaną nam trasą przez cmentarz. Alvaro ucieszył się, kiedy nas zobaczył. Zdążył podokręcać mniszkom śrubki przy obluzowanych zawiasach ogromnych, cerkiewnych drzwi. Zdążył naprawić wszystkie ławeczki mniszek i narąbać im drzewa na zimę. Rzeczywiście trochę się spóźniliśmy. Oto ile drewna narąbał Alvaro, kiedy błądziliśmy z Rosie'm po lasach północno-wschodniej Estonii:

Wyruszyliśmy z Kuremäe dopiero po piętnastej. Późny obiad zjedliśmy w Kivióli. Potem przejechaliśmy jeszcze ze 30 km w deszczu i rozbiliśmy się, już po ciemku, nad maleńką rzeczką, do której i tak nie było dostępu. Za to nasze konie miały trawy po boki. Wieczorny SMS: JESTES GRZECZNY DZISAJ BYLEM NA BASENIKU JESTEM W KLUCZBORKU TELSKNISZ ZA MNOL? PIEC SZYBCIUTKICH ZYRAFEK.

19 sierpnia. Kabala – Kalamäe. 123 km.
Wjeżdżamy na teren parku narodowego Lahemaa. Pierwszym napotkanym dziwem przyrody jest estoński hipis z porożem łosia polakierowanym i przymocowanym do dachu łady. Obiad w Vösu. Zobaczcie na mapie, jak daleko dotarliśmy. Coraz gorszymi Drogami podążamy aż do najdalej na północ wysuniętego punktu Estonii. Tu, na przylądku Purekkari, spędzamy godzinkę słuchając morza tłukącego falami o ogromne kamienie porozrzucane wzdłuż wybrzeża. Warto odnotować, że woda w Zatoce Fińskiej jest słona. Zimny wiatr zniechęca nas do dłuższego postoju. Wracamy na południe, drugi obiad w Loksa. Obóz nad jeziorem po godzinie włóczęgi wzdłuż brzegów w poszukiwaniu dostępu do wody. Komarów bardzo mało.

20 sierpnia. Kalamäe – Tallin. 77 km.
Rano nie obudziło nas wycie słowików ani, jak to już bywało, monotonna modlitwa kruka błaga-

jącego o krakersy i jąkającego się. Nie obudziło nas kłapanie o wodę łap i skrzydeł startującego do lotu łabędzia. Nie obudziła nas pieśń wojenna dzikich Eestilad maszerujących z maczugami ku naszemu namiotowi.

Obudził nas warkot samochodów. Jeden, drugi. Po pół godzinie trzeci.

– Co to, kurwa, zawody wędkarskie? – powiedział brzydko Alvaro, wyłażąc z namiotu.

Na szczęście wędkarze mają pontony. Niezgrabnie drepcząc i depcząc nożne pompki, nadmuchują je i wypływają na jezioro. Mają lornetki, żeby obserwować z daleka swoje samochody na brzegu. Potem tkwią pół dnia na jeziorze w pontonach nieruchomych jak muchy, które wpadły do gęstego chłodnika i dziwią się, że im zimno.

Mimo wszystko spałbym jeszcze, ale z samego rana pika też dwa razy po dwa razy telefon: MAMA JESZCZE SPI ALE JA JUSZ FSTALEM FAJNIE BENIDZIE BRZYTKA U NAS POGODA GDZIE JESTES? PIEC SZYBKICH ZYRAF.

Dwaj wędkarze są bardzo grubi. Końce pontonu, w którym siedzą, uginają się pod ich ciężarem tak, że mamy wrażenie, iż płyną z dupami zanurzonymi w wodzie. Ci nie odpływają daleko, najwyżej trzydzieści metrów od brzegu. Pewnie już nieraz wystrzelił im korek. Po dwóch godzinach wracają zadowoleni z siebie, nic nie złowili, ale nie utopili się i zjedli po kanapce. Przy samym brzegu jeden się wywraca i zapada w wodę razem z lornetką. Jest stary, więc jego upadek nie wygląda śmiesznie. Zawstydzone grubasy szybko się przebierają i odjeżdżają jak niepyszne.

Wybraliśmy sobie po przyzwoitym głazie, których wciąż tu pełno, i wylegujemy się w słońcu jak jaszczury.

Rozmawiamy z odległości piętnastu metrów, każdy na swoim kamieniu.

– Muszę oduczyć się kląć, nie lubię tego – mówi Alvaro. A ja na to:

– Do Tallina już tylko pięćdziesiąt kilometrów.

– Tak, a ja wciąż nie wymyśliłem koniowi imienia.

– Nazwij go Trolei – podpowiadam.

– Nie. Mój koń jest łagodny, nie taki jak Trolei.

– To nazwij go Herkus. Herkus jest bardzo łagodny. Jest historykiem sztuki, a to czyni go łagodnym.

– Zgoda. Niech będzie Herkus. Trolei zły. Herkus dobry.

Rzucam ze swojego kamienia butelką po wodzie mineralnej i od tej chwili koń Alvaro ma już imię. Zobaczcie, jak pięknie i dumnie brzmi jego nowiutkie imię: Herkus.

Zatem zbliżamy się do Tallina. Wygodną autostradą z szerokim poboczem, bez pośpiechu. Ruskim nigdy nie udało się zdobyć Tallina. Nam się uda. Po naszej podróży, dzięki bogatej dokumentacji, także fotograficznej, obraz estońskiego narodu w oczach świata zmieni się na zawsze, mamy świadomość tego. Od dziś wiadomo będzie, dzięki moim badaniom lingwistyczno-porównawczym, że Estowie przybyli tu nie z Azji, ale z Hawajów. Jako dziecko czytałem książkę o małych Hawajczykach „Chłopcy z Puhawai". Napisał ją Kim. W Tallinie czeka na nas ulica Pühavaimu, czyli Świętego Ducha. Moje zapiski dotyczące tutejszej fauny, a więc na przykład łosia i niewidzialnego ptaka trafiającego w kawę, jakkolwiek chaotyczne i pobieżne (iż czynione w pośpiechu i podróżnym trudzie), zapewne doczekają się też kiedyś rzetelnego opracowania. Już

widać wieżę telewizyjną. Gdzieś za nią czeka na nas dumny, stary gród rozparty na wzgórzach na nierównych nogach Pikk jalg i Lühike jalg. Zapasy likieru „Vana Tallinn" czekają na nas w rozświetlonych sklepach, a w razie czego w mrocznych piwnicach też coś się znajdzie. Radość bierze na samą myśl o tym, więc poganiam Rosiego, a kiedy zrównujemy się z Alvaro, pytam:

– To co, chcesz te cążki?

Ze smutku można stać się głuchym jak pień,
niemym jak film i ślepym jak nabój

Tomkowi Różyckiemu

R.T.: ... nie jest tak, że cała kultura popularna jest z gruntu zła, są takie westerny, w których wszystkie wartości są po kolei...
A.N.: Były.
R.T.: Były takie westerny.
A.N.: Już się nie produkuje.

„Budowanie katedr współcześnie", Robert Tekieli
w rozmowie z Andrzejem Nowakiem, „Brulion" nr 1/98

... tamten zastępca szeryfa z Idaho, do którego strzelili kiedyś dziesięć razy, a on wciąż nie chciał umrzeć. W końcu Greer musiał go poprosić: „Słuchaj, umieraj, bo nie chcemy już do ciebie strzelać". Na to zastępca szeryfa: „Dobra, umrę, ale nie strzelajcie już do mnie". „Już nie będziemy" – obiecał Cameron. „W porządku, umieram" – i umarł.

Richard Brautigan, „Potwór profesora Hawkline'a"

Cóż to się działo wśród niedobitków Dzikiego Zachodu, kiedy William Frederick Cody założył swoją objazdową rewię! „Żenada", mówili jedni. „Ale jaka kasa", podkreślali drudzy. Zmęczonym życiem i własną legendą, jednym i drugim nie chciało się już nawet strzelać do siebie. Był to czas zmierzchu, schyłku i klęski. Daniel Boone był szczęściarzem, że nie dożył tego upadku. To samo Davy Crockett. I Jim Bowie, wynalazca noża. Calamity Jane długo opierała się propozycjom Cody'ego. Kodeks honorowy, ten sam, który pozwalał jej rabować i strzelać do niewinnych ludzi, zabraniał jej wziąć udział w tak komercyjnym przedsięwzięciu. „Musimy zrobić użytek z naszego mitu, pokazać światu nasz kunszt i prawdziwy obraz Wild Far Westu", przekonywał Buffalo Bill. „Spójrz na Wild Billa Hickoka. Spójrz na Annie Oakley".

„Nie będę jak głupia cipa strzelała w cyrkowym namiocie do podrzucanych monet i cygar trzymanych w zębach przez jakieś niedoruchane królowe", odpowiadała Jane. Ale jak zgłodniała, to i złagodniała, a w końcu uległa. Do jednego tylko nie udało się jej przymusić: do wykonywania rewolwerowych sztuczek z uśmiechem na ustach. Spełniała swe obowiązki ponura jak śmierć, a potem równie ponura udawała się na zaplecze cyrku po swoją należność. „Pieniądze albo życie", mówiła przy kasie, żeby nie wyjść z wprawy.

Doszło do tego, że Cody zagroził jej obniżeniem gaży. „Jeśli nie będziesz się uśmiechać, publiczność odwróci się od naszej rewii, zrozum". „Nie będę się uśmiechać, bo jestem stara i szczerbata. Mój uśmiech mógłby ją zabić, tę twoją posraną publiczność", wyłgiwała się legenda saloonów i dyliżansów.

W westernie podoba mi się użytek, jaki kowboje czynią ze swoich spluw. Kiedy kowboj chce napić się wina, dziurawi beczkę kulami z colta i podstawia usta pod sikający ciurek. Jak kowboj zdmuchuje płomień świecy? Jednym celnym strzałem. Kowboj otwiera drzwi odstrzeliwując kłódkę lub przestrzeliwując zamek. Dlatego drzwiczki wszystkich saloonów są wahadłowe. Moim marzeniem jest zobaczyć kiedyś western pornograficzny. Idę o zakład, że kowboj odstrzeliwuje tam dziewczynie z saloonu stanik i majtki za jednym zamachem. Oto moje orzechy. Gdzie masz swoje dolary?

Co mi się nie podoba w westernie? Dimitri Tiomkin,
jego nazwisko i jego muzyka.

Badacz usiłujący przyczynić się do lepszego poznania powodujących człowiekiem sił nieświadomości poprzez pracę „Celność a niecelność strzałów w westernach w ujęciu ilościowym" staje przed szczególnym wyzwaniem. Trudności, jakie napotka, będą niebagatelne. Nabrzmiałe zaległości w tej zaniedbanej dziedzinie, jaką jest liczenie celnych i niecelnych strzałów w westernach, bezprecedensowość badań i ograniczenia własne typu niemożność śledzenia na bieżąco lotu pocisku, wymuszają na podejmującym ten pionierski trud śmiałku rozstrzyganie wielu istotnych dylematów w biegunowo zorientowanej alkowie swego sumienia. Weźmy takie „Świecące combry" Beli Mrooksa. Cztery pierwsze strzały oddane są na postrach lub dla zwrócenia na siebie uwagi, w niebo. Czy oceniać je jako celne? Czy kule doniosły do nieba, skoro wysokość, na jakiej niebo jest zawieszone, pozostaje nieznana? A dwa kolejne strzały, trafiające w kapelusz mieszkańca Rock Ridge, chybiły celu czy właśnie go osiągnęły? Któż przeniknie zamiary złoczyńcy naciskającego spust?

Co zatem zrobić ze strzałami oddawanymi na oślep, na przykład z radości?

Strzały z łuku oddawane przez Indian i ich celność stanowią osobną kwestię i pozostawiamy ją do zbadania przyszłym pokoleniom.

W scenie powitania nowego szeryfa w Rock Ridge mierzy do niego kilku mężczyzn. Strzały padają salwą, co uniemożliwia ich policzenie na podstawie znamion fonicznych. Ich liczbę można ocenić jedynie z grubsza, analizując akcję klatka po klatce. Na tym nie koniec: wydaje się przecież, że wszystkie pociski trafiają w Pismo Święte trzymane w górze przez pastora stającego w obronie szeryfa, ale dopiero w zatrzymanym kadrze widać, że tylko nieliczne lufy wycelowane są w tę biblię chrześcijan. Tu również stosunek strzałów celnych do niecelnych może być co najwyżej przybliżony.

Należy przyjąć kilka założeń, które pomogą nam uporządkować działania.

1/ Strzały na wiwat i na oślep uważa się za niecelne.

2/ Strzały niesłyszalne i niewidzialne uważa się za niebyłe (co szczególnie istotne w przypadku scen bitewnych rozgrywających się w ogólnym hałasie bądź na tle muzyki).

3/ Strzały powodujące zadraśnięcia uważa się za celne.

4/ Strzały bez widocznego efektu trafienia, np. rozlegające się poza ekranem, uważa się za niecelne, chyba że późniejsze liczenie trupów wskazuje na co innego.

5/ Strzałów z dział nie bierze się pod uwagę. Z cekaemów Gatlinga tak.

6/ Strzały załatwiające dwóch za jednym zamachem zalicza się jako jedno trafienie.

7/ Strzały dziurawiące osłonę bohatera (koryto, drzwi, wóz pionierski etc.), za którą, jak się później często okazuje, już go nie ma, zaliczamy jako niecelne.

Statystyka „Świecących combrów" przedstawia się następująco. Łącznie padają w filmie 104 strzały. Celnych 16, niecelnych 88 (głównie na postrach lub na wiwat).

Przejdźmy do „Biją brawo" Christophera Bigpluma z 1959 roku. W filmie pada 197 strzałów, 34 są celne, 163 niecelne.

W „Nie dojadą" tegoż Bigpluma z 1967 roku pada 137 strzałów. 46 celnych, 91 niecelnych.

W „Red River" Andresa Serrano z 1989 roku pada 136 strzałów. 23 celne, 113 niecelnych.

W innym klasycznym westernie, „Niezawodnym mężczyźnie" Jima Blake'a, doliczyć się można 56 strzałów. Dwadzieścia z nich dochodzi celu. Chybionych jest 36.

W filmie „Był raz zakręcony gość" Józefa L. Mickiewicza z 1970 roku pada 205 strzałów. 42 celne, 163 niecelne.

W filmie „Młodociany działa" Christophera Kaina z 1988 roku pada 645 strzałów. 99 celnych, 546 niecelnych.

W filmie „Dwie hybrydy dla siostry Sary" Dona Siegela z 1970 roku pada 812 strzałów, w tym celnych jest 96, niecelnych 716.

W filmie „Banita Josey Walia" Clinta Eastwooda z 1996 roku pada 845 strzałów. 169–676.

„Ostatni krowochłopiec" z Kirkiem Douglasem, „Smoky" Louisa Kinga z 1966 roku i „Miejscy rutyniarze" z Billym Crystalem nie są westernami.

W „Bóg przebacza... Ja nie" Giuseppe Colizziego z 1967 roku pada 47 strzałów. 30 celnych, 17 niecelnych.

W „Rzece Czerwonej" Michaela Richardsa z 1988 roku pada 136 strzałów. 23 celne, 113 niecelnych.

W „Czerwonej Górze" Williama Dieterlego z 1951 roku pada 395 strzałów. 35 celnych, 360 niecelnych.

W „Ostatnim zachodzie słońca" Roberta Aldricha z 1961 roku pada 18 strzałów. 10 celnych, 8 niecelnych.

W „Dziwolągu okopów jastrzębia" Richarda Brautigana z 1974 roku pada 29 strzałów. 29 celnych, 0 niecelnych.

W „Bójce myśliwych w Comanche Creek" Franka McPluto z 1964 roku rzeczywiście więcej jest mordobicia niż strzelaniny. Może dlatego, że już na początku kasjer podczas napadu na bank błaga: „Proszę nie strzelać". Mimo to udaje się oddać 80 strzałów, 15 jest celnych, chybionych 65. Kasjer przeżył.

Choć w „Większym Dundee", westernie, który wyreżyserował Sam Peckinpah, głównie gada się i gra na gitarach, to kiedy już żołnierze i Indianie biorą się do dzieła, zużywają 337 kul. 86 dochodzi celu, 251 zostaje zmarnowanych.

W „Balladzie o Cable'u Hogue'u" tegoż reżysera, z 1970 roku, pada 10 strzałów. 8 jest celnych, 2 niecelne. Ten sam Sam sam siebie przeszedł w filmie „Rozwydrzone grono" z 1969 roku. Pada w nim 2701 strzałów, 344 celne, 2357 niecelnych.

Statystyka „Cnotliwych krowochłopców" wygląda tak. W całym filmie pada jeden strzał. Jest to strzał niecelny.

Tylko jeden niecelny strzał pada również w westernie „Sommersby" Jona Amiela z 1993 roku, z Jodie Foster.

W „Geronimo" Waltera Hilla pada 176 strzałów. Celnych 60, niecelnych 116. W przypadku prowadzenia podobnych obliczeń w przyszłości może wyjść na jaw różnica jednego trafienia w podanej przeze mnie liczbie. Uprzedzając tę ewentualną rozbieżność, podkreślam, iż w pierwszej ze scen batalistycznych jeden z kawalerzystów spada z konia z mogącym ujść uwagi niefrasobliwych obserwatorów bełtem strzały w bebechach.

W filmie „Data złego działa" Jerry'ego Thorpe'a z 1968 roku padają 124 strzały. 17 celnych, 107 niecelnych.

W filmie „Podwładny Quigley Wydma" Simona Winchestera padają 93 strzały. 34 są celne, 59 niecelnych.

W „Silverado" Lawrence'a Kasdana z 1985 roku padają 342 strzały. Nawet Murzyn strzela. 241–101.

W „Tańczy z Wilkami" tego cieniasa, Kevina Costnera, pada 189 strzałów. 40 celnych, 149 niecelnych.

W „Wyatcie Earpie" Lawrence'a Kasdana pada 205 strzałów. 61 celnych, 144 niecelne.

W „Beznadziejnym ogonie" P.J. Harveya pada 248 strzałów. 47 celnych, 201 niecelnych.

W „Gryź trawę" Richarda Mrooksa z 1975 roku pada 21 strzałów. Może było ich trochę więcej, ale to taka nuda, że pod koniec zdrzemnąłem się na dwadzieścia jeden minut. Jadą i jadą konno i końca tej jazdy nie widać. 14–7.

W westernie „Butch Cassidy i Sundance Kid" George'a Roya Hilla z 1969 roku pada 279 strzałów. 90 celnych, 189 niecelnych.

W „Ciotowatym Apaczu" Roberta Aldricha z 1954 roku rolę ciotowatego gra Burt Lancaster. To tak, jakby tytułową rolę w „Lassie, wróć" powierzyć aligatorowi. 61 strzałów, 20 celnych, 41 niecelnych.

W „Wild Billu" Waltera Hilla z 1995 roku pada 107 strzałów. 52 celne, 55 niecelnych.

We „W obronie honoru" Edwarda Petersa z 1993 roku pada 69 strzałów. 48 celnych i 21 niecelnych.

W imię nauki gotów jestem do najwyższych poświęceń. Dlatego obejrzałem nawet „Palący odsyłacz" Dona Siegela z 1960 roku. Elvis Presley gra półkrwi Indianina Kiowa. Radziłem sobie, jak mogłem. Wyobrażałem sobie, że jego *nom de guerre* to Duża Dupa. A kilo brylantyny na głowie? Wyobrażałem sobie, że to piżmo lub kał rosomaka. 36 strzałów. 13 celnych. 23 niecelne. Dobrze, że mu pióropusza na łeb nie założyli.

W „Bravados", westernie z 1958 roku z Gregorym Peckiem w głównej roli, pada 27 strzałów. 7 celnych. 20 niecelnych.

„Niedojrzała oklahomianka" Stanleya Kramera z 1973, z Faye Dunaway, i „Legendy zawału" Edwarda Ćwika z 1994 roku nie są westernami, ale żeby nie było, żem leń, przyłożyłem i do pierwszego z nich swój plosimeter. 223 strzały – 35 celnych, 188 nie-celnych.

W „Bandolero!" Andrew V. McLaglena z 1968 roku pada 620 strzałów. 78–542.

W „Alamo" Johna Wayne'a z Johnem Wayne'em z 1960 roku pada 1214 strzałów. 186 celnych, 1028 nie-celnych.

W „Ku jałowej ziemi" P.B. Shelleya z Mariel Hemingway z 1991 roku padają 33 strzały. 21 celnych, 12 niecelnych.

W „Zwariowanym Koniu" Johna Irvina z 1996 roku pada 449 strzałów. 83 celne, 366 niecelnych.

W „Nierozgrzeszonym" Clinta Eastwooda z 1992 roku pada 89 strzałów. 23 celne, 66 niecelnych.

W „Nevada Smith" Henry'ego Hathawaya z 1966 roku padają 93 strzały. 30 celnych, 63 niecelne.

W „Bucking Bronco" T.A. Edisona z 1894 roku pada 6 strzałów, wszystkie niecelne. W „Annie Oakley" tegoż Edisona, również z 1894 roku, pada 14 strzałów. Wszystkie są celne.

W „Woltyżerach ułudy" Andrew V. McLaglena pada 199 strzałów, z czego 25 to trafienia, a 174 to pudła.

W „Do diabła z prawem" Giorgio Steganiego z 1968 roku pada 550 strzałów. Celnych 48, niecel-nych 502.

W „Sadzonce i niezawodnym" Sama Raimiego pa-dają 133 strzały. Celnych jest 59. Wśród nich trzydzie-sty trzeci, mój ulubiony, kiedy Gene Hackman z dymią-cą lufą w ręku pojawia się na ułamek sekundy widocz-ny przez otwór w przestrzelonej głowie rewolwerowca, którego właśnie rąbnął z kulomiotu colta. Dlaczego kula nie trafiła następnie w kamerę, tego nie wie nikt. Strzałów niecelnych: 74.

W „Cat Ballou" Elliota Tennysona z 1965 roku strzela się 30 razy. 23 strzały celne, 7 niecelnych.

Sprawiedliwość odnosi wreszcie triumf w westernie „Związek zawodowy działa" z 1991 roku. Pada w nim 48 strzałów, 24 celne, 24 niecelne.

Z tego ostatniego filmu zapamiętałem krótką kwestię. „Coś mi się wydaje, że to smutna historia", mówi szeryf do zastępcy, choć tamten dopiero zaczyna opowiadać. Z innego filmu zapamiętałem słowa Sharon Stone skierowane do Gene'a Hackmana: „Ukradłeś mi życie". Poza tym zostały mi w głowie tylko echa kanonady.

Gdyby to ode mnie zależało, wolałbym rachować nie strzały, ale pocałunki: Johna Wayne'a z Charlene Holt, Johna Wayne'a z Angie Dickinson, Roberta Redforda z Katharine Ross, Charltona Hestona z Sentą Berger, Michaela Callana z Jane Fondą, Clinta Eastwooda z Shirley MacLaine, Clinta Eastwooda z Sondrą Locke, Clinta Eastwooda z Clintem Eastwoodem, Jasona Robardsa ze Stellą Stevens, Steve'a McQueena z Janet Margolin i Suzanne Pleshette, Michaela Greyeyesa z Irene Bedard, Richarda Gere'a z Jodie Foster, Kirka Douglasa z Dorothy Malone, Kevina Costnera z Mary McDonnell, Kevina Costnera z Annabeth Gish, Mare Winningham i Joanną Going, Kevina Costnera z Amandą Wyss, Roberta Redforda z Katharine Ross, Paula Newmana z Cloris Leachman, Jeffa Bridgesa z Ellen Barkin i Diane Lane, Davida Arquette z Christiną Applegate, Tommy'ego Lee Jonesa z Sissy Spacek, Toma Sellecka z Laurą San Giacomo, Craiga Sheffera z Lindą Fiorentino, Sama Elliotta z Katharine Ross, Jürgena Prochnowa z Corbin Bernsen, Michaela McLeana z Fioną Batistą, George'a C. Scotta z Faye Dunaway, Aldana Quinna, Brada Pitta i Henry'ego Thomasa z Julią Ormond, Deana Martina z Raquel Welch, Dylana McDermotta z Helen Hunt, Kirka Douglasa z Elzą Martinelli, Russella Crowe'a z Sharon

Stone, Emilio Fernandeza z Sonią Amelio, Burta Lancastera z Barbarą Stanwyck.

Wszystkie pocałunki są celne. Gene Hackman, choć występuje w co drugim filmie o Dzikim Zachodzie, tylko raz się całuje, z koniem. Każdy gra rolę, jaka przypadła mu w udziale, i to mi się podoba w westernie.

Tragiczne losy wyprawy Alvaro i Winneratu na jej ostatnim etapie nie są dokładnie znane. Na podstawie nielicznych świadectw i znalezisk dokonanych przez ekspedycje ratunkowe możemy odtworzyć dalszy przebieg ich marszruty jedynie fragmentarycznie. Skarpetki i koszulę Alvaro, obecnie w zbiorach Muzeum Geograficznego w Ploeszti, odnaleziono w miejscach przypuszczalnych postojów nieszczęśników, w Tammamäe k. Saku (koszula) oraz na morskim wybrzeżu w okolicach Uulu i Skulte (skarpetki). Obecność w Uulu została też potwierdzona odnalezieniem porzuconej butli Colemana, bez gazu, zatem tam właśnie pionierzy pozbawieni zostali możliwości przygotowywania gorącej strawy. Prawdopodobnie ostatnim ich ciepłym posiłkiem było oko konia sauté. Skądinąd przypuszcza się, że nad ogniskiem nie chciało im się gotować, bo schodzi z tym dłużej i sadza brudzi naczynia. Butla znajduje się obecnie w posiadaniu Muzeum Gazu w Czelabińsku. Wiadomo, że mimo gasnących akumulatorów telefon, który mieli przy sobie śmiałkowie, przyjął jeszcze wiadomość tekstową: ZA 7 DNI BENDE MJAL URODZINY PJONTKA BYLA NIE GRZECZNA JESTEM GRZERZNY BASA I EDERA JEDZA KANAPKI BASA JE WJENCEJ KANAPEK POZDRAWJAM I CALUJE JADLEM KU. PIEC SZYBKICH ZYRAF. Udało się dotrzeć do rodaka badaczy, który zamienił z nimi kilka zdań na granicy estońsko-łotewskiej w Ikla. Według jego relacji wyglądali już wtedy niedobrze, ale zarazem wyglądali na zadowolonych z siebie. Ponieważ bank zdecydował odstąpić od zachowania tajemnicy bankowej, wiadomo, że tego samego dnia, w Salacgrîva, pobrali z bankomatu dziesięć łatów. Już wtedy, podobnie jak panie z banku, musieli być u kresu sił. Służby meteorologiczne potwierdziły fakt pogorszenia się pogody w owych dniach. Możemy tylko wyobrażać sobie posępne rozmowy w namiocie smaganym przez wiatr i ulewę na niegościnnym morskim wybrzeżu.

Godzien odnotowania jest wspólny wysiłek świata w celu uratowania nędzników. Wyprawy ratunkowe ruszyły natychmiast z Finlandii, Nowej Funlandii, Litwy, Estonii i Kostaryki. Mocą wspólnej decyzji poczty całej Europy zrezygnowały z pobierania opłat za wiadomości telegraficzne dotyczące poszukiwań śmiałków. To wtedy rozmnożyły się telegramy w rodzaju: „Panie Goldschmidt, szukaj pan Alvaro. Jakbyś pan znalazł, to przyślij pan 35 błamów karakułowych i 50 kożuchów męskich, bo jest popyt. Zylbersztajn". „Szukam i szukam, ale nie mogę znaleźć, bo deszcz zaciera ślady. Karakułów na dzień dzisiejszy brak, kożuchy wyślę w tygodniu. Goldschmidt".

Wszystkie te wysiłki obróciły się wniwecz. Okrutny los nie wypuścił już zdobyczy ze swego śmiertelnego uścisku. Jak dotąd nie udało się odnaleźć gumiaków Winneratu, które, jak wiadomo ze skrupulatnie prowadzonego dziennika, niewątpliwie posiadał. Zapewne odchodzący z głodu od zmysłów podróżnicy zżuli je po kawałku w ostatnich dniach swej martyrologicznej tułaczki. Poczta estońska uczciła pamięć odkrywców edycją specjalnego znaczka o nominale 4.80 krooni. Znaczek przedstawia artystyczną wizję ciemnozielonych kaloszy Winneratu na jasnozielonym tle symbolizującym zieleń lasów Estonii. Cholewki kaloszy na znaczku są ogryzione do połowy, co symbolizuje połowiczny triumf wyprawy. Poczta łotewska uczciła pamięć koni odkrywców edycją znaczka o nominale 1 łata, na którym Herkus próbuje ratować metodą uzda-uzda konającego konia Rosiego. Departament Ochrony Środowiska Hawajów nazwał na cześć badaczy jeden z nieczynnych wulkanów imieniem Herkusualea.

Przez długi czas za najbardziej prawdopodobną możliwość uznawano wersję, że koniec wyprawy pod dowództwem Alvaro dokonał się gdzieś w nadmorskim pasie na północ od Rygi, może właśnie w okolicach Skulte. Istnieją wprawdzie przekazy, że dwaj podobni do duchów obcokrajowcy na zajeżdżonych chabetach zjawili się na trasie Skulte–Ryga najpierw w Muzeum Münchhausena, a potem w małym Muzeum Hippiki w Saulkrasti, jednakże przekazy te są co najmniej wątpliwe. Podobnie za legendę uchodzi teza, jakoby popularna do dziś w odosobnionych wioskach Liwonii piosenka „Chociaż brzuchy mamy puste", była piosenką ułożoną przez podróżników. Według podania zdesperowani, ale do końca walczący o swą godność nieszczęśnicy mieli śpiewać mijanym przydrożnym sprzedawcom kapusty następującej treści pieśń opartą na melodii „Mugurdancis": „Chociaż brzuchy mamy puste, sami zjedzcie swą kapustę, chociaż puste mamy brzuchy, nie chcemy kapuchy".

Czego nie wyjaśniły zakrojone na szeroką skalę poszukiwania ani najbardziej fantastyczne hipotezy, to wyjaśniło się samo przez się dzięki rutynowym działaniom łotewskiej policji. Prawdziwy przełom w naszej wiedzy nastąpił, kiedy policja zatrzymała w Rydze podrzędnego miejskiego rabusia, a następnie przeszukała jego zbójecką norę. Obława służb policyjnych zaskoczyła tego osobnika w trakcie łuskania słonecznika w okolicach ryskiego Dworca Centralnego. Choć niczego mu nie udowodniono, wśród jego wątpliwych trofeów znaleziono rakietnicę sygnalizacyjną tego samego typu, jakim posługiwał się Winneratu, i rzecz najważniejszą: binokular taki jak ten, który Winneratu otrzymał niegdyś od dyrektora „Zepsutego Ptaka" (obecnie w Muzeum Optyki w Glasgow). Dodatkowo badania łupek słonecznika izotopową metodą C^{14} wykazały bez żadnych wątpliwości, że choć wyprodukowany na Węgrzech, słonecznik pochodził właśnie z okresu słynnej wyprawy, a był wtedy importowany przez kraje bałtyckie. Więc jednak dotarli aż do Rygi! Jakże bliscy byli zatem ocalenia. Jeśli istotnie zginęli z rąk przestępców, to stała się rzecz nie do pomyślenia: ci prawdziwi herosi, którzy dotarli do krańców Estonii i potrafili zjeść własne kalosze, ci mocarze woli, których podziwiał cały cywilizowany świat, postradali życie z powodu ludzkiej małości i niskich instynktów, przedkładających binokular i garść spleśniałego słonecznika nad ludzką solidarność i idee humanistyczne najwyższego rzędu. Nie da się tej wspaniałej i przerażającej zarazem historii spointować lepiej niż słynnym zdaniem z dzienników Winneratu, widniejącym dziś jako motto na sztandarze Ruchu Amerykańskich Skautów Na Rzecz Odnowy Kartografii: „Musicie jechać prosto, potem będzie las, bo tu wszędzie lasy, wtedy jedźcie prosto, a potem jeszcze kawałek prosto, wtedy będzie Viecpiebalga, potem będzie Jaunpiebalga, potem Piebalga, i wtedy to już prościutko".

I nic się już nie zacznie, za to ile będzie końców!

Kto to był? Łucja? Patrzę i nie widzę, ale myślę, że tak, że to Łucja. Było ciemno, ale ona o tym nie wiedziała. Specjalnie dla niej światło i ciemność nie były jeszcze oddzielone. Nie wiedziała w ogóle nic. Wiedza nie wykłuła się jeszcze z pełnego śmieci szarego worka, którego lepiej było nie ruszać. Było jej dobrze, ale i o tym nie wiedziała. Po prostu musiało być dobrze być Łucją i po prostu nic nie wiedzieć, siedzieć sobie tylko nie wiadomo gdzie. W jakiej pozycji, w jakich malignach i mgłach, tego też się już nie dowiemy. To były czasy! Czas sadowił się dopiero w blokach startowych. Może to było jego zahaczone sznurowadło, białe i grube jak pępowina. Nie wiedziała także, że nie jest jeszcze oddzielona od kogoś większego. Że jest częścią kobiety zmagającej się z własnym, osobnym życiem. Mieszkała w jej macicy, to wiemy, ale tak samo tkwiła w pajęczynie konstelacji gwiezdnych, i w okopach Św. Trójcy, i na bezrybiu, i w koszyku na rzece kołysanym przez fale, i w gnieździe wieloryba wśród szczytów podwodnych skał, i w namiocie króla, który wyrusza na zwycięską wojnę i nie wie, że w tym samym czasie przegrywa na własnym posłaniu, we własnym domu. Oczywiście mógł to być zupełnie ktoś inny, Andżelika albo Julia, jednak wyobrażam sobie, że była to Łucja.

Jej dzieciństwo miało być radosnym otumanieniem, pasmem słodyczy, które wiatr porywa z maszyny do kręcenia waty cukrowej i nosi po świecie, zawiesza na krzaku i porywa z tego krzaka, obraca dookoła i unosi wzwyż, a potem pozwala opadać najmądrzejszym ruchem, jaki stworzyła natura, kołyszącym. Była jej pisana Miłość i niezdolność do niej, i wielkie cierpienie w życiu dorosłym, już niemal samo cierpienie. Miała zostać świętą. Dla świętości warto chyba nawet młodo umrzeć; tego już nie wiemy, ale tak mówią. Miała mieć piękne oczy, ale możemy się tylko domyślać ich koloru. Jej dłonie miały nabrać zręczności do igły i harfy, miała uwielbiać jazdę konną i bać się choćby zbliżyć do konia, miała habilitować się przed trzydziestką i miała nawet nie dotrwać do końca szkoły specjalnej, jest dla mnie tajemnicą.

Nic nie wiemy. Nie wiemy nawet, jak to wygląda. Ktoś wchodzi, zapala bolesne światło i zamyka dostęp tlenu? Przychodzi komornik i dwóch milicjantów z nakazem eksmisji na bruk? A może to jest jak topienie się w lodowatej wodzie? Jak zawalenie się domu? A może to nie było nagłe? Może to się dzieje równie powoli, jak przechodzenie długotrwałego bólu w tępy brak czucia? Jak to jest, kiedy nie ma jeszcze czasu?

Wyobraź sobie, że jesteś ślepą rybą w jaskini. Obok przeciąga łódź z wycieczką i błysk latarki jest jak nagły cios w twój biały pysk. Drżysz przy każdej z takich wizyt. Wbicie wioseł i wyrwanie wody z powierzchni tak delikatnej, jak twoja przezroczysta skóra. Łódź mija, czujesz zimny przepływ fal przez krew w skrzelach. Wyobraź sobie, że te skrzela to martwe palce, którymi badasz głębie ciemnego pokoju.

Odkrywanie kolorów, po kolei. Pierwszy krok wzdłuż ściany kojca. Odkrycie piasku i babek z piasku. Poznawanie liter. Pierwszy raz w kinie. Pierwsza piosneczka ułożona w wieku ośmiu lat. Pierwsza mała randka, czternaście lat. Odkrycie malarstwa, zupełnie nowy świat. Osiemnaste urodziny 1 listopada. Przychodzą goście, osiedlowe buraki pastewne w spodniach z papy i koszulach nakrapianym brokatem świecącym jak rozpylone gówno. Złota młodzież. Bez polotu wręczają liche prezenty, stalagmit skradziony z muzealnej jaskini, „Leksykon wykonawców zagrażających bezpieczeństwu kierowcy", imitację perfum, kwiat kalafiora, gałązkę kasztana znalezioną na dworcu. Wyciągają alkohol, śpiewają jej „Sto lat", nie kończą, rechoczą. Ona jest inna, niewinna. Z okazji urodzin rozdaje im wszystko, co wpadnie w rękę, Matka bez entuzjazmu zgadza się na to. „Choć to nie do wiary, jesteś już dorosła". Ojciec jest wtedy w Trzecim Świecie, płacą mu za liczenie cudzych snów. Ojciec jest w Piątym Świecie, nie ma go. Teraz, kiedy mają już wszystko, buraki migdalą się do osiedlowych ćwikiełek w sukienkach z rzadkiego betonu, zrobionych na bóstwa za pomocą ochry i szuwaksu. Gra wariacka muzyka, zaczyna im chcieć się bzykać. W majtkach gotuje im się jak w wojskowej kuchni. Złociutka młodzież. Wreszcie największy z buraczanych mędrców rzuca pomysł, na który wszyscy czekają: ruszcie się, idziemy na dyskotekę, w remizie grają dziś w nocy „Zremiksowane Spazmy", będzie psychodelia jak nie wiem co. Ona mówi, że zostanie w domu, zapali sobie świeczkę i popatrzy w tabelkę, z której jasno wynika, że lepiej niczego nie pragnąć, zresztą Matka jest chora. „Łucka, nie zgrywaj świętego łabądka, masz osiemnaście lat, nie bądź dzieckiem, trzeba się zabawić". Pastewniak zadurzył się w niej i zwietrzył wreszcie okazję, zainwestował w leksykon i nie ma zamiaru spasować. „Nie, nie zaciągniecie mnie nawet wołami".

Więc oni idą do wypożyczalni wołów. Pastewniak wszystkim dyryguje, jest już bardzo zły. Przywiązują jej sznury do przegubów rąk i zaprzęgają zwierzęta. „Wio, wiśta!", mówi Pastewniak i cmoka, widział w telewizji. Woły ruszają i nie mogą ruszyć. Łucja tkwi w miejscu jak wmurowana, i woły stoją bezradne jak nakręcane pojazdy, którym pękły sprężynki. A może woły tylko udają, że ciągną? A może prawa fizyki postanowiły do jutra nie obowiązywać? Woły ciągną albo dobrze udają, sznury napinają się, Łucja tkwi w miejscu. „Dobra", mówi Pastewniak, „sprytna jesteś, ale nie taka sprytna, żeby oprzeć się Pastewniakowi, zaraz zobaczysz. Masz śliczne, podniecające oczęta, grzech byłoby je zmarnować. Przytrzymajcie ją". I bierze się do rozpinania portek z papy, i dotyka jej piersi. Któryś z jego kolesi znajduje płytę „Zremiksowanych Spazmów" i nastawia niemal na cały regulator, żeby nic nie było słychać. „Niczego już nie zobaczę", mówi ona najspokojniej, jak potrafi. Bierze ze stołu łyżeczkę upaćkaną w torcie i wyjmuje sobie jedno, a potem drugie oko. I już nie jest piękna dla Pastewniaka, bo na miejscu oczu ma dwie straszne rany, i nawet nie płacze, bo już nie ma oczu. Tylko woły płaczą, nad nią i nad całym światem. A Pastewniak jest teraz naprawdę bardzo zły, bo nadaremnie rozpiął spodnie, a w dodatku wyłupane oczy patrzą na niego leżąc na talerzyku. „Wkurwiłaś mnie na maksa", mówi, strąca jej oczy razem z talerzykiem na podłogę, wyciąga nóż i nawet jej nie uderza tym nożem, tylko chwyta za włosy i podrzyna jej gardło jak kurze. I jest krew, i jest dziesięć par wytrzeszczonych oczu, i osiedlowy burak, który wyciera ostrze o nowiutką sukienkę, i głupawe techno staje się muzyką sfer, i wszyscy uciekają w takiej panice, że tratują woły, i jej Matka zostaje sama ze swoją niemą rozpaczą.

Tak. To była Łucja. Światło. Jedno pociągnięcie i pokój tonie w słońcu.

Ze smutku można stać się głuchym jak pień, niemym jak film i ślepym jak nabój II

> *Właśnie wtedy na wzgórzach za Billy rozległy się strzały. Jack Williams nie zwrócił na nie żadnej uwagi.*
>
> *– Pięć, sześć – powiedział Cameron.*
> *– Co takiego? – zdziwił się Jack Williams.*
> *– On liczył strzały – wyjaśnił Greer.*
>
> **Richard Brautigan, „Potwór Profesora Hawkline'a"**

Westerny. Antywesterny. Prewesterny. Nadwesterny. Postwesterny. Westerny „ekologiczne". Westerny „etnograficzne". „Westerny zdegradowane". Westerny meksykańskie. Spaghetti-westerny. Ersatz-westerny. „Nowe" westerny. Westerny „gotyckie". Westerny elegijne. Nade wszystko zaś parodie i pastisze westernu, zamierzone i nie.

W „Służącym przywiązanym do tańczącej kotki" Richarda Sarafiana z 1973 roku pada 20 strzałów. 10 z nich jest celnych, a 10 niecelnych.

W „Strzelbach dla San Sebastian" Henriego Verneuila z 1967 roku, z Anthonym Quinnem i Charlesem Bronsonem, padają 553 strzały. 198 celnych. 355 niecelnych.

W „Czarnym Lisie" S.H. Sterna z 1993 roku padają 493 strzały. 432 celne, 61 niecelnych.

W „Krowochłopcach" Marka Rydella z 1972 roku, z Johnem Wayne'em, pada 45 strzałów. 17 celnych, 28 niecelnych.

W „Jeremiah Johnsonie" Sydneya Pollacka z 1972 roku pada 19 strzałów. 14 celnych, 5 niecelnych.

W „Złamanej strzale" Delmera Davesa z 1950 roku pada 497 strzałów. 12 celnych, 485 niecelnych.

W „Rancho w dolinie Jubal" Delmera Davesa pada 41 strzałów. 18 celnych, 23 niecelne.

W „Sackettach" Roberta Tennysona z 1979 roku pada 166 strzałów. 39 celnych, 127 niecelnych.

W „Ropczycach" Christiana Jaque'a z 1971 roku pada 138 strzałów. 34 celne, 104 niecelne.

W „Pistolnicach" Jonathana Kaplana z 1994 roku pada 185 strzałów. 14 celnych, 171 niecelnych.

W „Charro" Charlesa Marquisa Warrena z 1969 roku padają 24 strzały. 7 celnych, 17 niecelnych.

We „Frisco Kidzie" Roberta Aldricha z 1979 roku pada 51 strzałów. 22 celne, 29 niecelnych.

W „Winchesterze i długich spódnicach" Lamonta Johnsona z 1980 roku pada 241 strzałów. 11 celnych, 230 niecelnych.

W „Ostatnim pociągu z Gun Hill" Johna Sturgesa z 1958 roku pada 25 strzałów. 10 celnych, 15 niecelnych.

W „The Comancheros" Michaela Curtiza z 1961 roku, z Johnem Wayne'em, pada 648 strzałów. 93 celne, 555 niecelnych.

W balladowym westernie „Pat Garrett i Billy Kid", który w 1973 roku wyreżyserował Sam Peckinpah, padają 292 strzały. 59 celnych 233 niecelne.

W „Płynie wspaniałe siedem!" George'a McCowana z 1972 roku padają 1452 strzały. 89 celnych, 1363 niecelne.

W „Podeprzyj swego regionalnego szeryfa!" Burta Kennedy'ego z 1968 roku pada 521 strzałów. 14 celnych, 507 niecelnych.

W westernie „Los Locos" z 1997 roku, beznadziejnie wyreżyserowanym przez Jeana Marca Vallée, pada 151 strzałów. 45 celnych, 106 niecelnych.

W „Bryczkach Missouri" Arthura Penna z 1976 roku padają 24 strzały. 13 celnych. 11 niecelnych.

W „El Condor" Johna Guillermina z 1970 roku pada 612 strzałów. 155 celnych, 457 niecelnych.

W „Młodociany działa 2" Geoffa Murphy'ego z 1990 roku pada 291 strzałów. 71 celnych, 220 niecelnych.

W „Ostatnim szewskim kopycie" Richarda Mrooksa z 1956 roku pada 57 strzałów. 57? 57. 42. 15.

W „Butch i Sundance: wczesne lata" Richarda Lestera z 1979 roku pada 111 strzałów. 14 celnych, 97 niecelnych.

W „Małostkowym dyrze" Arthura Penna z 1970 roku pada 614 strzałów. 61 celnych, niecelnych 553.

W „Rurze samca" Williama Wiarda z 1980 roku pada 47 strzałów. 23 celne, 24 niecelne.

W westernie „W samo południe II: Powrót Willa Kane'a" Jerry'ego Jamesona z 1980 roku padają 273 strzały. 9 celnych, 264 niecelne.

W „Tombstone" George'a P. Couldwatosa z 1993 roku pada 340 strzałów. 84 celne, 256 niecelnych. Jest to ambitny western psychologizujący, tzw. nadwestern. Pół filmu schodzi scenarzyście i reżyserowi na doprowadzeniu wszystkich tych legendarnych Texas Jacków, Wyattów Earpów, Wild Billów Hickoków i innych Doc Hollidayów na jedno miejsce, w którym mogłaby toczyć się dalsza akcja. Zanim poznają się wzajemnie, scenarzysta i reżyser zdążą zrobić z każdego z nich debila. W drugiej części filmu reżyser usiłuje ukazać głębię ich przeżyć psychicznych.

A po czym poznaje się western elegijny?

Western elegijny poznaje się po tym, że pierwszym słowem w jego tytule jest słowo „ostatni".

W „Samotnym jeźdźcu" Budda Boettichera z 1959 roku padają 74 strzały. 15 celnych. 59 niecelnych.

W „Bagażniczym kopcu" Giuseppe Colizziego z 1969 roku pada 426 strzałów. 40 celnych, 386 niecelnych.

W „Nagiej podniecie" Anthony'ego Manna z 1952 roku pada 99 strzałów. 23 celne, 76 niecelnych.

W „Ringo Kidzie" Gordona Douglasa z 1965 roku padają 303 strzały. 22 celne, 281 niecelnych.

We „Wspaniałym siedem" Johna Sturgesa z 1960 roku padają 254 strzały. 68 celnych. 186 niecelnych. Rząd Meksyku wyraził zgodę na filmowanie meksykańskich kaktusów i wydm pod warunkiem, że choć ten jeden raz przynajmniej jeden Meksykanin zostanie pokazany w westernie inaczej niż jako półgłówek, tchórz i półniemowa. Dlatego wśród siódemki bohaterów znajduje się Chico, gadatliwy tchórz i półgłówek. W jego roli występuje Niemiec. Pod koniec filmu zabijają go i meksykańscy chłopcy modlą się na jego grobie. Jeden z chłopców wyznaje prawosławie, wszyscy jego koledzy żegnają się na lewe, on na prawe ramię. Liczenie strzałów w westernach niebywale wyostrza spostrzegawczość.

Strzepujesz popiół z papierosa do cukierniczki? Szepczesz imię kuzyneczki spółkując z żoną? Zdarza ci się wyjść na spacer z psem bez psa? Zacznij liczyć strzały w westernach.

W „Skarbie Sierra Madre" Johna Hustona z 1948 roku, z Humphreyem Bogartem, pada 156 strzałów. 32 celne, 124 niecelne.

W „Mavericku" Richarda Donnera z 1994 roku, z Jodie Foster, pada 49 strzałów. 24 celne, 25 niecelnych.

W „Rustlers' Rhapsody" Hugh Wilsona z 1985 roku, z Fernando Reyem, padają 184 strzały. 119 celnych, 65 niecelnych.

W „Nikczemnym Dingusie Magee" Burta Kennedy'ego z 1970 roku pada 516 strzałów. 12 celnych, 504 niecelne.

W „Dwóch dla Teksasu" Roda Laurela z 1997 roku pada 214 strzałów. 59 celnych, 155 niecelnych.

W „Dyliżansie" Teda Posta z 1986 roku padają 54 strzały. 8 celnych. 46 niecelnych. Jak można było zrobić taką kupę po „Dyliżansie" Forda, tym prawdziwym, z 1939 roku?! Jak można było obsadzić Williego Nelsona w roli Doca Hollidaya! I Johnny Cash! I Waylon Jennings! Kris Kristofferson! Gdyby przyszło co do czego, w roli Tarzana Ted Post obsadziłby Antoniego Gucwińskiego.

„Dyliżans" to przykład westernu filozoficznego. Już wyjaśniam, na czym ten gatunek polega. Zapytany, czy chce kawy, kowboj-filozof nie odpowiada „Chcę" ani „Nie chcę". Mówi za to: „Znałem kiedyś zastępcę szeryfa, dla którego zabić człowieka znaczyło nie więcej, niż wypić wiadro kawy. Gryzie teraz piach w Wichita". Kowboj-filozof nie mówi: „Poddaj się". Mówi natomiast: „Albo rzucisz spluwę na ziemię, Luke, albo już nigdy nie będziesz miał okazji umyć zębów". Prawdziwą swą głębię western ukazuje, kiedy spotyka się dwóch kowbojów-filozofów naraz. Ich dialog może zacząć się tak: „Ręce do góry, Jack. Prędzej spodziewałeś się spotkać własną dupę niż mnie, co?". „Jasne, Jeff. Myślałem, że cię jak zwykle zabili".

W „Misji szeryfa McCabe'a" Johna Forda z 1961 roku padają 4 strzały. 2 celne, 2 niecelne.

W „Buffalo Soldiers" Charlesa Haida z 1997 roku pada 50 strzałów. 12 celnych, 38 niecelnych.

W „Ostatnim banicie" Geoffa Murphy'ego z 1994 roku pada 351 strzałów. 54 celne, 297 niecelnych.

W „Cherokee Kidzie" Parisa Barclaya z 1996 roku pada 205 strzałów. 47 celnych, 158 niecelnych.

W „Old Surehandzie" Alfreda Vohrera z 1965 roku pada 436 strzałów. 56 celnych, 380 niecelnych.

W westernie „Młodociany działa z Teksasu" z 1962 roku pada 321 strzałów. 110 celnych, 211 niecelnych.

W „Tysiącu tych wzgórz" Richarda Fleischera z 1959 roku pada 50 strzałów. 6 celnych, 44 niecelne.

W „Bydlęcej sp. Culpeppera" Richarda Dicksa z 1971 roku pada 185 strzałów. 75 celnych, 110 niecelnych.

W „Trzech amigos" Johna Landisa z 1986 roku pada 441 strzałów. 39 celnych, 402 niecelne.

W „Vera Cruz" Roberta Aldricha z 1954 roku pada 1400 strzałów. 153 celne, 1247 niecelnych.

We „W starej Kalifornii" Williama McGanna z 1942 roku, z Johnem Wayne'em, pada 630 strzałów. 46 celnych, 584 niecelne.

W „Bravados" Henry'ego Kinga z 1958 roku padają 23 strzały. 10 celnych, 13 niecelnych.

W „Orlim Skrzydle" Anthony'ego Harleya, z Harveyem Keitelem z 1978 roku, padają 4 strzały. 3 celne, 1 niecelny. To interesujący przykład westernu rozgrywającego się w dwu rzeczywistościach jednocześnie. Przez 104 minuty rzeczywistość trzeźwego scenarzysty daremnie usiłuje skrzyżować się z rzeczywistością scenarzysty pijanego. Jak w toalecie, kiedy do trzeźwego klienta korzystającego z pisuaru podchodzi zalany gość i proponuje: „Skrzyżujmy lasery!", po czym usiłuje trafić, lecz chybia.

W „Willu Pennym" Toma Griesa z 1968 roku, z piosenką śpiewaną w finale przez Dona Cherry'ego, pada 113 strzałów. 12 celnych, 101 niecelnych.

W „Poszukiwaniu" Lee H. Katzina z 1976 roku pada 78 strzałów. 24 celne, 54 niecelne.

W „Synach Katie Elder" Henry'ego Hathawaya z 1965 roku, z Johnem Wayne'em, padają 263 strzały. 23 celne, 240 niecelnych.

W „100 gwintach" Toma Griesa z 1969 roku pada 3149 strzałów. 185 celnych, 2964 niecelne.

We „W poprzek świetnej przepaści" Stewarta Raffilla z 1976 roku pada 47 strzałów. 4 celne, 43 niecelne.

W „Człowieku z Laramie" Anthony'ego Manna z 1955 roku, z Jamesem Stewartem, pada 50 strzałów. 20 celnych, 30 niecelnych.

W „Desperado" Virgila W. Tennysona z 1987 roku pada 58 strzałów. 16 celnych, 42 niecelne.

W „Dochodzie desperado" E.W. Swackhamera z 1988 roku pada 126 strzałów. 18 celnych, 108 niecelnych.

W „Desperado. Walce poza prawem" E.W. Swackhamera z 1989 roku padają 153 strzały. 39 celnych, 114 niecelnych.

W „Poza prawem" Roberta Borisa z 1993 roku pada 310 strzałów. 104 celne, 206 niecelnych.

W „My Darling Clementine" Johna Shakespeare'a z 1946 roku, z Henrym Fondą, pada 67 strzałów. O, szlachetna oszczędności z czasów czarno-białych westernów! Cała strzelanina w corralu O.K. to raptem dwadzieścia osiem strzałów. 19 celnych. 48 niecelnych.

W „Incydencie z Kokardą Wołu" Williama Wellmana z 1943 roku, z Henrym Fondą, pada 30 strzałów. 4 celne, 26 niecelnych. O, szlachetne wyuzdanie czarno-białych westernów z czasów, kiedy w atelier instalowano nawet wodospady, a strzały brzmiały, jakby padały, chociaż nie chciały!

W „Kaktus Jacku" Hala Needhama z 1979 roku, z Kirkiem Douglasem, pada 8 strzałów. 0 celnych, 8 niecelnych.

W „Odstrzale" Henry'ego Hathawaya z 1971 roku, z Gregorym Peckiem, pada 26 strzałów. 18 celnych, 8 niecelnych.

W „Zadawnionych porachunkach" Billa Corcorana z 1998 roku pada 208 strzałów. 70 celnych, 138 niecelnych.

W „Ucieczce z Fortu Bravo" Johna Sturgesa z 1953 roku padają 384 strzały. 42 celne, 342 niecelne.

W „Billym Youngu" Burta Kennedy'ego z 1969 roku pada 441 strzałów. 12 celnych, 429 niecelnych.

W „Gdzie u licha to złoto?" Burta Kennedy'ego z 1988 roku pada 150 strzałów. 0 celnych, 150 niecelnych.

W „Jesieni Czejenów" Johna Forda z 1964 roku pada 320 strzałów. 67 celnych, 253 niecelne.

W „Na rozstaju" Montego Hellmana z 1978 roku, z Samem Peckinpahem, padają 182 strzały. 30 celnych, 152 niecelne.

W „Krowochłopcu" Delmera Davesa z 1957 roku padają 33 strzały. 9 celnych, 24 niecelne.

W „Człowieku, który zabił Liberty Valance'a" z 1962 roku, z Johnem Wayne'em, pada 28 strzałów. 11 celnych, 17 niecelnych.

W „Synach szeryfa" z 1973 roku, z Johnem Wayne'em, padają 22 strzały. 15 celnych, 7 niecelnych.

W „Prawdziwym męstwie" Henry'ego Hathawaya z 1969 roku, z Johnem Wayne'em, pada 130 strzałów. 20 celnych, 110 niecelnych.

W „Roosterze Coqburnie" Stuarta Millara z 1975 roku, z Johnem Wayne'em, pada 317 strzałów. 19 celnych, 298 niecelnych.

W „Drodze olbrzymów" Louisa R. Loefflera i Raoula Walsha z 1930 roku, z Johnem Wayne'em, padają 363 strzały. 25 celnych, 338 niecelnych.

W „Rio Lobo" Howarda Hawksa z 1970 roku, z Johnem Wayne'em, padają 154 strzały. 28 celnych, 126 niecelnych.

W „Chisumie" Andrew V. McLaglena z 1970 roku, z Johnem Wayne'em, pada 758 strzałów. 59 celnych, 699 niecelnych.

W „Czymś wielkim" Andrew V. McLaglena z 1971 roku pada 388 strzałów. 32 celne, 356 niecelnych.

W „Ostatnich nadających się do lądowania męż-czyznach" Andrew V. McLaglena z 1976 roku padają
43 strzały. 22 celne. 21 niecelnych.

W „Zachodnim szlaku" Andrew V. McLaglena z 1967 roku pada 1 strzał. 0 celnych, 1 niecelny.

Burt Reynolds z Sarah Miles, Leon Goodstriker z Cyndy Preston, James Stewart z Debrą Paget. Robert Redford z Delle Bolton. Soledad Miranda z Burtem Reynoldsem, Jim Brown z Raquel Welch. Ruth Roman z Benem Johnsonem. Linda Evans ze Steve'em McQueenem. Janet Leigh z Jamesem Stewartem. Ana Alicia z Jeffem Osterhage'em. Judi Meredith i Carol White z Deanem Martinem. Dermot Mulroney z Madeleine Stowe, Andie McDowell z Jamesem LeGrosem. Tom Selleck z Marcy Hanson, Sam Elliott z Wendy Rastatter. John Savage z Amandą Plummer, Diane Lane z Burtem Lancasterem. Faye Dunaway z Dustinem Hoffmanem. Anthony Quinn z Carolyn Jones. Sally Field z Michaelem Witneyem, a Michael McGreevey z Sally Field.

Lee Van Cleef z Marianą Hill. Faye Dunaway z George'em C. Scottem. Jennifer O'Neill z Jorge Rivero. Anthony Quinn z Anjanette Comer i Silvią Pinal. Dana Delany z Kurtem Russellem, Dana Wheeler-Nicholson z Samem Elliottem, a Joanna Pacuła, na którą wciąż czeka w czeluściach kanalizacji Jan Serce, z Valem Kilmerem.

Horst Buchholz z Rosendą Monteros. Jodie Foster z Melem Gibsonem. Tom Berenger z Selą Ward i Marilou Henner. Michele Carey i Marya Christen z Frankiem Sinatrą, Lois Nettleton z Harrym Careyem Jr-em i George'em Kennedym. Scott Bairstow z Irene Bedard. Elizabeth Ashley z Krisem Kristoffersonem. Bill Paxton z Daną Wheeler-Nicholson, Rob Lowe z Marią Pitillo. Henry Fonda z Claudette Colbert.

Gregory Peck z Carroll Baker i Jean Simmons. William S. Hart z Clarą Williams. Richard Dix z Irene Dunne. Gary Cooper z Doris Davenport. Marlene Dietrich z Brianem Donlevym i Jamesem Stewartem. Franco Nero z Loredaną Nusciak. Errol Flynn z Olivią de Havilland. Richard Dix z Lois Wilson. Sterling Hayden z Joan Crawford. Dustin Farnum z Red Wing. Warren Beatty z Julie Christie. Victor Mature z Lindą Darnell, Henry Fonda z Cathy Downs. Tom Mix z Dorothy Dwan. John Wayne z Marguerite Churchill. Peter Strauss z Candice Bergen. Gary Cooper z Jean Arthur. Frank Wolff z Claudią Cardinale. Joseph Cotten i Gregory Peck z Jennifer Jones. John Wayne i Walter Coy z Dorothy Jordan. Robert Mitchum i Rory Calhoun z Marilyn Monroe. Walter Reed i Randolph Scott z Gail Russell. Joel McCrea z Barbarą Stanwyck. Burt Lancaster z Denise Darcel, Gary Cooper z Saritą Montiel. Errol Flynn z Miriam Hopkins. Charlton Heston z Joan Hackett. Gary Cooper z Mary Broan. Kris Kristofferson z Isabelle Huppert. Gary Cooper z Grace Kelly. Jack Beutel z Jane Russell. Jack Palance z Claudią Cardinale. George O'Brien z Madge Bellamy. Claudia Cardinale z Michaelem J. Pollardem, Micheline Presle z Jacques'em Jouanneau, Teresa Gimpera z Clementem Michu, Emma Cohen z Patrickiem Prejeanem, Patty Schepard z Georges'em Bellerem. Larry Pennell z Letitią Roman. Ann-Margret z Kirkiem Douglasem. Gladys Knight i Lise Cutter z Alexem McArthurem. Robert J. Wilke z Lynn Bari. Willie Nelson (fuj!) z Deltą Burke. Richard Widmark z Carroll Baker.

Jenny Agutter z Fabio Testim. John Wayne z Marguerite Churchill. Jack Lemmon z Anną Hashfi.

Elvis Presley z Iną Balin. Solomon Sturges z Lynn Kellogg. Stuart Whitman z Iną Balin. Rita Coolidge z Krisem Kristoffersonem. Lee Van Cleef z Mariette Hartley i Stefanie Powers, Michael Callan z Melissą Murphy, Luke Askew z Elizabeth Thompson. James Garner z Joan Hackett. Vanessa Bell Calloway z Sinbadem. James Mitchum z Alaną Ladd. Ed Harris z Amy Madigan. May Heatherly z Travisem Trittem, Marina Saura z Williem Nelsonem. Fred McMurray z Anne Baxter. Don Murray z Patricią Owens i Jean Willes, Richard Egan z Patricią Owens. Steve Martin z Patrice Martinez, Martin Short z Dyaną Ortelli. Joan Collins z Gregorym Peckiem. Sam Waterson z Caroline Langrishe. Albert Dekker z Binnie Barnes, John Wayne z Helen Parrish. Arthur Kennedy z Cathy O'Donnell. Barbara Hershey z Christopherem Mitchumem. Alex McArthur z Lise Cutter. John Forsythe i William Holden z Eleanor Parker. Robert Mitchum z Angie Dickinson. Marcy Walker z Alexem McArthurem. Vera Miles z Jamesem Stewartem.

Kurt Russell z Irene Yah-Ling Sun. Alex Cord z Ann-Margret. Melora Walters z Mario Van Peeblesem. Kathleen Lloyd z Jackiem Nicholsonem. Robert Taylor i Stewart Granger z Debrą Paget, Glenn Ford z Jennie Jackson, a Jill Eikenberry z Tomem Berengerem nie

Przypis do krótkiego opisu prawdopodobnego powrotu od Estów, czyli przepis na oko konia

Oko konia smakuje najlepiej, gdy przyrządzi się je normalnie, jako sadzone. Jeśli spożywamy oko konia, który był nasz, staramy się podczas posiłku omijać je wzrokiem.

Ze smutku można stać się głuchym jak pień, niemym jak film i ślepym jak nabój III, czyli: za mało całowania

> *Przykładowo, w swoim pierwszym meczu mistrzostw ZSRR 1973 r. z taszkienckim „Pachtakorem", moskiewscy dynamowcy 22 razy strzelali na bramkę taszkientczyków. Ale bieda z tym, że większość strzałów (18) była oddana zza linii pola karnego. Okazały się one niedostatecznie silne i celne (tylko 7 strzałów w światło bramki) i nie zaskoczyły bramkarza. Analiza zapisu graficznego doprowadziła do następujących ustaleń: efektywność dalekich strzałów jest niewielka…*
>
> **„Porady trenerów"; Gawriła Kaczalin:**
> **„Rola trenera w czasie gry"**

> *Najbardziej niebezpieczne są strzały oddawane z daleka.*
>
> **„Porady trenerów"; Jurij Pszenicznikow:**
> **„Nie stój, lecz graj w bramce!"**

Jak wtedy, gdy w kinie lub w twoim własnym domu na twoich oczach kończy się wszystko. I tylko napisy płyną wzwyż i płyną, tam gdzie z największych postaci zostają tylko białe robaczki lub komiksowe dymki wkładane w usta aniołom. I kończy się muzyka, i z głuchym trzaskiem opadają siedzenia foteli. Żegnajcie, góry i doliny, żegnajcie, zachody słońca, noce przy stygnącej kawie i dogasającym ognisku, cudowne niewygody, nijakie bohaterstwa. Żegnajcie, dobro i zło, nic nie wynikło z waszych hałaśliwych starć.

Prześledźmy teraz średnią ilość strzałów przypadającą na jeden western oraz przeciętny udział procentowy strzałów celnych w ogólnej liczbie strzałów w kinie XX wieku z uwzględnieniem podziału na dekady.

W pierwszej dekadzie ilość strzałów celnych przewyższała ilość strzałów niecelnych i to były prawdziwe złote lata westernu. Następnie stosunek ten w sposób ciągły zmieniał się na korzyść strzałów niecelnych, aby osiągnąć swe apogeum w latach osiemdziesiątych, kiedy każdy celny strzał okupiony był blisko trzynastoma strzałami niecelnymi. Podobnie przebiega krzywa wzrostu ilości strzałów oddanych w ogóle, z jednym niespodziewanym załamaniem na przełomie lat sześćdziesiątych i siedemdziesiątych (prawdopodobnie jest to skutek wpływu ideologii hipisowskich).

Jaka mądrość płynie z oglądania westernu za westernem, aż do otępienia?

A do jakiej mądrości można dojść w nieustającej kanonadzie? Chyba tylko do ogłupiającej. Oto ona, ta mądrość.

Za dużo strzelania. Za mało celowania.